KB118623

홍수

LE DELUGE

by J. M. G. Le Clézio

Copyright ⓒ Editions Gallimard, 1966
Korean Translation Copyright ⓒ MUNHAKDONGNE Publishing Corp., 2011

This Korean edition is published by arrangement with
Editions Gallimard through Sibylle Books Literary Agency.
All rights reserved.

이 도서의 국립중앙도서관 출판예정도서목록(CIP)은
서지정보유통지원시스템 홈페이지(http://seoji.nl.go.kr)와
국가자료공동목록시스템(http://www.nl.go.kr/kolisnet)에서 이용하실 수 있습니다.
(CIP제어번호: CIP2011002476)

홍수
Le déluge

J.M.G. 르 클레지오 장편소설 | 신미경 옮김

문학동네

1966년을 추억하며

내가 『홍수』를 쓴 것은 약 사십여 년 전이었습니다. 어떻게 이 소설을 쓰게 되었는지 조금은 희미하기도 한 오래전입니다. 여름이었고, 나는 니스에 머무르고 있었습니다. 기억하기로는 매우 더웠고, 가끔 폭풍우가 도시를 휩쓸고 지나가기도 했습니다. 군에 입대하기 전이었고, 내가 느끼던 엄청난 긴장감을 배출시킬 수 있는 폭풍우 같은 책을 쓰고 싶었습니다. 어떤 의미에서 내 청년기의 영혼을 표출시키고, 그 또래 대부분의 젊은이들에게 요구되는 '성인으로의 변신'을 준비할 수 있는 책을 말입니다. 나는 한 인물, 한 젊은 여자—그의 여동생, 혹은 그의 여자친구—의 죽음을 견디어낸 한 남자를 상상했습니다. 그리고 그 남자는 감춰진 진실을 찾아서 자신이 살고 있는 도시를 상대로 전쟁을 시작합니다. 그는 진실을 발견했을까요?

　그다음에 쓴 소설들은 『홍수』와 주제적으로 연결되는 이야기로, 나는 그 소설들을 통해 한 젊은 남자의 삶을 불투명하게 만들고 순수하게 행복해지기를 방해하는 사건들에 대해 이야기했습니다. 그 시기에 나는 성경의 예언서에 푹 빠져 있었고, 내가 살고 있는 이 소우주 안에 존재하는, 미래를 위한 해법을 깨달았습니다. 그후에 침묵 속에 머무를 수밖에 없는 고통 속에서 또다른 길(혹은 다른 목소리*)을 발견하는 시간이 왔습니다.

　사십 년 뒤인 현재, 이 소설을 동시대의 사건으로 읽는 것은 여전히 가능합니다. 21세기의 니스와 서울, 파리는 여전히 모순과 불균형을 해결하지 못하고 있으며, 젊은이들은 보호막 역할을 해줄 흉벽조차 없이 현실에 도전하고 있기 때문입니다.

J. M. G. 르 클레지오

---

* 프랑스어로 '길'과 '목소리'는 발음이 같다.

눈目에는 경계가 없다.

크레올 속담

맨 처음 구름이 있었다. 바람에 밀려와 산등성이에 걸려 지평선에 머무르고 있는, 무겁고 시커먼 구름들이었다. 사방이 어두워졌고, 사물들은 얇은 철판 같고 쇠사슬 갑옷 같은 일정한 크기의 비늘로 뒤덮이면서 얼마 안 남은 빛을 흩뿌려 낭비하고 있었다. 스스로 빛을 발하는 다른 사물들은 희미하게, 고통스럽게 반짝이고 있었다. 그것들은 아직 구체화되지는 않았지만 머잖아 도래할 어떤 어마어마한 사건에 완전히 압도당해 있었고, 이제 전쟁을 치러야 할 이 적敵과 뚜렷이 대조가 되면서 우스꽝스럽게 보였다. 움직임은 조금씩 흐트러졌다. 강도나 양상이 약해진 것은 아니었다. 다만 한 뼘씩 대지를 갉아먹고 소화하고 영원히 잠식하면서 생명 있는 것에 스며들어, 다양함 가운데 존재하던 조화를 깨뜨리고 물질 내부로 침투해 생명의 원천 자체를 절멸시키는 절대 결빙의 공격을, 영원한 부동성의 공격을 늦추는 데 힘을 소진하고 있을 따름이었다. 섬세하고 종잇장처럼 가벼운 어둠의 질감이 지표를 뒤덮으면서 수많은 후광이 생겨났고, 그로 인해 빛의 위력이 너무나 강해져서, 유조차가 들이받은 자리의 인도 변에 굴러다니던 깨진 유리 조각에 반사된 한 점의 빛조차 태양 세 개를 합쳐놓은 듯 강력한 빛을 발하며 무한에 가깝도록 넓은 공간을 백 년은 비추는 듯했다.

이렇게 주어진 하나의 풍경, 예를 들면 철근과 시멘트로 이루어진 4백 제곱미터의 콘크리트 바닥이라는 공간은 기이한 얼음 사막처럼 보였다. 생명이 살아 숨쉬는 대지에 달라붙은 사막, 계획적이고, 유연하면서도 까다로운 사막, 다시 말해 절대적이며 독자적인 체계를 보유한 사막. 이 사막에서 자전거의 주행 + 여자들의 발소리가 울려퍼지는 미로 + 쇄석 도로 틈새로 스며나오는 하수 + 창살 틈으로 내다보이는 전망 + 요란한 소음이라곤 거의 없는 고요함 + 15층 + 대리석처럼 차갑게 굳은 공기와 폴리에스테르 냄새를 풍기며 쏟아지는 인공 강우 등은 이 비인간적인 게임의 정확한 규모를, 따라야 할 척도를, 그 규칙을 알려주었다.

모든 것이 색인표로 분류되는 우주 속에 들어온 것처럼, 원소들은 시간, 기압, 습도, 온도 같은 새로운 변수에 따라 조합되면서 순식간에 끔찍하고 광적인 이미지로 바뀌었다. 그곳에서는 모든 것을 여러 차례, 아니 무한히 다시 해볼 수 있었다. 마치 어린아이들의 미로 같았다. 어떤 길에 들어서더라도 언제나 같은 장소, 즉 숨겨진 보물이 아니라 해적과 악어가 기다리고 있는 곳에 도달하게 되어 있는 미로. 만물을 갈가리 찢어버리고 만물에 서명을 하고 만물을 단호한 규약으로 엮어버리는 거대한 유일신, 이름조차 없는 그 신이 승인하지 않는 한 시냇물 한 줄기도 되는대로 흐를 수 없고, 꽃 한 송이도 아스팔트 장갑獎甲을 뚫고 나오지 못하고, 나무 한 그루도 살 수 없고, 문 하나도 열리지 않고, 땅에 떨어진 담배 한 개비도 불이 꺼지지 않는, 너무나 견고하고 아무 오류도 없는 그 기묘한 세계.

그 세계에서 모든 물체와 원자들은 A라고 쓴다. 그리고 그것이 무엇이 되었든, 모든 사건과 구조는 마법 사각형의 공식을 그려낸다.

A A A A

A A A A

A A A A

A A A A

다시 말해 사건과 물체, 사슬과 고리가 A라는 단일한 표현으로 환원될 때까지, 그 묘사 불가능한 순간이 올 때까지, 사건과 구조들은 끊임없이 단순해지고 정화된다. 오토바이 한 대가 금속 휠 위로 빛을 반사하며 길모퉁이 X와 가로등 Y 사이 구역에 위치한 길을 시끄럽게 지나간다. 그러나 오토바이는 그 길로, 소음으로, 반짝이는 빛으로 환원되어 있다. 그 움직임은 곧 멈출 것이다. 그리고 오토바이는 가로등 Y에서 길모퉁이 X까지의 이 빠르고 리드미컬한 주행을 천 년 혹은 더 오랫동안 부단히 다시 시작할 것이며, 그 주행은 마침내 오토바이의 영혼이 될 것이다. 이곳에는 언제나 비가 내리겠지만 그것은 더이상 비가 아닐 것이다. 인도人道는 오른쪽으로 나 있겠지만 그러나 그것은 이제 인도가 아니리라. 오토바이도, 길모퉁이도, (불이 켜 있든 꺼져 있든) 가로등도, 칠이 떨어져나간 벽도, 체인 소리와 축축한 타이어 소리도, 차가운 냄새도, 물기를 머금어 아래로 처진 연기도 더이상 존재하지 않을 것이다. 이제 그것은 고요하고 환한 한 장의 그림으로, 미처 불멸을 기원할 시간조차 없이 얼어붙어 죽은 영상으로, 더이상 이해할 수 없는 게임의 이미지로 남으리라. 마치 〈트루아마멜 봉우리와 루이 항의 경치〉나 〈베레지나 강 도하〉 〈템스 강과 국회의사당 풍경을 담은 판화〉라는 그림들처럼. 모든 것이 그렇게 끝나게 되리라. 그동안 물은 계속 도랑을 따라 흐르고 있었고, 차도 위 물웅덩이에는 이런저런 것들이 여기저기 떠다니고 있었다. 그것이 시작이었다.

이제 그런 것은 조금도 중요하지 않았다. 왜냐하면 게임이 시작되자마자 세계는 존재하기를, 그리고 존재했음을 그만두었기 때문이다. 이상적인 곡선과 완벽한 각은 평균보다 약간 많이 남아 있었다. 그것들은 여간해서 사라지지 않을 것들이었다. 그것들이 '앵베르 & 필리포 빌딩' '파가니니 거리' '위령비'나 '아틀란티스 영화관' 같은 것들 이상으로 지성적인 개념을 나타내고 있기 때문이었다. 연기 냄새나 수프 냄새 혹은 흙냄새처럼 별반 특징이 없는 희미한 냄새들도 몇 가지 남아 있었다. 심지어 수백 가지의 상황에 들어맞을 수 있는 냄새, 그냥 냄새라고 할 것들도 몇 가지 남아 있었다. 색깔 역시 대개 하나의 이름, 예를 들어 빨간색, 흰색, 갈색, 초록색, 파란색 따위의 이름을 달고 있다보니 추상적으로 존재하는 듯한 착각을 불러일으킬 수 있었다. 색깔 때문에 풍경은 자주 조각조각 나뉘고 금이 갔다.

예를 들어, 흰색은 최초의 균열이었다. 판유리나 얼어붙은 호수에서 볼 수 있듯, 맨 처음 생긴 금 주위로 다른 금들이 이차적으로 수없이 가지를 쳐나갔다. 흰색에서 시작된 금들은 점점 뚜렷해져서 확연히 눈에 보였고, 차츰차츰 사물과 그 인접 부분들을 해체시켜나갔다. 흰색—동그라미—희미한 빛—3미터 12센티미터—윙윙거림과 깜박거림—열기—강철, 청동, 주철—수직성……

금은 천천히 주변으로 확산되었다. 예측건대 하나의 사물이 다른 사물 위에 포개지기만 해도 그것을 부술 수 있을 터였다. 유사한 금들이 수많은 다른 지점들로부터 뻗어나왔고, 직선 두 개가 이어지기만 해도 약간의 기하학적 논리에 따라 언젠가는 그 둘이 만나 사물을 부술 수 있었다. 보는 각도에 따라 물질은 점점 더 작은 조각들로 쪼개졌고, 그렇게 창문 198개가 달린 13층짜리 건물도 육십 초면 산산조각이 날 수 있었다. 연보랏빛으로 빛나는 유리창들은 이미 시작된 운동을 쉼없이 다시 시작해 그 운동을 점점 위쪽으로 확장시켰다. 상승 운동이 진행되는 동안 시간의 두 끝은 서로 맞붙었다. 그렇게 처음과 마지막이 하나로 합쳐지면서 중간의 시간은 안쪽으로 구부러졌고, 완벽한 구형이 만들어졌다. 출발과 도착이라는 이상적인 도약 속에서 첫번째 창문과 열두번째 창문이 더이상 구분되지 않는 것처럼, 첫번째 시時와 스물네번째 시, 첫번째 초와 예순번째 초는 정지한 시간의 모호한 리듬에 동시에 휩쓸리게 되어, 어떤 검은색의 시, 어떤 부정적 초 덕분에 도착, 출발, 탄생, 소멸을 수백만 번이나 반복하면서도 앞으로 나아가지 않고 그 자리에 머물 수 있었다.

그리고 그 예민하고 치명적인 피드백은 메트로놈의 두번째 딸깍
소리처럼 기계적 완벽성을 그려내고 있었다.

이 땅에서는, 대지의 이 복잡한 구역에서는 이상과 같은 일들
이 일어나고 있음이 틀림없었다. 이 구역은 마치 짐승의 시체처
럼 부패하고 있었다. 겉으로는 멀쩡하게 그대로인 듯 보였지만,
실제로는 어느 곳 하나 뒤틀리고 고문당하고 갉아먹히지 않은
곳이 없었다. 집들의 벽면, 거리의 표면, 주택단지들의 윤곽, 공
기와 소음 등은 멀리서 보면 청동이나 대리석처럼 견고해 보였
다. 그러나 사람이 다가가면 긴장으로 몸이 뻣뻣해지면서 썩어
문드러진 내부를 드러냈다. 그곳들은 잔뜩 붐볐고, 어두워졌고,
구름과 안개 사이로 모습을 감췄다. 그렇게 혼란은 안개로 윤곽
을 뒤덮고, 솜털과 털로 색깔을 뭉개버리고, 순수했던 요소들을
분해하고, 논리적 질서를 파괴하고 감각기관의 메시지를 부정했
다. 모든 것이 움직였고, 모든 것이 동시에 소리를 반향했다. 그
것은 꾸르륵대는 물소리와 침묵이 뒤섞인 바다의 소리였고, 우
주적인 폭발이었다. 깃털 달린 오토바이, 곤충의 눈을 한 남녀
들, 바둑판 모양의 하늘이 있었다. 이윽고 그때까지 흐릿하게 구
별되지 않던 색깔들이 흰색과 검은색으로 짜맞춰지기 시작하더
니 그 본질적인 차이에 따라 밝은 쪽과 어두운 쪽으로 각각 차곡
차곡 쌓여갔다. 형태들은 직선이나 나선, 각과 같은 가장 도식적

인 모습으로 단순화되었고, 소리, 냄새, 요철이 각기 결집해 그룹을 형성했다. 쉬지 않고 기계적으로 진행되는 파괴 공작에 의해 일종의 웅장하고 섬세한 프레스코화가 서서히 만들어졌다. 결빙에 갇혀 있는 이라면 누구나 순식간에 부서져버렸다. 그의 열기와 냉기가 허물처럼 발 아래로 떨어져내리더니, 그의 나신裸身이 혼돈으로부터 비수처럼 날카롭게 솟아올랐다. 그리고 캐리커처처럼 신경질적으로 몸을 일그러뜨리며 작품의 나머지 부분에 자기 모습을 새겼다. 이렇게 그 나신은 몇 개의 윤곽선만으로 조각상이 되어, 판화가 되어 세계 위에서 횃불 모양으로 타올랐다. 그러자 세계는 비로소 다시 환해져서, 형언할 수 없이 명확하고 아름다운, 관념으로 가득 찬 지성知性의 지옥 비슷한 것이 되었다.

도망치는 것은 불가능했다. 모든 사물과 존재가 비행중에 갑자기 나포되었다. 어느 순간 혼돈이 시작되었고, 어느 날 빛이 메말라버렸고, 백지보다 깨끗하고 돌보다 단단한 표면 위에 덕지덕지 숯으로 낙서가 휘갈겨졌다. 모든 것이 적의敵意와 시선이었다. 원은 닫혀 일종의 성벽이 되어 점점 두터워지며 간격을 좁혀왔다. 우주는 하나의 방으로 변했고, 창문 밖은 또다시 창문이었다. 인간들의 눈目은 철통같은 망을 형성했고, 예전에는 자유로이 일렁이던 것들이 미처 날뛰기 시작했다. 각진 도형들이 사물들을 대체했고, 나무들은 언월도偃月刀가 되었고, 집들은 면도날의 줄무늬가 되었고, 꽃들은 가시처럼 곤두섰다. 사방의 지평선들은 일제히 출렁이더니 수직으로 섰다. 모든 것이 성채에 갇혔고, 사방에서 도개교가 올라갔다. 이제 빽빽한 구름의 이야기가, 그림자와 암흑의 첫 모험이 시작된 것이었다. 사방의 지평선이 막혀버리자 도시는 심장에 총을 맞은 코뿔소처럼 제자리에서 빙빙 돌고 있었다. 바람은 돌이 되었고, 계속 헐떡거리면서도 꼼짝하지 않았다. 움직임이라는 것을 추모하기 위해 세워놓은 묘석처럼, 수백만 톤의 무게로 묵직하게 눌러댈 뿐이었다. 으스러져 가루가 된 도시의 한 구역에는 침묵과 냉기가 자리잡았다. 일직선으로 뻗은 대로는 얼어붙은 강물처럼 흐르지 않고 기다리고 있었다. 헐벗은 나무들은 쉬지 않고 가지를 뻗어갔다. 나란히 늘어선 건물들은 허공을 향해 커다랗게 입을 벌리고 있었다. 그 건물들은 이미 사람이 살 수 없었지만 아직 폐허가 된 것은 아니었다. 희끄무레한 색으로 칠한 건물 벽면 위로 창문들이 날아오르듯 하나씩 열렸지만 이젠 전과 같지 않았다. 그 창문들은 역 안을 줄지어 지나가는 열차의 차창과도 같은 악몽 같은 상상, 음울하고 기계적인 환영이었다. 그것들은 무감각과 망각을 피해 피로한 두뇌의 잠으로부터 빠져나온 혼미하고 강력한 무언가의 표지였다. 화재 이후 이 고장에 언제나 존재하는, 검정색이 박힌 단색의 표지였다.

끊임없이 그려지는 수직 수평의 코스를 제외하면 이제 창문들 사이에는 아무런 관련도 없었다. 다른 시간, 다른 장소에서 일어난 모든 일들이 여전히 그 창문들 안에 존속하고 있었다. 그 일들은 그 건물 외관에 자동적으로 존재했고, 이는 어찌할 도리가 없는 일이었다. 그것은 경험의 총체와 개연성의 총체로 이루어진 완전한 영상으로, 계속 자행되면서 자기 영역을 좁혀나가고 있었다. 수많은 도시를, 수많은 현관을, 나무와 캐딜락을, 철 조망들을, 미로들을, 거리들을, 모퉁이들을 지나고 나니 이 벽면이, 거대하고 반듯한 새하얀 벽면이 나왔었다. 바로 그렇게 해서 오가는 통로들, 승강기들, 아래에서 위로 오가는 통로들, 위에서 아래로 오가는 통로들, 왼쪽에서 오른쪽으로 가는 통로들, 대각선들, 지그재그, 마름모꼴과 십자꼴의 통로들, 198개의 창, 18개의 문이 있는 13층 건물에 도달한 것이었다. 이 소리의 벽에, 웅성거리는 밀물 소리에, 터널 속 기차의 기적 소리에, 벽돌 계단을 쿵쾅거리며 오르내리는 발소리에, 자동차 엔진의 부르릉 소리에, 경찰차의 굉음에, 타이어의 비명에, 제트기의 찢어지는 폭음에 도달한 것이었다. 그래서 바로 그곳에 유일한 입□인 확성기가 동굴을 파놓은 시끌벅적한 대형 홀이, 일종의 유령 스타디움이 만들어진 것이었다.

잠시 후, 건물 정면부 자체가 무너졌다. 생명의 요소들은 전보다 더, 최대한 오그라들었다. 증발하면서 면적이 줄어들어 결국 하늘을 향한 하나의 점으로 남는 휘발유 얼룩처럼, 세계는 쪼그라들었다. 세계는 건물 끝을 떠나 창문들의 대열로 그 경계를 후퇴시켰다. 잠시 동안 세계는 수평으로는 여덟번째와 두번째 열 사이, 수직으로는 열번째와 세번째 열 사이에 끼어 있었다. 그러더니 벽을 따라 미끄러져 빛과 소음의 분자들을 떼어버리면서 좀더 후퇴했다. 이제 세계는 4층의 마지막 창문인 39번 창에 도달했다. 그리고 바로 그곳에서 생명은 수백 제곱미터의 도시를 자신의 별 안에 압축시키면서 강렬하고 눈부시게 인생을 유지하기로 했다. 보랏빛 유리판 위에서 세계는 가파르게 솟은 산이 되어 끊임없이 전복되었고, 해체되었고, 재구축되었고, 정체되었고, 무지갯빛으로 빛났다. 거기서 시간은 여전히 흐르고 있었을 것이다. 유리창을 맹렬하게 두드리고 신비롭고 심오한 전투를 계속하면서, 추억의 얇은 막에 감싸인 채 흐르고 있었을 것이다. 그 시간은 과거에 존재했던 상대성의 핵심이자, 색채 없는 색채의 핵심이자, 이름 없는 이름의 핵심이자, 들을 수 없는 소리의 핵심이자, 투명하고 유동적인 냄새의 핵심이었다. 39번 창문은 한 세상 전체를 가죽 벗기면서 사람들이 죽었든 벌거벗었든 그대로 내버려두었고, 자기 근처에서 생선뼈, 사람의 뼈, 암초 등

을 드러냈다. 다른 곳은 모두 하얗게 빛나고 있었다. 거리와 광
장의 해골들, 인간과 개의 화석들이 의식意識이라는 태양 아래
여기저기 널브러져 있었다. 그것들은 마치 바닷물에 밀려온 거
대한 조가비들처럼 모래알을 뒤집어쓴 채, 서서히 풍화되어가고
있었다. 어린아이의 눈보다도 검고 또렷한 39번 창문은 그 해골
과 화석들을 사정없이 끌어당기며 수많은 욕망이 줄지어 우글거
리게 했다. 마른 머리카락들이 불빛처럼 그 중심을 향해 모여들
었다. 빗물이 부드럽고 질척한 소리를 내며 그 유골들 위로 방울
져 떨어졌고, 빗방울과 빗방울 사이에서, 그 빗방울 소리와 빗방
울 소리 사이에서 회오리바람이 일어 원소들을 유리창 한가운데
로 다시 몰아갔다. 대지의 비늘은 물고기의 옆면 비늘처럼 딱딱
하고 둔감했다. 무기력한 마비 상태가 드리워졌고, 침묵의 거대
한 동굴은 천장을 높이고 있었다. 확성기가 거꾸로 작동하기라
도 하듯, 창문은 아가리를 벌려 도시의 모든 소음을 집어삼키고
대신 비극적인 정적만을 내보내고 있었다. 그 누구도 그 창문에
지지의 눈길을 보낼 수가 없었다. 그것은 어둠의 광채를 내뿜는
시커멓고 고통스러운 제2의 태양이었다. 융해된 물질은 그 구球
안에서 끓고, 자기 안으로 들어가 끊임없이 익사해갔다. 화산의
소용돌이 속에서 얼음이 태어났고, 유리창에 가해지는 압력이
너무 커서 온 땅이 흔들리는 듯했고, 사소한 계기만 있어도 폭발

이 일어날 수 있었다.

그곳에서도 하늘과 땅의 모든 냉기가 모여 합쳐졌었다. 냉기는 벽을 쌓았고, 평평한 그 표면에서 얼음 가시처럼 뾰족한 광선이 솟구치더니 살을 뚫고 들어가 상처 속에서 녹아 없어졌다. 그러면서 물질 속에서 소리도, 냄새도, 빛도 아닌 어떤 새로운 감각이 생겨났다. 막연한 박동의 영향으로 태어난 그 감각은 어떤 일정한 리듬에 따라 고동쳤고, 생명처럼 빛났고, 영원히 지속될 것만 같았다. 그 감각은 단단함과 허약함의 혼합이자 두 불가사의한 위험 사이에 존재하는 정지된 시간이었고, 어쩌면 종교일지도 몰랐다. 그것은 눈에 보이지는 않지만 익숙한 빛무리光環이자 천진한 파동이었고, 성화聖畵의 후광을 닮은 어딘가 감미롭고 몽환적인 것이었다.

해체작업이 한창인 가운데 풍경은 절반은 기억의 형태로, 절반은 환각의 형태로 존재하고 있었다. 그 풍경에는 어둠의 흔적과 요철의 잔재들, 무수히 다시 씻겨 퇴색된 색채의 빛무리가 깃들어 있었다. 풍경은 사방으로 흔들리고 금이 갔고, 그러는 동안 비현실적이고 순간적인 영상이 빛 속에서 춤추고 있었다. 우선 언제나 똑같은, 완벽한 직선을 이룬, 성에에 덮인, 벌거벗은, 일그러진 거리가 있었다. 그리고 강철 빛 쇄석 도로와 그와 흡사한 하늘이 있었다. 나무들은 눈처럼 흰 벽들을 배경으로 지치지도 않고 시커멓고 울창하게 자라고 있었다. 뿌리들은 땅속에서 가지 못지않게 죽죽 뻗어나갔고, 늘 흙덩이들을 헤집었고, 허물어지는 흙을 움켜쥐었고, 구더기와 부패물이 우글거리는 축축한 생명의 파편들을 붙들었다가 손가락 사이로 새어나가는 바닷물처럼 그것들을 흘려보냈다. 오른쪽 보도, 시커멓게 그을린 열다섯번째 플라타너스 근처의 하수구에서 김이 뿜어져나오고 있었다. 둥글게 구겨진 빈 담뱃갑들이 땅을 밟는 신발 밑창 소리에 섞여들었다. 의례상 놓인 쓰레기통이 남긴 둥근 얼룩 주위에 나뒹구는 깨진 맥주병이 왜곡되고 기형적인 세상을 쉬지 않고 증식시키고 있었다. 부탄가스 비슷한 냄새의 한가운데서 비행기 한 대가 바둑판 모양으로 구획된 하늘에 십자+를 그리고 있었다. 비행기는 바둑판의 사각형 하나하나에 수많은 가상의 십자를 그리며 자기 자신을 상대로 하는 이 게임에서 한없이 승리를 거두고 있었다.

전에는 일시적으로만 그려졌던 도형들이 이제는 평평한 표면이 있는 곳이라면 어디든 달라붙으면서 땅이나 벽에 사진으로 인화되고 있었다. 한 시간 반 전에 그곳에 버려진 빈 담뱃갑이 차가운 아스팔트 위에 누워 있었다. 그것은 광활한 갈색의 평면 한복판에 완벽하게 박힌 새파란 얼룩에 불과했다. 담뱃갑은 가느다란 잉크 선으로 둘러싸인 일종의 직사각형이었고, 그 직사각형의 모서리는 무너져 있었다. 담뱃갑 껍데기의 돋을새김 된 글자들은 그림자가, 단순한 그림자가 되었는데, 그림자 하나는 인쇄된 글자를 가르며 중앙을 향해 늘어져 있었고, 다른 하나는 왼쪽 하단 모서리를 향했고, 또다른 그림자는 오른쪽 측면을 따라 일직선으로 길게 뻗어 있었다. 이제는 그 어떤 바람도 그 시체를 들어올릴 수 없었고, 어떤 비도 그것을 더럽힐 수 없었고, 어떤 빗자루도 낡은 신문지와 오렌지 껍질이 들어 있는 쓰레기통 속으로 그것을 신속하게 쓸어담을 수 없었다. 어떤 행동을 한다 해도, 한밤중에 그곳을 지나갈 푸른 제복의 노인이 어떤 조치를 취한다 해도 부질없었을 것이다. 본래의 외양을 잃은 그 빈 담뱃갑은 카드 한 장을 들추면 또다른 카드가 나타나는 것처럼, 순식간에 자신의 모습을 재건할 터였다.

그렇게 담뱃갑은 축축한 진흙탕을 헤엄치듯 거기 나뒹굴고 있었다. 침묵이 동심원을 그리면서 세계로 침범해들어갔다. 달걀처럼 생긴 태양이 표지판들에 부딪혀 끝없이 반사광을 내쏘았다. 모든 것이 흰 빛과 고통 속에서 번득였다. 무조음악의 멜로디 비슷한 무언가가 지리멸렬하게 글처럼 이어지고 있었다. 그것은 밀어密語나 정치 구호를 늘어놓는 낙서처럼 이어지고 있었다. 어떤 고음이 그려질 수도 있었을 것이다. 가차 없이 격렬한 리듬의 도움이 있었다면 관념은 자기 파괴로 나아갈 수도 있었을 것이고, 색채와 입체감의 부정에 힘을 보태줄 수도 있었을 것이고, 주전자에 담긴 물의 순수하고 규칙적인 움직임처럼 일보 전진 일보 후퇴를 되풀이하면서 다른 감각들과 뒤섞일 수도 있었을 것이고, 당연하다는 듯 민첩함과 안일함을 교대로 보여주었을 것이고, 건들건들 흔들리고 있었을 것이고, 비잔틴 양식의 장식무늬를 그릴 수 있었을 것이고, 첨탑의 내벽을 한없이 따라 올라가면서 소용돌이 모양을, 일종의 나선계단을 그려내어 어둠의 인상과 빛의 인상을 계승하고 점점 더 응축되는 동시에 확장되어 무한과 뒤섞일 수 있었을 것이고, 유리와 강철의 장벽에, 가혹함과 증오의 거울에 부딪혀 지독하게 짓이겨질 수 있었을 것이고, 노래의 마지막 소절에서 정지하여 하나의 점이 되어 최후의 일격처럼 시간 속에 고정될 수 있었을 것이고, 코르크 과녁 중앙에서 굳어버린 비명이 되어 단 하나의 음律을 영원히 울리면서 조성調性의 파괴라는 범죄에 고착될 수 있었을 것이다. 대기가 있던 자리에는 이제 아득한 공포가 들어섰다. 사물들은 서로를 피해 도망쳤다. 색깔들은 폭탄처럼 폭발했고, 그 입자들은 뿌옇게 먼지 구름이 되어 피어올랐다. 이윽고 그 구름들은 갑자기 시야에서 물러나더니 두툼한 장막이, 하늘을 나는 메뚜기 떼나 새 떼가 되었다가 격렬하게 흔들리면서 순식간에 무너져버렸다. 선들은 끊어졌다. 단단하고 구부러진 선들은 안개를 따라 달리며 영원의 궤적을 그렸다. 선들은 번갯불만큼 짧은 시간만 보였지만, 번개가 그렇듯 영원히 망막에 남았다. 다른 물질들, 확인이 어려운 물질들도 폭발하더니 순식간에 사라지고 있었다. 그것은 찰나의 것, 견딜 수 없는 것, 희미한 광채로부터 배태된 물질들이었다. 이름을 부여받은, 이미 죽은 물질이었다. 한 시대 이르게 혹은 한 시대 늦게 금속들의 융해가 일어나고 있었다. 인간의 뇌수에서 분비된, 무성無聲의, 무색의, 비물질적인 것들이 정처 없이 부유하고 있었다.

39번 창문에서 뻗어나오는 힘들의 교점과 평행하게, 빈 담뱃갑 위에서 버섯 같은 것이 자라기 시작했다. 이제 그것은 종양 이상이어서, 화산의 기미나 시진으로 인해 생긴 유독한 습곡이라고 해도 좋을 정도였다. 음악, 리듬, 푸른색, 맛, 냄새들의 기억에 사로잡힌 장력張力이 은밀하게 공기껍질을 부풀어올렸다. 공기껍질은 묵직하게 부풀어 쇄석 도로 한복판을 파고들었다가 비어져나와 그 위에서 거품처럼 흔들리고 부르르 떨리다가 분노로 시뻘개져서 으르렁거렸다. 그러고는 갑자기 폭발해버렸지만, 멀리 저쪽, 가로등 발치, 아니면 하늘, 발코니 위, 종탑 꼭대기, 어슴푸레한 빛줄기, 자전거 바퀴 휠의 반사광, 희미한 밤栗 냄새, 속눈썹 끄트머리, 임산부의 뱃속 등등, 부화하고, 알을 까고, 생기 없는 육신을 으스러뜨리고, 그 진창 속에서 뒹굴고, 선명한 색채들을 더럽히고, 대기중의 수분을 동요시키고, 공간의 어느 지점이든 뒤틀어버리고, 쇠를 빨갛게 벼리다 생긴 물집을 부풀릴 수 있는 곳이라면 어디에서든 다시 거품을 만들었다.

그것은 스펙터클로 상연되는 세계였다. 그리고 원소들은 인쇄활자를 박아넣은 것처럼 공간에 삽입되어 있었다. 이제는 자전거도, 낡은 담뱃갑도, 과일 껍질도 존재하지 않았다. 재판에서 유죄판결을 받고 참수당한 듯, 그것들은 차갑고 음울하게, 폐기물이 되어 죽음 속에 못박힌 채 뒤죽박죽 그곳에 널려 있었다.

풀어 헤쳐진 차양 같은 것이 건물 발치에 매달려 있었다. 그리고 담배꽁초, 빈 상자, 지저분한 광고 전단, 그리고 다시 담배꽁초, 빈 상자 그리고 전단. 이제 그것들은 생명을 지닌 그 무엇과도 관계 없이, 그렇게 버림받은 모습만을 보여주고 있었다. 어느 파키스탄 소녀의 사진과 끊임없이 이어지는 문장들이 인쇄된 매끈한 종이에는 나즈, 프리티발라, 메흐무드, 다타람, 베드 마단, 샤시 카푸르, opp., 투팅 벡 19 18 49 따위의 고유명사와 날짜들로 가득 한, 민간설화나 다름없는 모호한 이야기들이 실려 있었고, 거기에서부터 정의할 수 없는 어떤 것이 구조화되고 구체화되고 있었다. 단어들은 자의적 질서에 따라 현실의 파편들을 대체해가면서 거대한 광고 전단 뒷면 백지에 한 자 한 자 씌어졌다. 그러고는 이제 해독을 기다리지도 않으면서, 아무 의미도 없이 그 자리에 고정되었다. 글자들은 차례로 이어지고, 때로는 겹쳐지기도 하고, 혹은 완전히 지워지고, 서로 떨어지고, 스러졌다. 그것은 냉혹한 현실에 사로잡힌 독해 불가능한 한 편의 추상시로, 물리적 감각과 즉각적인 이해를 복원시켜주었다. 고요함, 고요함 속에 잔잔한 평온이 찾아들었다. 산들은 납작하게 으스러졌고, 강물은 바닥을 드러냈고, 흙 얼룩은 말라버렸다. 남은 것들이라고는 단어들, 요동치며 전진하는 백지 위에서 작은 폭음을 내며 줄줄이 찍히는 단어들뿐이었다. 그 단어들은 마치 못처럼, 몇 다스나 되는 못처럼 외로이 벌거벗은 채 박혀 있었다.

	13층	
	12층	
	11층	태양
	10층	
	9층	
	8층	
	7층	
	6층	
	5층	
밤	4층	P

```
        3층                    P

        2층                    P

      특급 룸                  P

gol      담배      tzracks!    P

    ooooo           주름       P

aaa                 시외버스

tssktipptong!

                  le le la

                      '스파다'

나무      지붕      건물

          오렌지

              앵베르& 필리포 앵베르&

까치밥나무 열매 젤리

                      일월 이월 삼월 사

          깃털      베개

    쇄석 도로
```

이제 혼돈은 온전히 드러났고, 사물들은 완전히 해체됐다. 그
러나 이 대지로부터, 이 불모의 쓰레기더미로부터 아래에서 위
로 올라가려는 움직임이 일어나고 있었다. 사물들을 빛을 발했

고, 모두가 어딘가에 이를 것이라는 기대를 품은 채 이 사물의 빛 위에 부드럽게 몸을 실었다. 우주는 피라미드를 뒤집어놓은 모양으로 건축되었다. 그 안에서 각각의 요소들은 저마다 각을 만들었고, 사람들이 바닥에서 이륙하자 이해의 영역이 넓어지면서 화려한 꽃부리를 펼쳤다. 사물 하나하나는, 이 지표면 위의 생물이나 무생물 하나하나는 하늘을 향해 두 개의 선이 뻗어나오는 하나의 점이었다. 그것은 당신을 현실의 구속으로부터 해방시켜 좀더 깊은 곳으로 빨아들이는 회오리 모양의 표지였다.

저 아래에서 도시는 찌부러져 있었다. 어떤 곳에서는 집과 정원들이 구역질이 날 만큼 기하학적으로 구획되어 있었다. 지붕과 벽들은 탈지면처럼 창백하고 고요한 솜털구름에 뒤덮여 있었다. 거대한 사각형 건물들이 대지를 내리누르며 빛을 뿜었다. 전선들은 끝없이 이어졌고, 파이프들은 보도를 따라 뿌리처럼 시멘트 속을 파고들었다. 독특하고도 우울한 멜로디가 철과 돌로 이루어진 단단한 껍질 아래서 낮게 울리며 행인들의 신발 밑창을 흔들어댔다. 광장 구석에서는 남자 몇 명이 짐차 안에서 몸을 웅크린 채 겨울을 나고 있었다. 강에서 1백 미터도 채 떨어지지 않은 광장 위에는 썩은 토마토와 감자 덩어리들이 나뒹굴고 있었다. 그것은 유기遺棄, 사진과 같이 태연하고 냉정한 유기였다. 세바 요구르트 공장 왼편의 철조망 울타리 안에서 커다란 검정

개 한 마리가 비바람을 맞으며 사납게 짖고 있었다. 정오와 일곱 시면, 그리고 전쟁이 일어날 때면, 언덕 꼭대기에서 사이렌이 울려퍼졌다. 어쩌면 이 모든 것의 원인은 그 사이렌이었을지도 모른다.

어느 날, 그러니까 1월 25일 오후 세시 삼십분, 뚜렷한 이유도 없이 사이렌이 작동하기 시작했다. 사이렌 소리가 대기중에 터져나온 바로 그 순간, 사이렌의 숨결이 일 초 일 초 고조되어 빙빙 돌면서 콘크리트 표면을 휩쓸어가기 시작한 그 순간, 모든 것이 무질서 앞에 무릎을 꿇은 듯한 바로 그 순간, 다음과 같은 일이 일어났다. 줄지어 늘어선 마로니에들과 '스파다' 건물 차량 출입구 사이의 대로 모퉁이에 오토바이를 탄 소녀 하나가 나타난 것이다. 소리가 이어지는 가운데 소녀는 거리를 질주했다. 그녀는 사이렌 소리가 하늘을 향해 올라가는 순간 건물들 사이에서 튀어나왔다. 그리고 그 소리가 땅에 떨어져 삼켜지는 순간, 3백 미터 떨어진 주택단지 사이로 삼켜지듯 사라져버렸다. 그 두 지점 사이에서 벌어진 일은 견디기 힘든 것이었다. 해맑은 얼굴의 그녀는 머리를 묶은 채 파란 오토바이의 안장에 곧은 자세로 올라앉아 앞을 보고 질주했다. 그녀는 앞으로 내달렸다. 오토바이 바퀴는 회전하는 가운데 투명해지고 가벼워졌다. 바퀴살은 강렬하게 빛났고, 지저분한 타이어는 아스팔트를 밟으며 납작해졌다. 무릎을 굽히고 허벅지를 드러낸 그녀는 계속 앞으로 나아갔지만, 이미 그녀는 약간은 다른 사람이었다. 독특하고 날카롭고 맹목적인 사이렌 소리의 영향으로 소녀의 모습은 변하고 있었다. 소녀의 몸은 산산이 부서져 먼지로 화하며 서서히 사라졌다. 오토바이는 사이렌 소리의 팽팽한 울림 때문에 완전히 예리한 금속이 되었다. 이 순간 예고 없이 일어난 그 일은, 마치 어미의 장음 i가 길게 끌면서 단음 i를 ü로 순음화시키는 현상과 비슷했다. 소녀는 비에 젖은 도로 가운데로 계속 나아갔다. 흑백의 육체는 앞으로 바싹 숙여져 있었다. 사이렌 소리는 그녀의 몸속에서 울부짖는 듯했고, 눈, 콧구멍, 입에서는 음파音波가 메아리치며 터져나왔다. 소녀는 혼자였고, 마치 자동인형 같았고, 거리 끝 쪽으로 사라지고 있었다. 형언할 수 없는 무언가가 소멸을 향해 그녀를 빨아들이고 있었다. 집들이 하나의 덩어리를 이루며 소녀를 둘러쌌고, 아무도 빠져나갈 수 없는 길을 내더니 그녀를 이끌었다. 방향을 조금이라도 틀었다면 그녀의 피부와 살이 잡아뜯겨나가, 손톱이 뒤틀리고 뼈가 부러졌을 것이다. 그랬다면 그 반항의 결과 그녀는 찢겨나가고, 잿빛 벽 위에 혈흔과 머리카락, 뇌수가 남았을 것이다. 소녀는 오토바이를 타고 공기를 가르면서 거리 끝을 향해 나아갔다. 축축한 얇은 막이 그녀의 눈을 덮었다. 반쯤 벌어진 입술은 눈에 보이지 않는 음료를 마시는 것 같았고, 헤드램프의 유리판은 반짝이고 있었다. 그렇게 그녀는 모든 것을 가로질렀다. 일련의 다리橋들과 장애물, 소리와 냄새와 연기와 얼음의 층을 돌파했다. 톱 켜는 소리가 그려내는 기묘한 선을 타고 그 모든 것을 돌파하더니, 이윽고 그녀는 거리 끝으로 사라져갔다. 내가, 우리가 두 주택 단지 사이에 그녀를 위해 문 같은 것이 열리는 것을 본 그 순간 사이렌 소리가 그쳤다. 이제는 정적뿐이었다. 우리 머릿속에는 아무것도, 아무것도, 심지어 생생한 기억 한 조각조차 남지 않았다. 그날 이후 모든 것이 부패했다. 나, 프랑수아 베송은 도처에서 죽음을 보게 되었다.

때로는 서서 때로는 누워서, 나는 온몸이 뻣뻣하게 굳은 채 바라본다. 차가운 유리에 이마를 대고 닫힌 덧문 틈으로, 사람들이 지나다니는 길게 구부러진 길을 바라본다. 대지 위에 보랏빛 그림자가 드리워진다. 바로 그 그림자 위에서 남자들과 여자들은 한마디 말도 없이 미끄러지듯 걷다가 스러지듯 사라진다. 불 밝힌 가로등과 상점들의 하얀 불빛들이 주위를 환하게 비추고 있다. 모피의 술 장식 같은 어둠이 저항하면서 물러간다. 사방이 고동치는 빛의 샘들이다.

그들은 죽었고, 나는 그렇다는 걸 알고, 거기엔 의심의 여지가 없다. 그들은 죽었다. 나의 외부에 있는 모든 것들이 죽었기 때문이다. 수의壽衣 같은 어슴푸레한 빛이 지나가면서 그들의 실루엣을 감싼다. 이제는 발행되지 않는 거대한 신문을 우연히 펼쳐 들어 거기 인쇄된 이름들과 낡은 사진들, 제목, 날짜, 숫자, 케케 묵은 머릿글자 등을 읽는 것 같은 기분이다. 건물과 이미지들의 자리는 고요하고 황량하고 바람 부는 1만 제곱미터의 묘지가 차 지했다. 미래의 세대가 도착하는 모습이, 장례행렬과 묘비들이 보인다. 오늘, 세상은 파괴되었다. 살아 있는 것은 아무것도 없 다. 황홀경과 고통은 기하학에 속하는 것들이다. 다시 한번 벽 앞에 멈춰서서, 나는 달아나는 움직임들을 지나쳐 보낸다. 나는 거대한 소용돌이에서 추출된 사람이다. 윗부분이 잘려나간 회오 리 물기둥이 나를 여기 이 벽 앞에 버려두었다. 죽음이 나를 봐 준 것은 아니었다. 나 역시 소용돌이 안에 사로잡혀 있었고, 그 때 나는 살肉, 색깔, 공간, 시간이었다. 이제 그 효과는 썰물이 빠져나간 후처럼 새로운 구성물을 드러내 보이면서 내게서 멀리 물러났다. 이제 이곳을 지배하는 것은 혼란스러움이나 분노, 욕 망이 아니라 단단함, 과립화, 불멸이다. 습기가 남아 반질반질한 꽃병의 표면, 파도의 흔적이 남은 작은 모래언덕들, 소금기에 까 칠까칠해진 조개껍데기들. 그 조개껍데기를 귀에 대면 들리는 파도 소리, 그 나지막하고, 부드럽고, 숨을 쉬는 것 같은 소리를 당신은 기억하는가. 도시의 소음과 너무도 가까워, 한낮 도심의 러시아워에 갇혀 차량이 물밀 듯이 쇄도하는 동안 깜짝 놀란 채 안전지대에 고립되어 있던 때를, 동맥 안의 악성 부종이 점점 더 커지고, 장 천공穿孔에서 피가 솟아오르듯 내장이 피에 잠기고, 불안이 옥죄어오는 것을 느끼던 때를, 소나기 같은 굉음에 으스러진 채 무릎을 꿇고, 기쁨을 느끼고, 소용돌이가 되어 사라질 때까지 스스로를 내맡겨버리던 때를 즉각 떠올리게 하는 그 소리를. 조금이라도 절망에 굴복하지 않는 것은 불가능하다. 기억과 기타 등등으로 이루어진 군단은 이 기회를 틈타 두 번 다시 되살릴 수 없는 이 어린 시절의 저주 받은 감각들을, 이 부드러움과 게으름과 예전에 가졌던 친밀함을, 그토록 좋아했던 이 단순한 그림들을, 이 오목하고 포근했던 은신처들을, 햇빛과 비가 하나로 섞여들던 이 에어포켓들을, 금색 붉은색 물건들과 말미잘과 고동 같은 예민한 동물들로 가득했던 이 장소들을, 무성無聲의 이 연약한 지각知覺들을, 이 투명한 냄새와 촉감을, 희고 모난 이 자갈들을, 사전辭典의 모습으로 존재하는 이 우주를, 당신도 알다시피 사람들이 웅덩이라고 부르던 것들을 우리 위에 풀어놓았다. 이 모든 것들은 살아 있는 존재의 표피를 뚫고 나오려 몸부림을 치며 돌아오지만 소용없는 일이다. 그리고 우리는 무無에서 솟구쳐오른 것처럼 보이는 그 소용돌이가 지독한 농담이라는 것을, 원숭이나 앵무새들이 내지르는 비명에 지나지 않다는 것을 알고 있다.

그것은 모든 존재에게 부과된, 모든 사물을 무겁게 내리누르고 있는 형벌이었다. 자기 꾀에 빠져도 단단히 빠진, 사람 비슷한 것이 버드나무 안락의자에 몸을 깊숙이 파묻고 앉아 있었다. 손은 무릎 바로 위 허벅지에 놓고 구부정한 등은 의자 등받이에 깊게 묻은 채, 그는 힘겹게 숨을 내쉬며 삼사 초마다 규칙적으로 목쉰 딸꾹질 소리를 냈다. 그는 자신도 깨닫지 못한 채, 거기 그 자리에서 아무런 회한도 없이 홀로 죽어가고 있었다. 창문 너머 하늘은 파랬다. 그러나 점점 더 넓어지고 그 수가 늘어나는 동심원들이 죽음의 냄새를 풍기는 방 문턱을 독수리처럼 하나하나 넘어오고 있었다.

겨울이면 눈으로 뒤덮이는 이 대로도 마찬가지였고, 이 유리창 주위도, 이 유리 결절 주위도, 알려지지 않은 시골의 은신처도, 퇴비도, 빙산도, 재떨이 안도 마찬가지였다. 또 무엇이 있었을까? 화물 적재소에서는 어떤 불꽃이 타고 있었고, 정차중인 기관차에서는 어떤 기적 소리가 터져나오고 있었고, 방풍 램프의 금속상자에서는 어떤 빛이 뿜어져나오고 있었을까? 무한하게 다양한 주파수에 맞춰 조정되는 사건들은, 쉬지 않고 스스로를 쌓아올렸다가 허물어뜨리면서 사람들의 눈을 피해 홀로 작업을 계속했다. 빨간 자동차를 교차로에 세우고 내려서 걸어가다가 '아스피린'이라는 단어가 큼지막하게 붙어 있는 유리창에 자기 모습을 비춰보면서 한 손으로 서툴게 머리를 매만지는 여인은 이제 없다. 다만 거울 속에 영원히 고정되고, 구부러진 세 손가락으로 검은 머리칼을 만지는 모습의 조각상 같은 실루엣을 남기는, 가냘프고 나약한 팔의 움직임이 있을 뿐이었다. 사실이란 복도를 따라 걷는 발걸음들에 불과했다.

이윽고 이 모든 장소에 갑자기 평화가 돌아왔다. 평화는 오케스트라처럼 지휘에 따라 단단한 물질 위에 퍼져나갔다. 그것은 사물들을 둘러싸지 않고 고정된 상태를 더 연장했다. 그것은 보도의 윤곽을 드러내고, 주철 가로등에 새겨진 부조浮彫나 공원 중앙 음악당의 둥근 모양을 도드라지게 보이게 만들었다. 다른 인간과 동물들은 빌라 안에서, 문 앞에서, 쇼윈도 주위에서 순하고 조용하게 익숙한 자세로 움직임을 멈췄다. 손은 테이블 위에 올려놓은 채, 자신들의 뼈를 뜯어먹거나 입술을 유리잔에 적시면서. 그들 위로, 그들 모두의 위로 부슬비가 내리고 있었다. 유골함이었다. 그들은 셀룰로이드 포스터 뒤에서 조용히 죽어가고 있었다. 푸른빛이 그들의 흐리멍덩한 눈을 채우자 그들의 몸에서 물기가 빠졌다.

거친 포장지에 그린 그 어떤 섬세한 그림이, 까마귀의 비상처럼 허공에 울려퍼지는 그 어떤 아름다운 음악이, 산酸의 증가와 지방의 리듬과 쓴맛과 단맛의 주제와 변주에 의해 끊임없이 새

로 만들어지는 그 어떤 맛이, 명치께의 그 어떤 고통이 이 얼어
붙고 완벽하고 환히 빛나는 왕국을, 내가 속해 있던 이 영역을
표현할 수 있었을까? 나는 나를 떠받치고 있는 그 표면에 괴상한
배영 자세로 누워 두 손을 엇갈려 포개고 사지를 쭉 뻗은 채, 겁
에 질려 침묵에 잠긴 채, 신들이 움직이는 모습을 바라보다가 길
을 잃었다. 무한에 비견할 만한, 서로 교차하는 지평선들에 닿아
있는 순백의 공간. 선 하나가 맹목적이면서도 유연하게 약간 위
로, 왼쪽으로, 왼쪽으로, 오른쪽으로 그어지면서 생명을 절개하
고 있는 백지. 생명. 멋지고, 영웅적이고, 위풍당당하고, 단련되
었고, 젊고, 파괴할 수 없는 생명. 너무나 아름답고 순수해서 간
단한 몸짓만으로도 사람들의 시야에서 감출 수 있을 깃 같은 생
명. 나는 똑바로 누운 채 떠다닌다. 검은 베일, 장례 시트, 심연
같은 구멍들이 뻥뻥 뚫린 표면이 내 위로 천천히 지나가면서 나
를 잠으로 이끌고 가서 예지몽의 서늘함으로 내 존재를 증발시
켜버린다. 이제 나는 죽을 수도 있다. 강철도, 빛의 날카로운 칼
날도 끝이다! 하지만 끔찍하게도 이 세계는 여기에 존재하고 있
다. 모든 것은 노란색과 금색으로 완전히 뒤덮였다. 돌과 석회로
이루어진 이 거대한 공간 위에서, 이 일직선의 하늘 길을 따라
병원, 요양원, 공장, 국영전기공사 건물들은 굳게 닫혀 있다. 철
길은 녹슬었다. 예외 없이 모든 종種을 부패시킨 이 해체작업에

는 어딘가 잘못된 데가 있다. 기실 아주 가까이서 보지 않으면 아무것도 변하지 않았다고 할 수 있을지도 모른다. 소리들은 여전히 풍요로운 음색을 띠고 있고, 나무들은 똑바로 서 있고, 초라한 집들의 골함석 지붕과 비닐 마루는 여전히 반짝이고 있다. 남자들과 여자들도 여전히 아무 흠결 없이 미끈하다. 그러나 무슨 일이 일어난 것이 틀림없다. 끔찍한 홍수로 얼룩졌던 그 과거가, 지금도 목덜미를 죄어오는 그 기억이 위협이라도 하듯 도처에 떠돌고 있다. 제대로 매장하지 않은 시체들의 냄새, 땅에 떨어진 나뭇가지에서 풍기는 메마른 썩은 내 같은 것들이 그것이다.

향을 피워도 소용없다. 시멘트와 금속판들은 얇디얇고, 포석을 깐 바닥은 가소롭기 짝이 없다. 아무리 그것들로 감추려고 해도, 나는 보고 말았던 것이다.

열한시 칠 분 전, 일제히 터지는 축포처럼 거리의 소음이 한 점으로 모인다. 그곳에서 움직임은 파괴되기 위해 일어나고 있다. 한낮의 선명한 햇빛 아래 집들은 노란색으로 열을 짓고, 파이프들은 꾸르륵 꾸르륵 소리를 낸다. 반은 미지근하고 반은 축축한 이상한 바람에 작은 쓰레기 조각들이 날아가 창과 벽 위에 나부낀다. 이 모든 사소한 사건들이 반구형의 회색 하늘 아래 일어나고 있다. 그리하여 사람들은 느린 속도로 도심을 벗어나 주변의 언덕으로 기어오르기 시작한다. 미모사 꽃이 듬성듬성 피어난 낡은 돌계단을 오르고, 숨이 가쁘도록 오르고 또 오르고 오른다. 까마귀 떼들이 둥그렇게 산을 에워싸고 있다. 사람들은 고요한 아스팔트 길을 지난다. 고양이들이 화분 뒤에 숨어 당신이 지나가는 모습을 지켜보고 있다. 갑상종에 걸린 도마뱀들이 오래된 자갈 더미 아래로 서둘러 도망친다. 사람들은 두 개의 층계참 사이에 난 계단을 계속 오른다. 정상에 이르기까지 층계참은 아홉 개가 있다. 길을 네 번 가로지르고 예순세 개의 전신주를 지나쳐야 한다. 가까이 혹은 멀리, 빨간 지붕을 얹은, 오렌지나무 정원이 있고 올리브나무 울타리를 두른 4백 채의 집들을 바라보아야 한다. 다른 산들, 불타오르고 있는 것 같은 산들과 허공에 떠 있는 것처럼 보이는 천문대의 돔 지붕을 식별해야 한다. 손이 새카만 노파에게 인사를 건네야 한다. 수백만 개의 나뭇잎들과 개미들, 올리브를 짓밟아야 한다. 무화과나무에서 나는 외설스런 냄새를 맡아야 한다. 그러고 나면 언덕 위편 어디쯤, 아마 여덟번째와 아홉번째 층계참 사이에서, 아이들이 뛰놀던 작은 인공 광장 좌측으로 약간 후미진 곳에 얼음처럼 차가운 물이 솟아나는 분수대가 모습을 드러낼 것이다. 돌기둥에 박힌 청동 주둥이에서 물이 솟아나오고, 그 돌기둥에는 1871, JCB, 12/4/46, JOJO, 해리슨, 6/10/1960, 미레유, 리폴, 뤼크, 지금, 나는 이곳에 있었다 DD, L. R., S., T. A-M, 25/8/58, REG 1961

년 8월 1일, 카사블랑카, 디디, 1949, 포자, 1949, J. B., A. 진.,
헬싱키 57, 빅토르 위고, 12/8/1963 같은 글자들이 무질서하게
새겨져 있다. 물이 끊어졌다 다시 흘러나오다 하면서 물통 안으
로 떨어진다. 그리고 1963년 4월 9일 JFB라는 낙서 옆에 자기
이름을 칼로 새긴 후, 등에들이 앉아 있는 돌 수반水盤 가에 앉아
무슨 일이 일어나는지 한번 볼 수도 있을 것이다. 그렇게 한다면
그리 오래되지도 않은 이야기를, 예컨대 '59년 7월 6일, A와 데
이지'라고 분수대 위 돌기둥에 흔적을 남긴 이야기를 새롭게 하
는 일이 될 것이다.

알보니코— 데이지는 제법 덥다고 생각했다.
햇빛은 수천 개의 작은 잎사귀들 사이를 뚫고야 말았다. 잠
시 후, 해가 점점 기울면서 입口 같은 모양의 빛들이 떨어져나
왔고, 거기에서 타원형의 그림자들은 점점 더 커졌다. 이제 태
양은 빛을 뚝뚝 떨어뜨리며 삼각형의 나뭇잎 가장자리에서
부르르 떨다가, 자갈 속에서 희미한 비명을 지르며 중얼거리
고 있었다. 햇빛은 소나기처럼 천천히, 천천히 떨어졌다. 문제
의 나무는 후추나무였다. 열기 때문에 무너졌던 후추나무는
마른 가지들을 1밀리미터씩 펼치고 나뭇잎 사이를 마치 물고
기 등지느러미처럼 벌리면서 감지하지 못할 만큼 천천히 몸

을 일으켰다. 공기는 거의 움직이지 않았다. 25미터 떨어져 있는 빌라의 파티오 아래, 토마토 묘목과 앵무새 새장 사이에 있는 온도계가 달아올랐다. 온도계의 붉은 기둥은 26을 넘어 27에 다다랐다. 알보니코는 해수욕화를 신은 두 발을 자갈밭 위에 얹은 채 후추나무 밑에 앉아 있었다. 그 순간 뒝벌 한 마리가 나타나 공중을 가르며 날아간 것 같기도 하다. 풀 한 포기가 건조함을 못 이겨 가장자리가 감친 듯 말리며 점점 더 한 쪽으로 몸을 오그린 것 같기도 하다. 그 유명한 자갈밭 위에서 자갈 하나가 유독 도드라졌는데, 다른 자갈들은 작고 동그란 데 반해 그것은 피라미드처럼 기다랬기 때문이다. 물이 콸콸 쏟아지는 분수대가 가까이 있어서 그 자갈의 모서리에, 파도 소리와 붉은 반사광 사이에 기이한 광채를 부여한 것이 아니라면 말이다. 만약 그때 알보니코가 그곳을 해수욕화 앞코로 파볼 생각을 했다면, 몇 달 전에 잃어버린 꾀죄죄하고 낡은 동전 한 닢을 발견했을 것이다. 담배꽁초만이 흙에 덮이지 않은 채 모습을 드러내고 있었다. 데이지는 오른손의 엄지와 검지로 자기 코 밑을 꼬집었다. 그러고는 도톰한 입술 언저리를 더듬다가, 〈콩피당스〉 혹은 그와 비슷한 유의 여성지를 빠르게 넘기기 시작했다. 지나치게 뜨겁고 지나치게 산란되는 햇빛은 잡지의 윤나는 종이 위에서 네 배 더 환히 빛났다. 왼쪽에서는 햇빛에 바랜 식물 하나가 부르르 떨며 암술 혹은 수술을 떨어뜨리고 있었다. 어떤 작은 소리가 수풀 언저리에서부터 계단을 가로질러 올라와 작은 뜰을 따라 반향하고 갈라졌다. 여기저기에서, 예를 들면 포글리아 차고나 로자 보뇌르 창고에서 나는 소리들이었다. 병 부딪히는 소리, 디젤엔진 소리, 개 짖는 소리 등등. 그러나 이 모든 소리는 태양이 내뿜는 맹렬한 열기의 공격을 받아 메마르고 편평해졌다. 차고의 양철지붕은 하늘의 미끈한 표면과 평행했다. 서로를 거울처럼 비추고 있는 양철지붕과 하늘은 두 겹으로 포개진 알루미늄 판과도 같았다. 이십사 초마다 징 소리가 허공을 뒤흔들었고, 마찰음과 삐걱거리는 소리에 뒤섞여 퍼져나갔다. 땅속에 박힌 아주 기다란 파이프 다발이 땀으로 뒤범벅이 된 남자가 내리치는 망치질의 느린 리듬에 몸을 내맡기고 있었다. 잘게 부서지는 그 소음과 온도계가 내는 희미한 윙윙 소리가 들리는 가운데, 망치 소리는 매번 울릴 때마다 무엇인가를, 유령 같은 무언가를 앞으로 나아가게 하고 눈에 보이지 않는 장애물을 하나씩 물리치고 구름 하나를 뒤흔들었다. 이십사 초마다 1미터씩, 이십사 초마다 1미터씩. 불투명한 성운 같기도 하고, 마그마 같기도 하고, 혹은 뱃속의 태아 같기도 한 공 모양의 것이 팽창하더니, 들판에 흩어지면서 소멸해갔다. 좀더 자세히 말하자면, 촉각으로 느낄 수 있는 먼지들이 사물들을 뒤덮었다. 먼지는 건조한 돌담에 달라붙었고, 자갈들의 윤곽을 두껍게 했다. 지상의 주름과 굴곡을 따라 수리작업을 하는지 하늘께서 친히 미세한 가루에 뒤덮였다. 가벼운 입자들이 공기층을 떠돌다가 자그맣게 뭉쳤다. 땅속까지 파고들어 구름 같은 잿가루를 끄집어내 하늘 높이 피워올려 오랫동안 이 세상을 뒤덮도록 한 것은, 의심의 여지없이 이 맹렬한 더위였을 것이다. 알보니코는 지금 해수욕화의 앞코로 바로 그 장소를 파고 있었다. 그러다 그는 땅속에 감춰져 있던 아주 낡고 더러운 동전 한 닢을 발견했다. 그는 그것을 주워들더니 자기 손바닥에 놓고, 그 동그랗고 흉한 것을 데이지에게 보여주었다.

"20프랑을 발견했어. 여기, 흙 속에서."

"동전을 찾았다고?"

"이상하지 않아?"

"누군가 잃어버렸나보지."

"내 생각에는……"

데이지는 그에게 동전을 돌려주었다. 그러고는 흙으로 더러워진 손가락을 돌담에 문질렀다.

"이 동전은 꽤 오래전부터 거기 있었을 거야. 흙투성이잖아."

"흙은 아냐."

"뭐라고?"

"아니, 내 말은, 정확히 하자면 흙은 아니라고. 아냐. 무슨 먼지나 재 같은 거야. 잠깐 내가 닦아볼게. 신문지 한 장만 줘봐."

알보니코는 거기, 반은 햇빛이 내리쬐고 반은 그늘이 드리워진 분수대를 향한 채 벽 가장자리에 앉아 20프랑 동전을 정성스레 닦았다. 구석구석 더러운 때를 닦아내고, 오른손 검지 손톱으로 신문지에 구멍이 나도록 긁어댔다. 그러나 금속은 오랜 시간 흙 속에 파묻혀 있던 탓에 완전히 까맣게 되어 여전히 광택을 잃은 낡은 모습으로 남아 있었다.

휴식의 세상 저 너머에, 샘이 조용히 흐르고 나무들이 속살거리고 바람이 살랑대며 장난을 치고 말벌들이 웅웅거리는 그 은밀한 평화의 저편에, 경사진 지붕과 빗물받이 홈통을 타고 흐르는 빗물의 먼 저편에, 이 살색의 아름다움, 사람이 거주하는 수천 개의 틈새들, 음식과 소다수 냄새를 풍기며 낮은 목소리로 끝없이 잡담을 늘어놓는 입들 같은, 막 시작된 이 모든 세계의 먼 저편에, 당신의 손발을 묶고, 피투성이가 된 채 떨고 있는 당신을 생의 쾌락에서 강제로 끌어내는 어떤 무게가 존재하는 듯하다. 그것은 산처럼 높고 몇 톤은 나가는 대리석 덩어리로, 그 대리석은 사멸할 운명인 물질의 층을 뚫고 당신을 끌어당긴다. 이제 급속한 결빙이 전신의 모공을 뚫고 들어와 사람들은 멍하니 흘러갈 뿐이다. 말을 해보려 해도, 숨을 쉬어보려 해도 소용없다. 내장에 구멍을 내는 짧지만 영원한 칼놀림처럼 어두운 금속 봉들이 몸을 뚫고 지나간다. 이 움직임은 끝이 없다. 영원하다고 해도 과언이 아니다. 아무것도, 심지어 글이나 티프T.E.A.P.E. 같은 이름이나 생명의 탄생도 그것을 멈출 수는 없을 것이다. 이런 붕괴가 계속되는 동안 세계는 거의 알아차리지 못할 만큼 확장된다. 넓어지거나 깊어지는 것이 아니라 그 수가 늘어나는 것이다. 우주가 증식해간다. 색깔, 활발히 움직이거나 미동도 하지 않는 입자, 존재 등이 점점 더 다양해진다. 기묘하게 휘갈겨쓴 끝없는 글씨들이 공간의 각 지점을 포위하면서 그것들을 불가해한 것으로 만든다. 속도나 예민한 감각, 혹은 그와 유사한 효과로 현실이 증폭되어 손에 닿지 않는 곳으로 옮겨진 듯하다. 반짝이는 반점, 어두운 평면, 직선, 굵은 선, 가는 선 등등, 모든 것이 뒤섞이는 동시에 구별된다. 모든 물체들이 다른 물체들과 유사해지면서도 자신의 존재를 확연히 드러낸다. 이윽고 웅성거리는 소리가, 다음에는 조화롭고 원시적인 노랫소리가 물질로부터 솟아나오더니 그 음울한 진동을 빛의 진동에 뒤섞는다. 대지는 부글부글 끓는 것 같고, 기포들이 계속해서 터진다. 자신의 감각에 기만당한 그 남자는 더 깊은 곳을 향해 유영해 나아간다. 그러는 동안 리듬과 음악이 그를 사로잡더니, 쉬지 않고 움직이면서 파괴해가는 색채들이 그를 엄폐물로 뒤덮는다. 목소리들은 묵직하니 굵고 낮았고, 한 남자가 불꽃을 튀기면서 힘껏 파이프를 두들겨대는 리듬에 맞춰 이십사 초마다 움찔한다. 피로 그린 표면 하나가 하늘과 땅 사이 어딘가에서 흔들린다. 그 표면은 금속 조각 여러 개를 접합해 만든 것 같고, 금속 조각들은 움직일 때마다 우그러들며 압축되는 듯하다. 하지만 그 표면은 결국 하나로 이어져 있어서, 거대한 지렛대를 사용하면 커튼을 젖히듯 쉽게 들어올릴 수 있을 것이다. 그 표면을 가로질러 좀더 깊은 곳으로 들어가면, 마치 두번째 바다를 발견하는 것과 같을 것이다. 이십이 초 혹은 이십삼 초마다 울려퍼지는 징 소리의 리듬은 여전히 느리지만, 수런거리는 소리는 바뀌어 있다. 이제 그것은 노랫소리가 아니다. 그것은 빗소리 혹은 젖은 타이어가 미끄러지면서 내는 소리와 거의 흡사한, 일종의 부드럽고 지속적인 마찰음이다. 때때로 가스등이나 라이터, 혹은 단순히 자동차 차체가 발하는 빛 주위에서 도저히 견딜 수 없는 끔찍한 고음이 형성된다. 그러나 그 음은 결코 오래 지속되지 않는다. 곧 그 음은 두 개, 세 개, 네 개, 다섯 개, 여섯 개의 음으로 갈라진다. 음악의 나무가 태어난 것이다. 그 나무는 점점 자라면서 가지를 뻗어나가고, 소음을 내는 나머지 식물 조직과 뒤섞인다. 2503번째 분열이 일어날 때쯤 고음은 엄청나게 늘어난 표피처럼, 감지하기가 힘들고 추상적인 마찰음에 불과하게 된다. 손가락 하나가 분을 바른 듯 건조한 젊은 여자의 허벅지를 쓰다듬으며 그 위에 지문을 남기는 소리 같은, 거의 들리지 않는 마찰음. 마찰음은 파란색 영역 안에서 계속되고, 움직임은 점점 빨라진다. 얼마 후면 파란색 대신 오렌지색이 나타날지도 모른다. 그러나 색깔들 역시 가지를 치며 해체된다. 건물의 흰 벽이 바래는 것처럼 고정된 채로 가지치고 해체되는 것이 아니라, 만물이 오가면서 해체되는 것이다. 곤충들에게 모범이 되는, 모든 세부를 변화시키는 섬세하고 근사한 움직임이다. 시간 또한 분열하고 확산되고 수분이 빠져나가 스스로를 먹어치운다. 부조의 표면들은 조각조각 부서져 내린다. 양각은 무無를 향한 수직 행진을 계속하고, 음각은 탐욕스럽게 파고들면서 삼켜진다.

이 혼돈, 귀를 먹먹하게 하는 그 웅성거림 위에서, 나는 몸의 9할을 물에 담근 채 완고함과 분노에 흠뻑 젖어 바다를 떠도는 빙산처럼, 거대하게 얼어붙은 채 푸르스름한 빛을 반사하며 표류하거나 꿈을 꾸고 있는 것 같다. 처음 듣는 언어들, 인간의 것이라고는 생각할 수 없는 언어들이 귀를 채운다. 분절들이 중첩되고 서로 부딪치면서 무無에서 만들어진 그 언어들은 누군가를 향해 발화된 언어가 아니다. 그것은 흰개미들의 언어다. 쉼 없이 흘러나오는 언어의 웅성거림은 작은 점들을 이루고 있다. 이제는 아무것도 의미하지 않는 것들이었다. 회칠이 떨어져나간 벽이나 분수대의 수반 위로, 어둡고 악취를 풍기는 장소의 문들 위로, 기차역 로비에서, 아무도 읽지 않는 수백만 장의 책장들 위로 독해가 불가능한 가느다란 글씨로 쓴 달필이 달음질치고 있다. 여기, 파열된 현실의 틈에 임박한 사건들이 기재되어 있긴 하지만, 그 사건들은 언제까지고 자신의 비밀을 드러내지 않을 것이다. 우리가 아는 동시에 모르는 어떤 끔찍한 사건 같은 것, 우리의 의식을 무겁게 내리누르는 어떤 것. 모든 것이 도를 넘어서 있다. 세상은 치유할 길 없는 상처를 입은 듯 고통스러워 보인다.

베송은 이국적인 조각상 같은 모습으로 꼼짝도 않고 앞을 바라본다. 그에게는 이 불행밖에 보이지 않는다. 베송은 자기도 모르게 흑단나무 세공품 같은 새카만 나무 한 조각이 되어버렸다. 두툼한 입술은 움직이지 않고, 목덜미는 뻣뻣해지면서 낡은 밧줄처럼 주름이 졌다. 팔다리는 가느다라면서 단단했고, 지나치게 볼록한 배는 임산부처럼 단단하고 팽팽하다. 배 밑의 성기는 불룩 튀어나와 있다. 근육도 혈관도 드러나 보이지 않는 피부는 자갈처럼 매끈하다. 배 한가운데서는 칼끝으로 판 구멍 하나가 운하의 수문을 닫고 있다. 권총 탄환이 뚫고 지나간 구멍처럼 생긴 그것은 배꼽이다. 베송의 두 다리는 짧고 활처럼 휘어 있다.

발가락은 몸 위쪽 어디에선가 외설스런 행위를 하고 있는 듯 흉측한 모습으로 바깥쪽을 향해 벌어져 있다. 특히 머리 꼭대기에는 이마의 곡선을 중간에 잘라버리는 커다란 두 눈이 있을 것이다. 까만 나무 속에 박힌 두 개의 까만 나무구슬. 시력이 상실된 것 같은, 손가락으로 누르면 부드럽게 들어가는, 감각을 가진 텅 빈 두 개의 둥근 천장. 프랑수아 베송은 이 개구리 가면 속에서 살기 시작했다. 베송은 바로 이 무게에, 이 끔찍한 고통과 연민에 휩쓸려 추락하고, 대지의 굵은 소용돌이와 원소들의 붉은 입김을, 다양한 물질들의 더미들을 통과한다. 그는 연기가 피어오르는 담배 한 개비 앞에 서 있는 사내보다 더 빨리, 그리고 더 깊은 곳으로 추락한다. 그러나 그는 자신이 어느 곳에도 도달할 수 없으리라는 것을 알고 있다. 모든 외국어에는 희망이라는 뜻을 지닌 단어가 있다. 그러나 그 단어는 목구멍을 통과하지 못한다. 나는 혼자가 아니다. 나는 당신들 모두와 소통할 수 있다. 하지만 그러기에는 너무 늦은 것 같다. 생의 중심에서 이 덫에 빠져버린 이 언어들은 내 몸을 여기저기 관통하고, 나를 유령으로 만들고, 내가 가지고 있던 지극히 개인적인 것들을 살벌하게 박탈해버릴지도 모른다. 이 여행이 며칠 더 지속된다면 이 거대하고 하잘것없는 육신, 모든 질병에 노출되어 있는 이 육신 이외에는 아무것도 남지 않으리라. 승리로 통하는 출구를 기대하던 나는 평평하고 환한 세상 한가운데서 또다시 놀라움에 사로잡힌다. 하지만 내 몸을 잡아뺄 수가 없었다. 나는 여느 도시들과 다를 바 없는 한 도시에 들어와, 여느 벽들과 다름없는 벽들에 둘러싸인 채, 똑같은 색깔들과 똑같은 소리들, 똑같은 욕망들에 짓눌리고 있는 것이다. 시간과 공간은 완전히 뒤집혔다. 액체로 된 이 덩어리의 저편, 대지의 반대편에서, 어둠은 임박한 혼돈에도 불구하고 조금도 약해지지 않았다. 여전히 어둠은 만물을 바이스처럼 조여대고, 곧 바스라질 듯한 피부로 뒤덮고 있다. 도시 좌측에 있는 고원지대에서는 몇 헥타르에 이르는 땅 위에 침묵과 죽음의 사물들이 줄지어 서 있다. 그곳에서 모든 것은 일직선이고 이해 가능하며, 따라서 거의 유쾌하기까지 하다. 삼면으로 된 거울에 비친 끝없이 늘어선 십자가들 아래 수많은 사물들이 뒹굴고 있다. 과거에 그것들이 오만한 마음으로 열심히 살았다는 것은 사실이다. 그러나 이제는 경계가 불분명한 거무스름하고 네모난 땅과, 수직으로 교차해 박은 두 개의 흰 막대기들만이 무수히 박혀 있을 뿐이다. 인간, 개, 풍뎅이, 가시덤불의 무덤들이 뒤섞여 있다. 아니 어쩌면 그곳은 더이상 묘지가 아니고 그저 땅 위에 펼쳐져 있는 공터, 일상적 풍경 위에 중첩될 환영, 막연한 경외와 공포에 사로잡힌 영혼을 끝없이 사방으로 펼쳐놓을 환영은 아닐까? 대지는 쓰레기 소각장이다. 그렇지만 또한 구체적이

고 정밀한, 고요한 평화가 깃든 곳이기도 하다. 그곳에서 각각의
존재는 사멸했음에도 질서정연하게 늘어선 작은 십자가들의 송
판 위에 적힌 검은 글씨의 형태로 계속 존재할 수 있다.

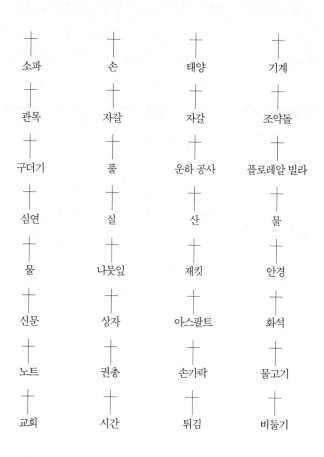

†	†	†	†
소파	손	태양	기계
†	†	†	†
관목	자갈	자갈	조약돌
†	†	†	†
구더기	풀	운하 공사	플로레알 빌라
†	†	†	†
심연	실	산	물
†	†	†	†
물	나뭇잎	재킷	안경
†	†	†	†
신문	상자	아스팔트	화석
†	†	†	†
노트	권총	손가락	물고기
†	†	†	†
교회	시간	튀김	비둘기

엄밀히 말해 사람들은 아무것도 모른 채 이 무덤들 사이를 걸어다니고 있었다. 구름이 점점 짙어지더니 비가 내리기 시작했다. 사태에 맞닥뜨리자 사람들은 산길을 가다 절벽과 마주하게 된 것처럼 깜짝 놀랐다. 이 묘지로부터, 휴식을 취하고 있는 망자들 위에 세워져 있는 이 상징적인 십자가들로부터 죽음의 냄새와 소리가 올라오고 있었다. 그 냄새와 소리는 지상에서 약간 떨어진 곳에서 움직이지 않는 일종의 안개 같은 것이 되었다. 마치 완전히 파괴된 도시의 거리를 뒷걸음질치며 가로지르는 것 같았다. 모든 것이 선명하고 뚜렷하게 드러나 보였기 때문에, 미궁 속을 헤맨다기보다는 거울로 뒤덮인 방이나 착시효과를 일으키는 그림 속, 혹은 함정 속을 걷는 것 같았다. 대칭을 이루고 있는 이 세계에서는 비록 죽었다 해도 진정으로 잠을 청할 장소는 없었다. 물론 고요함이 그곳을 지배하고 있기는 했다. 헐벗은 외적 풍경과 엄격한 배치가 이 외면적 평온에 일조하고 있었다. 어쩌면 그것은 진정한 평온인지도 몰랐다. 폭력과 절망 속에서 가능한 유일한 평화일는지도 몰랐다. 그리고 정반대 시절의 기억, 즉 선명한 색깔과 햇빛에 빛나는 풍경의 시절, 어떤 시간이든 장소든 원할 때마다 맛볼 수 있고 이윽고 그 시간과 장소가 하찮은 몽상인 양 사라져버리던 시절의 기억, 그 기억은 스스로를 자랑스럽게 여기지 않을 것이다. 이제 그 기억은 오로지 견디기 힘든 것이 되었고, 그 기억을 일깨우는 모든 것들은 지옥으로 통하는 문을 활짝 열어젖혔다. 세계를 이루고 있는 요소들은 너무도 많아져서, 이제 과거를 생각한다고 해서 그것들에게 단순성을 되돌려줄 수는 없었다. 사실 이제 단순성이라든가 순수성 같은 것은 조금도 중요하지 않았다. 그런 것들은 사라져야 했다. 단순하고 순수한 세상에서의 삶은 너무도 덧없고 빈약한 것이 되어버렸다. 너무도 희미해져서 일순간의 망각조차 치명적일 수 있었다. 천 살이 넘은, 너무 크고 무거워서 식물계의 특징보다는 광물의 특징을 띠고 있는 거목과 비슷한 경우라고 할 수 있었다. 그 두 계界 사이의 차이는 미소했다. 이 나무의 계를 바꾸는 데는, 예컨대 식물학자의 곡해 같은 사소한 입김 하나로도 충분할 터였다. 그러나 이런 외관에도 불구하고 여전히 생명이 나무를 지배하고 있었다. 벌써 몇백 년 전부터 나뭇가지를 뻗어올리는 일도, 새 잎사귀를 틔우는 일도, 뿌리를 뻗어나가는 일도 없었지만, 생명은 여전히 나무에 깃들어 있었다. 갑옷처럼 단단한 나무 둥치 깊은 곳에서 나무로 된 일종의 핵이 여전히 맥동하고 자라나, 말라빠진 섬유조직을 0.1밀리미터씩 밀어내며 나이테를 완성했다. 그것은 상반되는 두 요소를 갈라놓고 있는 허술한 칸막이와도 비슷했다. 물과 공기, 물과 바위, 불과 공기, 금과 납, 빛과 그림자와 같은 조합을 정당화해주지도, 그 둘의 결합을 공고히 해주지도 못하는 허술한 칸막이였다. 이제 삶과 죽음의 경계는 너무나 협소해져서, 사람들은 매 순간 그 경계가 무너지리라고, 그리하여 그 틈새로 푸른 물결과 붉은 물결이 밀려들어와 섞이고, 세력을 확장하고, 깊게 소용돌이치면서 내달리리라고, 그리하여 언젠가는 녹아버릴 자갈들을 품은, 더 두렵고 더 어둠으로 가득한 자주색을 띤 제3의 물결을 일으켜주리라고 막연히 기대하고 있었다. 이 무시무시한 균열 상태, 모든 균열 중에서도 진정으로 치명적인 유일한 균열 상태는 사실상 불가능했다. 그 경계는 무너질 수 없는 것이었다. 그것은 해석적으로만 존재하고 있을 따름이며, 사람들은 거기에 이름을 붙이고 그것을 수치화하면서 조정할 수 있을 뿐이었다. 그럼에도 두 부분의 노골적인 혼합이 아니라 반전에 의해 경계가 무너진다는 놀라운 상황이 벌어진다면, 그 순간부터 삶에 속한 모든 것은 죽음이 되고, 죽어 있던 것들은 생명을 얻을 것이다. 궁극의 환각, 악마가 터뜨리는 웃음. 하얀 벽과 잘게 조각난 움직임으로부터, 세심하게 관찰되고 묘사되는 시선들로부터, 일시적으로 혼돈에서 벗어나는 황홀경으로부터 자양분을 얻어 자라나는 삼단 논법. 어쨌든 대칭 상태는 유지되고 있었다. 겉보기로는 순결한 세계는 취약한 상태로 방치되어 있었다. 방에서, 바bar 안쪽에서, 거리와 골목길을 따라서 남자들과 여자들은 이런 논리의 모순을 겪고 있었지만, 그들의 다양한 운명이 서로 뒤얽히지는 않았다. 산 자들의 세계와 죽은 자들의 세계에서 흥분이 고조되고 있었다. 사람들은 행동하고, 말하고 있었다. 아니, 그게 아니라면, 근육들은 움직이고 뼈들은 땅 밑 4미터 50센티미터 지점에서 삐거덕대고 있다고 할 수 있었다. 침묵만큼이나 소음으로, 시체들만큼이나 산 자들의 몸뚱어리들로 이루어진 진실이 차츰 만들어지고 있었다. 그 진실은 부동 상태에 머물러 있지 않고 생기를 띠고 있었고, 비에 젖어 머리카락은 달라붙고 손은 남색 레인코트 주머니 안에 넣거나 허리에 얹은 흐릿한 중년 여인의 모습으로 위장한 채 거리 한복판을 활보했다. 비가 섬세하고 세련된, 태고의 리듬에 맞춰 땅을 두드렸다. 젖은 지면에 중년 여인의 모습이 비쳤다. 어딘지 알 수 없는 목적지를 향해 발걸음을 옮길 때마다 여인은 점점 더 자신으로부터 헤어나올 수 없는 것처럼 보였다. 하늘에서부터 물이 쏟아지고 있는 경사진 지붕 위에서, 영원이라는 시간이 그녀가 지나가는 모습을 응시하고 있었다. 함석판을 두드리는 노랫소리가 하나로 합쳐지고, 수직으로 내리꽂히는 말뚝 같은 빗줄기들의 격렬한 외침도 한데 모이고, 수백 개의 목소리가 추위와 빗방울 안에서 터져나왔다. 그리고 이 모든 소리는 그녀를 박자가 깃든 싸개로 감싸더니, 마침내 구름 낀 하늘로 날아갔다. 여기 이 진실은 슬픈 것도 기쁜 것도 아니었다. 여자라고 명명된 순간부터, 남색 레인코트를 입었을 때부터, 비를 맞으며 그 거리를, 자신을 배羮 모양으로 비추던 물웅덩이 위를 걷기로 했을 때부터, 그녀는 눈물로 지저분해진 옷과 젖은 노면, 블라우스 앞섶을 팽팽하게 부풀리는 묵직한 젖가슴, 거리를 터벅터벅 걷는 피곤한 다리로 이루어진 영원히 지워지지 않을 하나의 얼룩으로 그 자리에 고정된 것처럼 보였다. 한숨 소리들이 당신의 귀에 대고 중얼거리며 당신이 가야 할 길을 일러주었다. 그러자 깊은 우물 속으로 곤두박질치는 작은 돌처럼 존재의 중심으로 다시 떨어지는 것이었다.

도시는 엄청난 소용돌이를 이루고 있었고, 매 순간 이리 끌려가고 저리 부딪히는 것이 느껴졌다. 다른 사람들의 눈, 손, 목덜미 하나하나가 송곳이나 날카로운 침처럼 당신의 생을 향해 몰려들었다. 그 눈들, 무엇보다 눈들이 끔찍했다. 눈들은 쉬지 않고 살갗에 생채기를 내고, 가죽을 벗겨버리고, 분노로 이글거렸다. 길모퉁이들에서, 멀든 가깝든 모든 나무들의 나뭇잎 위에서 수백만 개의 눈들이 열렸다. 인파가 폭풍처럼 밀려올라왔지만, 어느 하나 타격하지 못했다. 도시에 우글거리는 이 군중 중 아무나 한 명만 잡고 보아도 살충제 세례에 비틀거리는, 대가리에 죽음의 낙인이 새겨진 빈사 상태의 흑거미 같았다. 겁에 질려 헛것을 보는 사람의 표정이었다. 언어의 물결이 점점 더 불어나더니

58

급기야는 소요 사태가 벌어졌다. 거리에서, 검은 나무들 틈에서, 빗물받이 홈통의 구멍 근처에서 고독한 비명이나 으르렁거리는 소리나 덧없는 잡담 소리가 실린 메아리가 쉴새없이 울려퍼졌다. 병원 3층, 블라인드를 내린 창문 뒤에서 한 노파가 진이 빠지도록 자닌 앙젤 에르보라는 이름을 달고 있었다. 블라인드는 S. I. M. A. C 사 제품(프랑스제)이었고, 우아제, 세르, 필리파치, 귀고, 짐머만, 아메리고 같은 다른 이름들도 여기에 관여되어 있었다.

불꽃이 이리저리 튀는 것처럼, 사람들의 기氣는 각자의 이름으로 발현되었다. 시퍼런 구근球根 더미가 여자들의 얼굴을 에워싸는 바람에, 졸려서 자꾸 감기고 가끔씩 눈물도 맺히는 피곤한 두 눈은 다크서클밖에 보이지 않았다. 그 얼굴들은 다시 한번 회오리바람에 가려졌지만 곧 다른 얼굴들이 모습을 드러냈다. 연기 같은 엷은 막 너머로 이 인간이라는 구조가 대성당처럼 펼쳐졌다. 활처럼 휜 눈썹의 첨두아치에서 끝나는 가늘고 긴 코. 입. 벌어진 입술, 치석으로 더러워진 하얀 앞니에 깃든 불가해한 신비. 상쾌함에 관한 기억, 푸르면서도 핏빛인 그 무엇, 끈적거리는 치약 찌꺼기. 혹은, 갓도 씌우지 않은 전등의 조명을 받으며 서로 합쳐지고 교차하는 주름살들의 유희. 볼은 홀쭉했고, 머리칼은 면도칼로 가지런히 정리되어 귀에 닿을 듯 말 듯했다. 네모지거나 뾰족한 턱뼈는 관절구 안에 자리잡고 있었다. 까마득히 높은 이마는 바위처럼 아름다웠다. 눈살을 찌푸릴 때면 이마를 받치고 있는 살 위로 짐승 발 모양의 독특한 그림이 그려졌다. 이 얼굴들과 두개골 주위에는 강렬한, 불변의 어둠이 깃들어 있었다.

사람들이 각자 무無에서 빠져나오더니 무리를 이루어 떠나기 시작했고, 그들의 둔탁한 발소리가 맴돌기 시작했다. 그것은 장차 도래할 혁명의 맹아이자, 고독과 분노의 결합이고, 물질에 내재된 미래의 활력이었다. 그들이 창조했던 의지意志가 일련의 소요 사태 때문에 우연히 나타나 보복에 나선 것이었다. 사람들은 이 빗물의 교향악 한가운데, 이 칙칙하고 비루한 진흙탕 한가운데 붙잡혀 있었다. 자신의 의식意識과 분리되고 침묵에서 멀어진 채, 그것들을 뒤따르고 나란히 걷고 소리치고 말하고 함께 살 수밖에 없게 된 것이었다. 저항하기에는 너무나 풋풋하고 교묘한 유혹이었다. 마치 겨울날 정오 자기 방 창가에 앉아 있는 것과 같은 느낌이었다. 소음들이 점점 커지는 동안, 색깔들이 비상하는 동안, 갖가지 무수한 파동들이 유리창 뒤에서 신기루를 흔들어대는 동안, 거대한 구멍이 입을 벌리면서 당신에게서 평화를 앗아가고, 당신을 벌거벗은 채로 내버려둔다. 그렇게 해서 당신은 순환을 멈춘 피의 무게에 짓눌려 매트리스 귀퉁이에 알몸으로 쭈그려 앉아 벌벌 떨고 있다. 그러니 혼자만의 생각에 빠져 허우적거리고 망각의 구겨진 주름 속에 빠지는 일은 그만두어야 한다. 그보다는 자신의 실체를 모조리 펼쳐 보이겠다는 소망과, 공간 하나하나에 침투하겠다는 광적인 욕망을 품고 바깥세상으로 몸을 던져 모든 유혹을 충족시켜야 한다. 그리고 그러기 위해서 이제 분석을 동원하는 게 아니라 방, 인간, 나무, 티끌 하나하나에 열광해야 한다.

음악은 여전히 당신을 사로잡았지만 이제 당신은 그 음악의 창조자가 아니었다. 음_音들은 접근이 금지된 감실監室* 안에서 당신과 무관하게 조합되었고, 용접된 자재들은 멜로디의 화살을 타고 깊은 어둠 속에서 솟아올랐다.

도시는 결코 마르지 않는 바다였고, 물결치는 파도에도 조화가 깃들어 있었다. 그러나 그것은 당신이 알고 내가 알고 있는 조화가 아니었다. 예컨대 삶과 죽음의 관계에 대한 지성적 이해나 적절한 선을 넘지 않는 신앙과는 거리가 멀었다. 그보다는 그야말로 엄청나고 유일무이한 조화, 전체의 문제이다보니 한 개인으로는 파악할 수 없는 조화였다. 명민한 이성은 파괴작업을 완수하고 어둠으로 돌아가버렸다. 인간은 이제 아무것도 모른

* 성당 안에 성체를 모셔둔 곳.

채 대지 위 한 알의 씨앗처럼 세상에 존재하고 있었다. 인간들이 살고 있는 이 행성처럼 만물은 구형球刑을, 장엄한 구형을 이루고 있었다. 그것은 완벽함이 지배하는 세계였다. 이러한 압력이 없었다면, 당신의 정기를 빨아 당신의 몸으로 펌프질해 올려 쉬지 않고 대번에 생명이라는 피안으로 보내는 그 입口이 없었다면, 아무것도 존재하지 않았을 것이다. 그 순간 사람들의 싸늘한 시선을 받으며 나는 회의에 사로잡혔다. 분명히 살아 있긴 했지만, 나는 여전히 혼돈에 사로잡힌 채 나와 나 자신 사이의 그 영원한 괴리 속에 존재하고 있었다. 나의 머릿속과 사지四肢는 안개가 낀 듯 흐릿했으며, 끝없이 되풀이되는 의문은 여전히 해답 없이 남아 있었다. 하지만 상관없었다. 중요한 것은 진짜 땅 위에 얼어붙은 채, 해체와 분석에 의해 마비되고 못박힌   였다. 인류의 우주는 암흑의 옆에, 부패의 곁에 있었다. 그곳에는 설명할 수 없는 혐오감을 동반하는, 무시무시한 욕망이 존재하고 있었다. 일종의 신경성 경련 같은 것이 모든 개념을 잠식하여 젤라틴 덩어리처럼 그것의 기능에 장애를 일으키는 듯했다.

남자들과 여자들은 이제 딱히 외로울 게 없었다. 그들은 무리를 이루었다. 그 야만스러운 혼돈 속에서 너는 길을 잃었다. 너는 이런 환경에 압도당했어. 순진하게도 초연할 수 있다고 믿었지. 한때 너는 거의 시간의 밖에 있는 셈이었어. 기억해봐. 너는 모형 풍경, 즉 아크로폴리스를 상징하는 하늘색과 분홍색의 둥근 모자이크 장식이었고, 검은 대리석판 한복판에 존재하는 유일한 빛의 얼룩이었잖아. 이론상 너는 활짝 열린 창문, 또는 불룩 튀어나온 표면, 삶의 물집, 거품이었어. 어쩌면 너는 중심이나 원, 어쨌든 환원할 수도 없고 결코 동화될 수도 없는 기하학적 도형이었을지도 몰라. 하지만 어느 날 너는 굴복할 수밖에 없었어. 처음에 그것은 의혹, 대수롭지 않은 고독, 고통에 불과했지. 그러더니 그것이 점점 커지기 시작했어. 네가 눈치챘을 때는 너무 때가 늦은 상태였어. 너는 함정에 빠진 것이었어. 냉소, 죄악, 나약해지고 싶은 유혹 등을 억누를 이유가 더이상 없어진 거야. 너는 이제 희생자에 불과했으니까. 너는 이미 불안정하고 탄력적인 후광에 불과했고, 심지어 더이상 네 몸을 내맡길 수도 없었어. 이렇게 해서 나는 생명을 얻은 것이다. 나는 이제 다른 것은 아무것도 모른다. 여기저기서 나무들이 자라났고, 집들이 지어졌고, 바다까지 터널을 뚫고 길을 깎아냈고 광장을 만들고 정원에 울타리를 둘렀다. 그렇게 도시의 한 지역이 알아볼 수 없게 변했다. 게다가 이 나무들과 집들과 정원들은 다른 이들을 위해 존재하고 있다! 이제 나는 그것들을 알아보지 못한다. 내게는 새로운 것도, 과거도 없어서 기호嗜好를 가질 수도 없다. 나는 내재성內在性 안에 존재한다. 수많은 사람들이 자신을 덮은 검은 베일을 찢어보지도 못한 채, 증오도 신념도 없으면서 의식하지도 못하고 이 전쟁에 가담하여 살아간다. 그들이 무언가를 잃어버렸다고 말하는 이들도 있겠지만, 사실 그들은 무언가를 박탈당한 것이 절대로 아니다. 하지만 거쳐야 하는 과정 하나를 제대로 통과하지 않은 것은 사실이다. 단계 하나를 빼먹고 건너뛴 것이다. 그러다보니 그 겪지 않은 단계의 빈자리가, 매듭짓지 못한 분석들의 유해한 형세가 그들이 의식하지 못하는 가운데 영향을 미쳐 강박관념을 키운 것이다. 바로 이런 형세가 명료함의 요소들을 마모시켜 궤멸함으로써 오늘날 그들을 끌고 가고, 그들을 하나씩 소진시키면서 영원의 고통을, 지옥을 향한 여정을 시작하는 것이다. 하지만 수백만의 주름살에는, 정신의 둔화에는, 영혼의 파멸에는, 상처를 감싸는 붕대에는, 각기 수천의 소멸로 점철된 죽은 자들의 행진에는 결코 끝이 없을 것이다.

사건들은 이미 벌어지고 있다. 사방 1제곱센티미터의 공간마다 미세한 변화들이 돌발적으로 일어나면서 천천히 전체를 뒤흔드는 것이다. 회의도, 두려움도 없다. 혹은, 그 남자가 점점 왜소해지고 있다고 말할 수도 있을 것이다. 그는 광물의 상태로 가는 도중인, 식물의 상태를 향해 나아가고 있다. 예전에 그에게 휴식이 되어주었던 모든 풍부하고 유동적인 물질은 미처 깨닫지 못한 사이에 빠져나가고 그에게서 달아난다. 한때 그는 현실과 충돌해 얻어낸 신비로운 후광을 지니고 있었다. 그런데 어떤 몽상이, 파괴와 붕괴를 예고하는 정신이 그에게 깃들면서 이제 그는 자신과 하나로 합쳐졌다. 신들은 쫓겨났고, 이제 그 자리에는 공허가 맴돌고 있다. 이제 그에게 지구는 기호記號와 함정으로 가득 찬 복잡하고 황량한 행성에 불과하다. 이제 그곳에서는 아무것도 볼 수도, 들을 수도, 만질 수도 없다. 대지는 안개에 묻혀 불모지로 변했다. 도시들은 이제 무게가 나가지 않는다. 어쩌면 부유하고 있는 것일 수도 있고, 두 개의 가스층이 만들어내는 착시일 수도 있다. 하늘이 물질에 침투하더니 그것을 부풀렸다. 온 세상이 가스, 가스, 연기 혹은 구름으로 가득 차 있다. 이곳에선 모든 것이 뒤섞여 있고 용해되어 있다. 아무것도 분간할 수가 없다. 지평선은 천왕성 위로 김을 모락거리고 있고, 나중에 다이아몬드로 화한 단단하고 반짝이던 것들이 물방울 속으로 들어오더니 대기중으로 스며들었다. 자, 이것이 그 남자가 이루어낸 일이다.

그는 한때 빛과 바위 안에 있던 왕국을 잃어버렸다. 그는 어둠을 향해 속도를 냈다. 이제 그는 소리와 냄새로 이루어진 땅을 밟고 서 있다. 어떤 아름다운 선율의 낭랑한 소리가 커지더니, 곧 시냇물처럼 사방으로 흐른다. 그 소리는 붉은 급류, 핏물이 되더니 그의 앞에서 한없이 치솟는다. 이제껏 가까이 지내던 작은 신神들과 헤어진 그는 이제 동질적인 존재가 아니다. 그는 아래쪽으로 흘러가 구멍들 속에 드리워진다. 그의 심장이, 부싯돌처럼 고요하고 견고한 덩어리인 그의 핵심이 파도의 솜털 속으로 서서히 녹아든다. 머잖아 그에게 남는 것은 그를 자기 부대에 넣고 꿰매버리는 죽음, 그를 이완시키는 숨결, 흙덩이들을 통과하며 물기가 빠지는 유즙乳汁, 끓는 용암이 번쩍이는 긴 경사면을 따라 고무 대륙들이 표류하는 긴 진자 운동밖에 없으리라. 그것이 바로 남자가 꿈꾸는 바이다. 그 꿈은 그의 뱃속을 거북하게 하고, 독처럼 온몸에 스며들어 혈관 속에서 고동치고, 그의 부드러운 각막에 먼지를 일으켰다. 끔찍한 꿈이었다. 그 꿈이 그의 삶뿐 아니라 시간과 공간 너머의 현실까지 잠식해버린 것이다.

이 모든 것은 하나뿐인 그 뇌 속에 들어 있었지만, 그것은 또한 보편적으로 현존하고 있었다. 그것은 지구의 모든 인간에게 크나큰 절망과 상상조차 할 수 없는 고통이요, 박자에 맞춰 고막을 울려대는 수많은 비명과 울부짖음이요, 물결을 이루어 흐르고 흘러 안개를 향해 퍼져나가면서 심연 속에 자기 파멸의 메아리를 울리지만 사물 한 개의 범위조차 벗어나지 못하는 기쁨과 액운의 찬가였다. 이 억눌린 분출, 스스로에게 상처를 입히는 이 억제된 힘, 각각의 존재가 유발하는 이 문란함, 소용돌이를 이루며 폭발하는 가운데 불현듯 완벽한 환영, 현기증, 불안, 지성의 심연에 대한 이해를 제공하는 원시의 거친 숨소리. 집들의 마룻널과 지붕과 도시는 태아처럼 둥그스름한 원래의 모습을 되찾았다. 사람들은 점점 더 고독해졌고, 근시안이 되어갔다. 그 혼란스러움 속에서 사람들은 병정개미처럼 작은 곤충의 모습을 했다. 그들은 저마다 피부 위에 죽음을 예고하는 문신을, 흐르고 흘러 파손되는 시간의 상징을 지니고 있었다. 싹을 채 틔우지도 못한 씨앗 같은 얼굴의 살집 아래 휑한 눈구멍, 익명의 비죽거림, 갉아먹힌 광대뼈, 여기저기 꿰맨 자국들, 그것은 언제나 같은 죽음의 얼굴이었다. 공허의 무게를 담은, 그 명성 높은 풍경안은 엄혹하고 현실적인 열정에 지배되고 있었다. 모든 조각들, 모든 육신들이 사용되고 있었다. 무관심하게 내버려지거나 우연히 내맡겨진 것은 하나도 없었다. 하지만 그것은 진정한 화합이 아니었다. 차라리 그것은 존재들을 서로 연결해주는, 보이지 않는 악의라고 할 수 있었다. 메시지들이 펼쳐져 있었다. 그것들은 알파벳의 형태로 벽에 씌어 있었다. 이름들은 서로 충돌했고, 문장의 끝들은 종결되기를 거부했다. 공장의 거대하고 하얀 칸막이벽 위에

주차 금지

라고 씌어 있었다.

여자들이 드나드는 반투명 유리문이 이따금씩 삐걱 소리를 내며 여닫혔다. 혹은, 더위가 고인 방 한가운데서 푸른 면바지와 나일론 셔츠 차림의 남자가 전등 불빛 아래 거의 보이지 않게 이글거리는 두 눈으로 한곳을 응시하면서 담배를 피우고 있다. 그는 골루아즈 474를 피우고 있었는데, 반쯤 빈 담뱃갑에는 J라고 표시되어 있었다. 그곳에서 더 먼 곳, 혹은 다른 곳이라 할 만한 곳에서 한 젊은 여자가 도시 중심도로를 걷고 있었다. 보폭이 좁고 잰 걸음걸이가 여자의 몸을 유연하게 앞으로 밀어내고 있었다. 하지만 어깨, 젖가슴, 목, 엉덩이, 배, 그녀의 온몸은 뻣뻣했다. 그녀에게도 마찬가지로 시간은 거의 존재하지 않았다. 시간은 빗속에서, 아주 먼 곳에서, 말로 표현할 수 없는 방식으로 흐르고 있었다. 다른 사람들과 떨어져서 뻣뻣하게 움직이고 있는 여자는 무엇인가에 복종이라도 하는 듯, 수천 개의 기호와 숫자와 기억들을 짊어지고 가는 것처럼 보였다. 현실에 분명히 기댄 채, 그녀는 앞으로 나아가고 있었다. 그 발걸음을 일일이 헤아린다고 하더라도 그녀를 정복할 수는 없을 터였다. 여자다운 발걸음으로 내딛고 있었지만 그 걸음걸이는 무미건조함과 신경과민의 현상일 뿐 인간적인 리듬에서 벗어나 있었다. 붉은 가죽구두가 땅 위를 내디뎠다. 처음에는 뾰족한 뒷굽이, 이어 밑창이 바닥에 닿았고, 그다음에는 가죽끈이 조여지는 소리가 났다. 그 움직임은 일정하지 않았다. 둔중한 아스팔트 위로 또각또각 소리를 내면서 하나하나 독립적으로 일어날 뿐이었다. 그 충격에 땅은 뒤흔들리는 것 같았고, 구두굽의 쇠가 닿을 때마다 불쑥 일어나면서 앞으로 나아가고 있는 중인 52킬로그램의 무게를 밀어냈다. 하지만 그 무엇으로도 이 소리들을 둘씩 묶을 수는 없었다. 그 지루한 소리의 행렬에는 목적지가 없었다. 리듬이 없는 것은 아니었다. 심장은 분당 94회 박동하고 있었고, 대퇴근의 운동도 여전히 규칙적이었고, 호흡도 정상이었고, 눈꺼풀도 한결같이 깜빡이고 있었다. 그러나 그 리듬은 기계적이었다. 그것은 더이상 어떤 종류의 형태도 수용하지 않았고 멜로디도 삽입하지 않았다. 그것은 평균 이하로 전개되는 흐름이었고, 피처럼 순식간에 응고되는 일련의 사건들의 흐름이었다. 여자는 웅성거리는 빗속을 오랫동안 걸어 움직이지 않는 조수潮水 속으로 들어갔다. 긴장감이 그녀의 언어로 뚫고 들어갔고, 그러자 그녀의 입술이 살짝 벌어져 의미를 파악할 수 없는 소리를 공기중에 누설했다. 날카로운 두 눈은 비에 젖은 자동차가 반사하는 빛에 빛났고, 양손은 펼쳐졌고, 부드럽고 하얀 피부는 바람에 맞아 소스라쳤다. 모직 원피스 아래 알몸은 완벽한 모습으로 얼어붙어 있었다. 강화 시멘트가 여자의 몸 안으로 흘러들어가 가장 작은 디테일까지 본을 떠서 뱀 같은 그녀의 실루엣을 드러내주었다. 그녀는 모서리들에 떼밀리고, 물질이 될 때까지 물질에 의해 가공되면서, 여기 혹은 저기에서 언제까지나 살아 있었다. 고독과 오만은 생명이라는 그 구체적인 장소에 버려져 있었다. 한 덩어리의 살, 뜨겁거나 차가운 형체, 움직이는 두 다리, 진흙, 매니큐어를 바른 손톱, 뻣뻣하고 윤기가 흐르는 털. 거기에 그녀의 생명이 깃들어 있었다. 그녀는 긴 겹날개를 가진 검은 곤충, 찬장 속의 바퀴벌레, 파충류, 야행성 새, 혹은 그보다 더 외로운, 생활쓰레기 더미였다. 커다랗게 입을 벌린 쓰레기통에는 오렌지 껍질이 비죽 나와 있었고, 스며나오는 물기 아래에서 포장용 상자와 돌돌 말린 정어리 통조림 뚜껑이 부드럽게 반짝이고 있었고, 냄새는 사방으로 떠돌고, 재들은 흘러내렸고, 삽을 든 청소부에 의해 운명이 완성될 무심한 아침을 기다리는 기름막이 이 피라미드처럼 생긴 무더기의 양옆을 수의처럼 덮고 있었다. 그녀도 다른 여자들도 두리번거리는 법 없이 갈 길만 재촉하고 있었다. 사건들은 도처에서 똑같이 전개되고 있었다. 어느 술집 밖에 걸린 네온 간판이 밤낮없이 깜빡거리고 있었다. 입구 바로 위, 2층 발코니 밑에 붙어 있는 '아델 쇼펜'과 '알자스 맥주'라고 씌어진 하늘색과 분홍색 네온사인이었다. 거기서 한참 아래, 출입구 왼편에는

'마권 판매'라는 글자가 깜빡이지 않은 채 빛나고 있었다. 네온 간판과 '마권 판매' 사이에는 '담배 파는 바bar'라는 흰 글자가 다음과 같은 다섯 방식으로 깜박였다.

1. 테두리를 두른 흰 글자가 나타난다.

2. 테두리 선만 나타난다.

3. 흰 글자만 나타난다.

4. 흰 글자가 세 번 깜빡인다.

5. 테두리 선과 흰 글자가 함께 세 번 깜빡인다.

이윽고 사 초 동안 암전이 되었다가 이 순서대로 반복되었다. 몇 시간, 며칠, 몇 년 동안이고 그렇게 계속될지도 몰랐다. 술집 앞에 떠다니는 이 모호한 단어들에게 한계란 존재하지 않았다. 그 단어들은 말하고 있었다. 실재하는 것들을, 잊힌 것들을, 인간들에게 전적으로 맡겨진 도시들을, 자동차들이 사선으로 주차되어 있는 드넓은 광장들을, 전시장들을, 마르티니 사社와 마카리나 & 프랑코 사를, 끝없는 미로 같은 웅달진 잿빛 거리들을, 해안과 산과 골짜기들을, 고속도로 위를 날아다니는 콘크리트 다리들을, 이륙하는 제트기의 굉음으로 가득한 비행장들을, 육중한 트럭들이 굴러다니는 시커먼 대로들을, 석탄과 기름 냄새가 풍기고 기중기들이 끼익끼익 비명을 지르는 복잡한 부두들을 묘사하고 있었다.

이제 집들은 다닥다닥 붙어 있다. 먼지와 물에 무방비로 노출된 붉은색 갈색 지붕들은 촘촘하고 연속된 하나의 표면을 형성하고 있다. 그것은 광기를 불러일으킬 정도로 반듯하게 측량된 새로운 토지였다.

트럭들이 인도를 따라 바퀴를 굴린다. 구름으로 부풀어오른 사각형의 하늘이 수직으로 내리누르고 있다. 지평선은 양 등성이에서 수증기가 피어오르는 화산처럼 생긴 산들에 가로막혀 있다. 숨겨진 은신처나 지하에 감금당한 수인囚人들은 틀림없이 질식해가고 있을 것이다. 인도는 산 채로 매장당한 사람들, 아스팔트 속에 사로잡힌 구더기조차 슬지 않는 곰팡이 핀 시신들로 넘쳐났다. 만물이 침투 불가능함으로 질식해가고 있다. 저 아래, 어느 체육관에서 백 명의 아이들이 먼지구덩이 속에서 서로 떼밀고 있다.

그것은 그 즈음 묘지 언덕 위로 올라가면 볼 수 있는 것들이었다. 공원들의 꼭대기에는 방향 지시판이 있었다. 그리고 대리석 판에는 그 지역 풍경에 관한 대체적인 설명과 함께, 라마르틴인지 바이런인지의 시구 두 행이 새겨져 있었다. 이제는 난간에 몸을 기대고 인공폭포의 소리에 귀를 기울이며, 곧 목숨이 끊어지거나 적어도 눈이 멀기라도 할 것처럼 무엇 하나 놓치지 않고 바라보아야 할 순간이었다.

결국 이 도시보다 사랑에 어울리는 것은 없기 때문이었다. 그러나 사랑하기에 앞서서 무엇보다도 이해하고 알아야 했다. 이 텅 빈 공간에, 자유라는 그 절망에 입문해야 하는 것이다.

　가능하기만 하다면 돌과 나무들 가운데, 이름들 가운데, 진열창 가운데, 자동차들 가운데, 남녀로 이루어진 거대한 군중 가운데, 비명과 냄새와 열정 한가운데로 뛰어들어야 했다. 천둥과 번개로 가득 찬, 그 팽팽한 긴장감이 신의 얼굴보다 더 찬연한 빛으로 빠르게 바뀌는 대기실에서 오래전부터 준비되어와 무르익은 대기의 드라마가 이제 결실을 맺고 있었다. 구름들은 수십 개씩 무리지어 흩어지고 있었고, 하늘은 유리창처럼 흘러내렸다. 타는 듯한 향기가 구球 모양으로 모여들더니 천체처럼 자전하기 시작했다. 이렇게 폭풍우가 치는 가운데 인간들은 열린 공간에서 도망쳐 서둘러 건물 처마 밑으로 몸을 피했다. 땅과 건물들은 위험하게도 번갯불이나 물의 가소성 물질을 유인하면서 파랗게 변했다. 정신 속에도 건조하고 비물질적인, 똑같은 폭풍우가 몰아치기 시작했다. 겉으로 보기에는 아무렇지도 않았지만 건물들의 내부는 무너지고 있었다. 현실의 파편들이 정의할 수 없는 무언가를, 말하자면 의식意識을 리드미컬하게 두드리면서 빗방울들과 함께 떨어졌고 이윽고 용해되었다. 곧이어 이 궁전들과 기둥들이 있던 곳에는 움푹 팬 백색의 폐허만이 남았다. 그러나 끔찍하고 참을 수 없는 것은, 이러한 파괴작업이 결코 끝나지 않으리라는 것이었다. 물질의 저항을 약화시키지 못한 채 파괴작업은 사방에서 다시 시작되고 있었다. 이제 집들은 아무것도 아니었지만 여전히 그 자리에 존재하고 있었다. 움직임과 색채, 욕망, 이 모든 것들은 이제 아무 의미도 가지지 못했지만, 여전히 움직임과 색채와 욕망은 존재하고 있었다. 인간들은 창백한 안색을 한, 공허하고 고지식하고 어리석은 동물에 불과했지만 그들은 여전히 무언가로서 존재하고 있었다. 도시의 모든 거리와 저 너머 비가 내려 비옥해진 자갈밭을 두루 돌아보아도, 진정한 고독을 만나거나 절대에 대한 강박관념을 만족시킬 수가 없었다. 그 어느 곳에서도 침묵을 찾을 수가 없었다.

어디를 지나가든, 탄생의 고통을 메아리처럼 당신을 되돌려보내는 생명의 장벽에, 견고함의 장벽에, 존재에 부딪혔다. 그것은 무력하게 분노하면서 상을 비추는 거울 놀이 같은 것이었다. 당신을 흡수하고 파괴해 무無라는 무감동한 영역으로 되돌려보낼 수 있는 것은 세상에 아무것도 없었다. 당신의 광기라는 단검이 꿰뚫을 수 있는 것은 아무것도 없었다. 당신의 발길이 어느 곳을 향하든, 공연중인 서커스로서의 세상은 튼튼한 검은 철사를 단단히 두른, 독자적이고 기교적인 사물들의 영상을 당신에게 보여줄 뿐이었다. 현실과 진실, 자연의 권능은 이해라고 하는 날카로운 빛과 의사소통이 충돌하는 불멸의 영역이었다. 이 조직된 혼돈에서 벗어날 길은 없었다. 우뚝 선 종탑이 여섯시를 알리고 있는 광장에서 끝나는 네 도로의 구조는 영원히 정신을 소유하게 되었고, 인장을 찍듯 그 사실을 공표하고 있었다. 아스팔트와 콘크리트와 석회로 이루어진 수백 제곱미터의 땅, 땀처럼 적셔드는 비, 인도 가장자리의 모서리들, 반들거리는 개울물, 겨울의 결빙과 여름의 열기가 남긴 흔적들, 미끄럼 방지용 홈들, 백묵으로 그린 땅따먹기 칸들, 이름, 이름, 이름들. 살베티, 조프레, 밀라니, 아포스텔로, 배달 음식점, 조르주 네 식당, 도자기, 항구 약국, 아스토리아 호텔, 치과 클리닉, S. E. V. E., 스타우엘리 트라피스트 수도회, 랑프랑시, 칼텍스 오토공, 그리고 시보레 418 DU 02, 겨울 바나나, 모타 아이스크림, 시몽, 84.06.06. 어둠이 수월하게 잠식해가는 흰 공간들, 태양 모양을 한 쇠창살 울타리 너머의 헐벗은 플라타너스 가로수 길. 분수들, 석회와 콘크리트로 지은 건물들, 덩굴로 뒤덮인 발코니들, 안테나가 서 있고 무거운 하늘에 눌린 듯 한쪽으로 기울어진 지붕들, 창살 달린 창문, 열리거나 닫힌 덧창들, 베니어 판 문들, 문구멍, 빗물받이 홈통. 장방형의 분할로부터 조금 위, 왼쪽으로 평행육면체 두 개가 모습을 드러냈다. 착시였을까, 혹은 정말 그런 형태를 취하고 있는 것이었을까. 청색으로 칠한 두 덩어리는 꼭대기에서 서로 만

나 마치 개선문처럼 보였다. 그것들은 제15군단 병사兵솜와 성
안나 병원 그리고 헌병대 본부의 벽들이었다. 그 벽들에는 굵은
창살이 달린 창문들이 나 있었다. 그 창문들은 뒤랑트 가街, 질
리 가, 카르노 가가 만나는 인도 쪽으로 면해 있었다.

비가 내리는 정오, 이 건물들의 모든 창문 뒤에는 창살을 쥐고
밖을 보고 있는 남자들이 하나씩 서 있다. 열두 명쯤 되는 그들
은 독방의 그림자에 반쯤 몸을 숨긴 채, 그들이 결코 닿을 수 없
는 밝고 불결한 바깥세상을 지치지도 않고 응시하고 있다. 창살
너머, 어두운 그들의 방과 대조를 이루듯 햇빛 아래 빛나는 거
리, 그 네모난 거리의 눈부신 흰빛에 불현듯 몸을 던지고 싶다는
욕망—아마도 자유라는 것은 그런 것일 터이다—이 그들을 사
로잡는다. 그러나 곧 이 욕망은 사라지고 그들은 예상치 못한 훨
씬 더 견고한 장벽, 유리 같은 무언가에 맞닥뜨리고는 물러서는
것처럼 보인다. 바로 우리가 이성理性이라 일컫는 것에 직면한
것이다. 다시 그들의 눈은 움직이지 않는 신선하고 밝은 그 영상
에 용접이라도 된 듯 며칠이고 바라보는 것에 만족한다. 그러다
사랑의 감정으로 가득 차, 마침내 망각에 이를 정도로 그 영상에
달라붙는 것이다.

여러 개의 대기들이 뒤섞인 이 위조 현실 속에서는, 완벽하도
록 자세하게 그린 그 도면 위에서는, 여전히 비가 내리고 있는지

혹은 햇볕이 쨍쨍 내리쬐고 있는지 거의 알 수가 없을 것이다. 바야흐로 사각형이 점점 흐릿해지며 물결처럼 너울대는 순간이 왔다. 그것들의 중심에는 또다른 사각형들이 존재하고, 그 각각의 주름은 인간으로서의, 혹은 식물로서의 모험담을 품고 있다. 이제 남은 것은 부드러운 벨벳 같은 그림자에서 날렵하게 도려낸 듯한 가장자리들뿐이다. 마침내, 달리는 자동차 주위로 터널 하나가 천천히 펼쳐지듯, 환한 빛의 얼룩이 무한한 창문을 활짝 열어젖힌다.

1장

이것은 프랑수아 베송의 이야기이다. 우리는 이 이야기를 좀
더 앞에서 시작할 수도 있었을 것이다. 예를 들면 그가 조제트를
만났을 때부터, 아니면 그가 사립학교 교사 일을 그만두고 시내
중심가에 있는 낡고 오래된 그의 부모님 집에 돌아와 살게 되었
을 때부터 시작할 수도 있었을 것이다. 그러나 이제부터 이야기
를 시작해보자. 프랑수아 베송은 담요와 시트가 뒤엉킨 침대 위
에 누워 있었다. 이제 겨울도 다 끝나갈 무렵이었다. 그는 담배
를 피우고 있지 않았다. 두 눈은 감겨 있었지만 자고 있는 것은
아니었다. 그는 손을 오므린 채 누워 있었다. 거리 불빛이 맞은
편 건물 벽에 반사되어 그의 방 안으로 들어와 자리를 잡았다.
덧창 틈새로 들어온 노란 빛이 방 안 여기저기에 얼룩을 그렸다.

베송은 어른거리는 빛깔 속에 잠기듯 그렇게 누워 있었다. 그의 얼굴 위에서 노란빛은 곧 흑갈색으로 변했고, 다양한 색조로 엷어져갔다. 콧망울에 비치는 불빛 때문에 시체처럼 보이기도 했다. 불빛 아래 젊은 베송의 얼굴 윤곽은 뒤틀렸고, 턱은 좁다래졌고, 눈가는 붉은색과 갈색으로 주름이 졌다. 빛깔은, 진짜 빛깔은 밖에, 닫힌 덧창 너머에 있었다. 방 안에서 움직이고 있는 것은 천장 위에 일렁이는 전구 그림자처럼 보이는, 미묘하고 부드러운 일종의 반사광이었다.

　베송이 몸을 움직였을 때, 등을 가볍게 구부리고 양손을 파자마 상의 주머니에 찌른 채 맨발을 조심스레 내디뎠을 때, 그 모습은 마치 달을 가리며 지나가는 구름 같았다. 가로등이나 등대, 하늘 혹은 외부 세계를 노란빛으로 밝히는 어떤 사물 앞을 지나가는 구름. 순식간에 평소의 안색으로 되돌아온 베송은 눈을 뜨고 입을 벌렸다. 눈자위는 거무죽죽했고, 숨소리는 높았다. 한 시간 전부터 베개를 베고 있어 한쪽 귀가 다른 쪽 귀보다 더 빨개져 있었다.

　그는 걸었다. 차가운 타일 위에 맨발을 오므리며 한 발씩 앞으로 내려놓았다. 아랫배가 테이블에 부딪히고 나서야 비로소 그는 걸음을 멈추었다. 불현듯 책상 서랍 하나를 거칠게 잡아당겼다. 희끄무레한 어둠 속에서 그는 서랍을 뒤지기 시작했다. 서랍에는 온갖 잡다한 물건들이 가득했다. 때문은 손수건, 더러운 양말, 수첩, 금이 간 선글라스, 면도날, 장난감 권총, 잉크 먹은 분필 조각들, 엽서, 이탈리아제 성냥갑, '라 누에바 하바나' 시가 케이스, 갖가지 종이와 마분지들, 에어 프랑스 장거리 노선 승무원 지원신청서류, 거울 조각, 영불·불영 사전, 스티글 사社 잔받침, 자석, 눈 내리는 런던 거리에서 찍은 베송 자신의 사진, 반창고와 날이 부러진 가위, 여권, 소매 단추들, 시계는 어디 가고 없는 손목시곗줄, 열쇠 없는 열쇠고리, 칫솔 없는 칫솔케이스 같은 것들이었다. 그는 그것들을 꺼내지는 않고 서랍 밑을 왼손으로 받치고 오른손으로 뒤적거리기만 했다. 베송은 자세가 불편하다는 걸 깨달은 듯 곧 책상을 떠나 방 반대편에 놓인, 방에 하나뿐인 철제 의자를 가지러 갔다. 그리고 의자 위에 수북이 쌓인 옷가지를 치워버리고, 끝에 고무를 씌운 의자 다리를 타일 바닥에 부딪혀가며 질질 끌면서 천천히 책상으로 되돌아왔다.

맨발에다 발가락을 잔뜩 움츠리고 걷느라 걸음은 비척거렸고, 의자가 타일 홈 위를 스칠 때마다 소리없이 튀어올랐기 때문에 자주 멈춰서야 했다. 갑자기 허리가 흔들리거나 몸이 비틀거리는 바람에 힘겹게 나아가는 그의 모습은 마치 권투선수를 찍은 필름을 슬로모션으로 보는 것 같았다. 철제 의자가 바닥에 부딪힐 때마다 전류 같은 것이 그의 척수를 따라 올라왔다. 그것은 그의 척추 마디마디를 차례로 부풀리면서 몸 양편으로 섬유질 같은 물질을 퍼뜨렸고, 줄무늬를 그리며 갈래갈래 퍼져나갔다. 마침내 그 전류는 경련을 일으키며 목덜미 근처의 탐욕스럽고 고통스러워 보이는 분비샘에, 목에 박힌 그 거대한 결절에 도달하더니 회오리바람 모양으로 빠르게 선회하다가, 이윽고 연골 내벽을 짓이기며 절망적으로 출구를 찾아 헤맸다. 그것은 일렁이고 있는 또다른 전류와 충돌하다가 돌처럼 딱딱하게 굳어졌고, 메아리와 그림자로 가득 찬 동굴 깊숙한 곳에서 날카롭고 거센 외침 소리를 울려퍼뜨리다가, 돌연 흰색과 붉은색으로 흩날리는 꽃잎처럼 빛을 발하며 폭발했다. 그리고 의자 다리가 타일에 다시 부딪히는 순간 사라져버렸다. 그러나 그사이에도 다음과 같은 것들이 베송의 몸에 남아 있었다. 마지막까지 잔존해 있던 전달 신경섬유들. 생명의 마지막 몸부림 같은 그것들은 베송의 몸속에서 아주 사라져버리는 대신 더욱 가늘게 갈라졌다. 그것들은 목덜미 중심부에서 출발해 두개골을 따라 길게 흐르면서 베송의 머리를 고통스럽고 음험한 손길로 감싸고는 뼈와 살과 뇌막 속으로 더욱 깊이 그 손아귀를 박아넣었다. 베송은 멈춰섰다. 그리고 그 감각이 느껴지지 않을 때까지 몇 초 동안 움직이지 않고 기다렸다.

그 감각을 다시 일깨우지 않기 위해 그는 낮은 목소리로 노래를 부르기 시작했다. 그리고 무언가를 골똘히 생각하는 표정으로 몸을 흔들며 걸었다. 책상 앞에 앉은 그는 서랍을 무릎 위에 올려놓고 다시 뒤지더니, 곧 동작을 멈추고 서랍을 제자리에 밀어넣었다.

저 아래 거리에서 자동차 한 대가 경적을 길게 울리고 있었다. 베송은 테이블 위에 놓인 손목시계와 작은 주석 주전자가 놓인 커피메이커를 바라보았다. 그리고 손을 앞으로 뻗쳐 기계를 만지려다 그만두고, 대신 티스푼을 움켜쥐었다. 그는 스푼을 빈 컵에 넣고 컵 안의 커피 찌꺼기와 달라붙은 설탕을 긁어내 음울한 동작으로 뒤섞었다. 그런 다음 다른 손으로 재떨이를 들고 그 안의 내용물들을 컵 안에 털어넣었다. 그는 재와 담배꽁초, 설탕과 커피, 성냥 부스러기들이 완전히 뒤섞일 때까지 티스푼을 휘저었다.

경적 소리가 뚝 그쳤다. 베송은 몸을 일으켜 덧창을 하나만 열고 아래를 내려다보았다. 비가 온 듯 축축하게 젖은 인도와 거리에 정차해 있는 수많은 차들이 보였다. 공기는 차가웠고 갖가지 소음들이 시내 저 먼 곳에서 들려왔다. 마치 팔꿈치 모양으로 구부러진 동굴 안 구석에 처박혀 있는 것처럼, 희미하고 어렴풋하게 뒤섞여 있는 먼 곳의 빛과 소리와 냄새와 움직임을 인지하는 기분이었다. 잠시 그 모든 것을 관찰하던 베송은 이내 한쪽 팔꿈치를 창턱에 괴고 머리는 덧창 틈에 낀 구부정한 자세 때문에 가슴이 답답해졌지만, 원래부터 그랬다는 듯 계속 그렇게 있기로 했다. 그는 파자마 주머니에서 담배 한 개비를, 다른 주머니에서 성냥갑을 꺼내어 담배를 피워물었다.

담배를 다 피우자 베송은 꽁초를 창틀에 짓이겨 끄고 거리로 던졌다. 그리고 가로수에 덕지덕지 붙은 시커먼 흔적, 마치 불 꺼진 작은 숯덩이 같은 검은 얼룩들을 물끄러미 응시했다. 이윽고 그는 덧창과 창문을 닫고 방 안으로 돌아왔다.

이번에는 방의 왼쪽 구석에 놓인 옷장을 향해 걸어갔다. 옷장 위에는 녹음기가 놓여 있었다. 베송은 그것을 내려 작동시켰다.

푸르스름한 램프에 불이 들어올 때까지 가만히 기다렸다. 마침내 램프가 켜졌다. 방 안을 짓누르던 누르스름한 어둠 속에 녹음기 램프의 미약한 불빛이 떠오르자 베송은 버튼 하나를 눌렀다. 테이프가 걸린 녹음기의 두 바퀴가 빠지직 소리와 함께 전속력으로 돌아갔다. 베송은 빠르게 지나가는 숫자를 읽어나갔다. 145, 140, 135, 130, 125, 120, 115, 110, 105…… 숫자가 45를 가리켰을 때 다른 버튼을 누르자 녹음기는 작동을 멈췄다. 그는 볼륨을 최대로 해놓고 잠깐 멈칫하다 재생 버튼을 눌렀다. 곧 한 여자의 목소리, 젊은 여인의 목소리가 올림 파 음으로 방 안에 울려퍼졌다. 베송은 침대로 돌아가 누운 채 귀를 기울이기 시작했다. 처음에는 아주 나직한 슈 발음, 예컨대 평면육면체나 이시카와 고예몬처럼 아주 긴 단어가 공명하는 것 같은 소리가, 그다음에는 아슈H나 지J 같은 소리로 한숨 쉬는 소리가 들려왔다. 말과 몸짓으로 가득 찬 침묵이 몇 초 더 지글거렸다. 마침내 초록빛 램프가 방 저쪽 끝에서 반짝 하더니 누군가 마이크에 입을 바짝 대고 숨소리를 내며 말하기 시작했다. 뜨뜻한 녹음기가 몸에 닿아 소스라친 듯 목소리는 선뜩하면서도 가냘팠다. 볼륨을 끝까지 높였는데도 웅웅거리는 목소리는 거의 알아들을 수가 없었다. 목구멍에서 나지막이 올라오는, 작게 내뱉는 중얼거림에 불과한 그 소리는 확성기를 통과하자 열 배는 더 커졌다. 음절들은 울부짖었고, 자음들은 요란한 소리로 부서졌고, 가냘픈 숨결조차 격렬한 헐떡임처럼 들렸다. 어떤 비현실적인 분노가 방 안 전체에, 가구들과 실내 장식품들 위에, 어두운 공기 사이사이에 자리잡았다.

"대체 뭘 해야 할지 알 수가 없었어. 폴에게 편지를 쓰려고도 했어. 크리스마스 때 한 번 쓰긴 했지. 그는 딱 한 번 소식을 전해왔어. 코벤트리 대성당을 찍은 엽서를 보냈는데 이름도 주소도 없더라. 심지어 필체를 위장하기까지 했더라고. 진짜 바보 같은 짓이지. 그게 자기일 수밖에 없다는 걸 잘 알고 있었을 텐데.

활자체로 글씨를 쓸 때는 깜박했더라도 서명할 때는 생각하지 못했을 리가 없거든. 그건 코벤트리 대성당을 찍은, 아니면 그와 비슷한 곳을 찍은 사진 엽서였어. 거기에 행인들에게 권총을 쏘아대는 카우보이를 그려넣었더군. 게다가 엽서 다른 면에는 네가 여기 있었으면wish you are here이라고 썼더라고. 그러고는 가명으로 서명했어. 줄을 그어 지워버렸지만 난 알아볼 수 있었어. 완전히 지우려 한 것 같지도 않아. 돋보기로 살펴보니 그 지운 자국 밑에 존 월론인가 존 워렌인가, 그 비슷한 이름이 적혀 있었어. 웃기는 일이지. 만약 내가……"

　베송은 불현듯 몸을 일으키더니 침대에서 내려와 녹음기를 껐다. 그러고는 조금 전에 했던 행동을 반복했다. 이번에는 15에서 테이프를 멈추었다. 재생 버튼을 누르면서 그는 마치 누가 방에 들어오기라도 한 것처럼 고개를 돌렸고, 그와 동시에 그의 시선은 맞은편 벽 한구석에 고정되었다. 모터에서 나는 미약한 윙윙 소리와 베송의 가쁜 숨소리와 더불어, 녹음기 안의 테이프는 이유 모를 불안한 침묵 속에서 혼자 돌아갔다. 숨 막히는, 번쩍이는 무언가가 갑자기 방 안에 운석처럼 떨어졌다. 밤이 깊었다. 밤은 사람들의 관자놀이를 붙들고 있을 터였다. 젊은 여인의 목소리가 내는, 폐부를 찌르는 듯한 음파는 아직도 구 초에서 십이 초라는 시간 속에 갇혀 있는 듯했지만, 그 목소리의 진정한 음질, 아까 그 문장들의 메아리는 이미 공간을 가득 채워 방 네 귀퉁이에서 진동했으며, 소용돌이 모양으로 주방 문과 거실을 향해 퍼져나가고 자물쇠 구멍을 파고들었다. 때로는 알아들을 듯하다가도 때로는 못 알아들을 듯한 그 음성은, 모든 관계를 끊고 현실을 적대시하는 듯했다.

마치 어느 날 활짝 열린 창문을 미끼로 바람 한 점을 사로잡아 텅 빈 입방체 안에 가둔 것 같았다. 더 정확히 말하자면, 내부를 온통 거울로 두른 작은 마분지 상자를 손수 제작해 그 속에 한 줄기 빛을 가둔 것 같았다. 상자의 뚜껑을 덮으면 광선은 상자 안에서 끝없이 자기 자신을 반사하리라. 아주 오랫동안, 일 년 혹은 더 오래 상자 속에 광선을 간직해보라. 그리고 어느 날 밤 상자를 방에 가져와 가만히 뚜껑을 열어보라. 그러면 광선이 별처럼 밤을 뚫고 솟구쳐올라, 검은 피륙 같은 어둠, 그 시커먼 목화송이 안으로 사라지는 것을 보게 될 것이다.

프랑수아 베송은 침대로 되돌아왔다. 그러고는 침대에 앉아 벽에 핀으로 꽂아놓은 유럽 지도에서 왼쪽으로 22센티미터 떨어진 지점을 뚫어지게 바라보았다. 이윽고 그는 팔꿈치로 몸을 떠받치지도 않고 벌렁 뒤로 드러누웠다. 머리가 베개에서 50센티미터나 빗나갔지만, 신경쓰지 않았다. 매트리스 위에 대자로 누웠지만 천장을 바라보지는 않았다. 무엇이든 바라보아야 한다면, 이왕이면 여러 날 동안 서서 지냈던 그 기나긴 시간을 연상시키는 것이기를 바랐다. 베송은 오른쪽 창문 손잡이에 걸어놓은 옷걸이에 걸린 재킷을 바라보았다. 갑자기 저 아래 부조리하게 선택된 지점에서 반짝이는 붉은 점 같은 불빛이 그의 코끝과 턱 보조개와 속눈썹 끄트머리 위에서 점멸하기 시작했다. 반짝일 때마다 불빛은 방의 색깔을 1천만분의 1 정도 변화시켰다. 이윽고 목소리가 들려왔다. 꺼져가는 성냥처럼 떨리는 목소리였다.

"프랑수아—사랑하는 프랑수아에게. 아마 너는 이 모든 게 어처구니없다고 생각하겠지. 나도 왜 그런지 모르겠어. 하지만 오늘 네게 이렇게 말하고 싶었어. 웬일인지는 나도 모르겠지만 갑자기 네 생각이 났어. 난 방에 혼자 앉아 따분해하고 있었어. 비가 내렸고 난 감기에 걸려 있었지. 어쨌든 넌 이해할 거야. 어제 린을 만났는데, 네 이야기가 나왔어. 그애가 곧장 너에 관한 말을 꺼낸 건 아니고 다른 얘길 하다 나온 거야. 그앤 네 이름조차 제대로 기억하지 못했어. 그애가 이렇게 말하더라. 너 그 사람 본 적 있니? 왜 그 연극하던 친구 있잖아, 키가 크고 깡말랐던 친구 말이야. 그러고는 곧장 다른 이야기를 꺼내서 나는 생각할 시간조차 없었어. 그러다 오늘 아침 일어나면서 네 생각이 난 거야. 두 달 전 받은 네 편지에 답장을 못 한 게 기억나더라고. 너를 잊었던 것은 아니야. 아니고말고. 하지만 답장을 쓰려고 할 때마다 매번 방해거리가 생겼어. 누가 찾아온다거나 다른 할 일이 생각났지. 그래서 계속 미뤘던 거야. 어쨌든 난 오늘이든 아니면 나중에라도 너에게 꼭 답장하려고 했어. 처음에는 편지를 쓰려고 했는데, 씌어지가 않더라. 편지를 써야지 하고 생각하면 할수록 어렵게 느껴지는 거야. 평소엔 전혀 어렵지 않은데 말이지. 종이를 잡기만 하면 저절로 씌어졌거든. 글을 쓰는 거지. 하지만 네게 편지를 쓴다는 건 그렇지가 않았어. 이해하겠니? 네 편지를 두 번 다시 읽어봤는데, 읽을 때마다, 뭐랄까, 더 겁이 났어. 마치 온몸이 마비되는 것 같았어. 나는, 그러니까, 너도 알다시피 그것은 정말 잘 쓴 편지고 또 너무나 진실한 편지였어. 그런데 난 아무런 할 말이 없었던 거야. 정말이지 우스꽝스러운 일이지. 나도 잘 알아. 하지만 그런 글을 쓸 엄두조차 나지 않는 거야. 어쨌든 이 말은 사실이야. 네 편지에 무슨 대단한 것이, 어떤 문학적인 것이 있었던 것은 아냐. 하지만 그건…… 그렇게 쓴다는 건 나로서는 도저히 불가능한 것처럼 느껴졌어. 나는 그런 식으로 편지를 써보려는 시도조차 해본 적이 없어. 그것은 유일무이하게 남아 있어야 할 어떤 것이었어. 물론 이건 칭찬하는 의미에서야. 아무 말도 해서는 안 될 것 같았어. 만약 그랬다가는 모든 것이 완전히 망가져버릴 것 같았거든. 내 생각으로는…… 명함 위에 몇 자 써서 보내는 것이 최선이 아닌가 싶기도 했어. 그러니까 네 편지 고마워, 뭐 이렇게 말이야. 너라면 틀림없이 이해할 거라고 확신해. 때로는 전보를 띄울까, 아니면 너희 집으로 곧장 찾아가볼까도 생각했어. 아니면, 아무 반응도 보이지 않고 가만히 있자고 결심하기도 했지. 그래, 아무것도 하지 않는 것. 왜냐하면 네가 내게 보낸 것은 답장해야 할 필요가 없는 그런 편지였으니까. 난 그렇게 생각해. 하지만 네가 기분 나빠하지 않을까 겁이 났어. 그때 문득 이런 생각이 떠올랐지. 내 답장을 테이프에 녹음해서 보내야겠다는 생각이. 그러면 너는 내 말을 직접 들을 수 있고, 나는 하고 싶은 대로 이야기할 수 있을 테니까. 굳이 올바른 문장을 만들어낼 필요도 없는 거지. 그런 건 조금도 중요하지 않거든. 나는 자유롭게 말할 수 있을 테고, 너라면 내 말에 귀 기울여줄 거라고 생각해. 나는 린의 집을 찾아가서 녹음기와 테이프를 빌려달라고 했지. 이유는 말하지 않았어. 이건 린이 빌려준 거야. 이걸 다 들으면 그애에게 이 테이프를 돌려줘. 우체국에 가서 보내기만 하면 돼. 코페르니쿠스 가 12번지야.

너를 본 지 꽤 오래됐으니 잘 지내고 있길 바란다고 해도 되겠지. 나에 대해서나 다른 사람들에 대해서 네게 할 얘기가 무척 많지만 그런 이야기는 늘어놓고 싶지 않아. 내 얘기를 하자면, 예전과 똑같아. 심리학 강의를 듣고, 때로는 일도 하지. 최근에는 그림을 그리기도 했어. 재미있기는 했지만 내가 제대로 그렸는지는 모르겠어. 며칠 전부터 빨간색에 빠져들었어. 넌 빨간색이 얼마나 대단한 색인지 상상도 못 할 거야. 나도 그 색을 쓰기 전에는 몰랐으니까. 나는 큰 캔버스를 온통 빨간색으로만 칠해. 그리고 이제는 빨간 사물은 모두 눈여겨보지. 빨간 물건들이 참 많더라. 나는 그것들을 수집하기도 해. 무엇이든 빨간색이라면 말이지. 이제 나는 천, 마분지, 종이조각, 담배 케이스, '크라벤 A' 말야, 그런 것들을 가지고 있어. 피 묻은 솜뭉치도 간직하고 있지. 하지만 곤란한 건, 피는 마르면 검은색으로 변한다는 거야. 예전에 우리가 주고받았던 편지들 생각나? 재미있었는데. 우린 무엇이 되었든 편지 쓸 구실을 찾아냈잖아. 학교가 끝나면 진지하게 편지를 교환하고 남몰래 방에서 읽었지. 무슨 축제라든가, 설날, 부활절, 9월 21일 아니면 7월 5일이라는 이유로 편지를 쓰고, 또다른 날에도 편지 쓸 핑계를 만들어냈지. 종종 난 달력을 보고 그날이 무슨 성인의 축일인가를 보았어. 그러곤 네게 쓰는 거지. 안녕 프랑수아, 난 오늘 무슨무슨 성인 혹은 성녀 축일을 맞아 네 행운 빌기 위해 이 편지를 써…… 심지어 달력을 봤는데 아무 축일도 아닐 때에는 성모 마리아의 무염시태無染

始胎를 축하한다든가 전능하신 예수 그리스도의 은총을 빈다는 등의 말을 썼지. 기억나니? 하지만 이제 그런 일은 없어. 이제 나는 그런 우스꽝스러운 짓은 하지 않아. 너하고도 말이지. 너라면 다 이해해줄 거라는 걸 알고 있지만. 너라면 내가 추억을 들 취내며 시 따위를 쓰는 게 아니라고 충분히 이해해줄 테니까. 게다가 이젠 정말로 글을 쓸 수가 없어. 말하자면 일종의 병이야. 흰 종이만 봐도 우울해지거든. 솔직히 말해서, 어떻게 아직까지 글을 쓰는 사람들이 있는지 이해할 수가 없어. 소설이니 시니 그런 것들 말이야. 아무짝에도 쓸모없는 것들처럼 느껴져. 어리석고 이기적인 행위, 타인에게 자신을 먹잇감으로 바치고자 하는 괴벽에 불과해. 글을 쓴다는 것은 참 피곤한 일이지. 정말이지 이해할 수 없어. 소설을 쓰는 게 아니라 편지나 엽서를 쓰는 것이라면 그나마 나아. 글을 쓴다는 것은 아무 소용도 없는 일이야. 진실이란 존재하지 않으니까. 무엇을 포착하지도, 또 무엇을 발견하지도 못하지. 그저 환상 속을 떠도는 거야. 글을 쓰는 것은 기생충이 들끓는 짐승을, 해초를 등짝에 붙이고 다니는 조개껍질들을 연상시키는 일이야. 예술? 다 끝난 일이야. 이제 난 예술을 믿지 않아. 언젠가 마르크 모르장스탱에게 그런 말을 했더니 바보 같은 생각이라면서 나를 비웃더군. 그러기엔 내가 글을 너무 잘 쓴다나. 내 글을 좋아한대. 그러면서, 내가 이 주제에 대해 너무 심각하게 생각한다는 거야. 그는 또 말하기를, 예술은 결코 존재한 적도 없고, 중요한 것은 떠들어대는 인간들이라는 거야. 그에 의하면 모든 것은 하나의 이야깃거리로 환원될 수 있어. 그는 또, 몰스킨* 같은 데 사람들이 글을 쓰잖아, 너도 알지, 그 트롤리버스에 강박관념을 가진 그 부인 이야기 말이야, 그런 걸 몰스킨에 쓰는 건 무언가 할 이야기가 있다는 것에 대한 증명이라는 거야. 그리고 무언가 할 이야기가 있을 때 우린 언젠가는 그것을 말하게 된다는 거야. 난 그에게 무슨 차이가 있냐고, 세상 사람들은 각자 나름대로 할 말이 있는 게 아니겠느냐고 했어. 그런데 그는 내 말을 이해하지 못하더라고. 그래도 난 내 말이 맞다고 생각해. 나도 이야기하고 싶은 게 있어, 그럼 있고말고. 하지만 예전만큼은 아냐. 그러니까 무엇이 되었든 다른 일을 하면서도 충분히 그 이야기들을 할 수 있다는 생각이 들어. 빵가게에 빵을 사러 간다든가 건물 관리인과 노닥거리면서도 할 수 있다고 생각해. 물론 다른 사람들은 내가 이야기하는 걸 알지 못하겠지. 그리고 작가로서 스스로가 유명해지기를 기대할 수도 없을 테고. 하지만 그건 중요한 게 아닌 것 같아. 똑똑한 사람으로 통한다는 게 무슨 소용 있어? 우리가 행동하는 것은 우리 자신

---

* 고흐, 헤밍웨이, 마티스 등 유명 예술가들이 애용하던 수첩 혹은 노트.

을 위해서야. 안 그래? 그런 것들에서 초연해야 해. 어쨌든 나로
서는 이젠 끝났어. 이제 더는 거짓말과 시詩라는 것을 견딜 수가
없어.

모르장스탱 같은 사람들은 최악의 작자들이야. 가령 내가 비
오는 날 혼자 카페 같은 데 앉아 있다고 쳐. 모든 것이 정지해버
린 듯 생각에 잠겨서 말이야. 그럴 때면 모르장스탱 같은 사람들
이 다가와서 이야기를 늘어놓기 시작하지. 신이 나서 마르크스
에 대해서, 혹은 내 입가 주름에 대해서 떠들기 시작하는 거야.
그리고 오후 두시 카페에 혼자 앉아 있는 내 모습이 어떻게 보인
다는 둥 떠들어대지. 그 장면이 그들이 좋아하는 라신이나 로르
카 작품에 나오는 백치 여인을 연상시킨다는 둥. 그런 말을 들으
면 나는 분노를 참을 수가 없어. 마치 나 혼자서는 카페나 집에
서 그런 생각을 충분히 못 한다는 듯, 마치 그런 것을 느끼지 못
한다는 듯, 마치 할 수 있는 거라곤 변덕을 부리거나 잘못된 문
제에 매달리는 것밖에 없다는 듯 그 작자들은 이렇게 말하지. 그
래, 나도 몰스킨 참 좋아해, 콘래드나 키플링이 생각나거든, 계
속 글을 써, 젊으니까, 시간이 지나면 깨닫게 될 거야 등등. 아니
야, 중요한 건 그들이 나에게 무슨 말을 했느냐가 아니야. 내가
정말 역겨운 건 내가 자리를 뜬 후에도 그들이 다른 사람들을 상
대로 같은 수작을 계속 건다는 점이야. 자신들이 무슨 짓을 하는

지에 대해선 조금도 아랑곳하지 않고 말이야. 그들은 나름대로 진지한 고백을 하고 우정을 나눴다고 생각하지. 그리고 마치 입을 가시듯 아무렇지도 않게 굴며 또 그걸 자랑스러워하는 거야. 만족스럽다는 거지. 세상이 다 저희 거라는 듯. 그들을 보면 떠오르는 사람들이 있어. 연극이 끝난 후에 무대 뒤로 와서 배우들 등 뒤로 지저분한 찬사를 쏟아내는 작자들 말이야. 완벽했어, 당신 연기 참 좋던데, 오늘 정말 끝내줬어라고 떠들어대는 사람들. 당사자는 듣고 싶어하지 않는데, 그들은 계속 쫓아다니면서 지껄이는 거야. 그 작자들이 찬사를 늘어놓을수록 그 말을 듣는 사람은 점점 발가벗겨진 것처럼, 바보가 된 것처럼 느끼는데 말이지. 사람들의 노골적인 증오의 대상이 되는 것보다 더 끔찍한 일이야. 이렇게 말은 하지만 내가 그런 경험을 했다는 것은 아니야. 딱 한 번, 모르장스탱 패거리와 함께 무대에 선 적은 있어. 공연이 끝나고 나니 정말로 피곤하더라. 내가 얼마나 기진맥진했는지 너는 상상조차 못 할 거야. 토하고 싶을 정도였으니까. 머리끝에서 발끝까지 온몸이 떨렸어. 세상 사람 모두를 죽이고 싶었어. 이상한 일이지만, 그러면서도 내 육신이 완전히 비워진 것 같은 무력감에 사로잡혀서 더이상 어떤 것도 할 수 없을 정도였지. 그런 와중에도 내 팔꿈치를 잡아당겨 끌어안으며 칭찬을 늘어놓는 작자들이 있더라고. 글을 쓴다는 것? 그것이 바로 이런 거야. 모르장스탱이 한 말은 아무것도 아니야. 하지만 폴이 떠났을 때, 아니, 폴이 떠나기 며칠 전인가, 하여튼 그건 중요하지 않아. 진지하게 하는 말인데 나는 엄마의 수면제를 삼켜버릴 뻔했어. 중편소설 하나를 막 마무리 지은 참이었지. 알베르라는 이름의 달팽이에 관한 이야기였어. 꽤 잘난 척하는 글이었지만 나름대로는 괜찮다고 생각하고 있었지. 잘 생각해보면 나도 온갖 허세는 다 부리고 있었어. 너도 알잖아, 과장된 문체나 유머, 자의식에 대한 조잡한 알레고리 같은 것 말이야. 이야기는 비극으로 끝나. 얇은 석회층이 껍데기의 구멍을 막아버리자 달팽이는 세상과 단절되어 움직이지 못한 채 죽어버리지. 이런 걸 상상하는 게 재미있었어. 독창적인 아이디어라고 생각한 건 아니지만 그만하면 충분히 웃긴 것 같았거든. 그런데 실제로는 완전히 반대의 상황이 펼쳐졌어. 난 그런 것쯤은 충분히 통제할 수 있다고 생각했는데 사실은 그렇지 않았던 거야. 그 달팽이는 정말 나를 힘들게 했어. 처음에 나는 그것을 조금, 보통보다 조금 더 좋아했지. 이야기를 고치고 다시 쓰느라 며칠을 보냈어. 매번 달팽이에게 다른 이름을 붙여주면서 어떤 것이 더 나은가 심사숙고했지. 처음엔 쥘이라고 불렀다가 바티스트라고 불렀다가 마티외, 앙투안 등으로 불러보기도 했어. 너에게는 유치하게 보이겠지. 지금 생각해보면 나한테도 유치해 보여. 하지만 그때는 그게 정말로 중요하다고 믿었어. 내 이야기에 리얼리즘, 단순한 이야기의 한계를 넘어서는 리얼리즘이 존재한다고 믿었거든. 그리고 각각의 인물에게는 하나의 전형으로서의 이름이 존재할 거라고 결론을 내렸지. 달팽이는 알베르라는 이름일 것이고 빨간 물고기는 스타니슬라스, 도둑 고양이는 라마 같은 식으로. 어떤 건지 짐작하겠지. 일종의 마지막 장벽 같은 것, 내 인생의 마지막 버팀목 같은 것이었어. 음, 어떤 의미로는 위선적인 내 인생의 마지막 버팀목 같은 것. 아니, 정확히 말하자면 위선적인 것은 아니지. 이해하겠니? 불현듯 완전히 잘못된 삶을 살고 있음을 자각하는 거야. 마치 내가 교활하게 짜인 책략 한가운데를 걸어가고 있는 것처럼, 마치 누가 나를 꼭두각시처럼 조종해 운명의 줄을 잡아당기고 있는 것처럼 말이야. 그러면서도 가장 추악한 사실은 내 삶의 실제 주인은 나라고 생각한다는 바로 그 점이었어. 사실은 끌려가는 대로 몸을 맡기고 있으면서도 바로 나 스스로가 내 삶의 주인이라고 믿으면서 만족스러운 미소를 짓고 있었던 거야. 행복하다고 느끼면서. 또 내가 그 이야기를 창작했고 또 그렇게 생각하며 썼다고 믿는 거지. 그러나 사실은 위에서 줄을 당기는 누군가가 있었어. 날 움직이고, 종이에 글을 쓰게 하고, 과거를 회상하게 하는 거짓말쟁이가. 바로 그 거짓말쟁이가 나를 내 방에, 거리에, 카페에, 영화관에, 자동차 안에, 연극 무대 위에 혼자 내버려두었던 거야. 알겠어? 그놈이 언제나 나를 홀로 침묵 속에 버려두고, 괴롭히고 조금씩 끊임없이 망가뜨리는 거야.

　　　　　　　　　내가 역겨운 게 바로 그거야. 나는 달팽이 알베르의 이야기를 썼어. 그리고 그것을 타자기로 치며 여러 날을 보냈지. 그런데 폴이 떠나버렸어. 나는…… 언젠가 공원에서 네게 이 이야기를 한번 했는데, 기억나니? 사실 그때 전부 다 이야기하지는 않았어. 만약 그랬다면 네가 나를 바보 취급했을 테니까. 폴 같은 작자에게 빠지다니 하고 말이야. 그래, 사실 폴은 그다지 흥미로운 사람은 못 돼. 뭐라고 해야 할까, 폴에게는 어딘가 재미있는 구석이 있어. 전혀 예상조차 할 수 없는 일면이라고나 할까. 예를 들면 어느 날 집에 돌아와서는 내가 하는 말은 듣지도 않고 십오 분 동안이나 술취한 사람 흉내를 내는 거야. 어떤 날은 타자기 앞에 털썩 주저앉아 초현실주의 시 한 편을 지어내기도 해. 한밤중에 들어와서는 불을 켜고 테이블 주위를 미친 사람처럼 빙빙 돌면서 혼자서 묻고 혼자서 대답하는 일인이역을 하기도 하고. 그럴 때 폴은 정말 괜찮아. 아주 괜찮은 사람이야. 하지만 그에게도 추한 면이 있지. 예전에는 그런 걸 이해하지 못했어. 어떻게 십오 분 동안 누군가를 웃게 만들었다가 곧바로 상대가 존재하지 않는다는 듯 행동할 수 있을까. 폴은 불행한 사람 같아. 열등의식이 많아 속내를 감추려는 거지. 내가 그렇게 생각하는 것은 나 역시 그런 사람이기 때문이야. 아냐, 사람들에게 뭐라고 말해놓고, 예를 들면 마음 깊은 곳에선 당신을 사랑해요 같은 유치한 말을 하고는 돌아서는 순간 그런 말 따위는 아랑곳하지 않는다는 태도는 이해할 수가 없어. 그런 작자들이 최악의 부류인지는 잘 모르겠어. 그들은 자만심에 가득 차 있는 사람들이니까. 모르장스탱 같은 사람들이 바로 그래. 예전에는 그렇게 생각해본 적이 없었는데, 폴과 모르장스탱은 결국 같은 부류였어. 그들이 우스꽝스러운 장면을 연출하거나 감동한 것처럼 보여도 실은 다 가장과 위선에 불과한 거야. 그들이 바라보는 것은 언제나 그들 자신이야. 사람들이 자기를 찬미하는지 관찰하고, 그걸 보고 거드름을 피우며 자랑스러워하지. 그들은 지는 걸 참지 못해. 이렇게 말하면 내가 뒤에서 흉보는 것 같겠지만, 맹세하건대 그들이 구역질 나는 건 그런 것 때문이 아니라 그 작자들이 정말 질기고 강하기 때문이야. 그런데도 난 언제나 그들에게 속아넘어갔어. 그들은 술 취한 척하며 나를 기만했는데 난 행복하다고 생각했던 거야. 그 사람들이 멋지고 감수성이 예민하고, 지적이며 심지어 감동적이라고 생각하기도 했어. 언제나 그래. 이기는 쪽은 그들인 거야. 지금도 마찬가지야. 폴은 정말 내 마음을 아프게 했어. 난 종이 쪼가리 위에 문장들을 엮어내느라고 시간을 허비하며 달팽이니, 껍데기니, 석회층이니 하는 말도 안 되는 것에 미쳐 있었는데. 폴은 그런 것에는 조금도 신경쓰지 않았어. 그는 머잖아 내 곁을 떠날 생각을 하고 있었던 것 같아. 새로 맞춘 양복을 차려입고 나가 며칠 밤을 나이트클럽에서 보내면서 다른 여자애들하고 나돌아다녔으니까. 더군다나 그 모든 것에 싫증을 내면서도 말이지. 나하고 함께 있었을 때 그인 아무 말도 하지 않았어. 아니면 술 취한 척만 하거나. 그이가 떠나기 바로 전날 어땠는 줄 아니? 난 여전히 책상 앞에 앉아서 타자기를 두드리며 그 달팽이 이야기를 쓰고 있었어. 등장인물의 이름을 모두 바꾸면서 그 이야기를 완전히 새로 쓸 생각을 하고 있었어. 동사만 남겨둔 상태였지. 밤 열한시인가 자정쯤 돼서 그가 방에 들어왔어. 그러고는 아무것도 관심 없다는 투로 아무 말 없이 물끄러미 날 바라보더라. 마치 어항 속을 바라보는 것처럼. 나는 하던 일을 멈추고 왜 그러느냐고 물었지만 그는 대답하지 않았어. 아무 말도 않고 멍하니 나를 바라만 보는 거야. 그래서 나는 다시 타자를 치기 시작했지. 나 역시 그가 그 자리에 없는 것처럼 행동했어. 그는 아무것도 하지 않고 있다가 갑자기 쇼를 시작했어. 방 안을 빙빙 돌면서 권투선수 흉내를 내더라고. 한 발로 깡충깡충 뛰다가 침대 쿠션과 커튼에 주먹질을 해대기도 했지. 그러고는 내게 다가오더니 내 얼굴과 배에 잽을

날리는 시늉을 하는 거야. 혼자 넘어졌다 다시 일어나면서 신음 소리를 내기도 하고, 훅훅 주먹 휘두르는 소리를 흉내내기도 했어. 난 짜증이 나서 일하는 데 방해되니 조용히 해달라고 말했어. 그런데도 내 말은 귓등으로도 안 듣더군. 그래서 나는 방을 나와 부엌으로 가서 우유 한 잔을 마셨어. 그리고 돌아와보니 그가 침대 위에 앉아 내 담배를 피우고 있더라. "그거 내 담배야?"라고 물었더니 그는 "잘 모르겠어. 아마도"라고 대답했어. 나는 다시 책상 앞에 앉아 타자를 치기 시작했어. 그가 그렇게 계속 담배를 피우고 있는데, 신경질이 나는 거야. 그가 침대에 앉아 있으니 글을 쓸 수가 없었어. 나는 다시 하던 일을 멈추고, 담배가 떨어지면 담배를 사러 갈 거냐고 물었지. 그랬더니 그 사람이 웃는 거야. 그러곤 몸을 일으켜세우고 이상한 눈빛으로 나를 바라보았어. 삼 초나 사 초 정도 그렇게 나를 바라보다가 타자기 옆에 놓인 재떨이에 담배를 비벼끄더군. 난 아무렇지도 않다는 표정을 짓고 있었지만 재떨이에 담배를 끄기 위해 그의 팔과 손이 내 앞을 지나가는 것을 바라보자니 가슴이 찢어질 듯 아팠어. 프랑수아, 이해하겠어? 그의 팔 때문이 아니야. 예를 들면, 그가 내 오빠나 남동생일 수도 있겠다는 식의 괴상한 생각이 들었기 때문이었어. 그리고 내 코앞 몇 센티미터 앞으로 지나가는 그의 몸 일부, 팔과 스웨터 끝자락을 보는 것이 괴로웠던 거야. 그 팔이 내 팔일 수도 있고, 또 애초에는 그와 내가 한 몸이 아니었을까 하는 생각이 들면서 나는 마음이 괴로워졌어.

　나 자신, 폴, 우리 아버지와 어머니에 대해서 그런 괴상한 생각이 내 머리를 떠나지 않아. 그들은 다른 사람들이 존재하듯이 그렇게 존재하는 게 아니라는 생각이 머릿속에서 지워지지가 않아. 또 어떤 때는 왜 나는 폴이 아닌지, 재떨이로 팔을 뻗는 사람이 내가 아니라 왜 폴이어야만 하는지 이해할 수가 없어. 우리 아버지와 어머니에 대해서도 같은 생각이 들어. 바보 같지. 그렇지만 난 도저히 그들 각각을 따로 생각할 수도, 나와 그들의 관계를 정의할 수도 없어. 그러니까 나는 행위, 외적인 행위에 관해 말하고 싶은 거야. 그건 거울에 비친 나와 실제의 나처럼 분리될 수 없어. 폴은 그러니까…… 이해할 수 있어, 프랑수아? 아무 말이나 하려고 너에게 이런 말 하는 건 아냐. 폴이 떠났다는 사실이 왜 나를 변화시켰는지, 네가 그것을 이해해줬으면 좋겠어. 이러다 언젠가는 정말로 수면제를 삼켜버릴 거야. 그렇게 된다면 그것이 단순히 감상적인 행동이 아니었다는 것을 알아줬으면 좋겠어. 아마도 병에, 신경성 질환에 걸렸나봐. 언제나 이해할 수 없는 수많은 미묘한 일들은 있기 마련이지. 하지만 내가 그저 감상적으로 행동한 거라고 생각지는 말아줘. 이건 일반적 이해의 범주에 속하는 문제이자, 양심에 관한 문제이기도

해.　　　　어쨌든 이제 내 이야기를 마무리할게. 폴은 얼마
동안 내 옆에 그렇게 서 있었어. 그러다 내 원고를 뒤적이더라
고. 난 사람들이 내 앞에서 내가 쓴 원고를 뒤적이는 것이 끔찍
하게 싫어. 아무 페이지에서 아무 단어나 읽는 것 말이야. 물론
지금은 그런 건 전혀 신경쓰지 않지만. 이제는 내 원고를 가지고
무슨 짓을 하든 개의치 않아. 아무 상관 없으니까. 원고는 이제
내게 아무것도 의미하지 않아. 신문과 같다고나 할까. 하지만 그
당시엔 정말이지 그게 죽기보다 싫었어. 난 그이가 하던 일을 끝
내기를 기다렸지. 그 사람은 그렇게 페이지를 넘기는 데 싫증이
났나봐. 그이가 어떻게 했는지 알아? 원고 더미에서 아무렇게나
한 페이지를 골라내더니 글쎄 그걸 큰 소리로 읽는 거야! 프랑
수아 넌 알 수 없을 거야. 그가 그렇게 했을 때 나는 정말로 그
인간이 나쁜 놈이라는 것을 깨달았어. 그 사람은 내 글이 하잘것
없다는 듯 읽었어. 하지만 내가 정말로 견딜 수 없었던 건 그가
낭독을 아주 잘한다는 점이었어. 듣기 좋은 굵직한 목소리로 근
사하게 읽더군. 진심으로 이해하고 있다는 듯이. 폴은 목소리가
좋아. 목소리를 과시하기 위해 언제나 소리 높여 말하기도 했지.
그런데 그짓을 내 앞에서 하는 거야. 내 원고를 가지고! 그것도
아주 태연스럽게, 잘. 글의 내용 따윈 엿이나 먹어라 하는 식이
었지. 그걸 어떻게 말로 표현할 수 있을까. 마치 벌레를 보는 듯

온몸에 소름이 돋았어.

　폴은 그렇게 읽고 있었고 난, 난, 아냐, 울고 싶지는 않았어. 다만 그 즉시 냉정해지고 싶었을 뿐이야. 누가 내 몸에서 중요하고 필수불가결한 무언가를 제거한 것처럼. 나는 종이 뭉치를 움켜쥔 그 커다란 손을 바라보았어. 낭랑한 그의 목소리가 고요하지만 힘차게 울려퍼졌지…… 아, 그게 무슨 상관이람. 어쨌든 읽기를 마치자 그 사람은 방을 나갔고, 그후로 다시는 그를 보지 못했어. 참, 한 가지 빠뜨린 게 있어. 내가 냉장고에 우유를 꺼내러 간 동안 그가 내 방에 혼자 있었잖아. 세상에, 내가 우유를 마시고 있는 동안 내 방을 뒤져 옷장 속 스웨터 사이에 숨겨놓았던 돈을 가져갔더라고. 아마 지폐가 육십 장은 되었을 거야. 그러니까 그걸 호주머니에 감추고 내가 돌아오자 내 주의를 딴 데 돌리려고 그런 쇼를 해보였던 거야. 진짜…… 진짜 대단한 사람이야. 그걸로 영국이나 다른 곳으로 가는 기차표를 사서 떠났겠지.

　그날 이후 나는 무력감에 사로잡혔어. 대체 뭘 해야 할지 알 수가 없었어. 폴에게 편지를 쓰려고도 했어. 크리스마스 때 한 번 쓰긴 했지. 그는 딱 한 번 소식을 전해왔어. 코벤트리 대성당을 찍은 엽서를 보냈는데 이름도 주소도 없더라. 심지어 필체를 위장하기까지 했더라고. 진짜 바보 같은 짓이지. 그게 자기일 수밖에 없다는 걸 잘 알고 있었을 텐데. 활자체로 글씨를 쓸 때는 깜박했더라도 서명할 때는 생각하지 못했을 리가 없거든. 그건 코벤트리 대성당을 찍은, 아니면 그와 비슷한 곳을 찍은 사진 엽서였어. 거기에 행인들에게 권총을 쏘아대는 카우보이를 그려넣었더군. 게다가 엽서 다른 면에는 네가 여기 있었으면이라고 썼더라고. 그러고는 가명으로 서명했어. 그가 줄을 그어 지워버렸지만 알아볼 수 있었어. 완전히 지우려고 한 것 같지도 않아. 돋보기로 살펴보니 그 지운 자국 밑에 존 월론인가 존 위렌인가, 그 비슷한 이름이 적혀 있었어. 웃기는 일이지. 만약 내가……
아, 이젠 너무 늦었어.

이게 내 이야기의 전부야. 네게 이 이야기를 꼭 해주고 싶었어. 내가 세상을 떠나고 난 후에 내 행동에 대해 이렇다 저렇다 평가하지는 말아줘. 내가 한 모든 이야기, 아마 그것도 문학에 불과하겠지. 독백이란 현실에서는 존재하지 않는 거니까. 안 그래? 하지만 나는 적어도 네가, 너라면, 내가 절망했기 때문에, 혹은 어떤 감상적인 이유 때문에 그렇게 행동하지 않았다는 것을 믿어줄 것 같아. 다른 사람들, 어머니와 아버지, 친구들, 심지어 폴조차 그렇게 생각하겠지만, 너라면 그런 이유라서가 아니라는 것을 이해해줄 것 같아. 그저 달리 할 수 있는 일이 없었기 때문이라는 것을. 내일이라도 용기가 난다면, 유리잔과 물병을 준비하고 어머니가 갖고 있는 작은 분홍색 알약을 삼키겠어. 이

제 이야기를 끝낼게. 테이프가 다 감겼거든. 그럼 안녕. 안나 마
틸드 파스롱."

베송은 자리에서 일어나 녹음기를 껐다. 침묵이 다시 방 안을
덮쳤고, 방 안의 명암과 뒤섞여 어둠과 구별할 수 없을 만큼 짙
어졌다. 이윽고 상상력을 무화시키는 시계추의 움직임처럼 침묵
이 베송의 내부로, 그의 정신의 숨겨진 빈 틈으로 미끄러져들어
와 그의 사고를 질식시켰다. 그 침묵은 그의 머릿속과 가슴속에
서 요란한 폭포 소리처럼 울려퍼졌고, 숨을 쉬기 시작하면서 깊
은 곳을 향해 서서히 움직여갔다. 이제 소리나 빛깔이 차지할 자
리는 없었다. 그날 밤 어둠 속에는 엄청난 침묵, 물질에 달라붙
은 침묵, 끈적거리는 동체를 지닌 끔찍하고 거대하고 차가운 침
묵만이 존재할 뿐이었다. 텅 빈 방에 홀로 남은 당신을 고통으로
신음하게 만들어 결국 죽음으로 몰고 가는 침묵.
베송은 눈앞에 놓인, 움직이지 않는 사물들을 오랫동안 바라
보았다. 그 사물들을 눈앞에 두고 있을 뿐, 진실로 그것들을 본
다거나 이해하려고 하는 것은 아니었다. 그저 멍하니 그것들을
바라만 보고 있었다. 그의 머리에 들어온, 조금 전에 들었던 말
들은 여전히 침묵 속에서 웅성거렸다. 가구나 아무짝에도 쓸모
없는 묵직한 도자기 꽃병들처럼, 단어들은 아무런 연결고리도

없이 떠돌아다녔다. 단어들은 텅 비어 있었다. 그리고 이제 다시 그들의 영역인 침묵으로 되돌아간 것이었다. 이제 그것들은 거기서 나오지 않으리라. 무無에서 왔다 무로 돌아간 것이다. 부딪치는 말들, 인간들의 입술을 비트는 그 음절들의 세계, 출구 없는 수다들의 미친 세계, 그 추악한 시궁창. 그 모든 것은 도대체 무엇을 위한 것이었을까? 붙들어두기 위한 것들이었다. 촉수를 뻗치기 위한 것들이었다. 타인들의 영혼을 검열하기 위한 것들이었다. 그러나 타인이란 언제나 그 누구도 아니지 않은가? 저주 받았도다, 저주 받았도다, 인간들의 언어여. 만약 언어가 존재하지 않았더라면, 만약 언어가 수세기에 걸쳐 기만해오지 않았더라면 생은 얼마나 행복했을 것인가!

어둠에 잠긴 사물들을 한참 바라본 후 베송은 침대로 돌아갔다. 그는 자동차 헤드라이트 불빛이 일렁이는 천장을 잠시 바라보았다.

베송은 이불 위에 길게 누워 잠을 청했다. 그러나 쉽사리 잠들 수가 없었다. 그림자들이 일렁거렸다. 이윽고 음악 한 곡조가 들려왔다. 베송은 단단한 바위처럼 자신의 의지를 억제하려고 했지만, 그의 목은 저항할 수 없다는 듯 그 음악을 따라부르기 시작했다. 곡의 초반부는 부드러운 곡조여서 어렵잖게 따라부를 수 있었다. 그러나 곧 음표들이 여러 개로 늘어나면서 그의 목청은 트럼펫과 챔발로, 오보에, 플루트, 바이올린과 첼로, 하프, 심벌즈가 어우러진 진짜 심포니 오케스트라로 변했다.

악보를 떠올리면서 멜로디를 따라부르는 것에 싫증이 난 베송은 눈을 떴다. 그리고 침대 위에 앉아 가만히 기다렸다.

방 안은 여전히 똑같았다. 어두침침한 벽으로 둘러싸인 거대한 입방체, 회색으로 칠한 바닥, 닫힌 덧창의 흰색 테두리들. 완전히 밀폐된 공간. 그가 속속들이 알고 있는 공간이었다. 밖에서 나는 소리들이 건물 앞면을 타고 올라와 방 안으로 스며들고 있었다. 친숙하고 무의미한, 쉽게 식별할 수 있는 소리들. 젖은 보도 위에 자동차 타이어가 미끄러지는 소리, 엔진이 붕붕거리는 소리. 거리를 질주하는 오토바이가 내는 엔진 폭발음이 점차 멀어져갔다. 인도 위를 또각거리며 걸어가는 하이힐 소리와 소곤거리는 말소리. 커다란 천둥소리. 물방울이 덧창으로 떨어지는 소리. 사람들은 그 모든 것이 즐거움이라는 것을 잊고 있었다. 그들은 살아 있다는 사실조차 잊고 있었다.

풍요로운 밤이었다. 검은색으로 아름답게 빛나는, 푸르스름한 반사광과 어슴푸레한 회색, 하얀 미광으로 가득 찬 밤이었다. 베송의 방은 닫혀 있었다. 완전히 밀폐되어 있었다. 그리고 베송, 그는 그 안에 있었다. 덥지도 춥지도 않았다. 시간은 부드럽게, 매초가 나른하고 차분하게 흘러갔다.

마치 포근한 꿈속에 들어와 있는 것 같았다. 직접 매수해서 마침내 자신의 소유가 된 집, 고요한 정적이 흐르는 넓은 정원 한가운데 있는 집 안에 들어와 있는 기분이었다. 소나무들이 파라솔처럼 울창하게 뻗어 있고 진한 라벤더 향기가 풍기고 아름다운 시냇물이 흐르는, 로르그의 대지 2헥타르에 지은 주택. 우물이 있고 자갈이 깔린, 방 다섯 칸짜리 시골 별장 같은 곳. 그러나 그의 방은 그보다 더 나았다. 왜냐하면 그는 아무것도 소유하고 있지 않았기 때문이다. 덧창 틈새로 들려오는 빗소리를 동반자 삼아 빛 하나 없이 밀폐된 방에 혼자 머문다는 것, 자기 자신으로 존재할 수 있음에 베송은 만족스러웠다. 거기서 시時와 분分들은 느리게 흘러간다. 그것들이 흐른다는 것은 하나의 즐거움이다. 동작과 사고는 조화롭게 이어지며, 연속성 속에서 감미로울 정도로 명쾌해진다. 아! 자기 방을 가지고 있다는 것은 좋은 일, 참 좋은 일이다.

베송은 느린 동작으로 담배에 불을 붙였다. 성냥의 불꽃은 처음에는 흰색이었다가, 곧 노란색으로 방의 어둠에 구멍을 내며 타올랐다. 담배 끝에서 재들이 몸을 비틀며 불똥을 튀겼고, 이윽고 담배 종이에 불이 붙었다. 베송은 거울로 벽을 두른 방이 있으면 좋겠다고 생각했다. 그러면 자신의 행동을 사방에서 관찰할 수 있을 테니까. 성냥불은 그가 불어 끌 필요도 없이 저절로 꺼졌다. 이제 어둠 가운데 보이는 것은 담뱃불의 붉은 구멍뿐이었다. 그것은 베송의 얼굴 가까이에서 그가 담배를 빨 때마다 점점 더 어둠을 붉게 파고들었다.

얼마 후 베송은 자리에서 일어나 방 안을 거닐기 시작했다. 이 가구에서 저 가구로 천천히 움직이면서 덧창 틈새로 밖을 내다보기도 했다. 한기가 느껴지자 그는 파자마 위에 재킷을 껴입었다. 그리고 다시 침대 가장자리에 앉았다. 그러고는 얼마 동안 책상의 사각형 몸체를 꼼짝 않고 응시했다.

근처 성당의 종이 한 번만 울린 것으로 봐서 아마도 밤 열두시 삼십분, 아니면 새벽 한시가 된 듯했다. 저 멀리 어디선가, 시내 중심가에서 소방차가 사이렌을 울리며 달리고 있었다. 이따금 우르릉거리는 천둥소리가 들리기도 했다. 그러나 방 안은 위험하지 않았다. 비와 번개는 들어올 수 없었고, 방 안에 있는 모든 사물은 부동을 꼼짝도 하지 않았다. 바람도 없었다. 모든 것이 평온하고 안전했다. 물건들은 제자리에 놓여 있었고 그 표면도 전혀 변하지 않았다. 눈을 감았다 바로 다시 떠보아도 변한 건 아무것도 없을 것이다.

모든 것이 다 좋았다. 프랑수아 베송은 그가 그린 고요한 그림 속에 들어가 있었다. 가장자리에 테두리를 두른, 흰 종이 위에 펜으로 섬세하게 그린 데생이었다. 그 안에서는 모든 것이 영원히 고정되어 있었다. 각각의 물건과 가구, 재떨이 따위가 세밀하게 그려져 있는, 아주 사실적으로 보이는 그림이었다. 흰 바탕 위에 황토색으로 자잘한 문양이 그려진, 벽에 드리워진 태피스트리조차 충실히 재현되어 있었다. 초록색 플라스틱으로 된 둥근 방문 손잡이도 또렷했다. 하나의 열쇠로만 열리게끔 만들어진 자물쇠 구멍의 세로 홈 역시 선명하게 보였다. 침대의 이불, 슬리퍼, 자주색 쿠션이 깔린 의자 두 개, 초록색 덧창이 달린 창문 두 개, 벽에 핀으로 꽂아놓은 유럽 지도. 그 지도 위에 씌어진 갑岬과 반도들의 괴상한 이름들도 읽을 수 있었다.

만달
쿡스하펜
펜마르크
자마야
메흐라 엘 하데르
토마슈프
아프
사소실
예클라

그림 정중앙에는 침대 가장자리에 웅크리고 있는 한 남자의 캐리커처가 그려져 있었다. 마른 팔다리에 툭 불거져나온 광대뼈에 짧은 머리칼을 한 남자는 꼼짝 않고 정면만 응시하고 있었다. 남자의 모습은 그 그림을 계속 그리고 싶은 마음을 불러일으켰다. 거기에 색을 칠하고, 남자의 입에서 솟아나온 하얀 말풍선 안에 무엇인가를 써넣고 싶은 욕망을 불러일으켰다. "내가 여기서 뭘 하고 있는지 모르겠네"라든가 "밖에 비가 올 땐 집 안에 있는 게 제일이다" 같은 문장들을.

베송은 자리에서 일어나 오른쪽 창문까지 걸어갔다. 거기서 그는 차가운 유리창에 이마를 대고 밖을 바라보았다. 거리에는 거의 인적이 없었다. 인도와 차도 위로 비가 내리고 있었다. 움직이지 않는 커다란 빛의 얼룩이 가로등 발치에 펼쳐져 있었다. 상점들의 불은 한 군데만 빼고 모두 꺼져 있었다. 상점 쇼윈도 안 바닥에 형광등 하나가 빛나고 있었다. 자동차 타이어들이 미끄러지듯 굴러갔다. 가끔씩 레인코트를 입은 작은 그림자들이 비를 피해 벽에 닿을 듯이 바싹 붙어 황급히 지나갔다. 덧창살의 방향 때문에 하늘을 볼 수가 없었다. 그러나 장담하건대 하늘은 연한 분홍색이 섞인 거무스레한 빛일 것이고, 정확하게 어딘지 모를 곳에서 비가 떨어지고 있을 터였다.

수증기가 서린 차가운 유리창을 마주하고, 베송의 시선은 위험이 떠돌아다니는 그 거리의 고요한 공간을 탐욕스럽게 응시했다. 먼 도시가 수많은 움직임과 빛으로 울부짖는 동안 베송은 가느다란 빗방울 소리에 귀를 기울였다. 곧 마음속에 일종의 기이한 도취감이 솟구쳤다. 살아 있다는 도취감. 베송은 자신의 육체 안에서 생생하게 살아 있었다. 비록 피부 속에 갇혀 있었지만, 베송 자신을 위해 그림처럼 펼쳐진 세상을 정면으로 마주한 채 그는 살아 있었다. 여러 감각들이 그의 신체기관을 향해 모여들더니 거기에 조심스럽게 자리를 잡고, 서로 앞다퉈 음악을 연주하기 시작했다. 암흑으로 가득 찬 심연으로부터 박동들이 솟아나왔다. 폐부에서 울려나오는 그 박동들은 베송의 예민한 육신을 가로질러 하나의 움직임, 시간을 측정하는 강력하고 찌르는 듯한 하나의 움직임이 되었다. 그 박동은 똑바로 하늘을 향해 올라가고, 미지의 공간을 정복하고, 신비와 무無로 심연을 가득 채웠다. 공허가, 팽팽하게 잡아당기는 듯한 숨결로 부풀어오른 공허가 거기 모든 사물들의 배후에 존재하고 있었다. 그 공허는 주머니들을 파듯 딱딱한 지표면을 파고, 뻣뻣한 가로등 기둥을 내리누르고, 둥글고 미세하게 진동하는 빛을 띠고 있었다. 공허는 거기 유리 속에, 시멘트 속에 그리고 청동 속에도 존재했다. 그것은 빛깔을 띠고 있었다. 형태를 갖고 있었다. 그러니까 그것은 아무런 도움 없이 쉬지 않고 스스로를 재구축하는 그 도취감,

당신에게 공허의 육신을 보여주었던 도취감이었다. 꽃다발처럼, 거대한 꽃송이들로 이루어진 즐거움에 찬 폭죽처럼, 신비롭게 꽃피우는 폭발적인 빛의 용트림처럼, 삶은 밤 위에 흔적을 남기고 있었다. 결코, 결코 빛은 어둠의 존재를 망각시키지 못하리라. 이 무자비한 도취, 자신이 존재하고 있음을 명백히 느끼는 이 환희가 필요한 것은 무無의 모든 실체를 깨닫기 위해서였다. 그 냉기의 접촉에 몸을 떨기 위해서였다. 그 투명성을 직시하기 위해서였다. 다중의 목소리로, 장엄하게 울리는 가운데 손에 닿을 듯한 무한을 향해 음량을 키우는 멜로디들로 야위어진 침묵의 무시무시하고 묵직한 울음소리를 듣기 위해서였다. 당신이 살아온 수많은 시간과 당신을 지치게 하는 몸짓들을 갈가리 찢어버리는 노래가 울려퍼지도록 하기 위해서였다. 이 침묵의 소리와 멜로디들은 당신들이 모두 죽어 몇백 년은 부패하고 나서야 논할 수 있을 덧없는 불멸의 영광, 아직 시작되지도 않은 그 영광을 꿈꾸며 득의양양하게 살아가는 모든 것들, 존재하는 모든 것들의 울부짖음이었다.

베송은 세심하게 주의를 기울여 모든 것을 만지고 보고 듣고 냄새를 맡은 후, 문 쪽을 향해 걸어가 전등을 켰다. 노란 전등불이 순식간에 사방으로 퍼지며 방 구석구석을 밝히자 방바닥에 있던 물건들이 일제히 공중으로 부양하듯 모조리 눈앞에 솟구쳐올랐다. 베송은 다시 책상으로 돌아와 의자에 앉았다. 그러나 이 번에는 아무것도 만지지 않았다. 양 팔꿈치를 나무 책상 가장자 리에 올려놓기만 했을 뿐이다. 그리고 그는 꼼짝도 하지 않았다.

바깥에는 여전히 비가 내리고 있었고, 하수구에서는 물이 졸 졸 흐르는 소리가 들려왔다. 물은 건물 정면의 흰 석회벽을 타고 조용히 흐르면서 벽을 조금씩 마모시키고 있었다. 바람이 갑작 스레 돌풍으로 바뀌자, 제대로 닫지 않은 덧창들이 덜컹거리고 작은 나뭇가지들이 부러지면서 창문을 때렸다.

의자에 앉은 베송은 어떤 마비 상태 같은 것에 사로잡힘을 느 꼈다. 그것은 일종의 공포이자, 겨울을 나기 위해 융단처럼 깔린 낙엽 밑에 몸을 파묻고 싶은 욕망이었다. 그는 나무들이 느끼는 것을 조금은 느낄 수 있었다. 슬픔과 우울이 그의 내장을 조여왔 고, 그의 생명은 알아차리지 못하는 사이에 서서히 조락하고 있 었다. 성채 같은 방의 벽을 통해 하늘은 여전히 무겁게 짓누르고 있었다. 증기가, 증기의 장막이 그가 숨을 쉴 때마다 허파로 침 투했고, 괴상한 기상학적 노화 같은 것이 몸 위로 덮쳐왔다. 사 람이 산다는 것이 이런 것을 위해서인가? 어떤 대가를 치르고라 도 사고하고자 하고, 사고의 힘으로 세계를 결정하기 위해서? 나무와 비슷해지기 위해? 언젠가는 힘없이 떨어져나갈 누런 잎 사귀와 뿌리들을 갖기 위해? 몸을 구부리면 뼈가 삐그덕대는 소리를 들고, 흐르는 세월에 맞서 투쟁하다 마침내 늙고 주름진 피부를 갖기 위해? 바이스처럼 육신을 조여오는 대지 속에 못박혀 계절이 바뀌는 것을 느끼기 위해서?

그 순간 누군가 방문을 두 번 두드렸다. 베송은 소리를 들었지만 대답하지 않았다. 이번에는 네 차례 문을 두드렸다. 베송은 고개를 돌리고 말했다.

"들어오세요."

밤색 실내복 차림에 붉은 실내화를 신은 육십대 여인이 방으로 들어왔다. 그녀의 얼굴은 무겁고 피곤해 보였고, 회색 머리칼은 헝클어져 있었다. 그녀는 조심스럽게 책상을 향해 몇 발짝 움직였다.

"아직 안 자니?" 그녀가 물었다.

"네……" 베송이 대답했다.

그녀는 침대 가장자리에 걸터앉았다. 커다란 두 눈 아래는 다크서클로 어두웠다. 그녀가 웃어 보이며 말했다.

"자야지. 새벽 세시가 다 되었어."

베송은 책상 위에서 종이를 찾는 척하며 대꾸했다.

"잠이 오지 않아요."

"그러다가 병나겠구나……"

"아뇨, 괜찮아요. 조금도 피곤하지 않아요."

그녀는 책상을 바라보았다.

"일하고 있었니?"

"네."

"별로 중요한 일도 아닌데 괜히 몸 상하는 것 아니니." 여인이
말했다. "어서 자렴."

"알아요." 베송이 말했다. "서류들을 정돈하고 있었어요."

그녀는 얼마 동안 아무 말도 하지 않았다. 베송은 여인의 손을
바라보았고, 거기에 굵은 정맥들이 불거져 있음을 알아차렸다.
이윽고 그는 그녀의 얼굴을 응시했다.

"어머니는요? 어머니는 안 주무세요?"

"조금 전에 녹음기 소리가 들리더구나. 그러다가 아버지 깨우
겠다. 이제……"

그녀는 말을 채 끝내지 않았다.

"곧 잠자리에 들려던 참이었어요. 시간이 이렇게 늦은 줄 몰
랐네요."

"조금 있으면 새벽 세시야."

"괘종 소리도 못 들었네요."

"손목시계가 있지 않니?"

베송은 책상 위를 힐끗 바라보았다.

"세시 이십오 분 전이군요."

다시 침묵이 흘렀다.

"춥지 않니?" 여인이 물었다.

"아뇨……"

여인은 고개를 약간 옆으로 돌렸다.

"어휴, 담배 냄새가 지독하기도 하지. 담배 좀 줄여야겠어."

베송은 어깨를 으쓱했다.

"글쎄요, 그러는 게 좋겠죠……"

"담배는 건강에 해로워."

그녀는 실내복을 바짝 여미고 말했다.

"그럼 나는 이제 가서 자야겠다."

베송은 티스푼으로 장난을 치기 시작했다

"커피 많이 마셨니?" 여인이 물었다.

"아니요, 딱 한 잔 마셨어요."

"너도 알다시피 커피를 마시면 푹 잘 수가 없어."

"그래도 몸이 따뜻해지잖아요."

그녀는 몸을 일으켜 책상으로 다가왔다.

"너무 늦게 자진 마라."

"네, 곧 잘게요."

"매일 밤 이렇게 새벽 세시까지 잠을 안 자면 병이 날 거다."

"그렇지 않아요. 걱정하지 마세요."

여인은 창문으로 눈을 돌렸다.

"비가 억수같이 쏟아지는구나!"

"네…… 계속 내리더라고요."

"겨울의 마지막을 알리는 비야."

그녀가 문을 향해 걸어가기 시작했다.

"난 다시 잠자리에 들어야겠다."

"그러세요……"

"너무 늦게까지 일하지는 마라, 프랑수아."

"네, 저도 잘 거예요."

그녀는 잠시 주저하다가 말했다.

"그리고…… 그리고 프랑수아, 이제 거기에 대해서는 생각하지
마라."

"그러니까 어머니 말은? 저……"

"그래, 그래, 나도 들었단다."

그녀는 힘겹게 말했다.

"생각해보았자 이젠…… 아무 소용도 없는 일 아니니?"

그는 대답하지 않았다.

"그런 일에 대해 너무 골똘히 생각하지 말라는 거야. 어서 자
거라. 아무 생각도 하지 말고."

"네, 알았어요."

"뭐 필요한 건 없니?"

"아무것도 없어요……"

그녀는 방에서 나가려다 베송을 향해 부은 얼굴을 돌렸는데, 어딘가 애잔한 표정이었다. 눈, 손, 입, 회색 머리칼, 그녀의 모든 것에 그녀가 전하는 연민과 사랑의 메시지가 깃들어 있었다. 베송은 머리를 숙여 그녀의 시선을 피했다.

"잘 자라, 프랑수아." 그녀의 목소리가 울려퍼졌다.

"안녕히 주무세요." 베송이 말했다.

"편히 쉬어라. 내일 보자." 그녀는 엷게 미소를 지었다. "참 그렇지. 내일이라니, 이미 오늘인데. 지금이 새벽 세시니까."

"안녕히 주무세요."

"잘 자라."

"안녕히 주무세요."

방문이 그녀 뒤에서 닫혔다.

베송은 자신의 행동을 어머니가 자물쇠 구멍으로 훔쳐볼 수도 있다고 생각하며 얼마 동안 움직이지 않고 가만히 있었다. 이윽고 그는 자리에서 일어나 양손으로 소총을 쥔 시늉을 하며 벽을 향해 총질을 시작했다.

2장

거리에서—시선들—처음 들어간 카페에서 신문을 읽는 프랑수아 베송—깨진 잔—두번째 들어간 카페에서 핀볼 게임을 하는 베송—동생과의 만남

둘째 날, 날이 밝자 프랑수아 베송은 옷을 입고 밖으로 나갔다. 그는 옆을 스쳐 지나가는 풍경을 바라보며 황급히 거리를 걸어갔다. 머리 위 회색빛 하늘이 동쪽에서부터 분홍빛으로 희미하게 물들어가고 있었다. 건물들 주변 공터에는 아직 마르지 않은 진창들이 반짝이고 있었다. 많은 사람들이 직장으로 가고 있었다. 그들은 인도 한편에서 버스를 기다리거나, 자전거나 자동차로, 혹은 걸어서 움직였다. 혼자 걷는 여자들은 서둘러 발걸음을 재촉했다. 그녀들은 검은색이나 붉은색, 혹은 체크무늬 레인코트로 몸을 감싸고 있었다. 여전히 구름 가장 깊은 곳에서부터 땅 위로 수증기가 내리고 있었다. 먼지보다 더 미세한 물방울들이 오랫동안 하늘과 땅 사이를 오르내리며 부유하다 마침내 아

무 소리없이 평평한 지표면 위에 스러지듯 내려앉았지만, 축축한 여운 하나 남지 않았다. 물방울들이 미처 땅에 닿기도 전에 공기중에 녹아들어 뒤섞인 것이었다. 도시 위에, 나무들 사이에, 행인들의 피부 속에, 모든 곳에 안개가 스며들었다. 어느 것도 명확히 구별되지 않았다. 윤곽들은 서로 뒤엉키거나, 지우개로 지운 듯 아주 사라져버렸다.

베송은 그 모든 것을 지나쳐 걸어갔다. 헐벗은 나무들이 줄지어선 대로를 두세 개 지나갔다. 광장과 사거리와 작은 거리들도 지나갔다. 그는 빨간 신호등 앞에서 발걸음을 멈추고 기다렸다. 로터리를 돌기도 하고 막다른 길에 부딪혀 되돌아나오기도 하고, 인부들이 곡괭이와 압축공기 해머로 땅을 파헤치고 있는 인도를 돌아가기도 했다. 출입금지 표지판 두세 개를 손으로 치기도 하고, 차도 한가운데 불룩 솟아오른 부분에 발이 걸리기도 했다. 때때로 차도를 건너면서, 달리는 자동차를 멈춰세우려고 부러 걸음을 늦추기도 했다.

시가지 중심부 가까이 이르렀을 때, 베송은 두 손을 호주머니에 넣고 주위를 둘러보았다. 공기는 신선했고, 여전히 이슬비가 내리고 있었지만 어쨌든 해가 보이지 않는다는 것은 기분 좋은 일이었다. 태양은 회색 구름 장막 뒤에서 달月이나 희끄무레한 원처럼 움직이고 있었다.

그곳은 전략적 요충지와도 같았다. 버스와 택시들이 사방에서 몰려들었고, 보도는 사람들로 꽉 차 있었다. 사람들이 워낙 끊임없이 오가고 있어서 아까 본 사람들이 또 지나가는 것 같았다. 조용한 곳은 한 군데도 없었다.

쓰레기통들은 아직도 차도 가장자리에 놓여 있었는데, 빈 깡통과 사과껍질, 흙, 과일 씨들로 가득 차 있었다. 그것들은 요란한 소리를 내며 쓰레기를 싣고 갈 트럭을 기다리는 중이었다. 그 오물 더미들 속에 하루의 삶이 축적되어 있었다. 사람들이 사고, 먹고, 빨고, 깎고, 그런 다음 던져버린 것들.

벌써 채소 봉투와 고기 꾸러미를 팔에 들고 거리를 지나가는 사람들도 있었다. 내일이면 쓰레기가 될, 공처럼 구긴 기름 묻은 휴지와 파 껍질, 대추야자 씨, 피 묻은 고기 뼈들을 미리 준비하고 있는 것이었다. 쓰레기통들은 기다리고 있었다. 저녁이 되면 똑같은 시각에 사람들은 살그머니 냄새나는 쓰레기통을 들고 거리로 내려올 것이고, 아무 미련 없다는 듯 단번에 그것들을 쏟아버리리라. 그런 식으로 매일매일 생은 아주 쉽게 소모되어갔다. 기름진 음식물은 창자를 통해 미끄러져 내려갈 것이고, 쓰레기 더미는 대지로 돌아갈 것이었다.

상점들 앞에서 앞치마를 두른 여인들이 통에 담긴 비눗물을 보도에 뿌리며 솔로 문질러대고 있었다. 정육점 진열대에는 머리에서 몸통 끝까지 절개된, 핏물이 가신 송아지들이 통째로 갈고리에 걸려 있었다. 바닥의 톱밥은 핏빛으로 조금 얼룩져 있었지만, 그런 건 별로 중요하지 않았다. 상자 모양의 냉장고 속에는 죽은 병아리와 토끼들이 나란히 놓여 있었다. 그 앞을 지나가던 베송은 짐승들의 크게 뜬 눈과 하늘을 향해 우스꽝스럽게 세워놓은, 절단된 다리들을 바라보았다. 흰 사기 타일로 벽을 입힌 그 깨끗한 상점의 이름은

정육점

이었다. 가게는 고기를 자세히 보려는 여자들로 북적대고 있었다. 살진 손들이 드나들며 고깃덩이를 들어보고, 만져보고, 꼬집어보았다. 탐욕적인 눈과 게걸스러운 입, 벌름거리는 코들이 고기 위로 기울어지면서 고기를 가늠하고 있었다. 진열대 뒤에는 손도끼를 든, 불그레한 얼굴의 사내가 정확하고 빠른 동작으로 끊임없이 자르고 베고 끊고 있었다. 그는 얼굴로 튀어오르는 뼛조각은 아랑곳하지도 않았다.

좀더 멀리서는 더운 빵 냄새가 빵가게 출입문 틈새로 뭉개뭉개 풍겨나오고 있었다. 머릿속으로 들어와 오래된 기억을 일깨우는, 걸쭉하고 무거운 그 냄새. 노르스름한 냄새, 둥그스름한

냄새, 약간 그을린 듯하지만 가운데 부분은 신선하고 따뜻한 냄새, 말랑말랑하고 부드럽고 풍요로운 냄새. 가장자리 부분은 바삭거리면서 질기지만, 혀 위에서 녹아내릴 때는 육체의 모든 촉각을 부드럽게 일깨우는 냄새. 빵이었다. 생밀가루 맛이 나는 얇은 가루분에 둘러싸인, 새털처럼 가볍고 더운 빵.

도로변 어느 텅 빈 상점 앞에 놓인 커다란 빨간 화분 위로 제라늄 줄기가 삐죽 솟아올라 있었다. 그것들을 바라보기 위해 베송은 얼마 동안 멈춰섰다. 그는 화분 속 흙과 자갈 가운데 꼿꼿이 선 가느다란 꽃나무 줄기들을 유심히 뜯어보았다. 별 모양의 여린 잎들 위로 빗방울이 천천히 흘러내리고 있었다. 바람 한 점이 불어오자 꽃줄기들이 희미하게 몸을 떨기 시작했다. 어느 화분에서나 제라늄들은 흙덩이에 박힌 채 곧게 서 있었다.

다른 것들보다 오래된 것 같은 몇몇 잎사귀 위에는 과거의 상처를 말해주는 듯한, 이제는 아문 상처 자국이 나 있었다. 빗방울이 끊임없이 잎사귀의 등 위로, 기다란 줄기로, 봉우리를 감싸면서 흘러내려 검은 흙 위로 방울방울 떨어지고 있는데도 그 제라늄들은 먼지가 일 것처럼 바싹 말라 보였다. 화분 안에는 우글거리는 벌레들도 없었고, 줄기를 쏠고 있는 작은 달팽이조차 없었다. 그 꽃나무들, 곁가지들이 비죽비죽 뻗친 희끄무레하고 옅은 초록의 마른 줄기들, 살아 있지만 움직이지 않으며 아무것도 기다리지 않으면서 수직으로 박혀 있는 줄기들, 곤돌라처럼 휘어 빛과 물 그리고 수증기를 향해 더러운 얼굴을 내밀고 있는 그 꽃나무들 외에는 살아 있는 것은 아무것도 없었다. 화분은 그렇게 조그만 사막을 이루고 있었다. 베송은 자신도 화분 속에서 살 수 있으리라고, 그 역시 발을 흙에, 흙 알갱이들 사이에 묻고 몸체는 허공을 향해 꼼짝도 않은 채 말없이 살 수 있으리라고 생각해보았다. 그렇게 산다는 것이 별로 이상할 것 같지는 않았다. 그러나 다행스럽게도 그는 두 발로 걸어다닐 수 있었다.

저 멀리 지평선 위, 창문이 난 집 벽 사이로 거대한 몸집을 과시하는 산들이 보였다. 그 산들 역시 움직이지 않았다. 베송은 자신이 산이 아니라는 것이 이상했다. 만약 그랬더라면 천천히 흘러가는 구름 아래에서 가시덤불과 절벽으로 이루어진 울퉁불퉁한 등성이로 도시를 감쌀 것이다. 심지어 집에 대해서도 잘 생각해보면, 그것도 하나의 생존 방법일 수 있었다. 평온 속에서, 철근 콘크리트의 위풍당당한 평온 속에서, 주위의 사물들이 생성되고 해체되는 것을 조용히 관조하는 것. 때때로 엘리베이터가 수직 통로를 오르내리면 야릇한 간지럼도 맛볼 수 있을 것이다.

모든 것이 괴상했다. 무언가 불안한 것이 떠돌고 있었다.

검은 외투를 입은 대머리 남자가 베송을 향해 다가왔다. 걸어오면서 그는 도랑 쪽으로 고개를 돌리고 침을 뱉었다. 마치 베송의 얼굴에 침을 뱉는 것 같았다.

이제 인도 위의 인파는 더욱 거세졌다. 베송은 얼굴과 다리, 혼잡한 걸음걸이, 굽은 등과 물건을 움켜쥔 손, 이 모든 것들이 일으키는 소용돌이 한가운데로 휩쓸려 들어갔다. 사람들의 육체는 끊임없이 그의 옷자락에 부딪혀 바람을 일으키며 스쳐 지나갔다. 눈이 움푹 들어간 창백한 얼굴들이 다가왔다가 곧바로 그의 곁을 스쳐 지나갔다. 상점 앞에 서서 물건을 뚫어져라 들여다보는 사람들도 있었다. 어떤 사람들은 자동차 안에 앉아서 닫힌 창 너머로 시선을 던졌다. 아이들은 새된 소리를 지르며 사람들 사이를 요리조리 헤치며 달렸고, 풍만한 가슴의 여인네들은 채소 진열대 앞에 엉거주춤하게 서 있었다. 손님들로 빙 둘러싸인 상점 계산대 뒤에서 단조로운 콧노래가 들려왔다. 가끔 7층 발코니에 검은 그림자들이 나타나 감시하듯 위협적인 자세로 거리 쪽으로 몸을 기울이기도 했다.

베송은 군중의 움직임이 휩쓸어가는 대로 몸을 내맡겼다. 이 모든 얼굴과 육체들이 내리는 신비로운 명령 외에는 아무것도 느낄 수 없었다. 그는 다른 무엇도 원하지 않았다. 벽을 따라, 보도를 따라 걸어가라, 걸어가라, 자동차를 피하라, 떼지어 몰려 있는 군중을 피하라, 걸어가라, 걸어가라, 아무 곳으로도 통하지 않는 가파른 나선형 계단을 올라라.

이렇듯 아무것도 하지 않고 몇 해고 보낼 수 있다. 시간은 이러한 자명한 이치 안에서 흘러가고 있었다. 아무런 할 일도 없이. 아무 말도 생각도 않은 채, 눈을 크게 뜨고 귀를 세우고 후각을 예민하게 하고 온몸의 피부를 추위와 더위에 내맡긴 채, 하염없이 걷기만 하면서. 하잘것없는 고통과 덧없는 감각, 그리고 익명의 소음의 도움을 받아 서술되는 이 무의미한 모험 이야기와 함께. 그렇게 단조롭게 몇 년을 더 흘려보낼 수 있을 것이다. 탄생에서 죽음에 이르는 순간까지 그렇게 살다가, 그 파편들에 매장되고, 정글 안에서 길을 잃을 것이다. 쉬운 일이다. 휩쓸려가는 대로 자신을 내맡기면 된다.

베송은 남자들과 여자들을 보았다. 그리고 불현듯 명백한 사실을 깨달았다. 그들은 일하지 않았고 집안 걱정도 하지 않았다. 직업도 이름도 없었다. 그들은 말하지도 않았다. 그들은 사랑하지 않았다. 겁을 내지도 않았다. 아니, 그들은 산책하고 있을 뿐이었다. 굳은 표정에 암울한 눈빛을 한 채 발길 닿는 대로 헤매고 있었다. 그들은 그걸 인식조차 못하고 있었다. 온 도시가 할 일 없는 게으름뱅이들, 만보객들로 가득 차 있었다. 그들은 오랜 시간 동안 헛된 산책을 평생에 걸쳐 매일 반복하고 있었다.

어느 길 모퉁이 담배가게에서 엄숙한 표정의 한 남자가 손에 신문을 든 채 걸어나왔다. 그는 가끔씩 인상을 쓰며 신문을 읽었는데, 좀더 자세히 읽기 위해서라는 듯 멈춰서기도 했다. 기막힌 연기였지만 배송을 속이지는 못했다. 잘 관찰해보면 그것이 속임수라는 것을 알 수 있었다. 사내는 문맹이었다. 그는 신문 중앙의 고정된 한 지점만을 뚫어져라 보고 있었다.

좀더 멀리에서는 유리로 된 공중전화 박스 안에서 한 사내가 전화거는 흉내를 내고 있었다. 그는 얼굴을 붉혀가며 숨을 헉헉댔다. 욕설을 퍼붓는 것처럼 커다랗게 입을 벌리고 주먹을 휘두르기도 했다. 그러나 배송이 볼 때는 부질없었다. 사내는 동전을 넣지 않았거나, 존재하지도 않는 번호를 돌린 게 틀림없었다.

어느 문가에서 콧수염을 기른 사내가 한 아가씨에게 말을 하고 있었다. 그는 그녀 가까이 서 있었는데, 배송이 그들 앞을 지나가자 사내는 처녀의 손이 마치 무슨 물건이라도 되는 것처럼 꼭 붙들었다. 그들은 무슨 얘기를 나누고 있었지만, 그 소리는 배송의 귀에 채 이르기도 전에 거리의 소음과 뒤섞여버렸다. 하지만 그런 것은 중요하지 않았다. 그들에게는 아무런 할 말도, 알아들을 수 있는 말도, 꼭 해야 할 말도 없었다. 그들은 우연히 거기 있었고, 서로 듣지도 않는 말을 늘어놓고 있었고, 그들의 삶에서 해야 할 일은 아무것도 없었다. 낮과 밤이 그들 위로 성큼성큼 스쳐 지나가버릴 테지만 그들은 그 사실을 깨닫지도 못

할 것이고, 그러는 동안에도 아무것도 하지 않을 것이다. 그러다 어느 한순간 그들은 늙어버릴 것이다. 그리고 한순간 죽을 것이다.

사실 거기 있는 모든 것이 마찬가지였다. 벽, 나무, 줄이 그어진 인도, 집, 숨 막힐 듯한 커다란 흰 방과 음식 접시들이 놓인 식탁을 갖춘 아파트들도 마찬가지였다. 땀 냄새 풍기는 침대, 회색 이불 뭉치, 색이 바랜 베개, 사람의 체취가 배어 있는 지하창고들. 이 모든 것들에는 오래된 피로 같은 것이 배어 있었다. 움직임은 축소되어 있었다. 공간 속에서 생은 똬리를 튼 채, 스스로의 병과 치욕, 그리고 권태롭고 억제할 수 없는 공허를 품고 있었다.

베송의 발 앞으로 한 무리의 비둘기들이 내려앉았다. 몇 마리는 차도 위에 내려앉았고, 다른 몇 마리는 다시 날아오르려 하고 있었고, 또다른 몇 마리는 이미 날고 있었다. 짧은 순간, 그 동그랗고 조그만 노란 눈들이 걸어가는 남자의 옆모습을 바라보았다.

하늘은 이제 기이한 적갈색으로 물들어 있었다. 비는 이쪽 저쪽에 내리다 말다 하고 있었다. 광장 가운데 플라타너스들이 낙엽 위에 서 있었다. 쉽게 상상할 수 있는 일이지만, 며칠 후면 어디서나 썩은 내가 풍길 것이었다.

시간이 흐르고 베송이 걸어가면서 거리는 사람들로 한층 붐녔다. 이제는 사람들의 다리와 가슴, 얼굴과 엉덩이 이외의 다른 것에 시선을 둔다는 것이 불가능할 정도였다. 어디를 보나 물건을 실은 손수레들이 있었고, 그 손수레 뒤에는 날카로운 눈매를 한 여자들이 숨은 듯이 앉아 있었다. 할 일 없이 기웃거리는 사람들이 상점 안으로 물결처럼 쏟아져들어갔다 다시 쏟아져나왔다. 기름진 얼굴과 여윈 얼굴, 길거나 짧은 코, 살짝 벌어진 두툼한 입술이나 갈라진 틈처럼 경련하는 작은 입, 작고 반짝거리는 눈, 말랑말랑한 눈꺼풀 속에 새카만 못처럼 박힌 눈들이 끊임없이 나타났다 사라졌다. 몸들은 서로 밀쳐댔다. 팔들은 허리께에서 앞뒤로 흔들렸고, 손은 덜렁거렸다. 흉곽이 규칙적으로 부풀어올랐다. 담배 연기로 막힌 목구멍에서 외침과 투덜거림, 기침이 빠져나왔다. 발들은 땅 위를 기어다니는 벌레들을 모조리 밟아 죽이겠다는 듯 맹렬하고 집요하게 지면을 짓이겨댔다. 엉덩이는 앞뒤로 흔들렸다. 복부를 덮고 있는 옷자락은 단추가 금방이라도 떨어져나갈 듯 팽팽하게 당겨져 있었다. 빗물은 쉬지 않고 얼굴 위로 흘러내리며 땀과 뒤섞였고, 움푹 패인 볼과 주름진 이마를 적셨다. 비는 곱슬거리는 머리칼 아래로 스며들어가 향수를 뿌린 뒷통수를 타고 방울져 흘러내리면서 목덜미를 따라 옷 속으로 떨어졌다. 빗방울은 우산과 레인코트 칼라 위를 살그머니 두드리듯 떨어졌고, 빗물 때문에 신발 밑창이 검은 아스팔트에 달라붙었다. 비를 피할 수 있는 것은 아무것도 없었다. 모든 것은 도망치고 있었고, 현기증이 나리만큼 현존하고 있었다.

남자와 여자들은 그 자리에서 우글거리고 있었다. 그들은 공격하고 있었다. 그들은 소유하고 있었다. 이 도시에서 그들에게 몸을 내맡긴다는 것은 무자비한 모험이었다.

하지만 두개골 속에서, 살갗과 머리털로 둘러싸인 그 작은 상자 내부에서, 살아야만 했다. 그들은 모두 수인囚人들이었다. 쉴 새없이 꼼지락대고 있는 키 작은 미지의 정령들이었다.

책임을 져야 하는 것은 눈目이었다. 피부와 근육 속에서 무섭게 움직이는, 물기 어린 음울한 작은 공들. 두 개씩 짝맞춰 얼굴 한가운데서 번득이면서, 낙지의 흡반처럼 당신 몸 위로 달라붙어 당신 안에 스며들어 당신을 소화시키고 들여다보는, 그 까맣고 단단한 점들. 심지어 벽에 기대놓은 채 잊어버린 물건들, 쓰레기통, 자전거, 못 빠진 널빤지조차 자신만의 눈을 갖고 있었다. 그리고 그 모든 눈은 지치지도 않고 탐욕스럽게 그 광경에 시선을 꽂고 있었다. 희끄무레한 잿빛의 커다란 건물들은 무자비한 거울이었다. 그것들은 어느 방향에서나, 어느 모퉁이에서나 똑같은 실루엣을 드러내 보였다. 아무 목적 없이 걸어다니고 어디론가 사라져버릴 수도 없는, 그 연약하고 어설픈 실루엣들. 아, 그날이 온다면, 눈먼 동물들의 시대가 온다면, 흰개미와 두

더지와 유충들이 지배하는 그날이 온다면! 진흙 속을 조용히 기어다닐 수 있다면. 아무것도 알고자 하지 않고, 이해하겠다는 희망조차 없는 것은 얼마나 평화로운 휴식일까. 그토록 길고 고요한, 불투명해서 차라리 아름다운 그 황홀한 밤에!

거리 끝에는 신문 가판점이 있었다. 페인트를 칠한 그 입방체는 인파가 오가는 회색 보도 위에 우뚝 서 있었다. 베송의 눈에 그곳은 피난처처럼 보였다. 끊임없이 움직여대는 인파의 시선을 피하고 부딪히지 않으려 애쓰면서 그는 그 작은 가건물을 향해 열에 들뜬 걸음으로 걸어갔다. 원뿔 모양의 지붕 밑에 푸른색, 붉은색, 노란색으로 빛나는 수많은 광고 포스터들이 도배가 된 가판점이 저 멀리서부터 점점 가까워지고 있었다. 신문 가판점의 밝은 전구들은 사람들의 머리 위에서 빛나고 있었지만, 조금도 위협적이지 않았다. 마치 등대처럼, 가까이 오라고 손짓하는 듯했다. 불 켜진 전구 주위의 공기는 차가웠고, 공기는 습기찼다. 그것들은 순수하고 찬란한 빛을 오롯이 발하고 있었고, 사라져버린 태양의 열기를 발산하고 있었다. 마치 우주의 별들 같았다. 그곳에 이르기까지는 한참이 걸렸다. 간신히 팔다리를 움직이는 노파들과, 어린아이들과 개들을 헤치고 가야 했다. 그러나 그는 그런 것에는 신경 쓰지 않았다. 베송의 눈은 지나가는 행인들의 머리 위로 보이는, 요란하게 채색된 그 봉우리, 크고 작은 이상한 글씨들이 점점 더 크게 보이는 그 번쩍이는 탑에 못박힌 듯 고정되어 있었다.

마침내 그는 신문 가판점에 이르렀다. 곧장 그곳만 보고 걸어가 마침내 도달한 것이다. 그의 눈앞 유리창 너머에는 수많은 간행물들이 진열되어 있었다. 사방이 화보가 실린 신문, 잡지, 사진, 글씨와 그림과 인쇄물들이었다. 베송은 거기에 시선을 고정시킨 채, 뒤로 지나가는 사람들의 발소리를 들으며 싫증이 날 때까지 그것들을 들여다보았다.

한 잡지 표지 위에 금발 여인이 하얀 치아를 드러내 보이며 미소 짓고 있었다. 입술은 붉었고 눈은 창백한 푸른색이었고, 목과 어깨의 살결은 비단같이 매끄러워 보였다. 그녀는 그렇게, 아무도 바라보지 않으면서, 마치 날씨 좋은 시골의 작은 오두막집을 안식처로 삼고 있는 사람처럼 미소 짓고 있었다. 옆에 놓인 다른 신문의 여자도 같은 포즈로 웃고 있었다. 그녀의 머리카락은 검은색이었다. 하지만 깊고 커다란 두 눈은 초록색 같기도 하고 보라색 같기도 한 기이한 색조를 띠었는데, 너무 투명해서 그 속에 스며들어가 연막 같은 그녀의 몸을 가로질러 그녀가 서 있는 울타리 너머 낙원 같은 곳에서 살 수 있을 것만 같았다.

나머지 진열창들도 그런 식이었다. 상하좌우 어디나 여자들의 얼굴과 육체, 그 유연하고 빛나는 실루엣 천지였다. 매끄러운 장밋빛 살갗만 걸친 나체의 여자들, 요란하고 기괴한 금빛 진홍빛 가운을 입은 여자들도 있었다. 가운의 풍성한 주름은 커다란 나무 모양의 그림자를 드리우며 교차하고 뒤엉겼다. 여기저기 널려 있는 신문 잡지들 위로 온통 신선함과 젊음으로 빛나는 여인들의 얼굴뿐이었다. 숱 많은 머리채, 목덜미 뒤로 흘러내린 탐스러운 황갈색 머리, 눈가를 덮은 금발의 앞머리, 흑옥같이 검고 화려하고 생동감이 넘치는 땋은 머리타래, 수백 개의 빛의 파편이 갇혀 있는 것처럼 보이는 푸른 폭포 같은 머리타래, 반달 같은 눈썹, 뾰족코, 들창코, 진줏빛 치아 일곱 개가 가지런한 치열, 살짝 벌어진 도톰한 입술, 양 끝에 보조개가 패며 활짝 미소를 짓는 입술. 조용히 호흡하다 그대로 굳어버린 탐스런 젖가슴, 목덜미와 어깨의 선, 팔과 다리, 보조개처럼 생긴 귀여운 배꼽이 패인 배. 눈부시도록 하얀 조명을 받아 거의 보이지 않는 양볼, 가볍고 까칠한 어둠에 잠겨 사라져버린 뺨들. 그리고 눈들. 깃털 같이 빽빽한 속눈썹으로 둘러싸인 크고 둥근 눈들. 끊임없이 색깔이 변하는 한없이 깊은 그 눈들. 꼭 감긴, 메아리로 가득 찬, 결정면들로 이루어진 무한한 소우주가 깃들어 있는, 투명한 보석 같은 눈들. 희망과 절망이 교차하는 마법 같은, 사람들이 완전히 길을 잃어버릴 수도 있는 그 눈들.

그 얼굴들은 쉽게 스러지지 않을 것이다. 그 육체들은 속이지 않는다. 영원에 가까운 세월 동안 종이 위에 달라붙어 남아 있을 것이다. 아마도 서랍 깊은 곳에 처박혀 곰팡이가 피거나 쓰레기통을 뒤덮을지도 모르겠다. 그러나 그들 중 하나는 지금 모습 그대로 남을 것이다. 요란한 아름다움을 뽐내며, 한때 이 땅 위에 명백히 존재했음을 기쁘게 증언하면서 하나쯤은 살아남으리라. 이 여자들은 늙지도 않을 것이다. 세월이 흘러도 그녀들의 두개골은 여전히 피부라는 가면을 쓰고 있을 것이다. 입술은 치석 하나 없는 일곱 개의 하얀 치아를 환히 드러내면서, 여전히 금방이라도 입맞춤할 듯한 미소를 짓고 있을 것이다. 다양한 빛깔로 반짝이는 그 눈들은 그때에도 진열창 밖을 응시하고 있을 것이다. 동정하거나 비웃지 않고, 아무런 악의도 없이, 자신이 살아 있다고 믿는 인간들의 세상을 지켜볼 것이다. 홍채 안에 사랑을, 세상 모든 사람들을 향한 사랑을 가득 담은 채.

배송은 가판점을 한 바퀴 돌았다. 두번째 진열창에는 외국 신문들과 몇몇 포르노 잡지들이 비치되어 있었다. 세번째 진열창에는 어린이 잡지들이 비치되어 있었는데, 대부분이 만화였다. 배송은 카우보이 옷을 입고 있는 만화 속 어린아이들을 바라보았다. 그 가운데 검은 머플러를 두른 덩치 녀석의 입에서 흰 말풍선이 비어져나와 있었다. 거기에는 다음과 같이 씌어 있었다.

"조심해, 친구들 ! 아파치족의 흔적이다…… 얼마 전에 놈
들이 이곳을 지나갔군!

워킹 스틱과 그의 패거리야, 틀림없어. 엘머 요새에 가보자!"

네번째 진열창에는 온갖 신문이 두서없이 진열되어 있었는
데, 거기에 구멍이 하나 나 있었고, 그 구멍 너머로 노파의 머리
가 보였다. 노파가 그를 보았다.

"뭘 사시려고?"

"저……" 배송은 입을 열었다.

그리고 신문 한 부를 샀다.

왠지 모를 후회를 하며 배송은 신문 가판점을 떠나 겨드랑이
에 신문을 끼고 다시 거리를 걷기 시작했다. 그는 쭉 늘어선 상
점들을 따라 한참을 걸었다. 아까와 변함없이 가게 진열창 앞은
사람들로 붐벼대고 있었다. 피로가 엄습해왔다. 줄곧 사람들의
시선을 피하기 위해 고개를 숙이고 시선을 땅에 박은 채 걷거나
하늘 저편을 응시하며 꼿꼿이 걸어야 했다. 그러나 그런 방법으
로는 오래 버틸 수가 없었다.

비가 점점 거세게 내리기 시작했고, 날이 차가워졌다. 자동차
들이 여전히 오가고 있었다.

이렇게 계속 걷다가 시내를 벗어나게 될까봐 배송은 겁이 났

다. 사실인즉 그곳은 그리 큰 도시는 아니었다. 똑바로 얼마간 걸어가면 점차 집들이 드문드문해졌다. 정원들은 공터로 바뀌고, 보도는 사라졌다. 그러다보면 어느 순간, 자기도 모르는 사이에 텅 빈 들판에 둘러싸여 있음을 발견하게 될 터였다. 잡초와 모난 자갈들이 깔린 오솔길에서 길을 잃게 되는 것이었다. 시내에서 벗어나지 않기 위해 베송은 같은 구역을 맴돌기로 했다.

세 바퀴를 돌 때마다 그는 추위에 언 몸을 녹이기 위해 전파상 처마 밑에 들어갔다. 때때로 건물 현관 앞이나 주차장에서 담배를 피워물기도 했다. 열다섯 바퀴쯤 돌았을 때, 그는 사람들이 자기를 알아보지 않을까 두려워졌다. 베송은 길을 건너 어느 카페에 들어갔다.

커다란 카페 안의 벽은 거울로 둘러싸여 있었다. 남자와 여자 손님들이 여기저기 앉아 있었고, 둔중한 전자음악이 울려퍼지고 있었다. 베송은 화장실에서 멀지 않은 구석자리로 가 앉았다. 그리고 몸을 너무 많이 움직일 필요가 없게끔 글이 가장 많은 면을 골라 신문을 펼쳤다. 광고란이었다. 그는 읽기 시작했다.

젊은 여성 가정부 구함. 마레 시 라마르틴 가 34번지.

무슨 일이든 잘하며 특히 요리를 잘하는 하녀 구함. 영국인 가정. 전화 381. 541.

제과 기술자 및 견습생 구함. 퐁탱 가 블레도르 제과회사.

기계기사, 철판공, 도장공 구함. 로슈포르 시 카바네즈 사.

야간회진 할 인턴 구함. 여러 분과 가능자 우대. 중앙의료원. 2126.

철근 콘크리트 건설인부 모집, C. 800번지로 이력서 제출.

재봉틀, 바느질, 인형의상 제조 여직공 구함. 고티에 가 4번지, 욜랑드 인형회사.

미국 조달처 몬테 카를로 사무소에서 영어-불어 속기사 구함. 희망 급료 및 면접과 업무 개시 가능 일자를 적고 본인 사진을 동봉하여 몬테 카를로 하바스 우체국 사서함 2581로 발송 요망.

출퇴근 가정부 구함. 아이들을 좋아하는 사람 우대. 식사 제공. 레 가 1번지, 마담 토마지.

고정급 외에 주방 딸린 방 제공. 일주일에 몇 시간씩 정원을 손봐줄 수 있고, 자녀 없는 남자 구함. 보스케 가 20번지, 부르구앙. 전화 88. 65. 42.

광고란 두 면을 다 읽고 난 베송은 머리를 들고 다시 주위를 둘러보았다. 기다란 카페 홀에서 웨이터들이 테이블 사이를 오가고 있었다. 다행히도 그들은 앞에 신문을 펼치고 앉은 베송을 눈여겨보지 않았다. 그렇지만 곧 그가 아직 아무것도 주문하지 않았음을 알아차리고 뭐라고 캐물을 것처럼 다가와 큰 소리로 물을 것이다.

"뭘 주문하시겠습니까?"

그런 사태를 예방하기 위해 베송은 자리에서 일어나 옆 테이블에서 빈 유리잔을 하나 가져다 앞에 놓았다. 이제 신문은 읽지 않았다. 그는 신문을 홀 바닥에 슬그머니 떨어뜨리고는 그 위에 발을 얹었다.

베송이 가져온 유리잔은 길었고, 노랗고 거품이 있는, 아마도 맥주인 듯한 음료의 자국이 남아 있었다. 담뱃재가 잔 가장자리에 조금 묻어 있었다. 그 잔으로 술을 마신 사람이 손에 담배를 든 채 요란하게 움직인 게 틀림없었다. 유리잔은 노란 플라스틱 탁자 위에 섬세한 거품 레이스를 달고 홀로 아름답고 당당하게 존재하고 있었다. 베송은 그 투명한 원통과, 움직이지 않는 네온 사인이 반사되는 잔 위의 그림을 뚫어져라 바라보았다. 평범한 유리잔이었다. 아마도 똑같이 생긴 잔을 수천 개 이상 찍어내는 공장에서 급조한 제품이리라. 그런데도 그것을 보고 있으니 온몸을 죄어오는 듯한 감동에 사로잡혔다. 그것은 하나의 사물, 그저 사물에 지나지 않았다. 그것은 테이블 위에 마치 탑처럼 서 있는, 보지도, 상처 주지도, 말하고 싶어하지도 않는 순수하고 아름다운 사물이었다. 너무도 아름답고 고요해서 사람들은 그 물건이 영원히 거기 그 자리에 서 있기를, 아무도 그것에 손대어 더럽히거나 깨뜨리지 않기를 바랄 것이었다. 그러나 웨이터들은 테이블보조차 깔지 않은 탁자 위에 그 물건들을 놓으면서 자신들이 무슨 짓을 하고 있는지, 자신들의 손이 무슨 일을 하고 있는지 모르고 있었다. 자신들이 그 물건들의 빛나는 오만을 알아보는 이들을 향해 아름다움과 죽음의 덫을 놓고 있다는 걸 까맣게 모르고 있었다. 그들은 모르고 있었다. 투명한 물건을 거기 놓음으로써, 프랑수아 베송처럼 움직이지 않고 침묵하기를 갈망하는 이들 앞에 너무도 간단히 지옥 문을 열어젖혔다는 걸 모르고 있었다. 어떻게 알겠는가? 재빠르게 손을 움직이고, 끊임없이 말을 하고, 부산하게 사지를 움직여대는 그들로서는 노란 테이블 한가운데 놓인 유리잔 하나가 연출하는, 하찮지만 끔찍한 스펙터클에 정신을 빼앗길 수가 없을 터였다.

시간은 계속 흘러갔다. 베송은 움직이지 않고 계속 유리잔을 응시했다. 처음에는 그 형태를 완전히 인식할 수 있을 때까지 관찰하려고 했다. 그러다 그는 유리잔의 형태가 끊임없이 바뀐다는 걸 알아차렸다. 그것은 길어지다가 마치 비누거품처럼 부풀어오르기도 했다가 다시 줄어들기도 했다. 뾰족해졌다가 거꾸로 뒤집어졌다가 정방형으로 바뀌기도 했다. 베송은 그것의 온전한 형상을 영원히 파악할 수 없을 것 같았다. 그것을 지켜보는 것만으로, 그것이 매 순간 보여주는 새로운 모양을 싫증내지 않고 지켜보는 것만으로 만족해야 했다. 테이블의 노란색. 노란색. 유리잔. 거품. 터지는 미세한 거품들. 유리잔 윗부분의 모양. 아랫부분의 모양. 오른쪽의 반사광. 왼쪽으로 비치는 거리의 영상. 곡선. 수직선. 매끈하고 둥근 테두리. 빙빙 도는 원. 위와 아래. 가운데. 오른쪽으로, 왼쪽으로, 위로, 아래로. 테이블의 노란색.

바로 그것은 현실이었다. 고갈되지 않는 현실. 어떤 말도, 어떤 생각도, 심지어 어떤 감각도 그것을 설명할 수 없었다. 왜냐하면 유리잔은 거기 현존하고 있었기 때문이다. 유리잔은 시간과 기억을 벗어나 있었다. 그것은 행위, 본다는 자명한 행위, 자신의 내부에 들어가 결코 거기서 나오지 않는 다중적이며 동시적인 행위였다. 승리. 승리였다.

보는 것만으로는 충분하지 않았다. 만져보기도 해야 했다. 둥글게 움푹 패인, 차갑고 매끄러운 그 형태를 더듬어봐야 했다. 그것을 제대로 이해하기 위해서는 그것을 꼭 껴안고, 몸의 모든 부분에 그 물건을 대봐야 했다. 베송의 손이 머뭇거리듯 탁자로 다가갔다. 손가락들이 투명한 유리에 부딪혔다. 너무 늦었다. 유리잔이 흔들리더니 데굴데굴 굴러갔다. 그리고 왜 그런 일이 일어났는지 미처 깨닫지도 못하는 사이에 허공으로 사라져버렸다.

이윽고 무시무시한 파열음이 들려왔다. 내려다보지 않아도 잔이 깨졌음을 알 수 있었다. 마음이 아팠지만, 어쩌면 그렇게 된 게 차라리 나을지도 몰랐다. 그런 아름다움, 그런 무한함 때문에 미쳐버릴지도 모르니까.

흰 셔츠를 입은 웨이터가 다가와 바닥을 보더니 말했다.

"데 프로푼디스(이걸 어쩌나)……"

베송은 쉰 목소리로 대꾸했다.

"일부러 그런 건 아닙니다……"

웨이터는 웃음을 지었다.

"별일 아닙니다. 당황하지 마세요! 그럴 수도 있죠……"

베송이 물었다.

"얼마를 물어드려야 할까요?"

"아닙니다…… 그냥 가셔도 됩니다." 웨이터의 말투는 놀리는 듯했다. "쓰레받이를 가져와 쓸어담아야겠군요. 유리 조각에 다치겠어요."

베송은 증오 같은 것이 끓어올라 우겨댔다.

"아니, 아니. 돈을 내겠어요. 내겠습니다."

그러고는 탁자 위에 동전 몇 닢을 놓고는 뒤도 돌아보지 않고 카페를 나왔다. 다소 멀리, 거리 저편에 문을 활짝 열어젖힌 다른 카페가 보였다. 베송은 그 카페로 들어갔다. 홀은 형광등으로 환하게 밝힌, 벽을 하얗게 칠한 복도 같았다. 홀 안쪽 벽 가까이에 불이 들어와 있는 핀볼기계 여섯 대가 있었다. 베송은 그쪽으로 걸어갔다.

그는 받침대 위에 놓인 핀볼기계들과 유리판 밑에 씌어진 기호들을 흥미롭게 바라보았다. 끝에 있는 기계를 제외하고 모든 기계는 비어 있었다. 대여섯 살 정도 되어 보이는 소년이 의자 위에 올라서서 게임을 하고 있었다. 아이 옆에는 서른 살쯤 된 아버지인 듯한 남자가 지켜보고 있었다.

소년은 열에 들떠 핀볼게임을 하고 있었다. 두 손으로 기계 양 가장자리를 꼭 움켜쥐고 버튼을 누르며 플리퍼를 조종하고 있었다. 의자 위에 균형을 잡고 선 소년은 입을 꾹 다물고 눈썹은 잔뜩 찡그린 채 조심스럽지만 신경질적으로 온힘을 다해 금속상자를 흔들어댔다. 소년은 만점을 기대하며 불이 들어온 점수판에 기록되는 숫자들을 지켜보았다. 베송은 정말이지 그 아이처럼 게임을 하는 사람을 본 적이 없었다. 공은 미궁 속을 왔다갔다하다가 스프링이 달린 막대에 부딪혀 폭발음을 내며 튀어올랐다. 때때로 공이 아래로 내려오면 소년은 그 공을 정확하게 쳐서 위로 올려보냈다. 오른편에 있는 남자는 아무 말 없이 몸을 기울인 채 소년을 지켜보기만 했다. 점수는 자꾸 올라갔다. 첫번째 공에 점수판의 숫자가 1300을 가리켰다. 날카로운 폭발음이 기계 안에 울려퍼졌다. 아이는 신경도 쓰지 않고 조금도 지치지 않는다는 듯 게임을 계속했다. 아이의 표정은 어딘지 모르게 진지하고 비극적이었다. 어른에게서나 볼 수 있는 사납고 완강한 표정, 강한 의지력이 소년의 얼굴을 온통 지배하고 있었다. 점수는 계속 올라갔다. 1600, 1800, 2000. 온통 땡땡거리고 탁탁거리는 가운데 메마른 폭발음이 기계 안에서 규칙적으로 들려왔다. 소년의 이마에서 땀이 조금씩 흘러내렸다. 아이의 다리는 기계의 리듬에 따라 신경질적으로 움직였다. 가냘픈 팔은 핀볼기계를 사방으로 뒤흔들었고, 손바닥은 기계 위를 두드려댔다. 유리 위로 기울인 얼굴은 마치 무언가에 홀린 듯 핀볼기계 안을, 그 작은 미로를 응시하고 있었다. 두 눈은 미친 듯이 움직이는 공을 좇으면서 행로를 예상하고 계산했다. 아이는 한 번도 공을 놓치지 않고 탐욕스레 쥐고 놓지 않았다.

　배송은 좀더 가까이 다가갔다. 핀볼기계와 의자 위에 올라선 소년이 한 몸으로, 강렬한 섬광과 소음을 뿜어대는 괴상하고 야만스런 하나의 기계로 보였다. 배송은 가슴을 두근거리며 쇠공의 행로를 관찰했다. 공이 부딪칠 때마다 장애물이 질러대는 비통한 비명과 놀란 듯 몸을 떨어대는 충격들을 실감하자 배송의 턱이 떨려왔다. 약하고 푸른 전류가 그의 사지에 침투해 중추신경까지 파고들었다. 배송은 펄쩍 뛰어올랐다가 낙심하기도 했다가 환희에 젖어들기도 했다.

마지막 공이 난사되는 기관총 소리를 내며 구멍 속으로 사라지자, 핀볼기계 전체에 환한 불이 들어왔다. 점수판이 9999점을 가리켰다.

소년은 기계에서 몸을 뗐다. 몹시 창백했고, 갑자기 나이가 든 듯 피로해 보이는 얼굴에는 지저분한 땀이 흐르고 있었다. 남자는 소년이 내려오는 것을 도와주면서 "대단하구나, 서른두 게임이나 했어"라고 말했다.

아이가 바지에 손을 닦으며 말했다.

"봤어요? 두 번이나 공을 놓쳤어요. 과녁을 맞히려고 두번째 공을 오른쪽에서 다시 잡으려고 했는데, 그때 사백 점이었거든요. 그랬으면 좋았을 텐데. 그런데 잘못 계산했던 거예요. 범퍼를 때리고는 곧장 두 플리퍼 사이로 되돌아왔거든요. 그거 봤죠, 네? 그걸 다시 잡을 수 없었어요. 그거 봤죠? 곧장 한가운데로 왔잖아요. 다시 튀어오르게 하고 싶었는데 공이 떨어져 실격이 될 것 같아 무서웠어요."

"그래, 그래." 남자가 말했다. "그래도 마지막 공에서는 오히려 성공시켰잖니."

"네, 그 정도면 잘했죠? 백 점 세 번, 오백 점 한 번."

"게다가 최고점도 땄고."

"네, 하지만 공을 다섯 개나 썼어요. 공 두 개로 다 해치웠을 때도 있었는데."

소년이 먼저 자리를 떴다. 남자가 아이의 뒤를 따랐고, 그들은 함께 카페를 나갔다. 베송은 그들이 사라져간 카페 문을 바라보았다. 잿빛의 환한 거리 한 조각과 가느다란 빗줄기가 눈에 들어왔다.

베송은 기계로 돌아갔다. 핀볼기계는 여전히 그 자리에서, 격렬했던 게임의 휴유증으로 떨고 있었다. 메두사처럼 색칠한, 속이 환히 비쳐 보이는 금속성의 기계. 수직으로 세워진 판 위에 0─9999─32라는 숫자가 빛나고 있었다. 숫자들 사이에는 비키니를 입은 여자 그림이 있었다. 램프 불빛 때문에 장밋빛으로 보이는 그녀의 몸은 둥그런 서커스 무대 한가운데서 춤추고 있었다. 그녀의 오른편에는 사자에게 채찍질을 하고 있는 제복 차림의 남자들이, 왼편에는 옷을 입힌 두 마리의 코끼리와 공을 갖고 노는 바다표범, 그리고 줄에 매달린 곡예사가 있었다. 여기저기 붉은 글씨들이 씌어 있었다. 졸리 범퍼─서커스 걸─점수─빙고─다시 하기─아시발드 스완슨, 살렘, 매사추세츠, 게임 종료. (틸트)

수평으로 놓인 유리 아래, 게임판은 작은 도시의 모습을 담고 있었다. 붉은 불이 들어온 트랙에는 다음과 같이 씌어 있었다.

빨간 불이 들어오면 10점. 노란 버섯, 빨간 버섯, 초록색 빨간색 드롭스. 용수철 위로 올라와 있는 흰 난간 같은 것, 금속 밸브. 좀더 아래쪽으로 노란색과 초록색 장애물 한가운데 작은 오두막이 있었고, 그 중심에는 숫자가 씌어진 흰 바퀴가 하나 있었다. 그 바퀴 앞에 불이 들어온 파란색 램프 두 개가 있었는데, 램프들 사이에 다음과 같은 숫자들이 늘어선 괴상한 트랙이 보였다.

500

400

300

200

100

90

80

70

60

50

40

30

20

87

좀더 아래에서 게임판은 깔때기 모양으로 끝났다. 깔때기 입구에는 양쪽으로 꺾인 작은 날개 같은 플리퍼가 아래쪽으로 구부러져 있었다. 바로 공이 출발하는 곳이었다. 공은 증오심에 가득 찬 듯, 요동치는 장애물들 한가운데로 돌진해 붉은 범퍼들을 때리고 가장자리들에 부딪치면서 빙빙 돌며 내려왔다. 그러다 순식간에 높이 솟구쳐올라 전기를 띤 충격에 전율하다가, 기관총 소리 같은 폭발음을 내며 장애물을 두들겨댔다. 그러는 동안 저 위의 비키니 여자의 얼굴 옆에서는 부조리한 숫자들의 행렬이 미처 읽을 새도 없이 빠르게 지나갔다. 306, 307, 308, 309, 310, 311, 321, 331, 341, 342, 343, 344, 354, 356, 357, 358, 458, 468, 469. 폭탄 같은 공에 맞은 바퀴가 돌기 시작했다. 일관성 없고 기계적인 동작이 계속되는 가운데 몇 초가 흘러지고 나면, 불룩 튀어나온 곳과 움푹 꺼진 곳에서 매복하고 있는 운명에 절망적으로 저항하며 투쟁을 마치고 나면, 공은 결국 검은 구멍으로 미끄러지듯 굴러떨어졌다. 죽음의 문을 지나 불똥의 반사광이 반짝이는 뱃속으로, 그 통 속으로, 휴식할 수 있는 곳으로, 불에 그을린 듯 괴상한 냄새가 밴 소란스런 그곳으로 떨어져야 하는 것이다.

게임을 마치자 베송은 카페를 나와 얼마 동안 거리를 거닐었다. 자동차 안에서는 사람들이 무엇에 열중한 듯 웃거나 말하고 있었다. 신발가게 진열창 앞에 나란히 서 있는 한 여인과 소녀의 모습이 눈에 들어왔다. 그녀들은 다정하게 팔짱을 끼고 있었는데, 높은 목소리로 떠들어대는 소리가 선명하게 들려왔다. 구름 뒤에 몸을 숨긴 비행기 한 대가 도시 위를 날아가고 있었다. 네 개의 엔진에서 나는 우르릉거리는 소리가 사방에 불안하게 울려 퍼졌다. 차도 위에는 더러운 빗물이 여기저기 고여 있었고, 그 위로 자동차 타이어가 빗물을 가르며 지나갔다. 베송은 보도 가장자리에 서서 트롤리버스를 기다렸다.

버스가 나타났을 때 그는 손을 들어 신호를 보냈다. 이윽고 그는 철제 계단을 올라가 가죽 손잡이를 움켜쥐었다. 표를 산 뒤, 베송은 앞좌석으로 가서 몸집이 커다란 여인 옆에 앉았다. 비 때문일까, 아니면 원래 그런 시간대일까, 승객들이 많았다. 승객의 대부분은 여자들, 늙고 못생기고 볼이 처지고 눈자위가 튀어나와 있는 여자들이었다. 담배 냄새가 나는 남자 두세 명을 제외하고 승객들의 몸에서는 액취와 마늘 냄새가 났다. 베송은 엔진 소리와 와이퍼가 앞창에서 쉬지 않고 움직이는 소리를 들으며 차의 흔들림에 몸을 맡겼다. 그는 운전수의 등과, 어깨 부분이 불룩한 점퍼를 바라보았다. 버스 안은 따뜻해서 금방이라도 잠이 들 것 같았다. 베송은 자기 소유의 트롤리버스가 있어서 그걸 몰고 거리를 돌아다닐 수 있으면 좋겠다고 생각했다. 마음이 동하면 차를 세우고 사람들을 태우리라. 그러면 권태로워할 시간도 없을 것이다. 그는 아무에게도 말을 걸지 않고, 다만 차가 요동칠 때마다 등 뒤에서 그 흔들림에 따라 요동치는 인간 화물들을 느끼는 것으로 만족할 것이다.

어느 순간, 한 젊은 남자가 승객들을 헤치고 베송 앞에 앉았다. 키가 크고 몹시 마른, 구부정한 등에 기다란 팔이 덜렁거리는 소년이었다. 소년은 걸어오면서 무슨 말인지 모를 낮은 소리를 질러댔다. 툭 튀어나온 귀에 코가 너부죽한 원숭이를 닮은 소년은 끊임없이 백치 같은 웃음을 흘리고 있었다. 습관성 경련으로 온몸을 떨어대는 그 무기력한 육체 주변으로 역한 냄새가 천천히 퍼져나갔다.

소년은 그렇게 얼마간 가만히 있더니 베송을 향해 머리를 돌렸다. 미치광이 같은 퀭한 두 눈이 기이한 빛으로 번득였다. 베송은 괴상하게 일그러뜨린 그 보기 흉한 얼굴을 이해할 수 없다는 듯 바라보았다. 곧 두려움이, 핀처럼 무감해 보이는 소년의 두 눈에서 비열한 두려움이 떠올랐다. 소년의 두 눈은 고발하고 있었다. 그러자 베송의 머릿속에 어떤 기억이 되살아났다. 망각된 수세기 전의 과거에서 거슬러올라와 되살아난 듯한, 밋밋하고 어리석은 표정을 한 가면이 베송의 얼굴에 탄성고무처럼 끈끈하게 들러붙었다. 베송은 기형적인 얼굴에 뚫린 눈구멍을 통해 보았다. 그는 손가락으로 후벼파서 넓힌 콧구멍으로 숨을 쉬기 시작했다. 그 입으로, 땀과 때에 전 옷이 붕대처럼 달라붙은 그 피부로, 이가 득실거리는 그 곱슬머리로, 그 구부정하고 허약한 뼈로, 후들거리는 늙은이 같은 그 사지로, 오줌이 말라붙은 그 넓적다리로, 베송은 살기 시작했다. 마침내 그는 혈육을, 어리석고 혐오스런 동생을 발견했다. 사람들로 꽉 차 있는 편안한 트롤리버스 안, 움푹 들어간 인조가죽 좌석 위에서, 그는 잊어버리려 했지만 그럴 수 없었던 동생을 발견한 것이었다. 동생, 사랑하는 동생, 한 몸에서 나온, 원숭이 눈을 하고 있는 아이. 그 아이는 고통과 경련으로 오그라든 아둔한 육신에 갇혀, 악취를 풍기며 베송 앞에 앉아 그에게 자신을 내맡기고 있었다. 부드러운 감동에 사로잡힌 베송은 말을 걸기 위해 소년에게 몸을 기울였다. 그러자 소년의 얼굴이 창백해지더니 눈동자가 흔들리기 시작했고 얼굴은 공포로 잔뜩 일그러졌다. 그러는 와중에도 입술은 여전히 이죽거리고 있었다. 아이는 괴상하고 날카로운 소리를 지르며 자리에서 뛰어올라 뒤편을 향해 비틀거리며 달리기 시작했다. 베송은 다음 정거장에서 내렸다. 차가운 거리를 걸으면서, 그는 하루 종일 자기를 기다렸을 사람들에게 어떻게 사과를 해야 할지 골똘히 생각했다.

3장

프랑수아 베송, 조제트와 만나다―교통사고―자기 생각을 설명하고 싶어하던
조제트―우체국―언덕 꼭대기로 자동차를 몰고 간 두 사람―관음증 환자

셋째 날, 프랑수아 베송은 조제트라는 여인과 여섯시에 프리
쥐니크 슈퍼마켓 앞에서 만나기로 되어 있었다. 약속 시간보다
조금 일찍 도착한 그는 담배를 피우며 모퉁이에 서서 기다렸다.
이미 조금 전부터 날은 어두워져 있었다. 가로등은 그 자리에 움
직이지 않고 서서 환한 빛을 비췄다. 사람들은 여전히 지치지도
않고 우글거렸다. 하루의 유예나 한 시간의 휴식도 없이, 일요일
이나 축제일에도 그들은 거리를 어슬렁거리며 돌아다니고, 곁눈
질하고, 어떤 물건을 살지 저울질하고, 물건을 샀다. 저녁이면
영화관에 가고, 카페를 나와 자동차 문을 덜거덕거리며 여닫았
다. 아침이면 직장으로 몰려가고, 정육점 앞에 길게 줄을 서고,
문 앞에서 하잘것없는 일로 말다툼을 했다. 그들은 결코 쉬지도,

움직임을 멈추지도 않았다.

지상으로부터 몇 미터 위, 그곳은 사막이었다. 침묵에 잠긴 고층빌딩들이 우뚝 서 있는 대기중에는 고독과 공허뿐이었다. 트롤리버스의 전선들이 끝없이 교차하고 있었지만, 아무 일도 일어나지 않았다. 벽, 나뭇가지, 가로등 갓, 채광창이 뚫린 지붕, 그 모든 것이 너무나 고요하게 제자리를 지키고 있어서, 그 아래가 얼마나 북적대는지 도저히 상상할 수도 없었다. 땅 밑도 마찬가지였다. 쉴새없이 오가는 발걸음에 짓눌리고 자동차 바퀴에 닳은 아스팔트 아래, 그곳 역시 사막이었다. 거대하고 시커먼, 물렁거리는 사막. 부드럽게 다져진 모래가 십 년마다 한 번씩 우르릉 큰 소리를 내다가 이내 움직임을 멈추고, 세상의 진정한 군주로 군림하는 거대한 광물적 부동성에 다시 사로잡히는 사막.

그의 머리 위와 앞으로 빗방울들이 현기증 나도록 빠르고 규칙적으로 떨어지고 있었다. 베송은 머리를 들고 그 빗방울들이 어디서 생기는 것인지 찾아보려고 했다. 그러나 거대한 검은 구멍 속으로는 아무것도 보이지 않았다. 별 하나, 반짝이는 비행기 불빛 하나 보이지 않았다. 고정된 것이든 움직이는 것이든 집중해 유심히 살펴볼 만한 것은 없었다. 그것은 헤아릴 수 없이 깊고 불투명한 허공, 도시의 빛을 아련히 반사하는, 암흑 아래 둥근 장밋빛 지붕처럼 매달려 있는 허공이었다.

어디에서 오는지조차 모르는 이 무시무시한 물방울들이 땅과 얼굴을 두들겨댔다. 그 작디작은 물방울들은 별것 아닌 아주 작은 행위 하나로도 사람을 죽일 수 있었다. 이를테면 땅에 닿기 전에 모두 하나로 뭉치기만 하면 됐다. 그러면 찢어지는 굉음과 함께 거대한 물의 몸뚱어리가 땅 위에 떨어져 순식간에 모든 것을 삼켜버릴 것이다.

어쩌면 차라리 그게 더 나을지도 몰랐다. 그 순간 거기 존재하고 있는 위험은 더욱 끔찍했다. 아무것도 그것을 멈출 수 없기 때문이었다. 한 방울, 두 방울, 그 물방울들은 일말의 동정심도 없이 음험하게 이 세계를 갉아먹고 있었다. 가느다란 창槍 같은 빗방울들은 어디든 침투해 구멍을 팔 것이다. 도랑과 동굴을 파고, 나사처럼 파고들어가 사물의 실체를 부패시킬 것이다. 하늘에서 떨어지는 그 물방울들에 물어뜯겨 돌조각들은 부스러지고, 나무는 가지를 떨구고, 철판들은 눈에 보이지는 않지만 무자비하게 패어들어갈 것이었다. 인간들의 머리라고 예외일 수는 없었다. 얼굴을 두들겨대는 빗방울은 당장 고통스럽지는 않았지만, 점차 그 타격의 횟수가 늘어나면 타박상은 더 많아지고 커져서 마침내 곰팡내를 풍기며 곪아터지는 선명한 상처로 변할 것이었다. 금강석보다 단단하고 차가운 물들이 남몰래 두드리는 망치 소리처럼 불길한 소리를 내며 끊임없이 내리고 있었다. 그

마모작업의 희생물이 된다는 것은 소름 끼치는 일이었다. 그러나 거기서 도망칠 수는 없었다. 조만간 빗물은 당신 위로 교묘하게 미끄러지고, 줄이 되어 당신의 피부를 문질러 당신을 작디작은 알맹이로 만들고 마침내는 해체시킬 것이었다. 아무 이유도 없이. 당신이 물의 영역에서 미세한 먼지로 화할 때까지 그 동작은 멈추지 않으리라. 그렇기에 태양이 쉬지 않고 타오르는 완전 무결한 곳에서, 이글거리는 자갈 속에 몸을 묻고 잔가지처럼 육신을 말리며 살아야 하는 것이었다.

여섯시 십분경 버스 한 대가 승용차 뒤를 들이받았다. 얼마 안 가 차도는 몰려든 사람들로 북적거렸다. 사람들의 그림자가 부산스럽게 움직이고 자동차 경적 소리가 거리에 요란하게 울려퍼졌다. 호기심이 동한 배송은 사건이 어떻게 전개되는지 지켜보기로 했다. 그는 인도를 벗어나 자동차 쪽으로 다가갔다. 뒤를 들이받힌 승용차는 심하게 망가져 차체 금속판이 종이처럼 찢겨 있었다. 버스 기사가 승용차 운전자의 얼굴에 바싹 대고 뭐라고 고함치고 있었지만 소음 때문에 알아들을 수가 없었다. 레인코트를 입은 상대편 또한 소리를 지르고 있었지만 버스 기사보다는 작은 소리였다. 얼마 후, 승용차 운전자는 그만 가버리겠다는 몸짓을 했다. 그러나 차 문까지 걸어가 자리에 막 오르려는 순간 생각을 달리한 듯 버스 기사 쪽으로 되돌아와 다시 고함치기 시작했다. 이따금 무슨 종이나 손수건을 꺼내려는 듯 레인코트 호주머니를 뒤적였지만 아무것도 나오지 않았다.

그 두 사람 주위로 머플러를 두른 뚱뚱한 여자들과 목줄을 맨 개들, 담배를 입에 물고 있는 사내들이 빙 둘러서 있었다. 베송은 그 사람들 틈에 꼈다. 사람들의 말소리가 허공을 떠돌았다.

"완전히 박살났군!"

"버스기사가 잘못했어. 저 작자들은 도무지 조심하지 않거든."

"정말, 그러게. 아무 생각 없이 내달린단 말이야. 자기들이 보상하는 게 아니니까 아무래도 상관없다는 거지."

"하지만 자동차 운전자도 너무 갑자기 브레이크를 밟았어⋯⋯"

"승용차가 어떻게 됐는지 봤지?"

"저 친구 엄청 화났나봐?"

"저거 봐. 뒤쪽 타이어가 펑크 난 것 같은데!"

"이 사거리는 만날 이 모양이야. 사고가 끊이지 않거든. 어제는 자전거 한 대가 트럭에 받혀서 뒤집어졌어. 매일매일이 사고야."

"버스 탄 사람들만 골치 아프게 되었군."

"꼭 미친놈들처럼 운전한단 말이야⋯⋯"

"게다가 앞을 제대로 보지도 않고 달리기만 해. 먼저 가기 경쟁이라도 하는 것인지……"

"지난 목요일 고속도로에서 일어난 교통사고로 몇 사람이나 죽었는지 아세요? 스물일곱이나 돼요. 스물일곱."

"버스 전용도로가 있어야 돼. 그렇지 않아?"

"그리고 모든 길을 일방통행으로 해야 해요. 그게 중요해요."

"사고가 난 사람들은 뒷수습 비용에 대해서는 언제나 보험만 믿는단 말이에요. 다른 건 신경도 쓰지 않는다니까요!"

"엄마, 여기 봐, 교통사고 났어!"

"어리석은 사람들 같으니라고!"

"맞는 말이에요, 부인. 그럼요……"

"앙리! 너 그 사람 얼굴 봤어? 꼭 침팬지 같지 않던!"

십오 분 뒤 그 모든 것이 사라졌다. 사람들은 흩어졌고, 자동차 두 대가 가로막고 있던 길도 통행이 재개되었다. 이젠 경적 소리도, 손짓 발짓이나 욕설도 없었다. 다만 차도 위에서 산산조각난 유리 파편만이 거기서 무슨 일인가 일어났음을 말해주고 있었다. 프랑수아 베송은 빗물에 서서히 씻겨내려가는, 그 반짝이는 사고 흔적을 보며 길가에 서 있었다.

이윽고 조제트의 자동차가 도착해 경적을 울렸다. 베송이 차 뒤로 한 바퀴 돌아 그녀의 옆자리에 올라앉자 곧바로 차는 출발했다.

"늦었군." 베송이 말했다.

그녀가 손목시계를 들여다보지도 않고 대답했다.

"그리 늦지도 않았는데. 비 맞으면서 기다린 거야?"

"응."

"왜, 비 좀 피하고 있지."

"날 못 찾을까봐……"

그녀가 갑자기 브레이크를 밟았다.

"방금 봤어? 저 차가 바로 내 코앞에서 끼어들었어!"

베송은 담배에 불을 붙이고 재떨이를 찾았다. 그녀가 어떤 버튼을 눌렀다.

"무슨 날씨가 이 모양이람!"

"그래. 따뜻하지는 않군."

"내 편지 받았어?"

"응, 오늘 아침에."

"여기 못 올 뻔했어…… 원래 근무시간이 일곱시까지거든."

"오늘 만나자고 한 건 당신이잖아?"

"그래, 그런데 생각을 해보니까, 그저께…… 그저께 이후로……"

베송은 길가에 서 있는 한 무리의 행인들을 바라보았다. 아주 긴 외투를 입은 사내가 검은 우산을 받쳐들고 있었다. 여자 두

명이 베송이 탄 자동차가 지나가는 것을 바라보았다.

"우리가 서로 못 본 지 일주일도 더 되었어." 조제트가 말했다. "당신이 날 찾아올 거라고 생각했어. 하지만 당신이 오지 않으니 내가 움직이는 수밖에. 그래서 편지를 쓴 거야. 난…… 이렇게 계속할 수는 없어."

베송은 아무 대답도 하지 않고 젊은 여인을 바라보기만 했다. 처음에는 그늘과 반사광에 뒤덮인 뾰족한 콧날이 솟아오른 옆얼굴을 힐끗 보았고, 그다음에는 오랫동안 피부의 부분 부분을, 몸과 얼굴의 모든 부분을, 목덜미 위로 틀어올린 검은 머리칼을 찬찬히 뜯어보았다. 곱슬거리는 머리칼 두 가닥이 흘러내려와 있었다. 그녀는 긴장해서 뻣뻣해졌다.

"왜 그래?" 그녀가 물었다.

"아무것도 아니야……" 베송이 대답했다. "그냥 보는 거야……"

"바보 같이 굴지 마." 그녀가 말했다. "이번만은…… 그러니까 이번만은 진지하게 얘기를 나누고 싶어. 차를 세울 곳을 찾아야겠어……"

조제트는 어느 거리 모퉁이에서 차를 돌렸다. 그녀의 두 팔은 검은 플라스틱 핸들을 꽉 쥐고 있었고, 상체는 왼쪽으로 기울어져 있었다. 입은 꾹 다물고 눈은 재빠르게 움직이면서, 그녀는 두 발로 페달을 밟으며 움직이는 자동차의 무게를 온힘을 다해

지탱하고 있었다.

"적당한 곳이 있으면 말해줘!" 그녀가 말했다.

"저기는 어떨까……"

그녀가 브레이크를 밟았다가 다시 속도를 올렸다.

"아냐, 거긴 차고 입구야."

베송은 좌석 등받이 위로 몸을 죽 뻗었다. 엔진 소리가 부드럽게, 가끔은 시끄럽게 들려왔다. 와이퍼 두 개가 동시에 작동했다. 차가 흔들릴 때마다 좌석이 삐걱거렸다.

"이 차, 잘 달려?" 베송이 물었다.

"그럭저럭……" 조제트가 대답했다. "하지만 이젠 낡은 차야."

"속력 좀 낼 때도 있어?"

"빨리 달리는 걸 무서워해서. 하지만 쭉 뻗은 곧은 길이면 나도 꽤 달릴 수 있어."

"얼마쯤?"

"음, 경우에 따라 다르지……"

"아니, 그러니까 얼마까지 속력을 내봤느냐고."

"몰라, 아마…… 130 정도."

그녀는 베송을 향해 고개를 돌렸다.

"얼굴빛이 안 좋아. 왜 그래?" 그녀가 물었다. "당신, 피곤해 보여. 요새도 일해?"

"아니." 베송이 대답했다. "요즘은 아무 일도 안 해."

빨간불이 들어와 차는 횡단보도 앞에서 멈춰섰다. 사람들의
그림자가 서둘러 지나갔다. 차가 멈추자 가만히 기다린다는 것
이 매우 중요한 일처럼 느껴졌다. 기다리는 일 초 일 초가 빨간
색으로 빛나는 신호등, 그 눈ᴛ처럼 고정된 둥근 빛 위로 집약되
어 힘차게 흘러갔다. 그의 옆에서 두 손을 핸들 위에 얹은 젊은
여인은 아무 말도 하지 않았다. 베송은 그녀의 얼굴이 움직이는
모습을, 차창 밖 풍경 속으로 슬그머니 들어가는 모습을 바라보
았다. 탄력 있는 몸에, 눈꺼풀에는 아이섀도를 바르고, 머리는
핀과 리본으로 틀어올린 그녀는 거기 그렇게 존재하고 있었다.
싸우기 위해, 정복하기 위해 거기 그렇게 존재하고 있었다. 덮쳐
오는 무력감을 떨쳐버리기 위해 베송은 입을 열었다.

"조금 전 프리쥐니크 앞에서 당신을 기다리다가 교통사고가
나는 걸 봤어. 버스가 승용차 뒤를 들이받았어."

"큰 사고였어?"

"응, 아니, 뭐 대단한 건 아니었고. 승용차는 뒤가 심하게 찌
그러졌지만 버스는 괜찮았어. 어떻게 해서 사고가 난 건지는 잘
모르겠는데, 아마 승용차가 브레이크를 너무 급히 밟았던 모양
이야. 버스야 달리 어떻게 할 도리가 없었겠지. 승용차가 뒤로
물러나면서 버스를 들이받지 않았다면 말이야. 어쨌든 운전자

두 사람이 길에서 한바탕 욕설을 주고받았어. 구경꾼도 모여들고. 그런데 경찰은 오지도 않더군."

빨간불은 노란불로, 다시 초록불로 바뀌었다. 여인의 두 팔이 다시 움직이기 시작했다. 기어를 넣고 검은 핸들을 돌리고 방향등을 작동시키는 손잡이를 꺾었다. 엔진은 한층 소리 높여 붕붕거렸고, 차는 레일 위를 달리듯 차도 위를 나아갔다. 저 멀리 어두운 밤 한가운데, 주택가 지붕 위로 번개가 희미한 분홍빛으로 물든 흰색으로 번득이자 그 빛 아래로 뭉쳐 있는 구름들이 드러났다. 조제트가 이야기하는 동안 배송은 곧 천둥 소리가 들려오지 않을까 귀를 기울였다. 하지만 거리가 멀어서인지 아니면 빗소리 때문인지 잘 들리지가 않았다.

"……아니면 절대로. 이해하겠어, 프랑수아? 그건…… 그건 당신이 얼마 전부터 변했다는 사실이야. 왜 그런지 정말 이해를 못하겠어. 진지하게 얘기해봤으면 해. 당신 생각은 어때?"

배송은 자동차 안에 장착되어 있는 재떨이에 담배를 비벼끄며 말했다.

"좋아. 하지만 내가 변했다는 건 당신이 잘못 생각한 거야. 변한 건 내가 아니라, 내 주변 상황이야. 내 생각으로는…… 아냐, 이렇게 거리를 달리면서 그 얘기를 할 수는 없어."

"알아." 조제트가 말했다. "지금 적당한 장소를 찾고 있잖아.

먼저 우체국에 가서 우편환을 부쳐야 하는데, 그다음에 당신이
원한다면 시외로 나가 조용한 곳으로 가보도록 해볼게. 언덕 위
같은 데 말이야."

"그렇게 하지."

이윽고 그녀는 어느 택시 승강장에 차를 세웠다. 후진하면서
그녀의 차가 뒤 차 앞부분에 부딪쳤다.

"잠깐이면 돼." 그녀가 말했다. "이 우편환을 부치기만 하면
되니까. 나하고 함께 갈래, 아니면 여기 있을래?"

"같이 가지." 베송이 말했다.

"좋아, 그럼 그쪽 창문을 닫아줘."

그들은 차에서 내렸다. 밖이 너무 추워서 인조가죽 쿠션에서
몸을 떼기가 여간 어려운 일이 아니었다. 베송은 두 손을 호주머
니에 쑤셔넣고 조제트와 나란히 걸어갔다.

우체국 안은 사람들과 밝은 불빛과 열기로 가득했다. 베송은
벤치에 앉아 조제트가 줄서 있는 모습을 바라보았다. 창구 안의
하늘색 제복을 입은 젊은 여자들은 무언가를 쓰거나 전화를 하
고 있었다. 우체국 안 타일 바닥 위로 사람들의 발이 앞으로 걸
어가고 멈춰서고 들어오고 나갔다. 흰 벽은 다소 바랬으나 전등
빛을 받아 밝게 빛났다. 이곳은 절대적 노동의 영역이었다. 여
기서 시간은 타자기의 탁탁거리는 소리와 스탬프를 누르는 둔중

한 소리에 의해 한없이 분절되고 기계화되다 마침내는 지워져버렸다.

한쪽 구석에 노파와 암캐 한 마리가 외따로 떨어진 채 벽을 향해 돌아서 있었다. 노파는 전화번호부에서 이름을 찾고 있었다. 개는 털이 더부룩한 머리를 처박고 바닥에 점점이 퍼진 회색 얼룩 위를 킁킁거리고 있었다. 베송도 그들처럼 행동하고 싶어졌다. 그는 천천히 선반을 향해 다가갔다. 그러고는 그 두꺼운 책의 책장 사이에 코를 박고 등을 구부린 채, 우연의 힘에 의해 나란히 배열된 마법 같은 이름들을 하나하나 읽기 시작했다.

세바스티앵

세샤르

세샤르디

세귀르

세농

세피아

세통 프랑스

샤브

시몽

시몽

시몽

시모네티

없는 이름이 없었다. 위에서부터 아래까지, 어느 페이지나 이름들로 가득 차 있었다. 메마른 갈고리 모양의 글자로 된 그 이름들 뒤에는 인간이라는 형체가 모습을 감추고 있었다. 살아 움직이거나 죽어버린 얼굴들, 늙거나 젊은 얼굴들은 유리공처럼 자신 안에 갇혀 있었다. 그들은 여기 이 지구상에 살고 있었다. 그들은 성과 이름, 집이 있고, 권태로우면서도 의무감에 어쩔 수 없이 일을 하고, 부인과 자식을 먹여 살리고, 친구들을 만나기도 했다. 그들은 결코 의혹을 품거나 스스로에 대해 통찰하는 일 없이 살고 있었다. 아무도 뚫고 들어갈 수 없게 철저히 스스로를 닫아걸고 사는 이들. 우리가 결코 알지 못해서 비웃어줄 수도 없는 사람들. 이 책, 모서리가 해지고 땀이 밴 손가락들에 더럽혀진, 이 두껍고 살진 책은 그들의 성서, 산 자들의 성서였다. 그것은 구체적이고도 통렬한 서사시, 하나의 단순한 기호로 환원된 모험담, 존재라고 하는 더러운 물결 속에서 볼펜으로 단단하게 표시해놓은 일종의 작은 십자가였다. 이 이름들을 이렇게 하나하나, 아무 감정도 미움도 없이 모조리 읽는다면, 각자 자기 생의 핵核에 사로잡힌 그들을 모두 품을 수 있을 것이었다. 당신은 그들의 이웃이 되리라. 그들은 더이상 당신에게서 도망쳐 어딘지 모를 은신처로 달아나버릴 수 없을 것이었다.

"뭘 찾고 있는 거야?" 조제트의 목소리에 베송은 고개를 들었다.

"응…… 아니…… 뭐 좀 볼 게 있어서."

그들은 함께 우체국을 나왔다.

"우편환은 부쳤어?" 베송이 물었다.

"응, 왜?"

"그냥…… 이제 다른 볼일은 없어?"

그녀가 자동차 문을 열었다.

"응……"

차 안에는 미지근한 공기가 감돌고 있었다. 창이 닫혀 있어서 거리의 소음이 아득히 들려왔다. 비가 자동차 지붕 위로 똑똑 떨어지는 소리가 들렸다.

자동차는 언덕을 향해 올라갔다. 헤드라이트를 환히 밝힌 차는 어두운 숲을 지나 구불구불한 도로를 따라 기어올라갔다. 때때로 집들이 도로변에 불쑥 모습을 드러내기도 했다. 시커먼 덩어리처럼 보이는 집들의 창문 밖으로 노란 불빛이 토해지듯 뿜어져나왔다. 밤보다 까만 바위와 나무 더미들이 둔덕을 이루고 있었다. 시가지를 내려다보고 있는 언덕은 들판과 물 웅덩이를 초월해 존재하고 있었다. 너무나 충만하고 단단한 그 언덕은 등을 둥그렇게 구부린 생명체 같았다. 언덕 위에는 여기저기 샘泉들이 있었다. 비수 같은 관목과 가시덤불도 돋아나 있었고, 길게 뻗은 비탈길도 있었고, 편편한 공터도 있었다. 물이 불어난 도랑은 마치 주름처럼 언덕 위를 흘렀다. 언덕은 그렇게 커다란 난파선의 잔해처럼 헐벗고 삭막한 모습으로 움직이고 있었다. 빗물이 언덕 옆구리로 부드럽게 흘러내리며 흙먼지를 씻어내렸다. 밤의 어둠에 잠긴 언덕은 지반 위에서 몸을 떨고 있었다. 베송과 조제트는 길과 계단을 가로질러 침묵을 향해 올라갔다. 그곳에서는 모든 소리가 바람에 가져졌다. 그들은 구덩이와 방치된 채석장, 그리고 반쯤은 땅속에 파묻혀 있는 바윗덩이 등 어두워서 보이지 않는 장애물들을 피해갔다. 총알처럼 쏟아지는 비 때문에 사방으로 물을 튀기는 어두운 저수지 옆으로 길이 이어졌다. 다시 철조망으로 둘러싸인 사유지가 나타났다. 전율하는 어떤 미스터리가, 구름 같은 것이, 매듭 모양으로 일렁이는 안개가 떠돌고 있는 곳이었다. 허물어진 성, 숲에 가려진 성당 혹은 안개 속에 떠 있는 탑을 연상시키는 풍경이었다. 이윽고 도로는 해안 절벽으로 이어졌다. 저 멀리 있는 등대의 붉은 빛이 안개로 흐릿한 풍경에 일정한 주기로 나선형의 빛 구멍을 뚫었다. 비와 어둠의 장막을 가로질러 도달한 그 붉은 빛다발이 번쩍일 때마다 시간과 앎의 행보가 한 걸음씩 앞으로 진행되는 듯, 빛과 열기가 작열하는 강렬한 태양 아래 견고한 풍경의 날들이 약속되는 듯, 모든 것은 그 빛 아래 각자의 고유한 금속성의 리듬에 따라 흔들리고 있었다. 움푹 파인 곳과 봉긋 솟아오른 곳 사이로 난 리본 같은 길을 따라 오르막이 계속됐다. 빗물의 무게로 나뭇잎이 둥글게 흰 나무들은 마치 도망치는 사람들처럼 보였고, 가지를 벌린 앙상한 나무들은 기괴한 모습으로 서 있었다. 무너진 벽, 이정표, 그리고 알아볼 수 없는 이상한 형체들이 어두운 밤 한가운데 불쑥 솟아올라 그들을 위협하는 것 같기도 했고 환영하는 것 같기도 했다. 서로 기대어 서 있는, 사람도 아니고 집도 아닌 유령 같은 그림자, 흉측한 작은 조각상, 낡아빠진 가구, 말뚝, 땅에 박힌 채 눈앞에서 파도처럼 너울거리는, 아마도 어떤 신비로운 호흡 작용에 의해 내부가 움직이는 것처럼 보이는 뼈대들.

더 높이 올라가자 마침내 언덕 꼭대기였다. 정상은 분화구처럼 너부데데했다. 돌로 둘러싸인 둥그런 땅 위에는 길도, 이정표가 될 만한 가로등도 하나 없었다. 어둠에 녹아들어 보이지 않는 대지 위로 나무들이 부유하고 있었다. 베송 역시 공포에 짓눌린 채 그 시커먼 무無 안으로 몸을 던졌다. 그는 진창 속을 걸어나아갔다. 아무것도 식별할 수가 없었다. 눈은 허공을 향하고 있었다. 땅 위를 더듬거리던 다리가 무너져내린 흙더미에 부딪혔다. 암흑의 힘에 마비된 것 같은 몸을 이끌고, 그는 축축하고 넓은 평지 위에 난 길을 따라 앞으로 나아갔다. 무한의 밑바닥에서 솟아나온, 웅웅거리며 언덕을 때리는 얼음장 같은 바람의 통로를 건넜다. 그는 일종의 창고 같은 곳으로 내려갔다. 그리고 아주 깊은, 벽도 바닥도 입구도 없는 구덩이에 떨어졌다. 아마도 그런 것 같았다. 비가 땅에서 솟아올라 하늘을 향해 수직으로 올라가는 느낌이었다. 혹은, 이젠 하늘도 바위도 언덕도, 아무것도 존재하지 않는 것 같았다. 움직이고 있는 이 거대하고 황량한, 구덩이 같은 공간만이 존재했다. 그곳에서 어두운 얼룩들이 끊임없이 증식해나가고 있었다.

이윽고 절벽 끝에 이른 걸까. 저 밑으로, 너무 아득히 멀어 존재하지 않는 것 같은, 빛으로 가득한 도시가 드넓게 펼쳐져 있었다. 수백만 개의 창문과 점점이 늘어선 가로등, 춤추듯 천천히 나아가는 헤드라이트로 빛나는 도시는 거기, 진창 위에서 생생하게 물결치고 있었다. 헐벗은 도시는 그렇게 추위와 침묵 속에 부풀어오르고 뒤틀린 모습으로, 너무도 아름답고 멀어 아무도 보지 못한 곳처럼 존재하고 있었다.

베송의 뒤에서 갑자기 외침 소리가 들려왔다.

"프랑수아! 프랑수아! 어디 있어?"

조금 후에 그 목소리가 다시 이어졌다.

"이봐! 프랑수아! 프랑—수아!"

베송은 걱정스러운 마음이 들어 되돌아갔다. 비에 옷이 젖은 채 자동차가 있는 분화구까지 되는대로 길을 되짚어 돌아왔다. 그리고 뭉툭한 차체와 그 안에 갇혀 있는 젊은 여인을 바라보았다. 베송은 기쁜 마음으로 그 둥근 원 한가운데로, 이제는 어둡지 않고 하얗게 빛나는 그곳을 향해 걸어갔다. 빛나는 설원과 대리석 같은 그 풍경으로 바람과 함께 침묵이 퍼져나가고 있었다. 그가 차에 올랐다.

"어디에 갔다 온 거야?" 조제트가 물었다.

"그냥…… 저쪽에." 베송이 대답했다. "자, 이제 여기서 떠나지."

그녀가 시동을 걸고 헤드라이트를 켜자, 자동차에서 뿜어져 나온 두 줄기 빛에 덤불 속에 웅크리고 있던 한 사내가 드러났다. 엿보고 있었던 사내의 두 눈이 순간 빛에 번득였다. 베송은 들판을 가로질러 황급히 사라지는 사내의 형체를 눈으로 좇았다. 그리고 어두운 밤 우윳빛 풍경 속에서 부둥켜 안은 남녀를 몰래 지켜볼 수 있다면, 자신이 그 정도로 자유로울 수 있다면 얼마나 좋을까 생각했다.

4장

프랑수아 베송, 자고 있는 여인을 바라보다―프랑수아 베송, 그녀 육체의 지도
를 그리다―소음―정원에서 끈에 묶인 채 비를 맞으며 빙빙 돌고 있는 발바
리―장님 신문팔이 노인과의 대화―통 속에 살았다는 한 남자에 관한 이야기

넷째 날 프랑수아 베송은 일찍 잠에서 깨어났다. 그는 새 이불
을 깐 푹신한 더블베드 위에 누워 있는 자신을 발견했다. 머리를
감싸고 있는 베개는 차가웠고, 방 안은 고약한 냄새와 눅눅하고
기분 나쁜 공기로 가득 차 있었고, 덧창 사이로 여명을 알리는
희끄무레한 미광이 새어들어오고 있었다. 침대 위에서 올려다본
천장은 색채라고는 없이 밋밋했다. 전선조차 보이지 않았다. 방
안에는 베송 말고는 아무도 없는 듯했다. 허공에 매달린 듯한 창
백한 천장은, 시선조차 소멸해버릴 허허벌판처럼 넓디넓었다.

베송은 불현듯 그 차가운 잿빛 공간 어디선가 무슨 소리가 들
려오고 있음을 깨달았다. 침묵의 저 끝에서, 수면의 세계 저 너
머에서 들려오는 듯한 소리, 어디서 나는지조차 알 수 없는 부드

럽고 힘차고 느릿한 소리, 무슨 줄이나 톱을 켜는 것 같은, 가볍고 조용하면서 규칙적인 소리, 부단한 끈기와 노력으로 기계적인 작업을 하는 듯한 소리였다. 베송은 귀를 기울였다. 곧 그는 그것이 자기 옆에 누워 있는 조제트의 숨소리임을 알아차렸다. 얼굴을 돌리지 않은 채 베송은 공기중으로 잔잔히 흩어지는 그 깊고 고른 숨소리에 귀를 기울였다.

처음에 소리는 들릴 듯 말 듯 약한 바람 소리처럼 시작되다가 이윽고 높아졌고, 그다음에는 스치는 것 같은 소리를 내다가 점점 커지더니 어느 순간 사라져버렸다. 목쉰 딸꾹질 같은 소리가 한 차례 들린 후 조금 전과 같은 소리가 다시 시작되었다. 이번에는 반대로 약하게, 크게, 무겁게 노래하듯 들려오다가, 다시 미약해지고 점점 작아지면서 완전히 사라져버렸다. 그러면 십 초 동안 방 안에, 푸르스름한 천장 표면에 침묵이 자리 잡았다. 잠시 후 예의 그 힘차고 선명한 숨소리가 다시 들려오기 시작했고, 쉰 듯하면서도 음악적인 그 소리는 어두운 방 안 공기를 1제곱센티미터씩 파헤쳤다.

그렇게 베송은 오랫동안 가만히 그 소리를 듣고만 있었다. 그러다 그 숨소리에 맞춰 숨을 쉬어보았다. 아주 사소한 부분까지 완전히 흉내내려 했지만 쉽지 않았다. 가끔씩 아무 이유 없이 그 소리가 멎었던 것이다. 그런 다음 다시 숨소리가 시작되면 길고 고통스러운 한숨이 먼저 뿜어져나왔다. 숨소리가 기이하게 빨라져 헐떡임으로 바뀔 때도 있었다. 날카로운 외침 같은 것이, 알아들을 수도 흉내낼 수도 없는 단편적인 외침들이 지친 듯 새어나오면서 그 숨소리에 뒤섞였다.

다른 소리들도 방 안에 들어왔다. 덧창 틈으로 들어온 느리고 단조로운 소리들은 넓고 음울한 천장에 달라붙었다. 자동차 경적 소리, 엔진 폭음, 어디선가 철제 셔터를 올리는 소리. 약하게 미끄러지는 듯한, 무슨 소리라고 딱히 정의할 수 없는 음울한 소음들도 들려왔다. 젖은 아스팔트 위를 달리는 타이어 소리, 억수같이 쏟아지는 빗소리, 끼익 하는 브레이크 소리. 소리들은 쉬지 않고 계속 들려왔다. 그 모든 소리가 여인의 숨소리에, 서늘하고 습한 공기에, 밖에서 들어온 희미한 불빛에 이중의 리듬으로 어우러졌다. 베송은 꼼짝도 않고 멍하니 오랫동안 그 소리에 귀를 기울이고 느꼈다. 그는 눈을 뜬 채 얼굴을 천장으로 향하고 침대 위에 반듯이 누워 있었다.

얼마 후, 그는 고개를 옆으로 돌려 자고 있는 여인의 누운 몸을 바라보았다. 이불에 완전히 덮여 있어서 베개 위로 늘어뜨린 검은 머리카락 외에는 아무것도 보이지 않았다. 머리카락은 아무런 움직임도 없이 젖은 해초처럼 흐트러져 있었다.

베송은 몸을 일으켜 침대 위에 앉았다. 여인 옆의 테이블 위에 놓인 자명종이 여덟시 십오 분 전을 가리키고 있었다. 갑자기 거리의 소음이 더욱 요란해졌다. 자동차들은 맹렬히 달리기 시작했고, 보도를 비로 쓰는 소리가 또렷이 들려왔다. 베송은 조제트 위로 몸을 숙여 침대 옆 테이블에서 담뱃갑을 집었다. 그리고 테이블 서랍에서 성냥을 찾아내 조심스럽게 불을 붙여 담배를 피웠다. 그러다 그는 재떨이가 없음을 알아차렸다. 다시 테이블 쪽으로 몸을 숙여 찾아보았지만 헛수고였다. 그는 자기 자리로 돌아와 꼼짝하지 않았다. 담배 연기가 콧구멍을 통해 콧김과 함께 그의 몸 밖으로 빠져나갔다. 연기는 서로 다른 빛깔의 기둥을 이루며 환한 천장을 향해 조용히 올라갔다. 담배 끝에서 피어오르는 연기는 푸르스름한 고리를 이루다가 이내 뒤틀렸고, 그의 입과 코에서 나오는 연기는 안개처럼 흐릿한 회색빛으로 퍼져나갔다. 베송은 얼마 동안 그 두 줄기의 연기 기둥을 지켜보았다. 연기는 천장에서 1미터쯤 떨어진 곳에서 공기중으로 녹아들어갔다. 어떻게 그렇게 되는지 정확히 관찰할 새도 없이 곧 사라져버렸다.

담배를 다 피우자, 베송은 침대 다리에 담뱃불을 눌러 껐다. 꽁초는 방구석으로 던지고 바닥에 쌓인 담뱃재는 불어 흩뜨렸다. 괴상한 탄내가 잠시 풍기다 이윽고 모든 것이 원래대로 되돌아왔다.

천천히, 배송은 시트 아래에서 미동도 하지 않는 여인의 몸을 향해 돌았다. 거기서 그가 본 것은 어두운 얼룩과 주름이 잡힌 산山, 깎아지른 낭떠러지와 울퉁불퉁한 둔덕들과 가파른 비탈길로 된 하나의 산이었다. 하얀 시트가 규칙적으로 조용히 부풀었다가, 주름 몇 개의 위치를 바꿔놓고 다시 아래로 내려왔다. 아무것도 교란할 수 없는 어떤 확실한 힘에 복종하듯, 여인의 실루엣은 지칠 줄 모르고 부풀어올랐다가 다시 수축했다. 갑자기 움직이는 법은 없었다. 마치 좁은 해협에 부딪혀 거세게 부풀어올랐다 다시 가라앉고 기체와 물이 둔탁한 소리로 노호하는, 살아 있는 동시에 죽어 있는 바다와도 같았다. 참으로 보기 드문 광경이었다. 누구라도 프랑수아 배송처럼 팔꿈치로 몸을 받치고 그 장관을 즐겼을 것이다. 아침 미광에 희미하게 밝아진 방, 그 차가운 감옥 안에서 오르내리는 흰 시트를 넋을 잃고 바라보았을 것이다.

시트 위에 달라붙어 있는 검은 머리채는 백지에 배어든 잉크처럼 별 모양으로 퍼져 있었다.

배송은 조심스럽게 시트 가장자리를 아래로 잡아당겼다. 처음에는 물결치는 머리채가 드러났다. 시트를 계속 내리자 후끈하고 역한 냄새가 끼쳤다. 이윽고 이마와 얼굴 전체, 목, 그리고 목덜미가 드러났다. 하얀 베개 위에 놓인 얼굴은 천장을 향하고 있었다. 머리카락이 달라붙어 있는 창백한 이마는 주름살 없이 매끈했다. 잠이 그녀의 생명을 앗아가버린 듯, 팽팽한 살결은 거의 투명할 정도였다. 감은 두 눈 위에 그린 듯한 아치형 눈썹이 있었다. 푸르스름한 회색 그늘이 안구의 위치를 나타내고 있었다. 섬세하고 쭉 뻗은 코는 콧구멍이 있는 곳에서 보일 듯 말 듯 벌름거리고 있었다. 뺨은 홍조 없이 창백했다. 안으로 살짝 들어간 턱 위의 입은 살짝 벌어져 있었다. 하얀 윗니가 핏기 없는 입술과 함께 하얗게 빛났다. 마치 베갯잇을 누르고 있는 돌처럼, 그녀의 머리는 조금도 움직이지 않았다. 매끈하고 가냘픈 둥근 머리는 들것에 누워 있는 부상자의 머리 같았다. 외과수술에 의해 몸통으로부터 잘라낸 머리, 그렇지만 기이한 바람결 같은 호흡을 하고 있는 머리. 하나의 가면, 아마도 살도 뼈도 없을, 잠들지도 꿈꾸지도 미소도 지을 수 없을, 무감각한 석고 가면. 모든 구멍이 봉쇄된, 어떤 흐릿하고 모호한 것이 내부를 풍화시키는, 슬프고도 불가해한 사자死者의 두상. 오렌지꽃 화관을 쓴, 방부제 처리된 성녀의 창백한 얼굴이자 거칠고 구겨진 시트 위에 안정적으로 놓여 있는 매끄러운 상아 공.

프랑수아 배송은 여인의 얼굴을, 그 미지의 얼굴을 가만히 응시했다. 일종의 불안이, 어떤 의구심이 그를 사로잡았다. 그는 그 얼굴에 대해 좀더 알고 싶어졌다. 얼굴에 깃들어 있는 향수鄕

愁에 찬 고요한 이야기를, 영안실 서랍, 그 얼어붙은 묘지 속에 놓여 있는 이 시신에 대해 더 알고 싶어졌다. 그는 이 여인이 누구인지, 어떻게 이 설화석고 같은 머리가, 만약 몸체라는 것이 있다면 그 몸통에 어떻게 붙어 있는지 알고 싶었다. 살며시, 아무 소리도 내지 않고 베송은 이불을 아래로 끌어당겨 젖혔다. 벗겨진 침대 위에 여인의 머리와 벌거벗은 육체가 반듯하게 누워서 숨을 쉬고 있었다.

가슴이, 한층 더 희게 보이는 젖무덤이 천천히 솟아오르며 한껏 부풀어올랐다. 흉곽이 다시 아래로 내려가자 위胃 부근 어딘가에서 일 초 간격으로 박동하는 심장이 느껴졌다. 따라서 그 육체는 살아 있었다. 따뜻한 그 육체는 가스에 의해 움직이고, 냄새를 풍기고, 거의 눈에 보이지 않는 땀을 흘리며 살아 있었다. 무거운 넓적다리, 펑퍼짐한 엉덩이, 국부, 길고 굽은 팔, 힘없이 오므린 손, 그 모든 것이 확실히 살아 있었다. 그런데도 이 벌거벗은 창백한 살덩이는 베송 앞에 무기력하게 늘어진 사지를 내보이며 죽음의 연극을 연출하고 있었다. 단단한 추골은 등의 피부를 금방이라도 뚫고 나올 것 같았다. 목덜미에 너무 무겁게 매달려 있어 가련해 보이기까지 하는 공 하나, 막 몸통으로부터 떨어져나가려는 듯 뒤로 늘어진 머리통이 흐물거리는 육체에 붙어 있었다. 온몸의 힘을 다해 오랫동안 그것을 주시해야 했다. 목이

178

메고 치욕의 눈물이 눈앞을 가려도, 이 가증스러운 유기遺棄의 영상을 가장 세부적인 부분까지 샅샅이 뜯어보아야 했다. 그는 삶을, 그렇다, 자신의 삶을 그 대가로 치러야 했다. 그리하여 불행에 내던져진 이 여인이 복수를 할 수 있어야 했다. 이 힘차고 신비로운 숨결에, 하얗게 빛나는 젖가슴 아래, 대장간에서 무두질하는 소리를 내는 그 숨소리에 귀를 기울여야 했다. 덧창 밖의 비에 젖은 거리 위로 사람들이 종종걸음을 치고 있는 지금, 여기 이 방 안에서, 열린 콧구멍에서 솟아나와 보이지 않는 기포를 형성하는 그 뜨겁고 냄새나는 숨을 맡아야 했다.

침울한 열정으로 그는 누워 있는 여인 위로 몸을 기울여 그녀의 육체를 관찰했다. 창백한 피부의 구석구석을, 살갗을 뒤덮고 있는 털 한 올 한 올을, 갈색 주름 하나하나를, 자잘하게 돋은 여드름 하나하나를 들여다보았다. 그런 후 베송은 본 것을 잊지 않기 위해 머릿속으로 그것들의 목록을 작성했다. 볼 수 있는 것은 모두 보고 나자, 그는 한기에 무방비로 노출되어 있는 여인을 내버려둔 채 침대에서 빠져나왔다. 그가 아파트를 나올 때도 그녀는 여전히 시트가 걷힌 침대 위에 누워 있었다. 마치 신성모독이 끝난 후 깊고 무거운 잠에 빠진 듯, 그녀는 창백한 모습으로 홀로 누워 계속 숨을 쉬고 있었다.

베송은 평소처럼 자동차와 행인들을 헤치며 거리를 걸었다. 토요일, 아니면 일요일이었다. 거리는 무척 혼잡했다. 비는 거의 멎어 있었고, 아무것도 반사하지 않는 탁한 흙탕물 웅덩이만 여기저기 고여 있었다. 사람들은 우산을 접었고, 자동차 와이퍼는 차유리 한쪽에 얌전히 누워 있었다. 하늘을 보니 지붕 너머 멀리 구름이 바람에 실려가고 있었고, 때때로 그 사이로 태양이 하얀 공처럼 미끄러지듯 지나갔다.

베송은 장례식 준비를 하고 있는 한 성당 옆을 지나갔다. 그다음에는 바다 쪽으로 내려갔고, 곧 자동차들이 운집한 어느 광장에 이르렀다. 고장난 이삿짐 트럭 때문에 인접한 거리까지 교통이 완전히 마비되어 있었다. 베송은 군중 속에 갇혀버렸다. 그러나 그는 빠져나오려 애쓰지 않고 밀려가는 대로 내버려두었다. 인도 가까이에 이르자 한 남자가 그에게 물었다.

"무슨 일인가요?"

"저도 모릅니다." 베송이 대답했다.

"교통사고인가보군요."

야구모자를 쓴 작은 사내였는데, 입에 담배를 물고 있었다. 몰려드는 인파 때문에 두 사람은 곧 멀어졌다.

바로 그때 광장에서 소리가 났다. 처음에는 아주 멀리서 경적 소리가 한두 번 울리더니 곧 엔진이 부르릉대는 소리가 들렸고,

마지막엔 몇백 미터쯤 떨어진 곳에서 도저히 이해할 수 없는 폭발음이 들렸다. 베송은 뒤로 물러서서 벽에 등을 기댔다. 그리고 온힘을 다해 자신을 향해 다가오는 그 요란한 폭음에 대비했다. 소리는 마치 돌풍처럼 서서히 가까이 다가오고 있었다. 번쩍이는 자동차로 가로막힌 광장 네 귀퉁이에서 수많은 경적 소리가 하나로 합쳐지더니, 사방으로 날아가 부딪히기 시작했다. 무거운 동시에 날카롭기도 한 그 소리는 지면에 닿을 듯 말 듯 스치며 둔탁하게 진동했고, 제트기처럼 대기를 뚫고 하늘 높이 나선형으로 치솟기도 했다. 음파가 앞으로 퍼져나가며 집들의 정면부에 부딪혀 반향했다. 소리는 광장 아주 깊은 구석까지 파고들었다. 엔진들이 강철 보닛 밑에서 부르릉댔다. 폭음 소리는 점점 크고 깊고 강렬해졌다. 사람들의 말소리는 그렇게 하나를 이룬 폭음에 뒤덮여버렸고, 온 세상은 벙어리 혹은 귀머거리, 아니면 동시에 그 둘 다가 된 것 같았다. 말소리를 알아들을 수 없게 되자 사람들은 얼굴을 찌푸렸다.

구름에서 힘겹게 빠져나온 유령 비행기가 광장 위로 날아올랐다. 천둥소리가 도시의 한 구역 위로 떨어지더니, 눈에 보이지 않는 원뿔 모양으로 지표면을 누르고 곧바로 그 노호하는 소리로 뚜껑을 덮듯 사물들 위로 내려앉았다. 몇 초 지나지도 않았는데 주변 풍경은 여느 때의 모습을 완전히 잃어버렸다. 움직임이라고는 전혀 없는 종기처럼 부어오른 괴상한 풍경이 펼쳐졌다. 무언가 요란하게 찢어지는 소리로 석재와 철물로 뒤덮인 땅덩어리 전체가 흔들렸다. 이제 소리는 들리지 않았다. 고막을 짓누르는, 고막을 계속 귀 안으로 밀어붙이는 단단한 물기둥 같은 것만이 남아 있을 뿐이었다. 그 순간 사람들도 움직임을 멈춘 듯했다. 그들은 거리에 선 채, 지나가는 숨결의 포로가 되어 그저 눈만 뜨고 있을 뿐 아무것도 보지 못했다. 그 소리는 지구 중심에 밧줄로 묶인 것처럼 소용돌이를 그리며 빙빙 돌았다. 그 소리는 빛과 반사광에 섞여들었다. 그것은 냄새도 났고, 손으로 만질 수도 있었다. 어떤 암석 같은 것이 사람들의 몸 위에 뒹굴며 가슴을 짓누르고 심장을 미친 듯이 고동치게 했다. 눈을 찌르는 빛 때문에 그 모습을 바라보는 것이 고통스러웠다. 보도 위에서, 그리고 광활한 눈밭 같은 하늘에서 회색빛 소리와 흰빛의 소리가 터져나왔다. 그것들의 경직된 윤곽과 색깔이 부드럽게 하나로 녹아들면서 어딘가로 움직였다. 자동차들이 아스팔트 위로 떠돌고, 집들의 창문은 일제히 불타올랐다. 그 소리가 135데시벨쯤에 이르자, 베송은 금방이라도 깊은 심연 속으로 미끄러져 떨어질 것만 같았다.

천천히, 무진 애를 써서 그는 두 손을 간신히 귀까지 들어올렸다. 그러고는 잠시 귀를 막고 있었다. 요란한 소리들이 말벌 떼처럼 윙윙거리면서 그의 피부를 뚫고 들어오려고 했다. 베송이 다시 손을 내렸을 때, 소리는 사라진 후였다. 그리고 평상시처럼 인파로 북적거리는 거리가 다시 눈에 들어왔다. 빛깔들도 제 모습을 되찾았다. 사람들은 다시 인도 위를 걷고 있었다. 불타는 듯한 후광에 둘러싸인 자동차들도 하나씩 차례로 차체를 흔들며 움직이기 시작했다. 제트기가 폭음을 멈춘 것이다.

베송은 신경세포에 대수롭지 않은 상처를 하나 입었다. 그는 광장을 떠나 다소 지저분한 골목으로 들어가 벽을 스치듯 걷기 시작했다. 조금 초조했다. 길모퉁이를 도는 오토바이가 조금만 기우뚱해도 심장이 쿵쾅거렸다. 그런 눈치를 보이지 않으려 하면서 그는 주위 사물들을 조심스럽게 피하기 시작했다.

자신이 어디로 향하고 있는지 개의치 않으면서, 베송은 시내 중심을 향해 올라갔다. 축축한 외투 속에 턱을 묻고 바삐 걸어가는 남자들과 분을 바르고 새침하면서도 잔인한 얼굴을 한 늙거나 젊은, 때로는 아름다운 여자들을 스쳐 지나갔다. 전자제품 가게, 가구점, 서점, 약국 그리고 꽃가게를 지나쳤다. 보도 위로 포격 흔적 같은 구멍과 하수를 빼내는 펌프도 보였다. 대형 광고판들이 붙어 있는 벽 옆을 지나가기도 했다. 그중 한 광고판에는 둘로 갈라져 노란 과육 위로 과즙을 뚝뚝 떨어뜨리고 있는 자동차만 한 오렌지가 있었다. 머리카락이라고는 한 올도 없는 들창

홍수 183

코 갓난아이도 있었다. 수 미터에 달하는 괴물처럼 커다란 머리통에, 분홍색 뺨이 토실토실한 아이였다. 그 아이의 검고 커다란, 마치 금속 공처럼 반짝이는 두 눈동자 위로 과즙이 풍부한 오렌지 과육이 반사되고 있었다. 사진 아래에는 다음과 같이 커다랗게 씌어 있었다.

오렌지는 건강의 황금

썩은 나무로 둘러친 높다란 울타리 너머의 건물 발치에, 진흙창과 쓰레기들로 가득 찬 정원이 있었다. 그 정원 안에는 가장자리에 회색 돌들을 두른 붓꽃 밭이 있었고, 나뭇잎들과 낡은 상자 더미 위로는 쉴새없이 물이 떨어졌다.

이곳에서의 삶은 그다지 운신의 폭이 넓지 않았다. 사람들은 지금 이곳의 세계 말고는 몰랐다. 그 정원은 완전히 방치되어 있는 건 아니었다. 정원 한가운데, 커튼을 치지 않은 낡은 창문 아래, 끈에 묶인 발바리 한 마리가 비를 맞으며 빙빙 돌고 있었다. 발바리는 짖지도 않았다. 그 개처럼 누추한 판잣집 옆 공터에 들어앉을 수도 있을 것이다. 함석 색깔의 그 낡은 감옥 안을 맴돌며 살 수도 있을 것이다. 가끔 그을음이 가득한 하늘을 바라보고, 아무런 희망도 없이 살아갈 수도 있을 것이다.

베송은 어느 집 대문 귀퉁이에 놓인 신문 더미 옆에 꼼짝 않고 앉아 있는 한 노인을 발견했다. 사실 아주 노인이라고 할 수는 없었다. 기껏해야 예순이 좀 넘었을까. 그러나 노인의 얼굴과 그 옆모습에는 조락의 흔적이 깃들어 있었다. 노인은 접의자에 앉아 대문 기둥에 머리를 기대고 손님을 기다리고 있었다. 행인들이 그 앞을 오갔지만, 노인은 그들에게 말을 걸지 않았다. 노인은 귀머거리처럼 보였고, 안감에 털을 댄 반코트의 옷깃을 세워 입고 머리에는 방수모를 쓴 차림이었다. 눈은 알이 두꺼운 검은 안경에 감춰져 있었다.

베송은 노인을 자세히 보기 위해 발길을 멈추었다. 그제야 그는 노인이 맹인임을 알아차렸다. 그는 노인에게로 다가가 신문 한 장을 샀다. 노인은 손가락으로 동전을 만지작거려 확인하고는 익숙한 솜씨로 거스름돈을 주었다.

"좀 추우시겠어요." 베송이 말했다.

노인은 고개 한번 까딱하지 않았다.

"괜찮네." 콧소리가 섞인 힘찬 목소리였다.

"날씨가 썩 좋지 않잖아요."

"그렇군, 비가 오고 있어." 노인이 말했다. "곧 홍수가 나고 말 거야."

"그럴까요?"

"그럼, 물론이지." 노인은 손을 약간 오른쪽으로 내밀었다. "게다가…… 들어보게…… 저 소리 들리나? 홍수가 날 조짐이야."

베송은 귀를 기울였다.

"아무 소리도 들리지 않는데요."

"아니야. 잘 들어봐. 저기 땅 밑에서 우르릉대는 소리가 들리지 않나."

"자동차 소리 때문에 아무것도 들리지 않는데요."

"저 소리에 익숙하지 않아서 그래. 저렇게 잘 들리는걸. 개울이 부는 소리란 말이지. 이렇게 계속해서 불면 일주일 뒤엔 넘치게 될 거야."

"그럴까요?"

"그렇다니까. 보도에 귀를 대어보시게. 그러면 들릴 거야."

베송은 땅 위에 무릎을 꿇고 머리를 인도 시멘트 바닥에 바싹 댔다. 잔뜩 불은 개울의 불안한 소리가 진동하듯 들려왔다.

"어르신 말씀이 맞군요." 그가 말했다. "땅 밑으로 소리가 들려요."

"물이 넘치게 될 거야……"

얼마 동안 두 사람은 아무 말도 하지 않았다. 베송은 노인의 얼굴을 바라보았다. 노인의 얼굴은 두툼했고 약간 붉은 기가 감돌았다. 주름살 하나 움직이지 않는 무표정한 얼굴이었다. 검은 안경알 밖 눈 가장자리에 희끄무레하게 부풀어오른 이상한 상처 하나가 보였다.

"이걸…… 이 일을 시작하신 지는 오래됐나요?" 배송이 물었다.

"뭘 시작한 지?" 노인이 되물었다.

"신문 파는 일이요."

"응, 신문, 사 년 조금 넘었지."

"그전에는 뭘 하셨습니까?"

"이것저것 조금씩 다 해봤어. 국민 복권을 팔아본 적도 있고 싸구려 물건들을 팔아본 적도 있고, 하지만 신문이 제일 나아. 이게 벌이도 좋고 힘들게 소리칠 필요도 없고……"

"신문을 사는 사람들이 많습니까?"

"아무렴, 많이 있지. 복권을 팔았을 때는 제법 나가는 날도 있지만 한 장도 못 파는 날도 있었으니까."

"그날 운수 나름이었겠지요."

"물론이지…… 아무래도 복권은……"

"그건 그렇고 하루 종일 그렇게 앉아서 무엇을…… 무엇을 생각하시나요?"

노인은 기침을 했다.

"시간 보낼 일이야 많지. 또 날도 이렇게 빨리 지나가고. 내가 생각하고 싶은 것을 생각할 때도 있고, 아니면 라디오를 들어. 여기 호주머니에 조그만 트랜지스터 라디오가 있지. 자, 보게나."

노인은 검붉은 조그만 물건을 꺼냈다. 버튼을 누르자 음악이 흘러나왔다. 이삼 초 동안 노인은 트랜지스터 라디오를 귀에 대고 있다가 다시 끄더니 코트 호주머니 속에 쑤셔넣었다.

"내가 음악을 아주 좋아해서. 그리고 신문을 사러 온 사람하고 얘기도 하고. 때때로 마누라가 동무 해주러 오기도 하지. 또 나 혼자 돈을 헤아려보기도 하고. 심심풀이로 할 거야 많아."

"그렇더라도 더러 싫증이 나실 때도 있겠죠?"

"그야 그렇지. 아주 추울 때는 집에 돌아가고 싶어. 그렇지만 너무 자주 자리를 비우면 다른 사람이 내 자리를 차지하게 될지도 모르니까."

"자리를 잡는 게 어려운가요?"

"그럼, 어렵지. 우선 허가증이 필요해. 누구한테나 무턱대고 허가증을 내주지는 않으니까. 그것 말고도 또 있어. 장소를 사야 하는데, 그게 비싸단 말이야. 하기야 그만두고 싶으면 내 장소를 다른 사람에게 되팔면 되지만. 다만 자리를 비우면 다른 사람이 와서 자리잡는다는 게 문제지."

"편찮은 날에는요?"

"그럴 때는 할 수 없지. 그렇지만 대부분 늘 하는 사람들이 하니까, 그게 누구 자리인지 알면서 차지하는 일은 없어."

"그러니까 그런 일은 절대로 일어나지 않는다는 말입니까?"

"아니, 물론 일어나지. 그렇지만 드물어. 더구나 그런 사람들은 거의 뜨내기거나 거지야. 그런 놈들이 걸리면 싸움이 벌어지지. 다행히도 우리는 면허가 있어서 그럴 때는 경찰을 부른다오. 그러면 다시 자리를 찾을 수 있거든."

"그래 사 년 동안 여기에만 붙박여 계셨나요?"

"이 자리에서만 말인가?"

"네."

"아니, 아니야. 여기서는 일 년 남짓 있었지. 참 좋은 자리야. 역으로 가는 사람들이 이 앞을 지나는데 잘 사가. 그전에는 신통찮았어. 그래서 그전 자리는 팔아버리고 여기에 자리를 잡았어. 그렇지만 귀찮은 일도 있었지. 처음에는 파리 지역 신문을 파는 녀석들이 말썽을 부렸어. 그자들이 이 근방에서 패를 짓고 있었거든. 파란 작업복을 입고 야구모자를 쓴 자들 말이야. 놈들은 어디에나 자리를 잡거든. 이동 가능한 조그만 판매대 같은 걸 끌고 다니면서 조금 괜찮은 자리인 듯싶으면 하루 종일 붙어 있단 말이야. 그런데 처음에 이 자리가 좋다는 걸 알고는 그자들이 내게 공갈을 쳐왔지. 그렇지만 난 그대로 넘어가지 않았어. 대항해서 싸웠지. 장님이긴 하지만 나도 그리 호락호락한 사람은 아니야. 결국 내가 이겼지. 조합 사람들을 불러모았더니 종국에 가서는 날 내버려두더구만. 어쨌든 여간 골치 아픈 일이 아니었어. 그자들은 젊으니 무슨 일이나 할 수 있잖아. 이런 늙은이는 가만 내버려두더라도 말이야. 내가 다른 일을 할 수 있다면 여기 이렇게 오래 머물러 있지는 않을 테지."

"그리고 그렇게…… 그렇게 되신 지는 오래됐습니까?"

"그렇게 되다니, 눈 말인가?"

"네."

"이제 십 년, 아니 십오 년쯤 되지."

"어쩌다 그렇게 되셨습니까?"

"일하다가 이렇게 됐어. 석유 불에 데었지. 이젠 오래전 일이지만. 의사들은 적어도 한쪽 눈만은 구할 수 있을 거라고 했지. 세 번이나 수술을 받았지만 잘 되지 않았어."

"그래서 어떻게 되셨어요?"

"그래서 어쨌다니, 뭐가?"

"제 말은, 눈이 안 보이게 되어서…… 그래서 어쩌셨느냐는 말이죠."

노인은 잠시 생각에 잠겼다.

"물론 처음에는 무척 괴로웠지. 그렇지만 사람이란 무엇에든 곧 익숙해지는 법이니까. 처음에는 곤란했어. 여기저기 부딪히고 고생이 심했지. 넘어질까봐 겁도 났고. 그러다 곧 익숙해졌어. 사실을 말하면, 눈이 안 보인다는 건 정전이 되었을 때 잠에서 깨는 것과 별반 다르지 않아. 거기서 곧 빠져나오게 되지. 고비를 넘기게 된단 말이야. 집에서는 별다른 불편이 없는데 길에서는……"

"하지만 길에서는요?"

"그래, 거리에서는 아주 불편이 없는 것은 아니지. 지금도 나 혼자서 집에 돌아가는 건 그리 마음 내키는 일이 아니야. 보도에 물이 고여 있을까, 행여 거기 미끄러져 넘어질까 언제나 겁이 나거든. 마누라가 옆에 있으면 겁도 나지 않고 괜찮지만."

"그런데 어르신…… 눈이 보이지 않는 게 속상하지는 않으세요?"

"뭐라고?"

"아니, 제 말은, 이젠 볼 수 없다는 게 아쉽지는 않으시느냐는 겁니다."

"무슨 소리, 사람이란 모름지기 만사에 순응해야 하는 법이야. 물론 아름다운 처녀가 지나가는 것 같은 날엔 그런 마음이 들 때가 더러 있지. 그렇지만 괴로운 경우는 그리 많지 않아."

그때 나이가 좀 들어 보이는 여자가 다가와 신문 한 장을 샀다. 노인은 동전을 더듬거리다 옆에 있는 통조림통에 쨍그랑 소리가 나도록 떨어뜨렸다. 그런 후 다시 머리를 들더니 외투 호주머니에 손을 찌르고 부동자세로 돌아갔다.

"어르신 성함은 어떻게 되십니까?" 배송이 물었다.

"바야르라고 한다네." 노인이 말했다. 그리고 잠시 머뭇거리다가 되물었다.

"자네는?"

"배송이라고 합니다."

다시 침묵이 흘렀다. 배송은 상의 호주머니에서 담뱃갑을 꺼내고 물었다.

"담배 태우십니까?"

"독한 건가?" 노인이 물었다.

"네."

"그렇다면 한 대 주게나."

배송은 담뱃갑을 내밀었다. 노인의 한 손이 더듬거리며 올라오더니 이윽고 담뱃갑에 닿았고, 조심스레 그것을 잡았다. 다른 쪽 손가락이 담뱃갑의 입구를 만지작거리더니 담배 한 대를 꺼냈다.

"불을 붙여드리겠습니다."

"아니네, 성냥갑을 내게 주게."

노인은 성냥을 그어 담배 끝에 불을 붙였다. 그리고 연기 한 모금을 길게 내뿜었다.

"내 손으로 하고 싶어서." 노인은 담뱃갑과 성냥갑을 베송에 게 돌려주었다.

"힘드실 텐데요."

"뭐라고? 담뱃불 붙이는 일이?"

"아뇨, 제 말은…… 조금이라도 몸을 움직이는 일 말입니다. 자기가 하는 일을 자기 눈으로 못 본다면 별것 아닌 일도 힘들 것 같아서요."

"다 익숙해지게 된다네."

베송도 담배에 불을 붙였다.

"사실," 노인은 계속 말했다. "눈이란 유익한 것이지. 당연히 그렇지. 그렇지만 눈 없이도 충분히 지낼 수 있어. 보지 않고도 할 수 있는 일이 많아. 난 촉감으로 물건들이 어디 있는지 알게 됐다네. 두어 번 부딪치기만 하면 그것으로 충분해. 그것이 어디 있는지, 어떻게 생겼는지 다 알 수 있어. 결코 잊어버리는 일이 없지. 어둠 속에 살게 되면 기억력이 좋아지는 법이야. 거짓말이 아니야."

"걸어다니실 때 지팡이가 필요하지는 않습니까?"

"길에서는 물론 필요하지. 그러나 오늘은 마누라가 한 시간

후에 날 데리러 오게 돼 있어. 그래서 지팡이가 필요없다네."

"시간을 알려면 어떻게 하시죠?"

"그거야 쉽지…… 이걸 보게나."

노인은 손목을 내밀었다.

"보았나? 내가 사용할 수 있도록 시계를 손보아두었다네. 내가 고안한 거지. 이렇게 유리를 떼어내고 대신 뚜껑을 끼워놓았지. 시간을 알고 싶으면 뚜껑을 열고 시침을 만져본다네. 그럴듯한 생각이지, 안 그런가?"

"그렇군요."

"전에는 시계를 안 차고 있어 참으로 난처했어. 신문을 사러 오는 사람들에게 일일이 물어봐야 했으니까. 아니면 라디오를 듣는다네. 라디오 프로그램으로 시간을 아는 거지. 하지만 그래도 시계를 갖고 있는 게 낫지."

"언제 밤이 되었는지 알 수 없다는 게 불편하지 않으세요?"

노인은 담배 한 모금을 빨아들였다.

"밤이 되었을 때?"

"네…… 어르신께는 모든 것이 마찬가지일 테니 말입니다. 낮인지 밤인지 모르실 것 아닙니까."

"그건 그래. 그걸 알 수 있는 방법이란 없지. 그렇지만 난 신경 쓰지 않아. 우선 마누라가 일러주니까. 마누라는 날씨가 어떤지,

해가 났는지 구름이 끼었는지 언제나 일러준다네. 그리고 사실은, 그게 그리 불편하지는 않아. 저녁에 집으로 돌아갈 때는 몹시 피로하긴 해. 바로 침대에 누워 잠을 청하지. 그리고 아침이면 잠에서 깨어나. 그러니까 사실은 낮이건 밤이건 상관없는 일이라네."

"그러면 어르신께선……"

"사실 가장 아쉬운 것은 텔레비전을 볼 수 없다는 거야. 저녁이면 마누라는 텔레비전을 보고 나는 듣기만 하지. 하지만 화면을 보고 싶을 때가 더러 있단 말이야."

"자녀들이 있으신가요?"

"있지, 둘 있어. 둘 다 아들이라네. 지금 그애들은 모두 결혼을 했지. 그래서 자주 만나지는 못해, 그애들도 일하러 다니니까. 그리고 또 조금 아쉬운 건 신문을 읽을 수 없다는 거야. 내가 바로 신문을 파는 사람인데도 말이야. 아침식사 후 마누라가 신문을 읽어주지만 내가 직접 읽는 거하고 같을 수야 없지."

"점자 공부는 하지 않으셨어요?"

"그, 점으로 글 읽는 거?"

"네."

"하지 않았어. 병원에서는 가르쳐주려고 했는데, 그거 어디 복잡해서 배울 수가 있어야지."

"네, 복잡하겠지요."

"그리고 점자 신문은 어디 재미가 있어야지."

자동차 한 대가 엔진 소리를 크게 울리며 빠르게 지나갔다. 노인은 손을 뻗었다.

"저 차, 란치아야. 엔진 소리로 알 수 있어. 란치아, 맞지?"

"전 모르겠는데요." 베송이 말했다. "붉은색 차였어요."

"차체가 낮은 차였지?"

"네."

"란치아가 틀림없어. 이젠 무슨 차든지 알아맞힐 수가 있다네. 엔진 소리만 듣고도."

"그걸 연습하시나요?"

"온종일. 거의 틀림이 없어."

노인은 보도 위에 담뱃재를 떨었다.

"온종일 듣기만 하니까 어떤 것이든지 그렇게 알아낼 수가 있다네. 이보게나. 자네도…… 자네 목소리만으로도 자네가 어떤 사람인지 말해줄 수가 있다네."

"정말인가요?"

"그럼, 자네 목소리만 듣고도 말이야. 나이까지 맞출 수 있지. 자네, 스물여섯 살이지, 안 그런가?"

"스물일곱입니다." 베송이 대답했다.

"응, 스물일곱이었군. 키는 크고 몸은 야위고, 검은 머리야."

"바로 맞았습니다."

"막일하는 사람은 아니고, 그건 틀림없어. 말을 많이 하는 사람이야. 선생이나 변호사, 그런 직업을 가진 사람이지, 내 말이 틀렸는가?"

"학생입니다." 베송이 말했다. "하지만 선생 노릇을 한 적이 있죠. 어르신 말씀이 맞습니다."

"그것 보라고, 쉽사리 알아맞히잖나. 귀로 듣고 알아맞히는 건 아주 재미있는 일이야."

베송은 보도를 걸어가고 있는 한 무리의 행인들을 바라보았다.

"그리고 그것 말고도 알아맞힐 수 있어." 노인이 말했다. "자네는 아직 결혼을 하지 않았군. 결혼한 사람이라면 여기서 이렇게 나하고 얘기하는 데 시간을 보내지는 않을 테니까."

"그것도 맞았습니다." 베송이 말했다.

노인은 웃기 시작했다

"이렇게 사람들의 면면을 알아내는 게 참 재미있단 말이지. 모든 것이 말소리에 감춰져 있다네. 사람들은 목소리가 얼마나 그들을 잘 이야기해주는지 알지 못해."

"어르신은 철학자로군요." 베송이 말했다

노인은 다시 한번 웃었다.

"내가? ……사실 자네 말이 옳을지도 모르지. 책을 많이 읽지는 않았지만……"

"꼭 책을 많이 읽을 필요가 있나요."

"난 교육을 꼭 받고 싶었지만, 내 부모는 나를 공부시킬 여력이 되지 않았다네. 그래서 아주 일찍부터 일을 시작해야 했어."

"교육이 별다른 유용성이 있는 것도 아니랍니다."

노인은 잠시 생각에 잠겼다.

"그렇게 말해서는 안 된다네. 그래도 역시 교육은 도움이 되는 거야. 여러 가지를 배우는 건 역시 좋은 일이지. 나도 배우고 싶었다네."

"뭘 배우고 싶으셨나요?"

"모든 걸. 글 잘 쓰는 것, 계산하는 것, 생각하는 것. 그런 것들이 무척이나 하고 싶었어. 사실을 말하자면, 나는 의사가 되고 싶었다네. 병자들을 고치는 것, 약과 병에 대해서 아는 것, 그런 것들 전부. 내가 관심 있었던 것은 그런 거였어. 의사들은 훌륭한 사람들이야. 하기야 전부가 그런 건 아니지만. 그렇지만 정말 훌륭한 의사들이 있어. 내가 눈 수술을 받았을 때, 날 치료해준 의사는 내게 이것저것 모두 다 설명해주었어. 물론 내가 이해할수 없는 게 많았지. 그렇지만 그래도 흥미가 있었어. 그리고 그의사도 내가 흥미 있어한다는 걸 알았고. 그래서 내게 모든 걸

설명해주었다네."

"어르신 말씀을 듣고 있자니 저도 어떤 사람이 떠오르는군 요." 베송이 말했다.

"아, 그런가?" 노인이 물었다. "누가?"

"예전에 살았던 사람인데, 어르신과 비슷했답니다."

"뭘 하던 사람이었는데?"

"아, 아무것도…… 그 사람은 철학자였어요. 통 속에 들어가 살면서 주위에서 사람들이 하는 말을 들었다나요."

"글 쓰는 사람이었나?"

"아뇨, 글을 쓰지는 않았어요. 그 사람은 하루 종일 통 속에 들어앉아 있기만 했으니까요. 그러면서 여러 가지 것을 공부했 다고 해요. 아주 옛날 그리스의 코린토스라는 곳에 살았던 사람 이랍니다. 그는 자기 주위에서 일어나는 일들을 바라보며 시간 을 보냈고, 세상 모든 것을 조롱하며 살았어요. 맨발로 걸어다녔 고, 문 귀퉁이나 통 속처럼 원하는 곳 아무 데서나 잤다고 해요. 그러던 어느 날 샘가에서 한 아이가 손으로 물을 떠 마시는 걸 보았답니다. 그걸 본 그 남자는 '저 아이가 옳다. 저 아이는 나 에게, 내가 아직도 아무짝에도 쓸데없는 물건을 하나 가지고 있 다는 것을 가르쳐주었다'고 말하고는 자기 그릇을 깨뜨려버렸답 니다."

"괴상한 사람이었나보군." 노인이 말했다. "좀 머리가 돈 녀석임에 틀림없어."

"정말 그렇습니다. 한 철학자가 '인간이란 두 발 달린 깃털 없는 동물이다'라고 말하는 걸 듣고서, 병아리 한 마리를 잡아다 털을 몽땅 뽑아버린 후 그 철학자 앞에 집어던지면서 '자, 여기 당신의 인간이 있다!'고 외쳤답니다."

"그거 참 재미있는 얘기로군." 노인이 말했다. "거 참 잘했군, 잘했어. 상대편 철학자는 별로 좋아하지 않았겠지만."

"그럼요."

베송은 담배를 신발 밑창에 문질러 껐다.

"이만 가봐야겠습니다."

노인도 담배를 던졌다.

"일간에 다시 한번 오게." 노인이 말했다. "와서 통 속에 살았다는 그 철학자 이야기를 또 해주시게. 재미있는 이야긴데."

"네, 다시 오죠." 베송이 말했다. "안녕히 계십시오."

"잘 가게."

"편안히 계세요." 베송이 대답했다.

베송은 문간에서 나와 보도 위로 몇 발짝 내디뎠다가 다시 몸을 돌려 신문 더미와 동전이 가득 찬 통조림통 옆에 있는 노인을 얼마 동안 바라보았다. 노인은 어둠 속에 웅크리고 있었다. 두 손을 반코트 호주머니에 집어넣은 채 미동도 않고 앉아 있었다. 무용한 주름들로 뒤덮인 노인의 얼굴은 푸른 방수모 아래에서 가만히 휴식하고 있었다. 신비롭고 불투명한 커다란 안경알이 반사광으로 일렁였다. 완전히 자기 소유가 된 그 거리 한 귀퉁이에서, 돈을 치르고 얻어낸 그 구석에 앉아서 노인은, 그렇다, 살아야 했다. 하루 종일 사람들이 오가고 다시 또 오가지만, 그렇게 자기 처소에 남아 있을 수 있었다. 소리도 시선도 두려워할 필요가 없을 것이다. 무엇을 혹은 누군가를 이제는 찾을 필요도 없을 것이다. 좁고 밀폐된 자기 오막살이에 자리를 잡고 앉아, 서두르는 일 없이, 안에서만 보이는 그 오랜 광경을 향유할 것이다.

5장

베송, 일을 하다―유희―창에서 바라다본 것―소설, 검둥이 오라디―프랑수
아 베송은 어떻게 중력의 힘을 이겨냈는가

    다섯째 날, 베송은 자기 방에 머물러 있었다. 그는 빨간 볼펜
으로 다음과 같이 쓴 팻말을 문 바깥쪽 손잡이에 걸어놓은 후 멍
하니 책상 앞에 앉아 있었다.

공부중. 방해하지 말 것.

    이윽고 베송은 자기 앞과 주위를 관찰하기 시작했다. 오후 세
시쯤이었다. 커튼 없는 창문을 통해 맞은편의 우중충한 회색 건
물과, 얇은 실크 망사 커튼이 드리워진 창문이 보였다. 희끄무레
하고 생기 없어 보이는 하늘 한 조각이 눈에 들어왔다. 하늘에는
새 한 마리 보이지 않았다.

빛이 그림자 하나 드리우지 않고 무심히 방 안으로 들어왔다. 그리고 빗소리와 더불어 이상한 소리들이 들어왔다. 신음 소리, 둔탁하게 쿵쿵대는 소리, 삐걱대는 소리, 코 고는 소리, 자동차 경적 소리, 사람들의 말소리, 어린아이들이 소리 지르는 소리. 상자 안에서 병들이 부딪치는 소리. 천장 혹은 마루 밑에서 묵직한 물건이 흔들리는 소리, 긁히는 소리, 알 수 없는 무엇인가 물방울처럼 떨어져내리는 소리, 벽 안쪽에서 조약돌이 구르는 소리, 지나가는 트럭 때문에 창유리가 진동하는 소리, 타이어가 찌익 하고 미끄러지는 소리, 빗물받이 홈통을 타고 흐르는 물소리, 버스 문이 꽝 하고 여닫히는 소리, 시동 걸린 모터의 덜컹거리는 소리. 여느 때와 다름없는, 조금도 다르지 않은 평범한 소리들이었다. 한데 뒤섞인 채 허공에 가득 들어찬 그 소리들은 시계추처럼 왔다갔다했다. 시간은 그 소리들과 더불어 조용히 흘러가고 있었다. 마치 조금은 졸음과도 같았다.

아무 일도 일어나지 않았다. 낮은 소음들이 거리에, 혹은 방 안에서 흐르고 있을 뿐이었다. 그 소리들은 단지 삶을 보여주고 있을 뿐이었다. 미니어처처럼 축소된 삶을, 짧은 다리로 종종걸음 치는 삶을, 갉아먹고 간질이고 결코 만개하지 못하는 삶을.

그의 머리 위 천장에선 아무것도 움직이지 않았다. 전등은 신선한 공기로 가득 찬 입방체 안에 꺼진 채로 매달려 있었고, 벽들 역시 아무것도 하지 않으면서 그 자리를 지키고 있었다. 그것들은 스스로가 벽이라는 것에, 튼튼하고 훌륭한 벽이라는 것에 만족하고 있었다. 하지만 그 속에서는 마모 작용이 쉼없이 진행되고 있을 것이다. 구석구석이 부스러지며 하얀 먼지가루를 떨어뜨리고 있을 것이다. 습기가 노란 벽지를 뚫고 들어가 벽지를 1밀리미터씩 소리없이 떼어내고 있었다. 어느 것이나 더없이 강하고 영원할 것처럼 보였지만, 이삼백 년 후면 이 방에 있는 모든 것이 자취를 감출 것이었다. 그리고, 가시덤불로 둘러싸인 공터 한가운데에 마치 암癌처럼 보이는 움푹 팬 낡은 폐허만이 남으리라.

그러나 어쨌든 지금 방 안은 평온했고, 아무 일도 일어나지 않고 있었다. 베송은 팔꿈치를 책상 위에 세운 채 오랫동안 앉아 있었다. 그는 아무렇게나 휘갈겨쓴 종이 한 장 한 장, 날이 그대로 드러나 있는 칼, 압정 50개가 들어 있는 통, 마분지로 된 잔받침들, 열쇠들과 빈 잉크병 등 물건 하나하나를 주의 깊게 살펴보았다. 겉장이 떨어져나간 구겨진 잡지들이 여기저기 뒹굴고 있었다. 성냥갑 겉에는 헤엄치는 백조가 과장되게 그려져 있었다. 베송은 눈에 띄는 모든 글자들을 침착하게, 거의 기계적으로 읽어내려가기 시작했다. 그가 보고 있는 것들 모두가 이상했다. 흰 종이 위에 인쇄된 글자들이 속임수를 쓰고 있는 것처럼 보였다.

책상 왼쪽 모서리, 꽁초들로 가득 찬 재떨이 옆에 놓인 사전은 383쪽이 펼쳐져 있었다. 베송은 사전에 나열된 단어들을 처음에는 낮은 소리로, 그다음에는 좀더 분명하게, 뒤이어서는 차츰차츰 큰 소리로 읽어내려갔다.

엘륨

엘릭스

엘렌

엘레니크

엘레니제

엘레니즘

엘레니스트

엘맹트

엘베티앙, 엘베티엔

엘베티크

*엥!

에마티

에마티트

에마토셀

에마토포예즈

에마토즈

그런 다음 그는 몸을 살짝 앞으로 숙여 신문 한 장을 집어들었
다. 천천히 신문을 펼쳐 퀴즈가 실린 면을 찾아 책상 위에 놓았
다. 손에 인쇄잉크가 묻어나는 그 넓은 종이에는 일련의 괴상한
만화들이 실려 있었고, 그 아래로는 문장들이 씌어 있었다. 검은
테두리를 두른 사각형 안에 흰 튜닉을 입고 창과 방패로 무장한
남자들과 어깨와 가슴을 드러낸 드레스를 입고 얼굴에는 화장을
하고 묵직한 보석으로 머리를 치장한 무표정한 여자들이 그려져
있었다. 만화 맨 위에는 이렇게 씌어 있었다.

사막의 여왕 : 팔미라의 제노비아

지면 가득 다른 만화들도 인쇄되어 있었다. 우주복을 입은 대
머리 남자들이 총으로 죽음의 광선을 쏘며 다른 남자들을 공격
하고 있었다. 더 아래쪽에 있는 만화에는 남자와 여자들이 온통
유리로 된 방 안에 서 있었다. 그중 두 사람의 입 옆으로 다음과
같이 씌어진, 하얀 뭉게구름 같은 말풍선이 비어져나와 있었다.

"좋아, 스티브…… 자넨 톰
슨을 벤틀리로 데리고 가게.
나와 버나드 경은 여기서 대
장의 지시를 따르기로 하지."

"좋아! 1번 도로를 따라 스
티버니지까지 가겠어. 여기
서 40마일 떨어진 곳이야. 그
런데 집은 누가 지키지?"

지면 아랫부분에는 십자말풀이와 수수께끼, 그리고 다음과
같은 유머 몇 편이 실려 있었다.

"나는 정말 모범적인 사람이다." 어떤 사람이 자기 일기장
에 썼다. "나는 술을 마시지 않는다. 담배도 피우지 않는다.
극장이나 영화관에도 가지 않는다. 그리고 전적으로 아내에
게 충실하다…… 결코 다른 여자에게 눈길을 주는 일이 없다.
매일 저녁 여덟시에 잠자리에 들고 새벽에 일어나서 일을 시
작한다. 일요일마다 교회에 간다. 그러나 내가 이 감옥을 벗어
나는 순간부터 모든 것은 변할 것이다."

만화와 글을 전부 읽고 나서, 베송은 볼펜을 집어들고 십자말
풀이를 하기 시작했다. 잠시 힌트를 읽고 그는 하얀 사각형을 채

워나갔다. 가로 3번 : 지금 있는 장소 / 한 쌍의 엉덩이 / 이들의 발이 닿는 곳에 길이 생긴다. 베송은 답을 써내려갔다. 여기 / UU / 경찰관들. 10번 : 두 다리가 멀쩡해도 걷지 못하는 것 / 서로 영향을 주고받음. 답 : 안경 / 상호영향. 13번 : 루셀이 향연 도중 내내 춤추게 했던 것 / 라퐁텐은 보 지방 님프들을 위해 이것을 한 편 지었다. 답 : ? / 비가. 세로 1번 : 완전히 사라짐 / 새로운 환경에 익숙해진. 답 : 소멸 / 길들여진. 4번 : 지렁이와도 같이 / 뼛속까지 공포를 느끼다. 답 : 벌거벗은 / ? 열대 아메리카 도마뱀. 답 : 이구아나. 13번 : 아랍인들의 물 / 이곳ici의 양끝. 답 : 오아시스 / ii. 9번 : 돈이란 미래를 위한 아주 확실한 '이것'이다. / 탈레스가 이집트 피라미드를 측정할 때 사용한 기구. 답 : 투자 / 막대기.

그러는 동안 족히 삼십 분이 지났다. 이윽고 베송은 일어나 오른쪽 창문으로 걸어갔다. 넓다기보다는 아주 크고 높은 창이었는데, 밤색 목재 창살이 그 창을 여덟 등분하고 있었다. 밑에서부터 네번째 창은 전체에 길게 금이 가 있었고, 여섯번째 창은 가볍게 떨리고 있었다. 베송은 세번째 창을 통해 집들과 거리의 풍경을 바라보았다. 늙은이, 아이, 남자, 여자들의 작은 실루엣이 가랑비를 맞으며 사방으로 걸어가고 있었다. 자동차들은 사거리로 힘들게 미끄러져 들어와 멈추더니 다시 속도를 높여 출발했다. 때때로 경적 소리와 휘이이이 하는 소리가 짧게 들려왔지만 메아리가 되어 울리지는 않았다. 익숙하고 거의 평화롭기까지 한 풍경이었다. 하지만 그럼에도 어딘가 불길했다. 베송은 이 건물 높은 곳에서 일시적인 안전을 누리고 있을 뿐이었다. 소요의 물결이 차츰차츰, 안 그런 척하면서 당신을 둘러쌌다. 소음의 소용돌이는 쉬지 않고 건물 벽을 마모시켜 석고 조각과 작은 자갈들로 분해시키고, 황톳빛 페인트를 긁어내고 있었다. 거리를 걸어가는 저 사람들이 전혀 무해한 이들이라고는 할 수 없었다. 그들은 고개를 숙여 살의를 감추고 있을지도 몰랐다. 아주 별볼일 없는 일 하나로 혁명이 일어나거나 순식간에 군중이 격노해 폭동이 일어날 수도 있었다. 그러면 그들은 탐욕스러운 개미 떼처럼 창문 아래로 모여들어 주먹을 휘두르며 "죽여라, 죽여!"라고 소리지를 것이다. 층계를 뛰어올라와 문을 부수고 들어와 주먹질을 해대고, 머리가 잘려 바닥에 떨어질 때까지, 생명이 빠져나가는 그 붉은 상처가 아가리를 활짝 벌릴 때까지 무자비하게 면도날을 휘두를 것이다.

그런 생각은 해서는 안 됐다. 사물을 보이는 대로만 보고, 오슬레 놀이*를 하듯 그것들을 가지고 노는 것으로 만족해야 했

---

* 양의 다리뼈 조각들을 던지고, 잡고, 흐뜨러뜨리는 놀이. 공기놀이와 비슷하다.

다. 베송은 지나가는 자동차를 참을성 있게 세어보기로 했다. 종이 한 장과 볼펜을 집어들었다. 몇 분 후 그는 다음과 같은 결과를 산출했다.

시트로앵 ··14

르노 ··51

도핀 ··29

4 CV ··12

R4, R8 ··10

푀조(403, 404) ··25

파나르 ··5

심카··6

피아트 ··9

알파 로메오 ··1

폴크스바겐··1

포드··1

포르셰 ··1

도지 다트 ··1

볼보··1

미확인 상표 ··3

거리의 행인들은 여전히 꼬리에 꼬리를 물며 걸어가고 있었다. 높은 곳에 위치한 방 안에서, 유리창에 이마를 대고, 프랑수아 베송은 그들을 주의 깊게 내려다보았다. 그는 검정색과 붉은색 레인코트를 입은 젊은 여자들, 머리에 아무것도 쓰지 않은 여자들, 모자를 쓰거나 머플러를 두른 여자들을 보았다. 담배를 피우는 사십대로 보이는 남자들도 눈에 들어왔다. 늙은이들, 제복 차림의 군인들, 아이나 개를 동반한 중년 여인들도 있었다. 그녀들은 차도를 가로지르기 전에 한참을 망설였다. 학교에 가는 길인지 아니면 돌아오는 길인지, 등에 가방을 멘 여러 무리의 계집아이들이 쉬지 않고 재잘거리며 몰려왔다. 지나가는 여인들을 유심히 바라보고 있는 짙은 회색 코트의 남자도 보였다. 발걸음을 재촉하는 사람, 천천히 걷는 사람, 다리를 가볍게 저는 사람, 소아마비에 걸린 사람, 한쪽 다리가 없는 사람, 단호하고 건조한 발걸음으로 걷는 사람, 나른한 걸음걸이로 지나가는 사람, 수없이 발을 꼼지락거려 신발 안을 닳게 하는 사람, 그는 그 모든 사람들을 바라보았다. 대열을 지어 이동하는 곤충들처럼 떼로 모여 한 덩어리가 되어 우스꽝스러운 꼴을 하고 있어서 바라보는 것조차 고통스러운 저 작은 익명의 인간들. 도시는 그들의 것이었다. 그들은 직업이라는 것을 갖고 있었고, 생각이라는 것을 조금 하기도 했다. 수많은 구멍이 뚫린 복잡한 이 개미집 같은 도시는 언제나 그들의 존재로 붐볐다. 삶은 그들의 것이었다. 그들은 이 영토의 소유권을 쟁탈했고, 이곳에 완전히 자리잡았다. 그들 중 어느 누구도 포기하지 않으리라. 살아 있는 자신의 모습에 애착을 버리지 않으리라. 그들 중 어느 누구도 자신의 의복과 피부를 벗어던져버리고 아스팔트 위로 소리없이 녹아들지 않으리라. 그들은 그런 생각을 하지 않았다. 그들은 강한 자들, 썩어 부패하지 않는 진실로 강한 자들이었다.

배송은 그들을 오래 보지는 못할 거라고 서글프게 생각했다. 그는 창문을 열고 빗방울이 섞인 차가운 공기를 들이마신 뒤, 비에 젖은 거리와 점점 늘어나는 보라색 초록색 자동차들을, 현란한 색깔의 레인코트를 입고 보도 위를 미친 듯이 또각거리며 걸어가는 여인들을 한동안 바라보았다. 이윽고 덧창을 잡아당겨 조심스레 닫았다. 어두운 방 한가운데로 돌아온 그는 잠시 머뭇거리다 문을 향해 걸어갔다. 스위치를 올리자 순식간에 전등에 환한 빛이 들어왔다.

전등 아래 책상이 있었다. 배송은 잠시 그 책상 앞에 서 있었다. 그리고 의자에 앉아 흩어져 있는 종이들을 바라보았다. 책상 한쪽 모서리에 신문이 널려 있었다. 배송은 그것을 조용히 밀어 방바닥에 떨어뜨렸다. 그의 앞에 글자가 빽빽한 종이들과, 봉투에서 나온 편지들이 널려 있었다. 모든 것이 어지럽게 나뒹굴고 있었다. 그것들은 짧고 혼란스런 생으로 양분을 섭취하면서, 귓가에 그 비밀을 끊임없이 속삭이고 있었다. 온 세상에 어떤 메시지들을, 엽서에 '우정을 담아' '우정을 담아'라고 써서 보내고 싶은 마음을 불러일으키는 그런 광경이었다. 지명과 인명, 대화, 인용부호, 느낌표, 물음표, 말줄임표가 들어가는, 무의미하지만 우스꽝스러운 이야기를 쓰고 싶어졌다. 작은 그림들을, 십자나 나선, 동그라미 따위의 낙서를 끼적이고 싶은 생각도 들었다. 전쟁놀이를 하고 싶기도 했다. 종이 아래 부분에 산 모양의 선을 긋고, 엽총을 든 작은 사람들을 그린다. 왼쪽에 있는 사람들의 머리는 흰색, 오른쪽에 있는 사람들의 머리는 검은색이고, 양 진영에는 각각 기수가 깃발을 들고 있다. 그들은 서로 총을 쏘며 싸우고 있다. 총 끝에서부터 검은 포물선을 길게 그어 반대편 진영에 떨어지게 하면 된다. 한번은 흑인 편에서, 그 다음은 백인 편에서 총탄이 나간다. 그런 다음엔 사망자 수를 세고, 어느 편이 이겼는지 보는 것이다.

베송은 종이 한 장을 앞에 놓고 글을 쓰기 시작했다. 처음에는 머뭇거리다가 곧 작은 글씨로 천천히 써나갔다. 그리고 하얀 종이 위로 갈고리 같은 바다색 부호들이 홀로, 거의 저절로 앞으로 나아가는 것을 바라보았다. 베송은 정성을 다해 대문자들을 썼

다. i 위에는 전부 점을 찍고 t에는 전부 가로획을 그었다. 시간
이 얼마 지나자 글 쓰는 속도는 한결 빨라졌다. 베송은 달리듯
앞으로 내닫는 손이 조금 떨리는 것조차 잊어버렸다. 씌어진 글
자들, 그 둥글고 굽은 모양도 이제는 보지 않았다. 그저 풍경 속
으로 들어가듯, 무엇을 찾기 위해 고심하거나 머뭇거리는 일 없
이 곧장 글쓰기로 빠져들 뿐이었다. 글자들은 작디작은 동물들
처럼 오른쪽으로 빠르게 줄지어가면서 낱말 비雨가 되어 온전한
문장을 만들어가고 있었다. 매끄러운 볼펜 촉이 부드럽게 종이
와 마찰하는 소리, 그의 손이 미끄러지면서 내는 규칙적인 소리
가 들렸다. 조금씩 조금씩, 한 줄씩 한 줄씩 종이가 채워져나갔
다. 참으로 신기했다. 하얀 종이를 또아리와 막대기들의 기다란
행렬들로 정성스레 가득 채워 더럽히는 일이라니. 어떻게 그렇
게 되는지는 알 수 없었지만, 그 일은 저 혼자 진행되고 있었다.
앞으로 앞으로 나아가고, 묘사를 했다가 다시 지우고, 시간의 흐
름에 구멍을 뚫었다. 불안스럽기까지 한 그것은 속임수를 쓸 수
있었고, 홀로 말할 수 있었고, 사람들이 알지 못하는 것을 이야
기할 수도 있었다. 그것은 자기 안에 갇힌 언어였다. 각각의 기
호와 점들의 집합이 생의 실체를 얼마간 훔쳐내어 축소판으로
환원시킨 일종의 점자 알파벳이었다. 언어로 표현이 불가능한
영원이라는 것을 조롱하고 또 거기에 저항하는, 외설적인 낙서

같은 것. 혹은 어떤 마법 주문처럼 입 밖으로 내뱉어지는 즉시 끔찍한 모습으로 변신시키고 화학적 반작용을 일으켜 아이들을 두꺼비로, 달빛을 녹주석으로, 햇빛을 루비로 바꿔버리는, 복잡하지만 정확한 상징.

베송은 종이 위에 썼다.

카발카드

베네놈

푀유

슬로르 — 베르그 — 위긴스 티프 페이퍼스

나는 글을 쓰고 있다. 나는, 나는 글을 쓰고 있다고 쓰고 있다. 나는, 나는 글을 쓰고 있다고 쓰고 있다고 쓰고 있다. 나는, 나는 글을 쓰고 있다고 쓰고 있다고 쓰고 있다고 쓰고 있다.

나는 손목시계를 바라본다. 나는 내 손목시계를 아주 좋아한다. 그것을 잃어버리고 싶지 않다. 누가 그것을 내게서 훔쳐가지 않았으면 좋겠다. 벌써 한 번 망가뜨린 적이 있다. 목욕을 하면서 시계를 계속 차고 있었던 것이다. 그것을 손보도록 시계방에 맡겨야 했다. 시계는 하얗고 멋진 금속 숫자판과 그 위에 자리잡은 작은 막대기들로 이루어져 있다. 맨 위 꼭대기, 그러니까 정오 혹은 자정을 가리키는 곳에는 막대기가 두 개 그려져 있다. 중심에는 융한스, 반자성, 외부충격에 강함, 방수, 독일제라고 씌어 있다. 그리고 바늘이 두 개 있다. 짧은 것은 네시를 가리키는 막대기를 향하고 있고, 긴 것은 아래쪽 여섯시를 가리키는 막대기를 가리키고 있다. 그러니까 손목시계가 가리키는 시간은 네시 삼십분이다. 또다른 바늘 하나가 더 있다. 아주 길고 가는 바늘로, 그것은 숫자판 주위를 떨면서 돌아가고 있다. 정말 멋진 시계다. 이 시계를 깨뜨리고 싶지 않다. 이것이 내 것이라 좋다. 시계에는 돼지가죽으로 된 예쁜 줄과 빛나는 금속 버클이 달려 있다. 학교에서 손을 벽에 긁히는 바람에 유리 윗면이 조금 상했다. 하지만 큰 상관은 없다. 그래도 멋진 시계니까. 이 년 전, 어머니가 이 시계를 주셨다. 생일선물이었다. 귀를 갖다 대면 그 작은 심장이 째깍! 째깍! 째깍! 째깍! 하고 뛰는 소리가 들린다. 결코 멈추는 법이 없다. 시계를 가지고 있다는 것은 좋은 일이다. 어디에 가더라도 사람들이 시간을 물어오면 나는 시계를 내려다보고 대답한다.

"두시 십오 분 전입니다, 일곱시 반입니다, 열두시 삼 분 전입니다."

조금 밑에 배송은 썼다.

"이 볼펜은 침을 흘린다."

216

그런 다음 종이를 밀쳐버렸다. 그러고는 자리를 가리지 않고 마구 볼펜을 휘갈기기 시작했다. 열에 들뜬 듯 그는 종이 위에, 마분지 조각에, 잔받침에, 성냥갑 위에 되는대로 가득 써내려가기 시작했다. 전령―판더 베케―잔혹성―랑―우어헬―마통―제일러―물질적인―댈러스―클루―비동. 그리고 나무 책상 위에 다음과 같이 아주 긴 단어를 온힘을 다해 새기듯 쓰고는 글쓰기를 멈추었다. 앙게르소니스보나귀주흘부뒤루에아블레파비.

잠시 그는 꼼짝 않고 있다가 책상 위에서 사진 몇 장을 집어들었다. 그 반들반들한 회색 마분지들 위에는 신경써서 포즈를 취하고 있는 어린 소녀들의 모습과 밋밋하고 우울한 풍경이 담겨 있었다. 나머지는 한여름에 선글라스를 쓰고 있거나 한겨울 눈 덮인 정원에 서 있는 베송 자신의 모습을 담은 사진들이었다.

열려 있는 서랍 맨 안쪽 누더기가 된 포르노 잡지 옆에, 누렇게 바랜 낡고 작은 노트 한 권이 눈에 들어왔다. 노트는 어린아이가 쓴 듯한 깨알 같은 글씨로 가득 채워져 있었다.

노트 겉장에는 다섯 개의 굴뚝이 달린 기차와, 그것을 운전하고 있는 타르부쉬*를 쓴 노인이 그려져 있었다. 그림 위에는 다

---

* 검은 술이 달린 빨간색 원통형 모자.

음과 같은 제목이 대문자로 또박또박 씌어 있었다.

검둥이 오라디

베송은 노트를 펼쳐 읽기 시작했다. 쉬운 일은 아니었다. 연필로 씌어진데다 이십여 년이란 세월이 지난 터라 부분부분 지워져 있었기 때문이다. 맞춤법 역시 틀린 데가 많아 뜻을 제대로 이해하려면 두세 번 거듭해서 읽어야 했다. 하지만 재미있었다. 베송은 누렇게 바랜 노트 위에 몸을 수그리고 차분하게 읽어내려갔다.

제1장

검둥이 오라디는 1940년 자신의 영명축일에 출발했다. 그는 일주일을 기다렸다. 배의 이름은 콩데 호였다. 한 달이나 바다에서 보낸 뒤 그는 자신이 너무 멀리 떠나와 있음을 알아차렸다. 그래서 선장한테 돌아가고 싶다고 말했지만, 선장은 그렇게 하려 하지 않았다. 그러다 그는 마침내 아메리카 대륙에 도착했다. 1947년, 선장은 배가 닿은 곳이 아프리카나 아시아일 것이라고 생각했다. 그는 아시아에서 사흘을 보냈다. 이튿날 선장은 코르시카로 출발했다. 선장은 여전히 거기도 아프리카일 거라고 생각했다. 그러나 오라디는 그렇지 않다, 왜냐하면 일단 아프리카라면 자기 같은 검둥이들이 있어야 하고, 또 거기에는 끝없이 펼쳐진 삼림 지대가 있어야 하기 때문이라고 말했다. 그러자 선장은 알아들을 수 없이 더듬거리며 말하기 시작했다. 그는 나…… 어…… 말……이라고 했다. 오라디는 말을 하려면 알아들을 수 있게 또박또박 말하거나 말하기 전에 잘 생각해본 후 말하라며, 그렇게 말 좀 더듬지 말라고 했다. 선장님, 횡설수설하지 말고 그만 떠드십시오ㅡ선장인 나한테 감히 그런 말을 하다니!ㅡ말하고 싶은 것만 말하십시오. 그렇지 않으면 나는 아무것도 못 알아듣습니다ㅡ뭐! 뭐! 하고 선장은 말했다. 선실이 있으면 네 선실로 들어가버려ㅡ하지만 이거 보십시오. 여기가 코르시카라는 것은 틀림없습니다ㅡ너! 넌 아무것도 몰라. 넌 절대로 학자가 될 수 없을 거야!ㅡ뭐라고요! 나는 해경대원이에요ㅡ그래서 어쨌단 말이야! 해경대원이 학자라도 돼?

제2장. 침몰

사흘 후 오라디는 바다 한가운데 있었다. 나흘 동안 그는 어떤 거대한 덩어리가 움직이는 것을 보았다. 그것이 무엇인지는 알 수가 없었다. 그러나 그것에 대해서 아무한테도 말하지 않았다. 그 이야기를 듣고 사람들이 자기를 혼낼까봐 겁이 났기 때문이다. 그러나 오라디는 그것에 대해 말하고 싶어 안달이 났다. 어느 날 그는 거대한 덩어리 하나가 움직이는 것을 봤다고 말했다. 제 생각에는 고래인 것 같습니다. 하지만 아무한테도 얘기하지 마십시오. 이 얘기를 들으면 사람들은 고래를 죽이려고 할 겁니다. 갑자기 그 거대한 덩어리가 배로 달려들었다. 배는 전속력을 다하여 도망쳤다. 그런데 고래가 꼬리로 배 뒤쪽을 힘껏 내리쳤다. 배의 이물이 빙글빙글 돌기 시작하더니 얼마 후 후미가 가라앉았다. 물이 배 안으로 쏟아져들어왔다. 선장과 오라디는 화가 치밀었다. 두 사람은 고래 작살을 꺼냈다. 그런데 그 작살이 너무나 무거워 하마터면 바다에 빠질 뻔했다. 다행히 선장이 그를 붙들어주었다. 그러지 않았더라면 바다에 빠져 고래 먹이가 되었을 것이다. 그 와중에 갑자기 오라디는 파도에 휩쓸려 고래 꼬리 위로 떨어졌다. 고래는 그를 파리나 새로 생각했는지 꼬리로 물살을 쳤다. 배는 완전히 가라앉고 말았다. 선장은 미친 듯이 성을 냈다. 그 배는 상품과 가축을 싣고 있었기 때문이다. 드럼통(1)들이 바다 위로 떨어졌다. 가축들은 드럼통을 하나씩 차지하고서 황급히 그 안으로 들어갔다. 선장은! 선장은! 어떻게 되었나. 그는 다른 통들에 기름 채우는 데 쓰이는, 엄청나게 큰 드럼통 속으로 들어갔다. 그러나 그건 아무래도 좋았다. 그 속에는 아무것도 없었고, 그것이 비어 있다는 사실만이 중요했다. 오라디는 선장이 들어간 드럼통을 잡고서 헤엄쳤다. 그러자 선장이 사나운 목소리로(2) 계속 이렇게 소리쳤다. "다른 통으로 가버려!"

(1) 기름 넣는 통, (2) 퉁명스런 목소리로.

제3장. 착륙

그들은 1947년 7월에 도착했다. 엿새 동안 바다 위를 떠돌다가 다른 돛단배에 옮겨탔다. 이번에는 배가 출발하지 않았다. 뱃고동을 울렸지만 배는 항구를 떠나지를 못했다. 선원들 가운데는 다음과 같은 사람들이 있었다.

(1) 이등항해사 : 장 베스티오, 45세

(2) 견습 수부 : 이브 랑도르, 37세

(3) 선장 : 장 브리도, 83세

(4) 통장이 : 바스티앵 그라드, 94세

(5) 요리사 : 장 뤼크 트롱코르, 39세

(6) 의사 : 프랑수아 카블로, 33세

그라드 씨, 당신은 너무 늙었소. 은퇴해야겠소. 증명서를 줄 테니 가지고 있으시오. 이건 당신이 은퇴했다는 것을 확인해주는 겁니다―아이구 정말 감사합니다. 브리도 선장님―잠깐만 기다리시오, 그라드 씨. 아니 이놈의 서랍은 왜 이렇게 말썽이람! 응, 여기에 안전핀이 하나 있군그래! 자, 그라드 씨, 이것을 여기에 꽂으시오—선장님, 안전핀이 어쩌면 이렇게 뻣뻣합니까?—다른 것이 있으면 좋겠는데 있을지 모르겠어—아닙니다! 필요 없습니다!—음, 됐군. 들어가는군!—감사합니다!—애, 꼬마야! 밑에 내려가지 마! 통장이는 여기 있어! 아니! 여기! 은퇴했으니까 아무것도 해달라고 하지 마! 다른 사람을 하나 구해와! 견습 수부는 사다리를 뱃전에 내려놓았다. 그는 어떤 사람 둘이서 배의 통장이가 되겠노라고 얘기하고 있는 것을 보았다. 견습 수부는 그래, 저 사람들을 데려가자 하고 생각했다. 그런 말 할 필요 없이 아무 말 말고 이리로 오시오. 날 따라오란 말이오. 사다리를 올라가 우리 선장한테로 갑시다. 선장은 이렇게 말했다. 통장이가 두 사람일 필요는 없어, 한 사람은 망보는 일을 하고 한 사람만 통장이를 하도록!—안 돼요!—왜 안 돼?— 안 돼요!——자, 당신이 통장이를 하고 당신은 망보는 일을 하시오!—왜요? 선장 브리도 씨는 대답하지 않고 가버렸다.

제4장. 해적

상대편은 생각했다. 아 그거 참 좋은 생각이다. 해적질을 하

자. 이 배 항해사를 죽이고 키를 바위 쪽으로 돌려서 배를 침몰시키자. 그는 허겁지겁 아래로 뛰어내려갔다. 얼마 후 칼과 방패를 사가지고 다시 배 위로 올라가 항해사가 있는 데로 가서 그의 목을 베었다. 오라디는 분개했다. 그는 그 사람에게 물었다. 왜 이 사람을 죽였소? 닥쳐! 이 새끼는 해적이란 말이야, 이 바보 미치광이야. 오라디는 배에 물이 들어오고 있는 것을 보았다. 그는 달아났다. 악한은 웃음을 터뜨렸다. 오라디는 선장에게 배 안에 물이 들어오고 있다고 말했다. 그러자 선장은 깜짝 놀라며 왜 그렇게 되었느냐고 물었다. 그때 갑자기 선장과 오라디는 휘청하면서 잡역부의 방 문을 들이받았다. 방 문이 열렸고 두 사람은 잡역부가 물속에 익사해 있는 것을 보았다.

배는 물밑으로 아주 천천히 가라앉았다.

선장은 외쳤다. 사람 살려! 오라디, 부선장, 요리사, 의사 선생, 통장이! 그곳은 남아프리카였기 때문에 흑인들이 카누를 타고 와서 그들을 구해주었다. 악한은 바닷가로 도망가 어느 동굴에 숨었다. 선장은 카누에서 내려 해수욕을 하러 바닷가로 갔다. 그는 악한이 자기를 보지 못하도록 동굴 입구를 바위로 가리고 있음을 알아차렸다. 그러나 선장은 못 본 척했다……
그는 옷을 옆에 벗어놓았다. 때마침 썰물이었기 때문에 아주 멀리까지 나가서 해수욕을 즐겼다. 악한은 그때를 틈타 선장의 옷을 훔쳤고, 대신 자신의 줄무늬 옷을 벗어서 선장의 옷이 놓여 있던 자리에 놓았다. 그리고 선장 옷을 자기가 입었다.

선장이 돌아와 보니 오라디도 자기 옷도 보이지 않았다. 눈을 크게 뜨고 살펴보니 자신의 멋진 옷을 두었던 자리에 붉은색 초록색 줄무늬 누더기가 놓여 있었다. 제기랄, 선장은 속으로 중얼거렸다. 그놈이 내 옷을 훔쳐갔구나! 그런데 다행히도 오라디가 그 악한을 붙잡고 도둑이야! 도둑이야! 하고 소리치고 있는 것이 보였다. 선장은 온힘을 다해 달려가 그 해적놈을 잡고 옷을 내놓으라고 했다. 악한은 여기 있어요 하고 옷을 벗어주었다―항해사는 어떻게 됐어!―죽였습니다―날 따라와!―왜요!―곧 알게 돼…… 그는 크게 웃었다! 그는 크게 웃었다! 사람들이 자기를 죽일 거라고 생각했다. 당신을 감옥에 처넣겠어! 오라디, 이 사람을 잘 붙잡아!―왜요?―왜요라는 말은 하지 않는 거야! 자, 붙잡고 있어. 붙잡고 있지 않으면 달아날 거란 말야―끈으로 묶게. 손을 여기 갖다 대!―여기요!―아니, 거기 말고 매듭 고리에 올려놔. 움직이지 마. 어어, 자네 때문에 고리를 놓쳐 매듭이 풀어졌잖아. 자, 이제 내가 이 악당을 데리고 짐수레에 올라탈 테니 자네는 짐수레를 밀어.

오라디는 뒤쫓아오는 악한이 있었으므로 맹렬히 달려갔다. 악한은 돌을 집어던졌고, 그 돌은 진창에 떨어져서는 꽉 들러붙어 움직이지 않았다. 공교롭게도 오라디의 발이 그 돌에 걸려 곤두박질치며 넘어졌고 짐수레는 기우뚱거렸다. 오라디는 두 발목을 삐었다. 선장이 그 해적놈을 다시 잡아 돌아와보니 오라디가 땅에 쓰러져 있었다. 그는 악한에게, 너를 북아프리카로 데려가서 바닷속 깊이 처넣어버리겠어, 라고 말했다. 그러고는 악한을 나무에 단단히 묶어놓고, 오라디 같은 검둥이 친구들의 집으로 갔다. 그는 그들에게 말했다. 긴 대나무를 여러 개 잘라서 구멍을 두 개씩 뚫어. 그다음엔 짚을 구해서 그 구멍에 끼워넣는 거야. 오라디를 눕힐 수 있도록—그렇지만, 하고 검둥이들이 동시에 말했다. 짚…… 짚…… 짚이라니…… 짚은 금방 끊어져버릴 거요!—질긴 걸 구해오면 끊어지지 않을 거야. 검둥이들은 곧 일을 시작했다. 못 네 개를 구해서 그것으로 대나무에 구멍을 뚫은 다음 짚을 끼웠다. 그들은 오라디를 그 대나무 들것에 누인 후, 그것을 들고서 어영차! 어영차! 소리를 질렀다. 그리고 그렇게 오라디를 길가에 있는 어느 오두막집으로 데려갔다. 거기서 그들은 오라디를 쇠와 나무로 된 침대 위에 내려놓았다. 오라디는 그 침대에 엿새 동안 누워 있어야 했다.

제5장. 구조와 침몰

  사흘 후, 그들이 탄 배 글랑뒤크 호는 옆을 지나가던 클라프
트 호와 충돌했다. 두 척의 배가 아메리카 대륙 근처에서 부딪
친 것이다. 클라프트 호가 높이 솟구쳐올랐다가 너무나 세게
떨어지는 바람에 파도가 뱃전을 휩쓸고 지나갔다. 글랑뒤크
호는 침몰해버렸고 구명보트들도 곤두박질쳤다. 뿐만 아니라
독일 잠수함 그렌론 호가 카누를 하나씩 하나씩 침몰시켰다.
카누는 적어도 스무 척은 되었다. 그렌론 호가 열다섯번째 카
누에 다가왔다. 처음 공격은 빗나가서 잠수함은 다음 공격을
위해 물밑으로 잠수했다. 오라디는 그 틈을 이용해서 선장의
카누로 뛰어들었지만 성공하지 못하고 바다에 떨어졌다. 그
러나 다행히도 카누 뱃전에 매달릴 수 있었다. 선장은 그를 힘
껏 끌어올렸다. 그는 공기를 채운 상자 두 개에 못질을 했다.
그렌론 호가 뱃머리로 들이받으려고 하자 오라디와 선장은
온힘을 다해 노를 저었다. 그는 선장에게 소리쳤다. 선장님,
선장님! 그렌론 호가 이 카누도 가라앉히고 말겠어요! 빨리
요, 빨리! 그러자 선장이 줄사다리를 건네며 외쳤다. 어서 오
르게—우리 주변에서 사다리를 잡아당겨요, 됐어요, 잠수함
이 카누를 들이받았잖아요—별수 없어, 이젠 침몰할 거야,

나도 오라디도 없으니까 어쩔 수 없어─하지만 아무리 그래도─뭐라고? 뭐가 어떻다고?─음, 음……─이젠 당신들에게 신경 쓸 틈이 없어. 우리는 그만 올라갈 거야. 밧줄이 손에서 풀리면서 선장은 모습을 감추었다─어서 돌아오세요! 밧줄이 풀리자 우리는 바닷속 깊이 빠져들기 시작했다. 선장은 미처 선창으로 되돌아올 시간이 없었다. 밧줄이 다 풀려버렸기 때문이다. 그는 다시 밧줄을 되감기 위해 견습 수부와 다른 선원들을 불렀다. 선장을 포함해 모두 열여덟 명이었다. 그렇지 않으면 열일곱 명일 것이다.

선장과 오라디는 글루 글루 하고 소리쳤다. 글루, 글루, 글루……선장이 말했다. 무슨 잡담을 저렇게 한담!─모두 동시에 소리 지르는 거예요. 오라디는 다시 올라왔다. 후 하며 가슴속 깊이 숨을 들이마셨다. 에, 에, 후! 선장과 오라디는 클라프트 호의 선실 안에 들어갔다. 선장, 내가 쓸 선실이 없겠습니까!─아, 없는데요! 안됐습니다만 천막을 하나 드리겠습니다. 그것밖에 없습니다. 내 방과 다른 방들은 모두 찼습니다─탁자와 의자는 쓸 수 있는 게 있겠습니까?─안됐습니다만 그것도 없는데요. 모두 쓰고 있으니까요!─그래요! 그럼 우리는 어떻게 하죠?─돗자리 위에서 자고 방석 위에 앉으면 됩니다─속이 푹신한 것입니까?─그럼요, 케이폭 나무 줄기로 속을 채워넣은 거예요! ─하지만 모두 빠져나와버릴 텐데요! ─단단히 바느질 된 거라 괜찮아요! ─자, 빨리 해. 이 방수포를 들어! ─뭘 하려구요! ─자넨 몰라! ─아무렴요. 제가 알 수 있나요! ─천막을 치려고 그러는 거야! ─방석은요! ─조금 기다려. 내가 찾아오지! ─선장! ─왜 그러십니까! ─방석 하나를 가져가도 되겠습니까? ─네, 필요하신 만큼 가져가세요! ─그럼 여덟 개를 가져가겠습니다 ─더 가져가셔도 되는데요 ─내 생각으로는 여덟 개면 충분할 것 같습니다 ─네, 가지고 가십시오 ─자 저기 있습니다. 저 구석을 찾아보면 방수포도 하나 있을 겁니다. 전갈이 있어도 어쩔 수 없지요. 안락의자도 하나 있을 겁니다. 손을 대보니 차갑군요. 이제 더 찾지 맙시다. 쓸 만한 게 없어요. 여기! 이 흰 기계는 무얼까! 이 위에 덮인 걸 더 당겨봅시다. 당겼어요. 아! 냉장고군! 근사하지요. 선장님께 도움이 될지도 모르겠군요. 자, 위에 덮인 걸 다 치웠습니다. 바로 세웠습니다. 안에 빵이랑 포도주랑 벌레도 있을 테니까 ─좀 앉아야겠습니다, 선장이 말했다. 이 안에 아마 근사한 게 있을 겁니다. 자, 문을 엽니다. 아아! 포도주가 있군요. 근사한 포도주가!

열두시에 오라디는 요리사에게 갔다. 그는 요리사에게 말했다 ─아이 앰 헝그리 ─뭐요! ─선장이 달려와 요리사한테 당신 무슨 말인지 못 알아듣는군! 하고 말했다—모르겠어요—그러면 당신은 영어를 모르시오?—몰라요—이 사람이 한 말의 뜻은 배가 고프다는 거요—그래요, 요리사가 말했다. 배가 고프시다구요. 고양이를 한 마리 드리겠습니다—그걸 먹으라고!—천만에요! 우정의 표시로요!—오라디는 화가 나서 가버렸다.

이별

오라디는 친구들에게 작별 인사를 하고 트리글랑 호에 올랐다. 트리글랑 호는 뱃고동을 울리고 출발했다. 오라디는 카누를 한 척 내려 바다에 띄우고, 거기에 몸을 싣고 끈으로 배와 카누를 매어놓았다. 그는 이십구 일 동안 바다 위에 떠 있었다. 그리고 북아프리카에 도착하자 자신의 모든 경험을 이야기했다.

읽기를 마치자, 베송은 누렇게 바랜 노트를 종잇장들과 심이 부러진 오래된 연필들이 어지러이 흩어져 있는 책상 위에 떨어뜨렸다. 이제 그의 시선은 방 안을 지배하고 있는 부드러운 어둠 속을 헤매기 시작했다. 그는 작은 모험들을 꿈꾸었다. 베송은 모든 물체들이 오랜 마비에서 기적적으로 깨어나 몸을 일으키고 함께 걸어가는 모습을 꼼짝 않고 다정한 눈길로 바라보았다. 가구들이 고무로, 혹은 마시멜로로 변해 방바닥 위로 서서히 흘러갔다. 초록색 풀들이 무성하게 돋아났다. 벽들이 소리없이 수축하면서 벽지가 기호들로 뒤덮였다. 옷감들 위로 눈 깜짝할 사이에 괴상한 모습의 꽃들이 나타나더니, 얼룩 같은 꽃잎을 떨면서 활짝 펼쳐 보였다. 느낄 수조차 없는 바람 한 줄기가 커튼을 수평으로 살짝 들어올리며 방을 가로질렀다. 모든 것이 공중에 떠다니고 있었다. 모든 것이 쉬고 있었다. 이제는 평온한 마음으로, 모든 두려움에서 해방된 채, 프랑수아 베송은 삶 혹은 죽음을 향해 나 있는 길에서 멀리 도망쳐나와 있었다. 이제 그는 자신을 바람에 내맡기고, 바람이 싣고 가는 대로 내버려두었다. 사물들의 날개가 자신을 스치고 들어올리는 것이 느껴졌다. 이제 더이상 바닥은 끈적대지 않았다. 이제 바닥은 사람과 짐승들을 집어삼킬 필요가 없었다. 허기졌던 배는 양껏 불러 있었다. 몇 시간, 몇 년이 지나면 아무런 고통도 없이 이렇게, 양발을 모으고 훌쩍 뛰어올라 마침내 땅에서 쉽게 떨어져나갈 수 있을 것이다. 그날 베송은 그렇게 중력의 법칙을 정복했고, 날아다니면서 자신을 향해 밀물처럼 무섭게 부풀어오르는 불그스레한 방바닥을 오랫동안 내려다보았다.

6장

프랑수아 베송, 빨간 머리 여인과 만나다―베송, 별점을 치다―네 살 반 먹은 뤼카와의 짧은 대화―존경받을 만한 사내―프랑수아 베송과 빨간 머리 여인은 어떻게 부엌 리놀륨 바닥에 함께 눕게 되었는가―다시 밤

여섯째 날, 프랑수아 베송은 빨간 머리 여인을 만났다. 1미터 71센티미터가량 되어 보이는 큰 키에 창백한 얼굴, 눈가에 다크서클이 드리워진 커다란 갈색 눈의 여자였다. 주름 없는 얼굴과 몸매로 미루어보건대 스물다섯에서 서른 정도로 보였다. 하지만 그보다 더 나이가 적거나 많을지도 몰랐다. 그녀는 베송이 맥주를 한잔 마시러 들어간 바에 앉아 아무것도 하지 않고 앞만 바라보고 있었다. 베송이 그녀 옆에 앉자 그녀는 그를 재빠르게 한번 훑어보고는 다시 시선을 돌렸다. 그가 담배를 피우며 여자에게 말을 걸자 그녀는 조용히 대답했다. 두 사람은 마치 같은 객차에 타고 있는 사람들 같았다. 베송은 그녀에게 담배를 권했고, 그녀는 은팔찌 두 개를 찰랑거리며 왼손으로 담배를 받아들었다. 그

리고 서두르지 않고 천천히 담배를 피웠다. 때때로 그녀는 테이블 가장자리에 재를 털기도 했는데, 테이블 위에 놓인 광고용 재떨이가 설탕 포장지로 가득 차 있었기 때문이다. 재떨이 안에는 끝에 루주가 묻은 분홍색 빨대가 세 번 꺾인 채 들어 있었다. 사람들은 쉴새없이 들어오고, 나가고, 말하고, 웃고 또 술을 마셨다. 종업원들이 홀 이쪽 끝에서 저쪽 끝으로 손님들의 주문을 외쳐댔다.

"생맥주 한 잔!"

"에스프레소 두 잔, 햄 한 접시!"

베송과 빨간 머리 여인의 맞은편에는 어깨에 모직 숄을 두른 노파가 앉아 뜨개질을 하고 있었다. 베송은 바에서 말상대할 여인을 찾았다는 것에 흡족했다. 그는 주변에 있는 다른 사람들처럼 자신도 강자强者라고 느꼈다. 그는 앞으로 일어날 어떤 모험의 주인공이었고, 더는 혼자가 아니었다. 무슨 일인가 곧 벌어질 것이다. 자신도 상상할 수 없는 어떤 일이 곧 일어날 것이다. 그 모험이 어떻게 끝날 것인가는 중요하지 않다. 무슨 일인가 일어날 것이다. 맥주 한 잔을 마시면서, 마분지 잔받침으로 장난을 치면서, 호기심 가득한 눈길로 다른 사람들을 바라보면서 그 일이 무엇일까를 예상해볼 수 있을 것이다. 한 시간 후면 아마 모든 일이 끝나리라. 빨간 머리 여인은 자리에서 일어나 그에게 미소를 지으며 손을 내밀고, "재미있었어요. 그럼 안녕히 가세요. 조만간 다시 만나고 싶어요"라고 말할 것이다. 아니, 어쩌면 그들은 바를 나와 그녀가 버스를 타는 곳까지 함께 걸어갈지도 모른다. 어쩌면 그녀의 이름을 알아낼 수도 있을 것이다. 카트린이라고 하자. 카트린 루셀. 아니면 이렌 켄달, 혹은 베라 앵송일 수도 있다. 나이 28세. 직업은 실험실 조교. 모로코 카사블랑카 출신. 어머니 이름은 엘레오노르.

"이름이 어떻게 되나요?" 베송이 물었다.

"마르트요." 여인이 대답했다.

"성은요?"

"자냉이에요."

"몇 살인가요?"

"스물다섯이요." 여인이 말했다.

베송은 그들 앞으로 지나가는 한 쌍의 남녀를 바라보았다. 다시 그가 물었다.

"직업은?"

"뭐라고요?" 마르트가 되물었다.

"아, 네, 무슨 일을 하고 계신가 해서요."

"아! 아뇨, 전 직업이 없어요. 그런데 왜 그런 걸 물어보죠?"

"그냥요…… 고향이 어디시죠?"

"여기요." 여인이 말했다. "별점이라도 봐주려고 그러는 건가요?"

"글쎄요." 베송이 대답했다. 가장 힘든 질문이 남아 있었다. 그는 우회적인 방법을 택하기로 했다.

"지금 부모님과 함께 살고 있나요?"

"아뇨." 마르트가 대답했다. 그러고는 급히 덧붙였다. "아들과 살고 있어요. 둘이서요."

짧은 순간 베송은 아들의 이름이 파트리크일 거라고 생각했다.

"그 아이의 이름은 뭔데요?"

"그 아이라니, 제 아들이요?"

"네."

"뤼카라고 해요."

베송은 가득 찬 재떨이에 담배를 비벼껐다. 그리고 마침내 결심한 듯 물었다.

"어머님은요?"

그녀는 놀라서 그를 바라보았다.

"뭐라고요?"

"어머님 성함이 어떻게 되느냐고요."

"꼭 알아야 할 필요가 있는 건가요?"

"별점을 보려면 꼭 필요합니다."

그녀가 미소를 지었다.

"어머니는 돌아가셨어요. 어머니 이름은 저하고 같아요. 마르트였죠."

베송은 잠시 가만히 아무 말도 하지 않고 맥주잔만 바라보았다. 여인이 그의 팔을 건드렸다.

"뭐하세요? 기다리고 있는데."

"뭐 말입니까?"

"아이 참, 별점 말예요. 벌써 잊으셨어요?"

"아, 네." 베송이 말했다. "말씀드리죠. 당신은 섬약한 여인입니다. 류머티즘이나 천식에 잘 걸리겠어요. 하지만 그것은 당신의 감성이 예민하고 섬세하다는 뜻도 됩니다. 다른 사람한테 상처주기를 싫어하고, 무례한 사람을 싫어합니다. 겨울보다 여름을 좋아하고, 물과 숲이 있는 경치를 좋아하죠. 그리고 신경질적입니다. 어렸을 때 계단에서 굴러떨어진 적이 있어요. 좋아하는 색깔은 짙은 황옥색이고요. 때때로 말馬 꿈을 꿉니다. 그리고 매일 저녁 비밀일기를 쓰고 있군요. 조심하세요. 살해당해 죽을 수도 있으니까요."

"정말 재미있군요." 마르트가 말했다. "상상력 참 풍부하신데요. 하지만 하나는 틀렸어요. 제가 좋아하는 색깔은 녹회색이에요."

"누구나 틀릴 순 있는 거예요."

배송은 그렇게 말하고는 맥주를 몇 모금 마셨다. 이번에는 여인이 가득 찬 재떨이에 담배를 껐다. 종이가 매캐한 연기를 내뿜으며 타들어가기 시작했다. 그녀는 기침을 하더니 막 피어오르기 시작한 불을 끄기 위해 재떨이 속에 커피 몇 방울을 떨어뜨렸다.

"이젠 제 차례예요." 그녀가 물었다. "이름이 뭐죠?"

"폴입니다." 배송이 말했다. "폴 티스."

"나이는?"

"스물일곱."

"직장이 있나요?"

"지금은 없습니다. 학생입니다."

"혼자 사나요?"

"그때그때 다릅니다." 배송은 말했다. "지금은 부모님 댁에서 삽니다."

"부모님 성함은 어떻게 되지요?"

"아버지는 조르주, 어머니는 조이아라고 합니다. 우리 어머니는 이탈리아 사람이죠."

"형제가 있나요? 아니면 누이라도?"

"없습니다."

그녀는 잠시 생각에 잠겼다.

"자, 말씀드릴게요. 우선 티스 씨는 지적인 사람이에요. 그리고 다소 소심하면서도 신경질적이죠. 우유부단한 면도 있고요. 그리고 사람들의 놀림감이 되는 것을 싫어해요. 어린 시절은 행복했어요. 그렇지만 지금은 낙오자가 된 것은 아닌지 두려워하고 있군요. 또 당신은 죽음을 두려워하고 있어요. 아직 더 남았어요. 테레즈라는 이름의 여자를 아내로 맞이할 거예요. 결혼을 하고 자녀를 많이 두게 될 거예요. 그러나 그전에 티스 씨를 몹시 괴롭힐 커다란 시련이 있을 것 같군요. 무슨 사고가 날 거예요. 티스 씨는 커다란 고통에 직면하게 될 거예요. 하지만 결국 모든 것이 해결되죠. 행복하게요. 어떠세요?"

"아주 좋은데요." 베송이 말했다. "그런데 제가 좋아하는 색이 무엇인지는 말하지 않았죠?"

"태양색이에요." 여인이 대답했다.

그들은 그렇게 한 시간이 넘도록 대화를 계속했다. 바에는 여전히 사람들이 들락거렸다. 모직 숄을 두른 노파도 뜨개질을 계속했다. 때때로 누군가 주크박스에 돈을 넣어 요란한 리듬의 단조로운 음악이 홀 안에 울려퍼지기도 했다.

베송은 빨간 머리 여인에게 그녀 자신이나 가족에 대해 많은 것을 물어보았다. 그녀는 결혼은 하지 않았지만 네 살 반인 아들이 있다고 말했다. 몇 달 전 그녀는 몹시 아팠다. 그녀는 시를 쓰기도 했다. 도서관 사서가 되기 위해 시험을 치렀고, 지금은 그 결과를 기다리고 있었다. 돈이 좀 있다면 작은 자동차 한 대를, 아마도 피아트 한 대를 사겠다. 아버지는 파리에 살고 장사를 한다, 자기는 친구가 많지 않다, 그리고 이렇게 바에 오는 일은 드물다는 이야기 등을 했다. 베송도 자신에 대해 이야기했다. 몇 달 전에 결혼할 뻔했으나 결국 성사되지 않았고 약혼녀와는 절교했다. 언젠가 그녀에게 편지를 쓰거나 전화를 해서 그가 생각하는 바를 말해줄 것이다. 어느 사립학교에서 역사와 지리를 가르친 적이 있지만 얼마 전에 그만두었다는 것과 앞으로 무엇을 할지 뚜렷한 계획은 없다는 이야기를 했다.

젊은 여인은 매니큐어를 칠한 오른손 손톱을 살펴보면서 그 모든 이야기를 묵묵히 듣고만 있었다. 넷째 손가락에 JS라는 이니셜이 새겨진 굵은 금반지를 끼고 있었다. 아마도 아이 아버지의 이름일 터였다. 자크 살, 아니면 장 세르바일까. 어쩌면 제롬 상기네티일지도 모르지, 베송은 생각했다.

두 사람은 함께 담배를 한 개비씩 더 피워물었다. 그러다가 여인이 일어나 화장실 쪽으로 걸어갔다. 베송은 여인이 몸을 꼿꼿이 하고 홀을 가로지르는 모습을 지켜보았다. 베이지색 저지 드레스 아래로 엉덩이가 율동하듯 흔들렸다. 그녀가 돌아오기 전에 배송은 두 사람이 마신 것을 계산했다. 두 사람은 바를 나와 가랑비를 맞으며 나란히 걸었다. 이윽고 여인이 배송에게 몸을 돌려 작별 인사를 했다. 배송이 어색하게 말을 꺼냈다.

"전 오늘 별일 없는데…… 함께 더 있을 수 없을까요?"

그녀는 머뭇거렸다.

"탁아소에 가서 아이를 데려와야 해서요……"

"그래도 괜찮습니다." 배송이 말했다. "아이를 제게 소개해주세요."

그들은 거리를 따라 다시 걷기 시작했다. 나란히 걸으며 여러 상점 앞을 지나갔다. 그들은 쌍쌍의 남녀들을 헤치며 나아갔다. 한순간 우중충한 하늘에서 빗방울이 얼굴로 떨어지더니, 흘러내리지도 않고 피부 속으로 스며들었다. 빗방울들은 그들의 머리카락과 이마, 코를 두들겨댔고, 때로는 입술 안으로 들어오기도 했다. 일종의 바람과 공기 그리고 향기 같은, 부드럽고 차가운 비였다. 차도에는 자동차들이 흙탕물을 튀기며 빠르게 지나가고 있었다. 순간 배송은 마치 배를 탄 듯한, 혹은 해변을 따라 걷는 듯한 기분이 들었다. 빗물의 침식작용은 조용하고 끈질기게 계속되었다. 모든 것이 미끄러지고 있었다. 불빛 또한 축축하게 젖어 있었고, 물기가 밴 작은 공 같은 알전구 속에서는 전기가 불을 밝히고 있었다. 파란색 레인코트로 몸을 감싼 빨간 머리 여인

은 베송의 옆에서 다리와 엉덩이를 움직이며 걷고 있었다. 그녀
는 손끝에 가죽 핸드백을 흔들거리며 마치 몸속에 모터를 감춘
사람처럼 앞으로 나아갔다. 얼굴을 도로가 뻗어 있는 방향으로
똑바로 향하고, 눈꺼풀과 속눈썹으로 반쯤 가려진 두 눈을 재빠
르게 움직이면서, 숨쉬기 위해 입을 벌리고, 규칙적으로 가슴을
팽창시키면서. 움직임은 아래쪽에서 더욱 뚜렷하게 나타났다.
양어깨는 팔의 움직임을 따랐고, 척추는 그 움직임에 맞춰 흔들
렸다. 몸통은 이따금 앞으로 기울기도 했고, 왼쪽 오른쪽으로 갑
자기 뒤틀리기도 했다. 이 모든 것은 소리를 내지 않고 열심히
작동중인 힘 좋은 기계를 연상시켰다. 세상에 태어난 이래 사람
들은 이 육체에 생의 몸짓과 리듬을 가르쳐주었다. 어설프게 움
직이는 팔, 미친 듯이 걷는 다리, 묵직한 엉덩이, 사람들은 그것
들 안에 신비하고도 음험한 어떤 실체를 집어넣었고, 이제 그 실
체는 저 육체의 움직임을 지휘하고 있었다. 살과 뼈가 뒤섞인 덩
어리로 한 여인을 빚어낸 것이었다.

베송은 아무 말 없이 그녀 옆에서 나란히 걸었다. 그러나 그는
자신이 커다란 여객선이 물줄기를 가르며 길게 그어놓은 물살
안에 들어와 있음을 느끼고 있었다. 군중을 가르며 인도 한가운
데 안전한 길을 트는 사람은 그녀였다. 어쩌면 그녀도 속으로는
이미 알고 있었을 것이다. 그것은 그녀의 온몸에, 그녀의 노출된

피부 구석구석, 그녀의 손톱 위에 있는 흰 초승달 모양에 명백하게 드러나 있었다. 그녀는 삶과 죽음의 경계였다. 그녀는 자신의 뱃머리 위에 인류라는 종족의 표지를 뚜렷이 드러내고 있었다. 열심히 움직이고 있는 양어깨 위에 마치 가면처럼 붙어 있는 무표정한 얼굴은 그녀 앞에 인간의 길 하나가 열려 있음을 말해주고 있었다. 도시의 신원미상자에게, 모호하지만 적의를 품은 신원미상자에게 그것을 알려주고 있었다. 어떤 증오나 두려움도 없이 자신의 정당한 권리를 떳떳이 밝히며, 타인들 가운데 자신의 자리를 요구하고 있었다. 사람들은 곧 그 사실을 이해했다. 여인이 발걸음을 내디뎌 앞으로 나아가면, 그들은 양쪽으로 갈라져 길을 열었다. 벽에 난 작은 문이 자신들과 동류인 그 물방울 하나가 살짝 미끄러져 들어올 수 있도록 슬그머니 열렸다. 빨간 머리 여인의 옆에 피신처를 얻은 프랑수아 베송은 이제 겁내지 않고 걸었다. 사람들의 시선은 그를 향하고 있었지만, 더이상 그를 꿰뚫고 들어올 수 없을 것이다. 그가 가로지르고 있는 인간들의 영역은 이제 그 자신의 영역이기도 했다. 그는 집에 들어가 잠을 청하고, 마침내 쉴 수 있을 것이다. 카페에 들어가 느긋하게 술을 마실 수도 있고, 호텔 객실에 묵을 수도 있고, 공원에 혼자 앉아 있거나 가게 진열창을 구경할 수도 있었다. 혼자가 아니라는 것은 참 좋은 일이었다.

탁아소 문 앞에 이르렀을 때, 베송은 여인이 혼자 들어가도록 내버려두었다. 베송은 그녀가 곁에 있다는 것이 너무 만족스러운 나머지, 길가에 꼼짝 않고 가만히 서 있을 수 있었다. 그는 지나가는 사람들을 바라보며 담배를 피우기 시작했다.

몇 분 후, 빨간 머리 여인은 똑같이 빨간 머리를 한 작은 아이를 데리고 나왔다. 소년은 베송을 보자 얼굴을 찌푸렸다. 마르트는 어린아이를 앞으로 밀면서 말했다.

"아이가 수줍음을 좀 타는 편이에요. 아저씨께 인사드려, 뤼카."

베송은 정중하게 몸을 굽히고 아이의 손을 잡았다. 아이의 손은 오글쪼글하고 차가운 것이, 꼭 원숭이의 손 같았다.

그런 후 세 사람은 왔던 길을 되돌아갔다. 마르트는 뤼카의 손을 잡고 걸었고, 베송은 그들 옆에서 나란히 걸었다. 그들은 서두르지 않고 거리를 계속 지나갔다. 여자는 한 번은 아이에게, 한 번은 베송에게 번갈아가며 말을 걸었다. 얼마쯤 걸었을까, 뤼카가 초콜릿 아이스크림을 먹고 싶다고 해서 베송은 모두를 위해 아이스크림 세 개를 샀다. 그들은 아이스크림을 핥아먹으며 농담을 하면서 계속 걸었다. 모든 것이 평화롭고 아늑했다. 며칠 동안, 아니 몇 주 동안이고 계속해서 그럴 수 있을 것만 같았다. 서늘한 바람을 얼굴에 맞으며 바다가 보이는 더운 해변을 따라 걷거나, 아무 잡념 없이 사격장과 회전목마를 바라보며 캐러멜

시럽을 뿌린 뜨거운 사과파이나 송진 같은 아몬드 과자의 냄새를 맡으며 놀이공원을 산책하는 기분이었다. 좀더 가다가 그들은 한 무리의 아이들을 지나쳤다. 뤼카는 멈춰서서 아이들을 바라보았다. 베송의 귀에 아이들의 이야기가 들려왔다. 아이들은 그 지방에 인도사람들이 사는지 안 사는지를 두고 다투고 있었다. 또 얼마쯤 걸어가는데, 이번에는 마르트가 벨트를 하나 사야겠다고 말했다. 그녀는 아이를 베송에게 맡기고 상점 안으로 들어갔다.

"금방 나올게요."

잠시 후, 베송도 아이와 함께 상점 안으로 들어갔다. 그녀는 신축성이 있는 여러 종류의 벨트를 이것저것 착용해보고 있었다. 그는 담뱃불을 붙이기 위해 아이의 손을 놓았다. 담배를 피워물자, 아이의 손이 아주 자연스럽게 그의 손 안으로 되돌아왔다. 베송은 아이를 내려다보며 물었다.

"너 이름이 뭐지?"

"뤼카." 어린애가 대답했다.

"나이는 몇 살?"

"네 살 반."

"어디서 사니?"

"……"

"대답해봐. 어디서 살지?"

"몰라요."

"뭐, 너희 집이 어디 있는지 모른단 말야?"

"저기……"

"저기가 어디지?"

그러나 아이는 시선을 다른 곳으로 돌렸고 그것으로 대화는 끝났다.

여자가 벨트를 산 후 그들은 다시 인도를 따라 걷기 시작했다. 그러나 이번에는 아이가 베송의 손을 잡았다.

얼마 후 아홉시나 열시쯤 저녁식사가 끝나자 뤼카는 자기 방으로 자러 갔다. 베송과 마르트는 주방에 남아 얘기를 나누었다. 그들이 한 이야기는 대강 다음과 같다.

"아이가 당신을 닮았군요." 베송이 말했다.

"뤼카요? 네, 머리카락은. 하지만 다른 건 전부 제 아버지와 똑같아요."

"아버지가 어디 있는지 묻지는 않나요?"

"아버지요?"

"네."

"아뇨, 죽었다고 말해줬어요. 그러니 아버지에 대해선 아무것도 묻지 않죠."

"뭘 하는 분인가요?"

"그 사람이요? 변호사예요. 이곳에서 변호사로 제법 알려져 있죠."

그녀는 왼손 엄지와 검지로 잡고 있던 담배를 눌러 불을 껐다.

"그 사람에 대한 미련은 없어요. 뤼카를 위해서라도."

"왜요?"

"아, 네…… 그 사람은 아주 매력적인 사람이에요. 여자들 마음에 들 만한 건 모두 갖추고 있으니까요. 하지만 상대 못 할 작자죠. 그런데도 난 그 사람하고 관계를 끊을 용기가 없었어요. 다행이에요. 그 사람이 나를 버렸으니까."

"그분은…… 그분은 당신이 임신한 걸 알고 나서 그런 겁니까?"

그녀는 머리를 가로저었다.

"아뇨. 일 년 전 일인데…… 그 사람이 닥치는 대로 아무 여자하고 놀아났어요. 나와 뤼카를 방 안에 처박아두고서요. 매일 저녁 날 찾아왔지만 낮 동안은 볼 수가 없었죠. 그래도 뤼카를 무척 사랑해줬어요. 애하고 함께 놀기도 하고, 장난감도 많이 사다 줬어요. 하지만 그렇다고 해서 그 사람이…… 그 사람이 진짜 속물이 아니란 말은 아니에요. 돈, 그에겐 보이는 게 돈밖에 없어요…… 돈! 그저 돈을 벌고 또 벌고는 번 돈을 몽땅 써버리죠.

사람들한테 과시하려고요. 그는 사람들이 자신을 떠받드는 걸 무척 좋아했어요. 하지만 난 그 사람 입맛에 맞게 굽신대지 않았어요. 비위를 맞추지 않은 거죠. 내 생각엔 그게 아마 그이가 저한테서 가장 참지 못한 점이었을 거예요."

"왜 두 분은 결혼하지 않았죠?"

그녀는 어깨를 으쓱했다.

"그분이 원하지 않았나요?"

"아뇨, 처음에는 그이도 무척 결혼하고 싶어했어요. 하지만 나는 별 관심이 없었죠. 그인 애 때문에 결혼하자고 했던 거예요. 말썽이 일어나는 게 싫었던 거죠. 또 어린애를 자기 것으로 만들고 싶기도 해서요. 알겠어요? 자기 아들이니까 원하는 대로 키우고 싶다는 거였다고요. 그러다가 나중에는 결혼하지 않고 사는 게 아무렇지도 않게 익숙해져버렸죠. 아마 결혼을 했더라도 난 별로 달라진 게 없었을 거예요."

"결국 그 사람, 질투심이 많은 친구였군요." 베송이 말했다.

"네, 아마도…… 어쨌든 그 사람에 대해 미련은 없어요."

"정말로요?"

그녀는 대답하지 않았다. 베송은 초록색 방수포로 된 식탁보 위에서 티스푼으로 장난을 쳤다.

"그이가 해준 것들은 하나같이 자기 아들만을 위한 거였어요."

마르트가 말했다. "날 위해선 손가락 하나 까딱하지 않을 거예요. 하지만 자기 아들한테는…… 더구나…… 이건 말하기 좀 그렇지만…… 어쨌든 지금 그애가 날 먹여살리고 있는 셈이에요. 헤어진 후 그 사람이 매달 우편환을 보내오거든요. 자기 아들의 양육비로 말이에요. 우습죠?"

"그래도 그쪽에서 잘해주는군요……"

"잘해준다고요?" 그녀가 냉소를 터뜨렸다. "그 사람이 왜 그런다고 생각하세요? 겁이 나서 그러는 거예요. 아시겠어요? 험담이 두려운 거라고요. 그는…… 그는 아주 존경받을 만한 사람이니까요. 사람들의 비난이 겁나는 거죠. 아들에 대해서는 자기한테 책임이 있다고 생각하는 거예요. 나는 아내와…… 정부와 헤어졌다. 그건 좋다! 그렇지만 내 아들은 계속 내가 키운다. 그래야 훌륭한 아버지니까. 뭐 이런 식으로요. 물론 그 사람이 이기심으로만 그러는 건 아니겠죠. 그건 그 사람 천성이에요. 그런 사람이죠. 한마디로, 존경받을 만한 사람이죠. 책임을 지는 사람 말예요. 정말 우스운 얘기지만. 어쨌든 상관없어요, 난 돈이 필요하니까."

"그렇지만 거절해야 했어요."

"네, 나도 알아요. 그 사람이 보내온 우편환을 돌려보냈어야 했죠. 처음에는 그랬어요. 하지만 직장을 구할 수가 없었어요.

막상 일자리가 아쉬울 때는 구하기 힘든 법이죠. 그런데 그 사람은 그다음 달에도 돈을 부쳐왔어요. 사실 그의 돈을 쓰는 게 뭐 그렇게 대수로운 일인가요? 아무리 그래도 내 마음을 살 수는 없을 텐데요."

"그렇게 함으로써 그분이 스스로를 양심적이고 떳떳한 사람이라고 생각하도록 해준 셈이잖아요."

"그렇다면 그에게는 잘된 일이군요. 아무튼 그 사람은 언제나 자신이 양심적이고 존경받을 만한 인물이라고 생각하니까 아무래도 상관없어요. 그리고 나도 무슨 소설 속 여주인공은 아니니까요."

베송은 오랫동안 아무 말도 하지 않았다. 손을 식탁보 위에 얹고 구부정하니 굽은 등을 철제 의자에 기댄 채, 그는 식탁 왼쪽에 놓인 빈 접시들과 아직도 물이 가득 담긴 유리잔을 바라보았다. 전등 불빛이 그것들을 힘차게 때리고 있었다. 물건들이 내뿜는 광채가 그의 눈 속을 뚫고 들어가 그의 영혼, 아니 육체 가장 깊은 곳까지 침투했다. 피로감이, 무기력이 조금씩 그를 사로잡았다. 식사가 끝난 이곳으로부터, 환한 벽에 둘러싸인 주방과 차갑게 반짝이는 더러운 접시들로부터 자신이 멀리 떨어져 있는 것처럼 느껴졌다. 그러나 그와 마주 앉아 있는 빨간 머리 여인은 아주 가까운 곳에 있었다. 그녀를 자기 두 손아귀 안에 잡고 있

는 것처럼, 마치 무슨 물건인 양 난폭하게 움켜쥐고 있는 것처럼
느껴졌다.

그가 다시 입을 열었다.

"아버님에 대해 이야기 좀 해주세요. 어떤 분이며 무슨 일을
하시는지."

그녀는 미소를 지었다.

"여느 분들과 다름없어요."

"아버님 성함이 어떻게 되시죠?"

"루이요."

"연세는 어떻게 되시는데요?"

"글쎄, 잘 모르겠네요…… 아마 예순이 조금 넘었을 거예요.
예순둘인가."

"어떻게 생기셨어요? 생김새를 좀 얘기해봐요."

그러자 그녀는 크게 웃음을 터뜨렸다.

"어떻게 생겼냐고요? 글쎄…… 키가 크고…… 머리는 회색
이고, 눈동자는 아주 창백하고, 뭐 그렇죠. 하지만 눈동자가 창
백한 건 늙어서 그래요. 아버지를 뵐 때마다 난 그 눈 색깔에
놀라요. 투명한 청회색인데, 어쩔 땐 초록색으로 보이기도 하거
든요. 그리고 양 뺨에 주름이 있어요. 두 눈썹 사이에도 수직으
로 내려온 주름이 하나 있고요. 코는 조금 큰 편이지만 난 아주

잘생긴 코라고 생각해요. 연세에 비해 꽤 근사한 편이라고 할 수 있지요……"

"성격은 어떻죠?"

"고약하다고 말하는 사람들도 있어요. 성을 잘 내는 분이라고요. 하지만 나한테는 언제나 친절하게 대해주세요. 내가 원하는 건 뭐든지 하도록 해주셨으니까."

"그렇다면 왜 아버님 댁에서 살지 않나요?"

"글쎄요. 그건 나도 잘 모르겠군요. 예전에는 그 사람…… 그 사람 때문에 나와 있었지만, 이젠 여기서 이렇게 사는 게 익숙해졌다고 할까요. 하지만 아마 언젠간 다시 아버지한테로 돌아가겠죠. 잘 모르겠어요."

그녀는 그를 호기심에 찬 눈빛으로 바라보았다.

"티스 씨는? 티스 씨 아버님에 대해서도 얘기를 들어봐야죠……"

"아주 합리적인 분이세요." 베송은 간단하게 말했다. "엄한 편이라고 할 수 있죠. 하지만 난 아버지를 아주 좋아해요. 아버지에게는 괴벽이 있어요. 뭐랄까……"

"어머님께서는요?"

베송은 머뭇거렸다.

"어머니요? 어머닌 그냥 어머니죠. 그게 전부예요."

"어머니를 싫어하시나보군요."

"난 어머니를 미치도록 사랑합니다. 그리고 미워하고, 경멸하고, 믿어요. 그저…… 그저 우리 어머니죠."

"티스 씨는 부모님 댁에 있다고 했는데, 그러면……"

"네, 그래요. 하지만 임시로 그렇게 있는 거죠. 새 직장을 구하면 곧 시내에 방을 하나 얻을 계획입니다. 당신이 내게 머무를 방과 잠자리를 주지 않는다면 말이죠."

그녀는 그를 진지하게 바라보았다.

"안 될 이유는 없죠." 그녀가 말했다.

그러고서 여인은 손톱으로 식탁보 위에 기계적으로 금을 긋기 시작했다. 베송은 그녀가 금을 여러 개 나란히 긋고, 그 사이를 X자로 채우는 것을 바라보았다.

"그렇게 하면 그이에 대한 경고가 될 수도 있겠죠." 그녀는 덧붙여 말했다.

"그러면 우편환도 보내주지 않을 텐데요." 베송이 말했다.

"꼭 그럴 거라고는 할 수 없어요. 어쩌면 그 사람은 그런 상황에 자부심을 느낄지도 몰라요. 그것 보라는 식이겠죠. 저따위 여자라니! 그러나 내 아들은 언제까지고 내 아들이야, 하고 싶은 대로 하라지, 그래도 변한 건 없어 하고 말예요."

"어쨌든 한시도 그분 생각을 하지 않는 법이 없군요."

그녀는 다시 한번 진지한 시선으로 그를 바라보았다. 그 시선에는 비극적이라 할 만한 무언가가 깃들어 있었다.

"그건 사실이에요. 이제 다른 얘기 해요."

그들은 초록색 방수포가 덮인 식탁을 사이에 두고 이야기를 계속했다. 그러다 가끔씩 대화가 멈추기도 했다. 언제쯤이었을까, 그녀가 자리에서 일어나 욕실로 갔다. 배수구에서 물 빠지는 소리가 무겁게 들려왔다. 다시 돌아온 그녀는 다시 커피를 끓였다. 배송은 그녀의 움직임을 가만히 바라보았다. 적갈색 머리칼은 흐트러져 있었다. 눈자위는 거무스레했고, 눈동자는 무엇에 쫓기듯 기이한 광채를 발하고 있었다. 그녀의 섬세한 손은 신경질적으로 움직였고, 그 위로 JS 이니셜이 새겨진 반지가 노란빛으로 반짝였다. 어디서 오는지 알 수 없는, 아마도 천장 한가운데서 탁탁 소리를 내며 불을 밝히고 있는 형광등에서 오는 듯한, 강렬하게 떨리는 빛의 후광이 그녀의 몸 위로 떨어지고 있었다. 빛은 그녀 육체의 미세한 세포까지 스며들어 머리카락과 손톱, 얼굴의 윤곽과 손가락의 움직임에 전류를 불어넣었다. 피부 같은 베이지색 모직 원피스의 보풀로부터 단단한 불빛이 솟구쳤다. 그녀의 모든 것이 건조했다. 따뜻하지도 차갑지도 않고, 단지 전류가 흐르고 있을 뿐이었다. 간신히, 마치 꿈을 꾸고 있는 것처럼 간신히 배송은 그녀의 음성을 들을 수 있었다. 이제 그 음성은 사납고 목쉰 소리로 변해 있었다. 의자에서 몸을 일으키지도 않고 베송은 노란 반지가 반짝이는 손을 자기 쪽으로 끌어당겼다. 그러자 마치 손수레가 끌려오듯 여인의 나머지 부분이 살며시 따라왔다. 그녀의 육체는 잠시 아무 움직임 없이 균형을 유지하고 있었다. 그러다 그들은 천천히 리놀륨 바닥으로 함께 미끄러졌다. 주방 바닥에 쏟아진 강렬한 불빛이 마치 웅덩이에 비친 하늘처럼 반사되고 있었다. 심연으로 빠져들기 전에 베송은 소근대는 목소리를 들었다. 그것은 자신의 귓가에서 말하고 있는 것 같기도 하고, 아주 멀리서 들려오는 것 같기도 했다.

"안 돼요…… 안 돼요…… 이러면……"

"내 이름은 폴 티스가 아닙니다." 베송이 말했다. "프랑수아…… 베송이에요."

그러나 이미 늦었다. 그녀는 아무것도 듣고 있지 않았다. 팽창하는 상형문자들, 모두 같은 것을 의미하는 상형문자들로 이루어진 거대한 장미 무늬 바닥 한가운데서 베송은 홀로 동작을 시작했다.

그사이 도시 위에 밤이 자리잡았다. 암흑이 불룩 솟아오른 집들과 깊숙이 팬 거리들을 뒤덮었다. 침묵에 휩싸인 폐허는 똑바로 하늘을 향하고 있었다. 하늘에는 구름이 흘러가고 있었지만 보이지는 않았다. 바다는 반들반들하게 윤을 낸 거대한 강철 공처럼 단단해져서 도저히 뚫고 들어갈 수 없어 보였다. 대지는 이제 더이상 바닷가를 따라 물속으로 천천히 미끄러져 들어갈 수 없었다. 빛을 내뿜는 가로등 주위로 몰려든 모기와 부나비 떼가 윙윙댔다. 아주 먼 곳에서 온 등대 불빛이 지붕 위의 어둠과, 비의 장막에 구멍을 뚫었다. 밤은 어둠으로 충만했고, 연기 냄새와 숨죽인 불빛들로 넘쳐났다. 아무것도 밤의 장벽을 파괴할 수 없었다. 때때로 무엇인가가 지나갔다. 자동차 한 대가 천천히 거리를 가로지르거나, 박쥐 한 마리가 벌레 떼를 쫓으며 날개를 퍼덕였다. 그러나 그것도 오래 지속되지 못했다. 눈먼 무거운 덩어리 하나가 잼이나 당밀이 흘러내리듯 움직이며 작은 점들을 뒤덮어 곧 지워버렸다. 함정에 빠진 것이었다. 거기서 빠져나오기 위해 안간힘을 써봐도 아무 소용이 없었다. 현기증 나는 얼어붙은 심연이 지구의 절반을 둘러싸 그것을 자신의 무한한 부동성의 포로로 만들었다. 아무런 물체도 보이지 않는다. 빛도 없다. 반짝이는 열기도 없다. 사막처럼 건조하고, 수정처럼 단단하고, 캄캄해서 차라리 투명해 보이는 어둠, 공허, 공허, 다이아몬드 같은 어둠만이 지배하고 있었다.

곰팡이 핀 표지판과 축축하고 따뜻한 작은 공들이 여기저기 놓여 있은들 무슨 상관이 있으랴? 그것들은 오래가지 못할 것이다. 끊임없이 빨아들이고 마셔대는 거대한 어둠의 입이 그것들을 재빨리 삼키고 말 것이다. 때때로 가느다란 섬광이 어두운 밤 속에서 솟아났지만 빠르게, 너무도 빠르게 공간을 떠돌아 마치 환각을 보는 듯했다. 중요한 것은, 그러니까 진실은 이 영원한 밤, 이 침묵, 모든 것을 삼켜버리는 이 한없이 불가해한 것이었다. 어둠. 어둠. 보이지 않는 물결이 영원의 한쪽 기슭에서 다른 쪽 기슭으로 밀려오고 밀려가는 무한한 암흑의 대양, 파도가 넘실거리고, 움직이는 모든 사물들을 그 주름들로 뒤덮고 모든 것을 휩쓸어가버리는, 어둡고 거대한 천 같은 대양. 이름조차 붙일 수 없는 밀물, 결코 그 정체를 알 수 없는 거인의 숨결. 만물이 눈 깜짝할 순간에 그것에 사로잡혀 먹혀버렸다. 그 정도로 그것은 살아 있는 먹이를 갈구하고 있었다. 물과 불, 바위, 창백하거나 붉은 별, 빛과 열기로 폭격을 가하는 태양, 느린 폭발과 흘러내리는 용암, 그것은 이 모든 것을 조금도 포만감을 느끼는 법 없이 게걸스레 먹어치웠다. 시간, 거대한 마모의 과정인 시간은 부드럽게 녹아버리는 소금 알갱이 같은 일 초 일 초, 꿀 같은 한 해年 한 해, 마법처럼 황산에 부식된 기름진 세기世紀들로 이루어져 있었다. 이제 이곳은 아무것도 남지 않았고, 평화롭지도 않았다. 식사는 쉬지 않고 계속됐고 소화작용은 여전히 끝나지 않았다. 그리고 이 어둠 속에서는 이제 아무것도 헤아릴 수가 없었

다. 대륙들은 먼지에 불과했고, 성운들 역시 또다른 먼지에 불과
했다. 낮은 곳과 높은 곳이 뒤섞여 분간할 수 없어졌고, 원 모양
이나 각진 모양, 평행선과 나선, 색깔, 거리, 무게들도 잘 들여다
보면 전부 똑같이 생긴 점에 지나지 않았다. 예전에는 그토록 단
단했던 콘크리트나 대리석 역시 무게를 이기지 못하고 몸을 벌
려 모래 같은 것들이 내부로 흘러들어오게끔 내버려두고 있었
다. 모든 것이 길들여져 똑같아졌다. 어쩌면 세상이란 글이 씌어
진 종이 한 장에 지나지 않는 것인지도 몰랐다.

　밤의 어둠, 텅 빈 하늘 가장 깊은 곳에서 떨어진 어둠이 땅 위
로 내려앉았다. 어둠은 물질의 가장 본질적인 지배 형태, 즉 냉
혹한 부재이자 죽음의 영도자이기도 한 잠의 모습으로 존재하고
있었다. 그 어둠의 제국에서 날日들과 달月들은 그림자 속에서
침묵한 채 한없이 길게 늘어났다. 이제는 생명의 미세한 움직임
들을 뒤덮는 하나의 깊고깊은 영원만이 남아 있을 뿐이었다. 영
원의 그 단조로운 진동은 사방으로 퍼져나가 살해된 빛처럼 화
려하고 알록달록한 꽃잎들을 펼쳐 보이다가, 마침내 어둠의 얼
굴을 드러냈다.

　도시 위 어디나 밤이 달라붙어 있었다. 거리에서 차가운 바람
이 일정 간격으로 불어와 닫힌 덧창들을 따라 미끄러졌다. 건물
아래쪽에 뚫린 흰색과 붉은색의 빛 구멍들이 다음과 같이 빛나

고 있었다.

카페 영화관 바 피자 모텔

비둘기들은 머리를 왼쪽 날개에 파묻은 채 처마 밑 한구석에서 자고 있었다. 도시 한복판에는 자갈과 가시덤불로 뒤덮인 강이 흐르고 있었다. 강의 지류에도 밤은 흘러들었고, 이제 그것은 지구 중심부까지 이어진 석탄층의 균열처럼 보일 뿐이었다. 물소리가 안개와 함께 올라왔다. 암흑과 공포의 소리였다. 바다와 근접한 강 위에 다리 하나가 놓여 있었다. 다리를 떠받치고 있는 세 개의 아치는 꿈쩍도 않았다. 축축한 차도 위의 자동차들은 흐릿한 붉은 별 두 개를 뒤로 길게 늘어뜨리며 달렸다. 저 멀리 북쪽의 산꼭대기들은 커다란 구멍 같은 하늘과 섞여 형체를 식별할 수 없었고, 들판이나 대로의 나무들은 선 채로 잠을 자고 있었다.

잠들어 있는 것은 나무들만이 아니었다. 남자들과 여자들도 참호 안 평평한 침대에 누워 자고 있었다. 헤아릴 수 없이 많은, 수백만 명에 이르는 사람들이 차가운 몸을 바닥에 누인 채 눈을 감고 낮은 숨소리로 자고 있었으리라. 예컨대 자크 바르고즈라는 이가. 아니면 소피 뮈르노. 노엘 오디케. 오트 뱅 아마르. 그들은 아무것도 모른 채 그들 가까이 내려온 무한을 조용히 호흡하고 영원의 평온을 음미하며 평화의 비탈을 위험하게 미끄러져 내려갈 것이다. 다음 날 열에 들뜬 하루가 다시 밝아와도 그들 중 몇몇은 밤의 포로가 되어 잠에서 깨어나지 못할 것이다. 아이들은 이불을 몸에 둘둘 말고 괴물이 나오는 꿈을 꾸고 있었다. 그들 중 하나가 아무 이유도 없이 갑자기 잠에서 깨어나 두 눈을 크게 뜨고 헛되이 검은 장막에서 벗어나려고 혼자 울부짖기 시작할 것이다. 허공 한가운데에 자신의 생명이라는 붉은 점을 뚫기 위해서, 창조하기 위해서, 텅 빈 표지판에 대항해 일어서기 위해서, 꼼짝도 하지 않는 거대한 벽 위에 자신을 해방시켜줄 말, '나는 살아 있다 나는 살아 있다 나는 살아 있다'라는 말을 끌로 새겨넣기 위해서.

7장

프랑수아 베송, 일출을 바라보다 ― 채소 시장 ― 베송, 강물을 바라보다 ― 담배 꽁초를 문 남자와의 짧은 대화 ― 베송, 짐을 꾸리다 ― 텍사스 잭의 모험, 제26 회 : 인디언 크로테일과의 결투

일곱째 날, 이제 비는 완전히 그쳐 있었다. 베송은 밤새 자지 못했다. 아침 일찍 동이 트기도 전에 그는 젊은 여자와 사내아이 가 자고 있는 방을 나섰다. 트럭 운전사들이 드나드는 카페에서 베송은 추위를 이기기 위해 뜨거운 에스프레소 한 잔을 마셨다. 바의 한구석, 화장실 문 옆에 얼굴이 자글자글한 술 취한 늙은이 가 앉아 있었다. 카운터에서는 거지 행색을 한 여자를 비롯해 서 너 명의 사람들이 말하고 소리 지르고 폭소를 터뜨리거나 노래 를 부르고 있었다. 갑자기 육중한 체구의 중년 사내가 턱수염을 기른 젊은 남자와 다투기 시작했다. 한참 욕설이 오가더니 나이 든 사내가 있는 힘을 다해 젊은 남자의 머리를 후려쳤고, 젊은이 는 두 팔로 얼굴을 가리며 뒤로 물러났다. 한바탕 난리판이 벌어

지자 젊은 사내는 그때를 틈타 카페를 떠나버렸다. 베송이 얼마간 더 머물러 있는 동안 카페 안은 평온을 되찾았다. 잠시 후 그는 거기에서 나와 바다가 정면으로 마주 보이는 벤치에 앉았다.

바로 거기서 베송은 산처럼 버티고 선 구름 뒤에서 서서히 솟아오르는 태양을 보았다. 처음 한 시간 동안은 무성한 어둠이 점차 옅어졌다. 그러다 사물들이 하나씩 희미하고 모호한 윤곽을 드러내며 작은 구멍 같던 거대한 수직의 평면을 가득 채워갔다. 수평선이 동쪽에서 모습을 드러내면서 해안선과 바다의 수면이 점차 눈에 들어왔다. 먼바다에서 파도의 하얀 물마루가 여기저기 반짝였다. 먹물 같은 바다 색이 햇빛으로 점차 묽어지자, 바다는 주름지고 단단하고 더러운 그 모습을 드러냈다. 가로등의 노란 불빛과 등대의 붉은빛이 점점 희미해졌다. 깊고 짙고 끔찍한 빛의 얼룩들이 웅덩이가 메마르듯 조금씩 오그라들었다. 바다 위로 갑자기 구름 떼가 떠올랐다. 어두운 밤으로부터 빠져나온 그 창백한 구름장들은 코끼리나 물소 떼의 형상을 하고 있었다. 시시각각 구름의 음영은 더욱 뚜렷해졌다. 하늘의 궁륭 한가운데에 목화송이 같은 둥근 덩어리들이 움직이지 않고 매달려있었다. 그리고 그것들의 갈라진 틈 속, 장밋빛과 회색 사이로 아무것도 없는 투명한 허공이 보였다. 서서히, 그렇게 서서히 밤은 서쪽으로 물러갔다. 밤은 끈적이는 타액으로 사로잡았던 물체들을 서서히 놓아주고 있었다. 검은색이 어두운 색으로, 회색으로, 우윳빛으로, 그리고 이윽고 창백한 빛으로 변했다. 보이지 않는 얇은 막이라도 친 듯 그 창백한 빛이 물러가고 흰빛이 미끄러져 들어왔다. 이제 대지는 색깔에 사로잡혀 있지 않고 두 개의 모호하고 핏기 없는, 거의 무의미한 힘 사이를 부유했다. 수평선 반대편, 도시와 산들 위에는 아직 깔때기 모양의 검은 심연이 자리잡고 있었다. 어둠은 그곳으로 서서히 내려앉고 있었다.

얼마 후 시간이 흐르자, 훤히 트인 푸르스름한 풍경 위로 진짜 빛이 드러났다.

빛은 장밋빛 연기처럼 웅장하게 비상했다. 그리고 구름들 위로 올라와 배梨 모양으로 흔들거렸다. 대지 위에서, 바다 위에서 만물이 수천의 작은 진줏빛 크리스털 조각처럼 반짝이기 시작했다. 콘크리트 보도와 난간, 해안가의 자갈과 움푹 파인 파도, 가옥의 유리창과 나무의 높다란 나뭇가지들이 단숨에 환해지면서 장밋빛 사탕 조각처럼 조용히 빛을 발했다.

하늘에서 어둠의 경계가 점점 더 뒤로 물러나면서 모든 것이 더 커지고 깊어지고 넓어지면서 거대하게 펼쳐졌다. 사막 같았다. 장밋빛은 약 십오 분 동안 도처에 퍼져 있었다. 곧 다른 색깔들이 하나씩 하나씩 쇳조각 위에, 바위들 위에, 구름 한가운데에, 풀숲 아래에 서서히 모습을 드러냈다. 반들거리는 갈색, 마

호가니 색, 노란 밀짚 색, 보라색, 보랏빛이 도는 파란색, 검은
색, 쥐색, 베로네제*의 그림에서 나오는 듯한 초록색. 시간이 흐
르면서 서서히 얼룩덜룩한 점들이 나타나더니 밝게 빛나기 시작
했다. 여전히 대부분이 장밋빛이었지만 잘 보면 다른 색깔들도
흔들리고 몸부림치고 마구 뒤섞인 채 요동치고 있음을 알 수 있
었다. 얼마 동안 땅과 하늘과 바다는 거대한 과자가게처럼 보였
다. 곧 태양이 완전히 수평선 위로 올라오자 눈앞의 풍경은 시뻘
건 도살장으로 화했다.

피빛으로 물든 구름 뒤로, 날카로운 쇳소리를 질러대는 후광
의 한가운데로 원반 같은 태양이 솟아올랐다. 베송은 그것을 보
지 않았지만 그 항성의 둥그스름한 형태를 짐작할 수 있었다. 태
양이 쏘는 최초의 직사광선이 곧장 그의 눈 위로 떨어졌다. 태양
의 밝은 빛이 주위의 지표면 위로 힘차게 퍼져나가자 그때까지
어둠의 은신처 속에 몸을 묻고 있던 사물들이 모조리 쏟아져나
왔다. 보도에 떨어진 성냥개비 조각과 페인트가 벗겨진 쇠 난간,
옷의 주름과 손가락에 난 털, 관목들의 가지와 낙엽의 잎맥들.
수증기의 장막 뒤에 아무리 몸을 숨기려 해봐도 커다랗고 무시
무시한 태양은 바로 거기서 찬연한 빛의 영역 한가운데를 홀로

* 파올로 베로네제. 16세기 이탈리아 베네치아 파의 화가. 〈카나의 혼례〉 〈레비
가의 향연〉 등이 유명하다.

헤엄치고 있었다. 어둠은 완전히 사라졌다. 이따금 바람이 불기도 했지만, 태양의 열기는 도처에 스며들고, 대지에 퍼지고, 사물들 안으로 들어오고 있었다.

베송은 두 눈을 크게 뜨고 태양이 세력을 떨치고 있는 곳을 바라보았다. 그것은 하나의 심연이었다. 하늘 속에 움푹 파인, 침묵에 찬 거대한 소용돌이. 모든 것이, 완전히 모든 것이 그 속으로 뛰어들고 있었다. 심지어 정신마저, 사고의 행렬들마저 저항할 수 없을 정도로 빛을 내뿜는 중심으로 빨려들어갔다. 거기에 대항해 싸울 수가 없었다. 순식간에, 미처 경계할 겨를도 없이 노예가 되는 것이다. 우리가 대지의 엘리베이터를 타고 아무 소리도 듣지 못한 채 무기력하게 내려가는 동안, 진홍빛 구름 장막 뒤의 무색無色 공은 천공의 정점을 향해 장엄하게 올라갔다.

태양이 수평선에서 몸을 떼자 거대한 붉은 얼룩들은 서서히 사라졌고, 단순한 한낮의 햇빛이 그 자리를 차지했다. 이제 파란색이 대부분을 차지했고 주황색과 노란색은 옅어졌으며, 번쩍이는 반사광도 하나씩 사그라들었다. 이제 색들은 움직이지 않았다. 가끔씩 자주색과 보라색 웅덩이 같은 빛들이 짧게 나타났다가 바다를 향해 흩어지거나, 갈라지는 구름 틈 사이로 거대한 원뿔 모양의 노란 햇빛이 뚫고 나왔다. 산맥 위에 걸치듯 자리잡은 노란 원뿔 모양의 햇빛은 무지개 속으로, 빗줄기가 그리는 비스

듬한 줄무늬의 거품 속으로 솟구치기도 했다.

이미 많은 사람들이 배송 뒤에 있는 인도 위를 걷고 있었다. 도시가 잠에서 깨어난 것이었다. 사람들의 발소리가 요란하게 울리더니 이내 멀어졌다. 자동차 엔진들이 가볍게 붕붕거렸고, 갈매기들이 끼룩거리며 멀리 날아올랐다.

가로등이 갑자기 꺼졌다. 그러나 주위 풍경은 조금도 달라지지 않았다. 푸른 별 같은 가로등들이 한 줄씩 공중에서 사라져 도시 전체가 어슴푸레해지는가 싶었지만, 그러기엔 이미 날이 훤히 밝아 있었다.

배송은 담배를 피워물고 시내를 향해 발걸음을 옮겼다. 그는 서두르지 않고 시내 중심가를 향해 올라갔다. 어느 상점 모퉁이에 커피 자판기가 있었다. 배송은 동전을 구멍에 넣고 버튼을 눌러 작은 종이컵에 담긴 뜨거운 커피를 꺼내 몇 모금 마셨다.

좀더 멀리, 천막을 친 커다란 광장이 나타났다. 장이 선 것이었다. 한쪽 통로로 접어든 배송은 인파를 따라 걷기 시작했다. 양편의 매대 위에 상자에 담긴 채소와 과일들이 진열되어 있었고, 기름기가 흐르는 머리를 스카프로 감싼 뚱뚱한 여인네들이 물건을 사라고 소리쳐대고 있었다. 이른 새벽이었지만 매우 북적거렸다. 사람들은 서로 밀쳐대며 몰려들었고, 쉴새없이 소리쳐 묻고 대답했다. 상인들의 외침이 사방에서 울려퍼졌고 동전이 양철통 속에 짤랑거리며 떨어졌다. 소매를 걷어붙인 튼튼하고 살진 팔들이 상자 속으로 들어가 초록 콩깍지와 감자, 꽃상추, 토마토, 피망들을 휘저었다. 오렌지들은 구긴 종이로 만든 작은 받침 위에 놓인 채 사람들의 손길을 기다렸고, 사과들은 서로 부딪치며 굴러다녔는데 어떤 것들은 푸른 살갗 위에 보기 흉한 상처가 나서 썩어가고 있었다. 여기저기서 부식토와 나뭇잎, 과일 냄새가 뒤섞인 미지근하고 역한 냄새가 풍겨왔다. 과일과 채소에서 나는 모든 냄새는 땅 위 1미터 50센티미터 높이에서 뒤섞여 주위로 퍼지고 있었다. 혼잡스러운 움직임과 소란 속에서 베송은 로봇처럼 앞으로 똑바로 나아갔다. 산더미 같은 진열대 뒤에서 살집 좋은 여자들이 여러 차례 닭 울음소리 같은 목소리로 그를 소리쳐 불렀다.

"맛있는 감자, 맛있는 감자가 있어요. 얼른 오세요……"

"자, 강낭콩이에요. 보세요, 얼마나 싱싱한 강낭콩인지……"

"맛 좋은 사과가 있어요, 이런 사과는 어디 가도 없어요. 일 킬로그램에 이백 프랑…… 이백 프랑. 자, 사과요."

"……자아아아, 이것 좀 보세요, 이거!"

사람들은 시장통 바닥에 떨어진 푸성귀와 신문지 조각을 짓이기며 앞으로 나아가고 뒤로 물러서고 사방으로 몸을 돌렸다. 끈으로 엮어 만든 장바구니를 든 나이든 사내들은 과일을 찬찬히 살펴보기도 하고 지갑에 든 손때 묻은 지폐를 세기도 했다. 여자들은 아이들의 손을 잡아끌기도 하고, 산 물건을 가방에 담기 위해 몸을 수그리기도 했다. 꽃무늬 앞치마를 두른 임산부 한 명이 진열대를 따라 몸을 흔들며 걸어가고 있었는데, 바람 때문에 지저분한 곱슬머리가 끊임없이 얼굴 위로 흩어내렸다. 조금 더 멀리, 베레모를 쓴 남자들이 빈 나무궤짝 위에 앉아 담배를 피우며 떠들고 있었다. 이따금 시장길 모퉁이에서 옴이 오른 개들이 발을 핥는 모습도 보였다. 누더기를 걸친 꼬부랑 늙은이들이 땅바닥에 떨어진 썩은 채소들을 주워 가방에 성급히 쑤셔넣는 모습도 보였다. 아주 늙고 점잖아 보이는 자그마한 노인이 소심하게 종종걸음을 치며 진열대를 따라 걸어가고 있었다. 노인은 이따금 어설프지만 재빠르게 감자 한 알이나 파 한 단을 잡아채 바구니 속에 슬쩍 집어넣었다. 그는 베송이 자신을 관찰하고 있다는 것을 깨닫자 신경질적으로 고개를 돌려 두려움과 분노에 찬 눈빛으로 시장 지붕을 뚫어지게 쳐다보았다. 그렇게 몇 초 동안 꼼짝 않더니, 그는 이윽고 아무렇지도 않은 듯 다시 시장 길을 따라 사라져버렸다.

베송은 천막을 친 시장을 끝까지 걸어 통과했다. 바람이 불고 자동차들이 오가는 거리로 다시 나온 뒤에도 채소와 과일에서 났던 그 시큼하고 구역질나는 냄새는 오랫동안 그를 따라다녔다.

상당한 시간이 흘러 도시 전체가 잠에서 깨어나자 베송은 부모님 집에 들르기로 했다. 집으로 가는 길에 그는 예전에 사립학교에서 일할 때 알았던 사람을 만났다. 둘은 잠시 인도 가장자리에 서서 이야기를 나누었다. 베송은 거기 그러고 서서 오랫동안 시간을 보낼 수도 있었을 것이다. 그러면 시간을 때우기에 좋을 것 같았다. 그러나 그 사람은 시간을 오래 끌고 싶지 않은 것 같았다. 몇 마디 대수롭지 않은 말을 주고받은 후 그들은 헤어졌다.

광장을 지나는데 조금 먼 거리에 강이 보였다. 시내 중심부를 똑바로 관통하는, 폭이 넓은 강이었다. 강은 여러 개의 다리와 조망대 밑을 지나면서 흘렀다. 강둑에 가까이 다가가자 단조롭고 둔탁한 물소리가 점점 커지면서 부풀어오르고 더욱 깊게 반향했다. 물이 강바닥 자갈에 부딪히는 소리는 마치 소리가 나는 안개처럼 주변으로 울려퍼졌다. 힘차게 노호하는 물소리는 살아 있는 듯 생생했다. 그 소리는 거리의 소음과 뒤섞이고 바다를 향해 쉼없이 흘러갔다. 물소리에 이끌린 프랑수아 베송은 난간을 향해 걸어가 강을 바라보았다.

그는 가파른 양 강기슭의 경사면 사이에서 큰 덩어리를 이루며 흐르는 강물을 바라보았다. 강기슭 양쪽으로는 자갈로 된 둔덕이 있었고, 그 위로 풀과 관목들이 자라고 있었다. 강물은 땅

속으로부터 솟아나와 산 사면에서 휩쓸려내려온 작은 나뭇가지와 진흙더미를 싣고 흘러가고 있었다. 강 가운데서 물의 흐름은 더욱 깊어져 아름다운 짙푸른 색을 띠었고, 때로는 강이 흐르는 방향으로 긴 주름이 패기도 했다. 빠른 속도로 흐르는 강물은 조용히 포효하고 있었다. 마치 강기슭은 없이 물의 색깔만이, 아래로 흐르는 묵직하고 팽팽하게 긴장한 그 강물만이 존재하는 듯했다. 소용돌이도 없었다. 흘러가는 평평한 길, 교각에 부딪혀 둘로 갈라지면서 작은 거품다발을 내뿜는 그 길이 있을 따름이었다.

강 중심부 여기저기서 이따금 강물은 더러운 초록빛을 띠었고, 자갈 둔덕 주변이나 떠밀려온 나무둥치들 주변에선 거품을 내며 부글거리기도 했다.

그리고 강기슭이 있었다. 오른쪽 기슭은 가느다란 자갈 띠로 줄어들었고, 왼쪽은 물결치듯 구불구불한 평원이 되어 펼쳐졌다. 멀리 강둑 너머에는 집들이 늘어서 있었다. 곰팡이 핀 벽과, 잡동사니들이 주렁주렁 매달려 있는 발코니들이 보였다. 집 아래쪽에는 더러운 물을 강으로 찔끔찔끔 흘려보내는 검은 하수도 입구가 보였다. 개와 쥐들이 들끓는 쓰레기 더미 사이로 썩은 물 웅덩이들이 하늘을 반사하고 있었다.

베송은 그 모든 것을 주의 깊게 바라보았다. 그는 도시를 가로

지르는 그 긴 물줄기와 수세기 동안 그 물줄기에 단단한 산 한복판이 파여 생성된 계곡을 바라보았다. 강 수면에 떠다니는 색깔들과 바람이 일으키는 잔잔한 파동을, 빠르게 혹은 천천히 부유하는 풀들을 바라보았다. 쌓여 있는 자갈 더미들, 노란 거품이 달라붙어 있는 자갈밭, 그리고 하천이 범람했을 때 파인 듯한 포탄 자국 같은 구멍들, 빗물이 고여 있는 그 구멍들을 바라보았다. 그는 골짜기를 움푹하게 마모시키는 물의 장중하고 힘찬 목소리를, 그 무겁고 웅장한 노랫소리를 들었다. 수백 개의 폭포에서 들려오는, 쏴아 하고 소용돌이치는 물소리도 들었다. 수많은 반사광을 내뿜는 이 차갑고 인적 없는 공간에서, 베송은 마치 그가 몸을 기대고 있는 난간이 배의 갑판인 양 항해를 했다. 프랑수아 베송은 구석구석 모든 곳을, 어둡고 습기차고 후미진 곳들을, 쓰레기가 썩어가는 웅덩이와 먼지가 내려앉은 매끈한 자갈더미를 뜯어보았다. 그는 꺼진 불에서 피어나오는 음울한 연기 냄새와, 죽은 도마뱀에서 나는 듯한, 하수구에서 기어올라오는 침울하고 고약한 냄새를 맡았다. 물과 함께 산을 타고 내려온 바람은 바다 가까이 이르러 잦아들었다. 여기서 모든 것은 도주하고 있었다. 모든 것이 떠나고 있었다. 원천에서 흘러나와 쉬지 않고 아래로 내려가 서로 합쳐들고, 끝없이 달음박질치는 듯한 괴상한 꾸루룩 소리를 내며 흐르고 있었다.

아마도 거기서 걸음을 멈추고 곰팡이 핀 판자때기로 오두막한 채를 지어야 할 것이다. 그리고 낡은 상자 위에 앉아, 이 흐르는 물을 마주한 채 오롯이 자신만이 남을 때까지 오랫동안 기다려야 할 것이다. 다리 높은 곳에 몸을 숙이고 있어 보이지 않는 사람들에게 둘러싸인, 도시 한가운데 있는 이 사막 같은 곳에서 강을 바라보고 사랑하면서, 살아 있는 짐승 같은 강물의 가장 작은 움직임 하나하나를 느끼면서 평생을 보내야 할 것이다.

더 높은 곳, 도시 외곽이라 할 만한 곳에 기중기 한 대와 두서너 대의 트랙터, 불도저 몇 대와 레미콘 한 대가 강바닥에 서 있었다. 몇몇 사람이 강가에서 움직이는 모습도 보였다. 프랑수아 베송은 근처 난간에 팔꿈치를 기대고 있는 한 사내에게 몸을 돌리고 물었다.

"저기서 무엇들을 하고 있는 거죠?"

사내는 입에서 침 묻은 담배꽁초를 떼더니 대답했다.

"다리를 놓는 겁니다. 다리 공사 중이죠."

"아, 그렇군요." 베송이 말했다. "고맙습니다."

사내는 다시 꽁초를 입에 물었다.

이제 정오가 멀지 않았다. 베송은 부모님 집을 향해 걸음을 계속했다. 초인종을 누르자 아버지가 문을 열어주러 나왔다. 베송은 잠시 집을 나가 지내겠다며 거짓말로 둘러댔다. 얼마 동안 친구들 집에 머물 예정이라 짐을 싸러 왔다고 한 것이다. 그는 파란 해수욕 천 가방 안에 전기면도기와 칫솔, 레인코트와 깨끗한 셔츠 한 벌, 그리고 자질구레한 물건 두세 개를 챙겨넣었다. 그런 후 장을 보러 간 어머니를 기다리지도 않고 아버지에게 작별 인사만 하고 거리로 나섰다. 그리고 빨간 머리 여자가 사는 곳으로 발걸음을 옮겼다.

도중에 그는 아이에게 주려고 만화잡지 한 권을 샀다. 그는 점심때쯤 도착했다. 여자는 별다른 질문을 하지 않았고, 식사가 끝나자 베송은 침대 위에 누워 낮잠을 잤다. 그런 후 그날 나머지 시간은 아이에게 잡지에 실려 있는 이야기를 들려주면서 보냈다. 텍사스 잭이라는 카우보이의 이야기였다. 그 카우보이는 얼마나 권총을 잘 쏘는지, 열 발짝 떨어진 곳에서 못을 맞춰 벽에 박을 수 있을 정도였다. 텍사스 잭을 노리는 홉스라는 자가 있었는데, 그는 목장을 여러 개 운영했고 텍사스 잭을 죽이기 위해 한 무리의 악당들을 모았다. 홉스는 인디언 피가 섞인 크로테일이라는 자를 고용하기도 했다. 크로테일의 특기는 독사의 독을 칠한 작은 단도 여러 개를 한꺼번에 날려보내는 것이었다. 크로테일은 밤중에 텍사스 잭이 잠들어 있는 집에 몰래 침입하지만 방을 잘못 골라 다른 카우보이를 죽이고 만다. 그후 텍사스 잭은 크로테일이 단도 던지기 연습을 하고 있는 사이에 그를 기습한다. 크로테일은 여러 개의 단도를 테이블 위에 놓아두었는데, 그 단도들의 끝은 모두 크로테일 자신을 향하고 있었다. 텍사스 잭은 그 단도들을 향해 방아쇠를 당기고, 단도 자루 하나가 총알을 맞고 날아가 크로테일의 가슴에 박힌다. 크로테일은 그 자리에서 즉사한다. 그후 텍사스 잭과 홉스 패거리들 사이에 일대 전투가 벌어지고, 마침내 악당들은 포로가 되어 보안관의 손에 넘어간다.

잡지에는 다음주에 텍사스 잭의 또다른 모험인 〈죽음의 황금 골짜기〉가 실릴 것이라고 씌어 있었다.

8장

여덟째 날 폭풍이 시가지로 몰아닥쳤다. 밤사이 동쪽 바다를 건너온 바람이 이른 아침에 해변과 마을에 도달한 것이다. 바람은 거리 구석구석에서 노호했고 석재와 시멘트로 지은 건물들에 부딪혔다. 나무들은 폭풍우에 휘청거렸고, 길바닥은 먼지 회오리바람으로 뒤덮였고, 방파제 위로 파도가 높게 넘실거렸다. 보이지 않는 공기 덩어리들이 거칠게 이동하자 굴뚝이 음울한 소리로 길게 울어댔다. 구름들이 하늘에서 늘어나고 조각조각 갈라지면서 이쪽 지평선에서 저쪽 지평선까지 하얀 꼬리를 길게 늘어뜨렸다. 건물 현관문들은 희미한 신음 소리를 냈고, 굳게 닫힌 덧창과 유리창들에는 커다란 야수 한 마리가 거친 숨을 내쉬면서 온몸을 밀어붙이고 사나운 촉수로 으스러뜨리는 것처럼 압

력이 가해졌다. 낡은 벽들에서 회반죽 부스러기들이 떨어져나왔
고, 그 가루들은 줄무늬를 그리며 아주 빠른 속도로 거리 위에
날렸다. 종잇조각과 플라타너스 잎사귀, 천조각들이 건물 위까
지 날아올랐다가 떨어지고 다시 미친 듯이 위로 치솟았다. 지붕
에서, 발코니에서 물건들이 떨어져내렸다. 사거리에서 폭풍우는
순식간에 수직의 소용돌이가 되어 솟구쳐올랐다. 기묘한 깔때기
모양으로 휘몰아치는 회오리바람의 하단부는 맹렬하지만 고요
하게, 이미 죽은 미립자들의 한가운데를 파헤쳤다. 거꾸로 선 그
심연의 중심부에는 강력한 무無의 점 하나가 존재하고 있었고,
그것은 하늘을 향해 벌어진 외눈박이 지면을 누르며 엄정한 정
확성으로 이동하고 있었다. 삐걱거리는 소리, 폭발하는 소리, 땅
밑에서 쿵쿵거리는 소리가 단조로운 바람 소리를 타고 온 도시
에 울려퍼졌다. 폭풍이 도시를 완전히 정복하자 바람은 집들을
공격하기 시작했다. 일 분이라는 짧은 시간에도 산사태처럼 거
센 바람은 여러 차례에 걸쳐 끊임없이 건물 벽과 창문에 달려들
어 그것들을 부수고 안으로 들어가려고 했다. 그런 순간은 길지
않았다. 그러나 매번 바람이 한바탕 불어닥치면 그 뒤를 이어 몇
초 동안의 깊은 정적이 이어졌고, 서 있는 모든 것들은 후들거리
면서 금방이라도 무너져내릴 것만 같았다. 가장 두꺼운 벽도, 콘
크리트와 금속 덩어리도, 지붕도, 기둥들도 모두 바람의 맹렬한

공격 앞에서 몸을 떨었다. 투명한 기체를 한껏 들이켠 거대한 구멍들은 입을 활짝 열었다. 좁은 골목길과 도로에 팬 미끄럼 방지 홈의 작은 틈들이 짧은 순간 넓어지면, 맹렬한 바람이 그 안으로 격렬하게 비집고 들어갔다. 바람은 마치 그것들을 정복하기 위해 먼 곳에서 온 야수와도 같았다. 이따금 광풍이 잠시 멈춘 틈을 타 비둘기 떼가 하늘로 날아올랐다가 미로 같은 거리 속으로 빨려들어가듯 자취를 감추었다. 비둘기들은 보이지 않는 적을 피해, 맹렬한 바람의 공격이 닿지 않을 지붕 밑 빗물받이 홈통이나 발코니 아래, 아니면 울창한 나무 근처에서 절망적으로 은신처를 찾아 헤맸다. 사람들 역시 도망치고 있었다. 옷은 비에 젖어 몸에 완전히 달라붙고 산발한 머리에 눈은 먼지 때문에 충혈된 채, 그들은 잠시 길가 건물 구석으로 뛰어가 피신하며 돌풍이 지나가기를 기다리기도 하고, 두터운 대기의 벽에 맞서 비틀거리며 다시 걸음을 재촉하기도 했다. 그들 위로 제트기 한 대가 천천히 바람을 가르며 날아갔다. 여인들의 치마가 날개처럼 날아올랐고, 일순간 창백한 허벅지가 모습을 드러냈다.

베송은 휘몰아치는 폭풍 소리를 한 시간이 넘도록 방 안에서 듣고 있었다. 하늘이 열렸다 닫히고 다시 햇빛을 내보이며 다시 열리는 것을 보았다. 바람이 파성추*처럼 벽을 찍어내리는 소리를, 삐그덕거리는 소리를, 문들이 꽝꽝대는 소리를 들었다. 밖은 이제 햇빛조차 불안정했다. 햇빛은 순간적으로 가물대다가 가끔씩 어두워지고 흐려졌는데, 그럴 때마다 마치 태양의 불꽃이 완전히 꺼진 것만 같았다. 그러다 순식간에 태양은 벽과 거리를 하얀 천 같은 빛으로 뒤덮으며 한층 찬연히 빛났고, 땅 위의 그림자들은 더욱 선명하게 드리워졌다.

방 안은 안락했다. 선실 같은 방 안에 들어앉아 있으면 안전했다. 방 안의 공기는 잠잠했다. 아무것도 움직이지 않았고 아무것도 숨 막히게 하지 않았다. 파리들은 램프의 전등에 달라붙어 있거나 얇은 실크 망사 커튼에 거꾸로 매달린 채 자고 있었다.

베송은 침대에 몸을 뻗고 누웠다. 부엌에서는 빨간 머리 여인이 초록색 앞치마를 두르고 다림질을 하고 있었다. 그녀 역시 바람이 유리창을 때리는 소리에 이따금 귀를 기울였다. 잠시 후 그녀는 트랜지스터 라디오를 켰다. 아파트 안이 음악으로 가득 찼다. 영화에 삽입되었던 오르간 곡 하나가 콧노래처럼 아파트 바닥을 떠돌았다. 단조롭고 평범한 멜로디였다. 그 음악은 가끔씩 고통스러운 바이브레이션으로 높아지다 다시 낮아졌고, 여러 음이 뒤섞이며 다시 되풀이되었다. 슬프고 지루하게 반복되는 그 음악은 당신을 머리끝부터 발끝까지 뒤덮고, 밧줄로 결박하고,

---

* 고대, 중세의 전투에서 성문이나 성벽을 부수는 데 쓰이던 추 모양의 거대한 무기.

276

사고와 말들의 움직임을 마비시켜 당신을 바닥 모를 검은 구멍 속으로 인도했다.

배송은 그 음악을 끝까지 들었다. 음악이 끝나자 여자의 목소리가 들려왔다. 수다스럽게 뭐라고 말하고 있었지만 라디오가 멀리 떨어져 있어서 잘 알아들을 수가 없었다. 목소리가 멈추자 지지직 소리와 함께 사오 초 정도 정적이 흘렀다. 이윽고 다시 음악이, 이번에는 비트가 있는 음악이 들려왔다. 반주를 타고 여자 가수가 노래를 부르기 시작했다. 노래는 느릿느릿 은은하게 시작되다 이윽고 거칠게 터져나왔고, 곧 질질 끌리듯 가사가 모호하게 들렸다. 배송은 가사를 알아들으려 귀를 기울였지만, 몇몇 단어만이, 몇몇 음절만이 토막토막 들려왔다.

"……나는……"

"……나는…… 꽃을…… 거…… 샀……"

"……말했어요……"

"……알아요……"

"……나는…… 혹은 세상이……"

"……었어……"

"…… 곳 — 에 — 서……"

노래는 이상한 음조에서 끝이 났다. 무겁게 슈 하는 소리가 오랫동안 울리다 갑자기 도중에 끊기기라도 한 것처럼 음악이 뚝

그쳐버렸다. 다시 삼사 초 동안 지지직 소리만 울리는 정적이 흘렀다. 이윽고 아까 그 목소리가 빠르게 말하기 시작했다. 알 수 없는 언어로, 도저히 이해할 수 없는 이야기를 하고 있었다. 그녀는 대략 다음과 같은 말을 했다.

"바람과 비, 여성 청취자 여러분은 이런 악천후를 잘 다스려야 합니다. 이런 나쁜 날씨를 오히려 가장 좋은 친구, 여러분의 아름다움을 지켜줄 수 있는 가장 확실한 친구로 삼아야 합니다. 잘 다스릴 수 있다면 이런 날씨는 오히려 얼굴에 생기를 부여하고, 눈빛을 생생하게 하고, 생활을 더 즐겁게 해줄 것입니다. 이런 나쁜 날씨에 자신을 소홀히 다룬다면 정말 후회하게 될 것입니다. 이런 날씨는 얼굴을 건조하게 하고 예민한 피부를 상하게 하고 때이른 주름이 생기게 하기 때문입니다. 한마디로 이런 날씨는 여러분의 적, 무자비한 적이에요. 여성 여러분, 추위와 바람, 비가 가져다주는 피해로부터 자신을 보호해야 합니다. 건강과 행복을 지키는 법을 배우듯 여러분의 아름다움을 잘 지키는 법을 배우세요. 그러기 위해서는 매일 아침 수분을 공급하는 폴렌 크림을 사용해야겠죠? 부아이에 비달 회사 특허품인 폴렌은 여러분의 얼굴에 하루 종일 필요한 수분을 공급해줄 것입니다. 폴렌! 사시사철 사용하는 수분크림, 폴렌!"

배송은 그렇게 누워 흰색과 금색의 작은 플라스틱 상자에서 흘러나오는 목소리를 오랫동안 듣고 있었다. 그의 손목시계는 세시 삼십분을 가리키고 있었지만, 부엌 냉장고 위에 걸려 있는 괘종시계는 네시를 가리키고 있었다.

조금 후 빨간 머리 여인이 방에 들어왔다. 그들은 잠시 얘기를 나누었다.

"참 이상해. 이렇게 당신이 우리 집에 있는 게 익숙하다니."

"뭐라고, 내가 있는 게?" 배송이 반문했다.

"응, 말하자면 당신이 이젠 우리 아파트 실내장식의 일부가 된 것 같아요."

배송은 농담처럼 넘기려고 했지만 어쩐지 가슴이 죄어왔다.

"그건 심각한 얘긴데. 그건……" 그가 말했다.

그녀가 앞치마 주머니를 뒤져 새 담뱃갑에서 담배 한 대를 꺼냈다.

"당신, 성냥 있어요?" 그녀가 물었다.

배송은 그녀에게 성냥갑을 건네주었다. 그녀는 성냥갑을 받으면서 배송의 손을 잠시 잡았다가 놓았다. 헝클어진 그녀의 머리칼은 불타는 붉은색이었다. 그녀 얼굴에 그 빛이 반사되었다. 심지어 희미하게 빛나는 속눈썹에 둘러싸인 눈까지 붉게 보였다. 그녀는 배송을 바라보며 담배를 피웠다.

"당신은 그 사람과는 조금도 닮지 않았어." 그녀가 말했다.

"그인 언제나 말하고 움직이니까. 그런데 당신은…… 당신처럼 아무것도 하지 않고 가만 있는 사람은 본 적이 없어."

"왜, 나도 움직여." 베송이 말했다.

"당신이! 하루 종일 침대 위에 누워 있기만 하잖아!"

"아냐. 나도 외출을 해. 산책을 자주 하잖아."

"당신은 일을 하지 않잖아. 당신은 도대체 일을 하고 싶은 생각이 없는 것 같아."

"아냐, 나도 일을 해, 일거리가 있을 때는. 선생질을 했을 땐 그놈의 학교에 가서 바보 같은 녀석들이 가득 들어찬 교실에서 매일 똑같은 얘길 되풀이했는걸."

"애들이 많이 떠들었어?"

"아니. 처음에는 벌로 방과 후에 남게 하면서 애들을 꼼짝 못하게 했지. 그러다가 나중에는 제멋대로 굴도록 내버려뒀어. 그러니까 만화책 보는 건 예사고, 교실 뒤 구석에서 담배를 피우면서 코카콜라로 병나발을 부는 놈도 있더군. 하지만 시끄럽게 떠들어대지는 않았어. 어느 날 이렇게 경고했지. 너희 하고 싶은 대로 해라, 하지만 떠들지는 마라. 난 읽어야 할 책이 있으니까. 이렇게도 말해줬지. 만약 떠드는 소리가 들리기만 해봐라, 그 떠드는 놈은 방과 후에 남는 벌을 받아야 할 거다라고. 그게 다야. 난 내 교재를 읽다가 종이 치면 자리에서 일어나 교실을 나가버렸지."

"좋은 선생님은 아니었군."

"아냐. 내 강의는 훌륭했어. 정말 열심히 수업을 준비했다고.
하지만 그게 그놈들한테 재미가 있어야지."

"애들 전부가 그랬어?"

"물론 아니지. 착실한 아이들도 두세 명 있었어. 처음에 그 아
이들은 수업이 끝난 후에 질문을 하러 왔지. 하지만 내가 시간이
없다고 쫓아버렸어. 그러니까 그 아이들도 포기하더군. 그러니
까 다른 녀석들과 똑같아졌어."

"그렇다면 무엇을……"

"흥미를 끄는 아이가 하나 있었어. 다비드라는 애였는데, 한
번은 시를 쓴 걸 가져와 보여주더군. 무척 병약하고 나이에 비해
얼굴에 주름도 많은 아이였는데, 그애만은 다른 애들과 달랐지.
괴상한 시를 써가지고 왔는데, 신이 세상을 창조하는 이야기였
어…… 엘레우스라는 주인공이 나오는 이야기였지, 아마. 신화
적인 이야기였는데 과히 나쁘지는 않았어. 그애가 어떻게 되었
는지는 모르겠어."

"다른 애들은 나쁜 짓만 했어?"

"응, 사분의 삼가량은. 하지만 난 그놈들한테는 신경쓰지 않
았어. 그것이 또 그 녀석들에게도 좋은 일이었고. 다행히도 결국

교장이 그런 사실을 눈치챘던 모양이야. 어느 날 아무 예고도 없이 불쑥 교실에 들어오더군. 어떤 놈들은 담배를 피우고 있고, 또 어떤 놈들은 만화를 보고 있는데 말이야. 교장이 아이들을 모조리 낙제시켜버렸어. 그리고 나도 쫓겨나고 말았지."

"그 꼴을 봤더라면 재미있었겠는걸." 여인이 웃으면서 말했다.

바깥에서는 바람이 기세를 더하고 있었다. 바람은 거리에서 신음 소리를 내며 모든 것을 뒤틀고 있었다. 방 한가운데 침대 위에 있는 베송과 마르트는 마치 보이지 않는 기관차에 이끌려 엄청나게 빠른 속도로 달려가는 객차 안에 있는 기분이었다.

여인이 말했다.

"이상한 일이야. 나한테도 거의 같은 일이 있었거든. 내 직장은 우체국이었어. 전화 받는 일이었지. 오후 근무라 그동안은 뤼카를 유치원에 맡겼고. 거기서 난 내가 하고 싶은 대로, 정말 아무거나 하고 싶은 대로 했어. 하지만 아무도 알아차리지 못했지. 내 경우는, 내가 그만두겠다고 했어. 그러지 않았다면 아직도 거기서 일하고 있을 거야. 사실 그만두고 나니까 좀 기가 죽더라고. 인생의 낙오자가 된 것 같기도 하고, 무슨 일에나 무능한 사람처럼 느껴지고."

그녀가 검지로 콧등을 문질렀다.

"하지만 그런 거는 뭐, 별로 중요하지 않아." 그녀가 말했다.

"그렇다고 할 수 있지." 베송이 말했다.

그녀는 잠시 머뭇거리다 손에 쥔 담배 끝에서 재가 떨어지는 것을 바라보며 덧붙였다.

"중요한 건 행복을 느끼는 거지……"

베송이 아무 말도 하지 않자 그녀가 물었다.

"당신은 행복해?"

그는 진지하게 대답하려고 했다.

"경우에 따라서. 행복할 때도 있고, 또 그렇지 않은 때도 있지. 하지만 그건 중요하지 않아."

"아니야…… 아니야, 중요해. 언제 행복했어?"

그녀는 그를 똑바로 바라보았다.

"글쎄……" 베송이 대답했다. "경우에 따라 다르다니까. 내가 알고 있는 한 친구는 행복하기 위해선 어떤 체계를 가지기만 하면 된다더군."

"체계라니?"

"응, 신앙이라든가 공산주의라든가. 어쨌든 체계를 가져야 한다는 것이지."

"행복하다는 것은 그보다 더 단순한 게 아닐까?"

"아니면 훨씬 더 복잡할 수도 있지…… 행복이란 아마 자신이 무엇을 하는지 제대로 인식하고 있다는 것일 거야. 예를 들면 당신이 자동차를 타고 있다고 치자고. 자동차를 타고 있다고 당신이 뚜렷이 인식하고 있는 것, 그것이 행복이라는 것이지."

그녀는 잠시 아무 말도 하지 않았다. 그 말을 가슴 깊이 새기고 있는 것인지 아니면 잘 이해하지 못한 것인지 알 수 없었다.

"쉽지 않아." 그녀가 말했다. "자신이 무엇을 하고 있는지, 그걸 안다는 것은 어려운 일이 아닐까?"

"쉽지 않지. 하지만 더러는 알 수가 있어." 베송이 말했다.

그러자 그녀는 그를 바라보았다. 물기를 머금은 깊고 커다란 두 눈이 그의 영혼으로 들어오고 싶어하고 있었다. 베송은 수치심을 느꼈다. 그녀가 낮은 목소리로 말하기 시작했다.

"난 내가 언제 행복한지 잘 알고 있어. 하지만 왜 행복한지 그이유는 알 수 없어. 어쨌든 혼자 있을 때는 절대로 행복하다는 생각이 들지 않아. 하지만 예를 들면, 지금은 달라. 왜 그런지 그이유는 알 수 없지만." 그녀는 신경질적으로 덧붙였다. "그건 아마 당신…… 당신 때문일 거야……"

"잘못 생각한 거야." 베송이 말했다.

"어쩌면." 마르트가 말했다

그러나 이미 늦었다. 그녀의 하얀 얼굴이 그에게 다가왔다. 속눈썹에 둘러싸여 있는 어두운 두 눈, 비극적인 구멍 같은 두 눈이 뚫린 그 얼굴이 점점 더 다가오자 베송은 결코 채울 수 없는 어지러운 공허감을 느꼈다. 그는 그 눈을 잊어버리려고 했지만, 그녀의 헝클어진 머리카락이 그의 가슴까지 내려와 그는 양손으로 그녀의 머리 뒤 목덜미를 잡아야 했다. 그는 그녀의 척추를 감싸고 있는 미지근한 살을, 그리고 좀더 아래쪽으로 아름답게 솟은 둥근 언덕을 어루만졌다. 그의 상반신을 양쪽으로 타고 내려오던 그녀의 두 손은 그의 와이셔츠를 움켜쥐었고, 마치 할퀴기라도 할 것처럼 힘껏 거머쥐었다. 규칙적인 그러나 치명적인 숨결이 베송의 귀를 가득 채웠고, 베송으로 하여금 거센 숨을 몰아쉬게 만들었다. 그것은 베송을 살아 있는 존재로 만들었고, 사물들을 이해하도록 만들었다.

이윽고 머리가 뒤로 젖혀졌고, 숨결로 경련하는 입과 날카로운 콧날, 창백해진 장밋빛 뺨과 작은 주름들, 피부에 팬 미세한 금들과 여드름, 솜털과 모공이 햇빛에 드러났다. 수천 개의 작은 창문 같은 모공을 통해 공기가 드나들고 있었다. 뿌연 안개 같은 갈색 장막이 낀, 커다랗게 뜬 두 사람의 눈은 서로 시선을 맞추려고 떠돌다가 이마 한가운데서 갑자기 하나로 합쳐졌고, 흐릿한 윤곽의 얼굴 위로 폭력과 굴욕 그리고 희망으로 가득 찬, 물기를 머금은 부분을 형성했다. 베송은 바로 그 안으로 미친 듯이 빠져들었다. 그의 이름을 더듬거리며 부르는 그 목소리를 듣지도 않은 채 그는 그 혼탁한 물, 불화와 불행의 물 속으로 빠져들었다.

　얼마 후, 프랑수아 베송은 거리에 나와 태풍 한가운데를 홀로
걸어갔다. 그는 바람과 싸우면서 거리 거리를 지나 바닷가에 이
르렀다. 거리에는 인적이 거의 없었고, 가끔 마주친 사람들은 그
림자 같았다. 바람에 비틀거리고 옷이 사방으로 펄럭이는 사람
들은 도주하듯 힘겹게 사거리를 건너 가쁜 숨을 몰아쉬며 벽에
바짝 붙어 갈지자로 걸었다. 석회 부스러기와 나뭇조각, 양철 조
각들이 회오리바람의 흔적을 증언하듯 여기저기 흩어져 있었다.
베송은 몸을 앞으로 굽혔다가 곧 다시 뒤로 젖히면서 길을 따라
걸었다. 바람에 머리칼이 이리저리 날렸고 레인코트는 다리에
들러붙었다. 바람이 머리 위에서 쉴새없이 불어댔다. 그러나 베
송은 전혀 신경쓰지 않았다. 이제 가게 진열창과 거울들은 불투
명하지 않았고 오히려 전보다 더 맑아 보였다. 어찌나 맑은지,
바로 거기에 비친 것이 실제 세상이라고 해도 될 정도였다. 더이
상 아름답거나 흉측한 영상들을 보기 위해 멈춰서는 안 됐다.
그랬다가는 순식간에 몸이 굳어 소금 기둥으로 변할지도 몰랐
다.
　그리고 조심해야 했다. 여기저기로 낙하물들이 비오듯이 쏟
아지고 있었다. 사방이 위험했다. 기와나 굴뚝, 혹은 경첩에서

떨어져나온 덧창이 머리 위로 날아들지도 몰랐다. 베송은 두 손을 레인코트 호주머니에 쑤셔넣고 코트 깃 속으로 목을 잔뜩 웅크린 채, 벽에 바짝 붙어 걸었다. 차도의 자동차들은 느릿느릿 운행하고 있었다. 헤드라이트를 켜거나 와이퍼를 작동시키는 차들도 있었다. 카페 문은 닫혀 있었고, 상점 천막들은 찢겨 있었다. 신문들이 통째로 거리를 따라 펄럭이며 날아다녔고, 일방통행 표지판이 마구 흔들리다가 떨어졌다. 쓰레기들은 도로 옆 도랑 주변에서 굴러다니거나 진창을 건너 어디론가 사라졌다.

도시 전체를 공황에 빠뜨리는 데는 아주 사소한 사건 하나면 충분했다. 조용히, 그러나 순식간에 공기층이 이동하기 시작했다. 아주 소량의 공기였다. 그러나 대기는 험악했다. 더이상 만질 수 없는 무언가가 아니었다. 공기는 폭주하는 기관차처럼 집들을 향해 달려들어 그것들을 들이마시고, 아스팔트 지표면을 짓이기고, 고층 건물들을 위험하게 흔들어대고, 유리창을 휘어뜨렸다.

베송은 힘들게 바닷가를 향해 난 길을 헤치며 나아갔다. 폭풍은 바로 거기서 불어오고 있었다. 벌써부터 악의에 찬 중얼거림 같은 바람 소리가, 늘어선 집들 너머에서 솟아올라 보이지 않는 휘장을 펼치며 지붕 위 하늘로 날아오르는 물기 어린 바람 소리가 들려왔다. 그는 작은 공원을 가로질렀다. 거기서 나무들은 우지직 소리를 내며 기울어졌다가 나뭇잎들이 맞부딪치는 요란한 소리와 함께 얼른 다시 몸을 일으켜세웠다. 베송은 광분한 먼지 구름이 소용돌이치는 사거리를 지나갔다. 좀더 걸어가자 곧장 바다로 향하는 길이 나왔고, 그가 그 길에 들어서자 마치 대포가 날아오듯 바람이 온몸을 후려치기 시작했다. 순간 얼떨떨해진 베송은 걸음을 멈추었다. 마치 유령의 손가락이 그의 콧구멍과 입을 틀어막고 머리를 밀쳐대는 것 같았다. 베송은 숨을 가다듬기 위해 몇 초 동안 바람을 등지고 서 있어야 했다. 그런 후 그는 다시 좁은 골목길을 걸어가기 시작했다. 길 저 끝에 물보라로 뒤덮인 하늘에 운집해 있는 검은빛 장밋빛 구름들이 무슨 신기루처럼 보였다. 그는 오른손으로 눈을 보호하면서 쉬지 않고 비틀비틀 나아갔다. 바닷가에서 백 미터 떨어진 곳까지, 고개를 숙이고 휘청거리는 걸음으로 간신히 바닥을 내딛는 발만 내려다보며 걸었다. 마침내 그는 길 끝에 도달했고, 바다의 풍광이 전면에 펼쳐졌다.

바람이 세차게 불어와 뒷걸음질을 치고 있는데 온통 파헤쳐진 수 킬로미터의 풍경이 한눈에 들어왔고, 폭풍의 광적인 울부짖음이 들렸다. 저 멀리 수평선의 가장 혼탁한 지점으로부터 파도들이 차례차례 밀려와 일렁이고, 부서져내리고, 움푹 패이고, 바람에 무너지면서 하얀 물마루를 높이 뿜어올리며 해안까지 휩쓸려왔다. 그리고 거기서 파도는 마지막으로 한 번 더 높이 솟구쳤는데, 그 순간 물결은 얼어붙은 듯 정지했고, 거대한 금속빛 파도의 움푹 파인 공동空洞에서 수많은 사금파리들이 빛을 발했다. 이윽고 파도는 뚜껑이 닫히는 것 같은 철썩 소리와 함께 일순간 무너져내렸다. 파도는 만灣 저쪽 끝에서 시작되어 둔중한 소리로 지축을 흔들면서 점점 더 가까이 오다가 베송이 서 있는 바닷가 바로 앞에서 부서져내렸다. 그러면 냄비에서 끓어오르는 것 같은 거품과 소리가 간헐천처럼 하늘을 향해 똑바로 치솟으며 가루분 같은 잿빛 물기둥을 뿜어올렸다. 곧 바람이 물기둥을 난폭하게 부수며 건물들 쪽으로 던지면, 물기둥은 수증기를 품은 커다란 물줄기로, 다음에는 작은 물줄기로, 그다음에는 더 미세한 물의 가지로, 그다음에는 풀草처럼, 빛나는 듯하면서도 푸석푸석하고 축축한 머리카락처럼 금세 흐트러졌다. 은빛 비단실 같은 그 물의 머리카락들은 일렁이는 공기층에 뒤섞이거나, 곧 증발해버릴 소금기 어린 커다란 물방울이 되어 땅에 떨어졌다.

파도가 부서질 때마다 베송은 머리카락과 피부, 그리고 옷 위로 소나기 같은 물보라를 뒤집어썼다. 숨을 쉬면 축축한 입자들이 입 안으로 들어가서 소금 맛과 짙은 요오드 냄새가 느껴졌다. 그는 바람에 흔들리며 한 번은 앞으로 한 번은 뒤로 물러서며 폭풍과 싸우면서 거기 그렇게 서 있었다. 죽은 것처럼 보이는 도시 위로 먹구름들이 빠르게 흘러갔다. 전류가 흐르는 두툼한 구름 장 틈새로 희끄무레한 햇빛이 길게 뻗어나왔고, 그 햇빛 때문에 지평선 반대편에 화재라도 일어난 듯 건물들의 정면부 위로 그 림자와 다채로운 빛깔들이 너울거렸다.

해변에는 인적 하나 없었다. 차도에 쏟아지는 파도 때문에 거 리에도 자동차 한 대 지나가지 않았다. 덧창들은 굳게 닫혀 있 었다.

때때로 다른 파도들보다 훨씬 높은 파도가 솟구쳐오르기도 했다. 한껏 부풀어오른 바다는 마치 과거에 자기 소유였던 영역 을 되찾으려는 것처럼 보였다. 파도에 밀려난 해변의 자갈들이 차도까지 날아와 건물 벽면 밑을 때리기도 했다. 달걀만 한 자갈 하나가 베송 앞으로 굴러왔다. 베송은 그것을 주우려고 몸을 수 그렸다. 산더미 같은 물보라를 향해 자갈을 되돌려보내려고 하 는데, 갑자기 풍향이 바뀌는 바람에 자갈이 반대 방향으로 날아 갔다. 두려움 같은 것이 베송을 엄습했다. 도망쳐야겠다는, 지하 로 내려가거나 산 정상으로 피신해야겠다는 생각이 들었다. 그 러나 그와 동시에 현재 무슨 일이 일어나고 있는지 알고 싶어졌 다. 그는 힘겹게 해변을 따라 걸었다. 소금기를 머금은 물웅덩이 위를 철벅거리며 걷고 파도의 물보라를 뒤집어쓰고 자갈밭에서 발목을 삐었지만, 아랑곳하지 않고 계속 걸었다. 해변 끝에 돌로 쌓은 방파제가 있었다. 베송은 그곳으로 향했다.

　방파제로 가기 위해 그는 바리케이드를 훌쩍 뛰어넘었다. 거기에는 다음과 같이 씌어 있었다. '출입금지. 위반시 벌금 징수.' 방파제는 바다 멀리까지 뻗어 있었는데, 그 끝에는 등대와 붉은 깃발이 매달린 장대 하나가 서 있었다. 베송은 거센 바람 때문에 제대로 숨을 쉴 수 없어 헐떡거리고 물보라에 온몸이 흠뻑 젖었지만, 쇠난간에 몸을 지탱하며 방파제를 따라 걷기 시작했다. 거기서 바다는 둘로 나뉘어 있었다. 오른쪽으로는 방파제 아래로 연이어 밀려오는 파도들이 폭발하듯 부서져내렸고, 왼쪽은 항구의 입구였다. 방파제 왼쪽의 바다는 온통 검은색이었고, 기름막으로 덮인 긴 소용돌이에 일렁이고 있었다.

　사방에서 위험이 몰려오고 있었다. 어디서나 바다가 허기진 아가리들을 벌리고 있었고, 그 끔찍하면서도 매혹적인 아가리들은 당신을 향해 울부짖었다. 갑자기 바다가 부풀어오르자 아가리는 제방 높은 곳까지 빠르게 솟구쳤다. 그것은 겨우 몇 센티미터 떨어진 곳에 머물면서 이빨 하나 없는 잇몸을 여닫으며 점액 같은 거품 장막 아래 시커먼 목구멍을 드러내 보이고 있었다. 깊은 곳의 편도선까지 드러낸 파도의 허기진 아가리는 축축한 눈을 한 거대한 외눈박이 육식동물처럼 식도를 헐떡이고 배때기를 한껏 부풀리면서 살아 있는 살덩이를 향해 달려들었지만, 더 높이 솟구치려는 그 노력은 헛된 것이었다. 높이 벌린 아가리를 더이상 들어올릴 수 없었던 것이다. 결국 아가리는 격분하며 아래로 떨어졌고 천둥 같은 굉음을 내며 방파제 옆으로 부서져내렸다. 방파제를 이루고 있는 돌 하나하나의 가장 깊은 곳까지 오래도록 뒤흔드는 소리였다. 베송이 잡고 있는 쇠난간이 전율했다. 그 떨림은 팔을 통해 그의 온몸으로 퍼졌고, 그의 내면 저 깊은 곳을 폭발시키며 불안하게 진동하다 점차 잦아들면서 불안의 밸브를 열었다가 다시 황급히 잠겄다. 이윽고 이로운 구름 한 조각이, 궁지에 몰린 노여움에 찬 숨결이 하늘로 곧장 올라갔다. 베송은 등을 웅크린 채 오랫동안 찬비를 맞았다. 비가 그의 살갗과 옷을 흠뻑 적셨다. 잠시 후, 그는 휴식에 힘을 얻어 방파제 위를 뛰기 시작했다.

등대에 이르는 길 중간쯤 이르렀을까, 베송은 바람막이로 세워놓은 작은 피난처를 발견했다. 잠시 쉬기 위해 그는 거기서 멈춰 담배에 불을 붙였다. 그러나 담뱃갑이 젖어서 담배가 잘 타지 않았다. 담배 한 대를 다 피우는 동안 적어도 열다섯 개의 성냥개비를 그어야 했다.

피난처 안에서 그는 바다를 등지고 서 있었다. 바다를 마주한 도시를 바라보면서 폭풍 소리를 들었다. 저 멀리 항구 앞에 낡고 쇠락한 집들이 흐릿하니 보였다. 집들은 바람을 맞으며 움직이지 않은 채, 수직으로 선 정면부를 그대로 드러내고 있었다. 파도의 포말로 이루어진 장밋빛과 회색 구름들이 집 벽 앞으로 밀려가 집을 밀고 있는 것 같았다. 그러나 집들은 뒤로 밀려나지 않았다. 문을 꼭꼭 닫고 등을 웅크린 채, 그것들은 어둡고 어슴푸레한 모습으로 그 자리에 버티고 있었다. 마치 여러 세기 전에 높은 산에서 굴러떨어진 바위들이 꼼짝 않고 줄지어 선 모습 같았다. 이제 폭풍은 계곡 위를 항해하고 있었다. 나무들은 땅에 바싹 엎드렸고, 나뭇가지들은 이따금씩 메마른 소리를 내며 부러졌다. 풀밭이 사방으로 패어나가고, 둥근 언덕 위에서는 거인의 손이 애무하듯 언덕을 쓸고 있었다. 좀더 멀리, 바람이 불어오는 반대 방향인 지평선에는 산들이 구름에 맞서듯 보랏빛 장벽처럼 우뚝 서 있었다. 때때로 푸르스름한 빛이 산 정상에서 번득였지만 천둥소리는 들리지 않았다. 모든 것이 어두컴컴했고 숯처럼 시커맸고 미쳐가고 있었다. 바람 소리에 다른 모든 소리가 지워졌다.

베송은 장밋빛 도시의 정면과 둥근 언덕들과 장벽 같은 산들을 다 본 후, 피난처를 떠나 다시 방파제를 따라 걷기 시작했다. 바다 한가운데로 나아갈수록 걸음을 옮기는 게 더욱 힘들어졌다. 가장 곤란한 것은 쇠난간이 등대에 이르기 전에 끝나버린다는 점이었다. 베송은 방파제 꼭대기까지 엉금엉금 기어가야 했다. 한순간 물이 하나로 합쳐졌다. 바다의 수위가 점점 낮아지더니 방파제 아래에 있는 바위까지 훤히 내려다보였다. 바위 위에는 홍합들이 달라붙어 있었다. 일이 초 동안 방파제 발치로 부글거리는 커다랗고 음울한 우물 같은 것이 드러났다. 이윽고 그 구멍이 눈 깜짝할 사이에 채워졌고, 물기둥이 요동치며 솟구쳤다. 곧이어 물기둥이 방파제 꼭대기에서 곤두박질치자 베송은 땅에 바싹 달라붙어 숨을 죽였다. 물의 덩어리가 휘파람 소리를 내며 그의 위로 달려들었고, 항구의 선창까지 물방울을 날려보냈다. 물이 다 빠지자 베송은 몸을 일으켜 등대를 향해 뛰어가 그 높은 석탑 뒤로 몸을 피했다.

베송은 거기서 몇 분, 아마도 한 시간가량 태풍 한가운데 머물러 있었다. 추위가 느껴지지 않았다. 바닷물이 옷 위로 흘러내리는데도 무감각했다. 폭풍은 그를 둘러싸고 전후좌우로, 심지어 발밑에서도 광분하고 있었다. 입을 쩍 벌린 파도들이 방파제에 부딪히면서 점착성의 파열음을 길게 냈다. 안개구름이 공기중으로 피어올랐고, 거기서 햇빛은 무지개로 변했다. 육지는 하나의 길고 검은 곶岬이었고, 잠수함의 뱃머리처럼 물을 가르고 있었다. 대기가 충돌해 찢어지고 미끄러지면서 갈매기 혹은 어린아이의 울음소리 같은 기이한 소리를 냈다. 수평선에서 합쳐진 바다와 하늘은 거푸집에서 떼어낸 주물 위의 흔적처럼, 구름처럼,

축축하고 빛나는 심연처럼 보였다. 때때로 불투명한 궁륭의 찢어진 상처 사이로 태양이 헐벗은 모습을 드러냈고, 그럴 때면 물결 표면에 노란 얼룩이 내려앉았다. 아주 커다란 짐승 한 마리가 바다 깊은 곳에서 헤엄치는 듯, 파도 아래로 알 수 없는 검은 그림자들이 넘실거리며 나타나기도 했다. 저 깊은 곳에 찌를 듯이 이글이글 작열하는 짙푸른 색이 물의 용암이 흐르고 있었다.

거대한 물의 덩어리들은 지칠 줄 모르고 계속 움직여댔다. 쉬지 않고 오르내리는 투명한 회색 살갗 아래로 묵직한 삼각형의 형체들이 이동했다. 물거품이 흩어지고, 파도가 길게 주름살을 그리고, 뒤엉킨 물결의 천이 제자리에서 빙빙 돌았다. 유동하는 대기가 온힘을 다해 그 청록색 해면을 짓누르고 있었다. 대기는 바다 위를 파고들고, 굽이치는 골짜기와 산맥과 화산을 편편하게 고르고, 불길을 뿜어내는 유황 구덩이를 메웠다. 그것은 해초와 물고기들이 떠다니는 어두운 심해에서 시작된 춤, 청록색 젤리 같은 파도를 움직이고 그 파도를 이 끝에서 저 끝까지 부드럽게, 끊임없이 흔드는 춤이었다. 음악은 날카로운 바람 소리에 뒤섞여 바다의 거대한 춤동작에 리듬을 맞추고 있었다. 먼저, 물이 움푹 패인 바위 위에서 물러나 폭포처럼 떨어지면서 제 몸 위로 꾸르륵 소리를 내며 흐를 때 바다는 깊은 숨을 들이마셨다. 곧 반대 방향에서 형성된 파도가 갑자기 방파제를 허물어버릴 듯한 기세로 솟구쳐오르다 장식술 같은 물무늬를 요란스레 남기며 황망하게 물러가면, 두 개의 물줄기가 맞부딪치면서 귀청을 찢는 듯한 요란스러운 소리가 울려퍼졌다. 바다가 움직임을 멈추고 다시 돌진하기까지 짧은 침묵이 흘렀다. 이윽고 부드럽게 노호하는 힘이 돌진하더니, 파도가 숨을 내뿜으며 몰려들었다. 강판에 가는 것 같은 소리가 점차 높아지면서 둥그런 파도 주위로 퍼져나갔다. 마침내 바다가 숨을 내쉬는 소리가 반향하더니 순식간에 천둥이 치는 듯한 둔중한 소리로 변했다. 그 소리가 불러일으키는 파동이 너무 커서 차마 들리지 않을 정도였다. 우렁차게 처어얼써어억 하는 그 소리는 물질이 되었고, 돌과 연기로 쌓아올린 장엄한 원형의 성벽이 되었다. 그 우레 같은 소리는 서서히 하늘로 올라가 바람 한가운데를 떠돌며 주변 만물의 움직임을 둔화시키고, 시간의 추를 멈추고, 일순간 세계를 거인들의 처소로 만들어버렸다.

베송은 등대 뒤에 서서 시선을 바다에 붙박은 채, 그곳에서 들려오는 영원의 리듬에 자신이 엄습당하고 있음을 느꼈다. 그의 정신은 파도의 춤 한가운데서 완전히 소멸해버렸다. 마치 바람이 그의 내부로 들어와 창문이 활짝 열린 그의 육신을 통과하는 것 같았다. 파도가 출렁일 때마다 그의 가장 깊은 곳도 격렬하게 일렁였고, 몸은 경직되었고, 증오로 고통스러웠다. 몇 톤인지도 모를 무거운 물이 격렬한 기세로 그를 완전히 사로잡았다. 파도가 부서질 때마다 그의 가슴 어딘가가 폭발했고, 그는 폭탄으로 변신했다. 바다와 바람의 리듬을 완전히 간파했을 때, 그곳에 바위처럼, 해초와 바다 기생충들로 끈적이는 검고 늙은 봉우리처럼 서서 바람과 파도의 공격에 맞서는 동시에 그것들의 환희에 찬 리듬과 한 몸이 되어 몸을 떨었을 때, 베송은 숨을 내쉬었다. 천천히 그리고 확실하게, 그는 그것들과 함께 호흡했다. 그의 허파는 물결의 리듬에 맞춰 공기를 빨아들였고, 그는 부풀어오른 수평선에 몸을 기대면서 난폭함과 의지라고 하는 거대한 무게를 가슴속 깊이 받아들였다. 그의 가슴은 모든 것을 들이마셨고, 경이롭게, 거의 터질 것처럼 부풀어올라 산보다 더 높고 더 넓어졌다. 이윽고 그의 가슴은 숨을 들이마시기를 멈췄고, 순간적으로 요소들의 힘이 균형을 이루었다. 그러자 광활하게 펼쳐진 바다에서부터 오는 어떤 신비한 신호에 따라, 너무 강하고 규칙적인 리듬을 가지고 있어서 그로서는 들을 수 없는 어떤 미지의 신호에 따라 수문이 활짝 열렸다. 물기둥이 장애물을 향해, 도시를 향해, 우둔한 얼굴을 한 무리를 향해 돌진했고, 지평선 사방에서 징소리가 찢어질 듯이 울려퍼졌다. 소리의 태양이 하늘에서 지상을 향해 헤엄쳐 내려가며 만물을 공포에 몰아넣고는 무의미한 사물들 위로 스러졌다.

눈먼 힘이 압축되어 있는 하나의 점 같은 소란의 중심부에, 고요와 평온의 공간 하나가 태어났다. 모든 것이 몇 초 만에 죽임을 당해 무無로 돌아가는 곳이었다. 그러나 저주는 아직 끝난 게 아니었다. 호흡의 주기가 아까처럼, 지치지도 않고 서서히 되풀이되고 있었다. 베송은 자신이 영원 속으로 들어가고 있는 것을 느꼈다. 죽지 않는 것은 쉬운 일이다. 이렇게 바다의 리듬에 맞춰 천천히, 길고 힘차게 호흡하면 된다. 파도와 더불어 육지의 성벽에 대항해 싸우면 된다. 뾰족뒤쥐* 같은 작은 심장을 미친 듯이 펄떡거리며 쫓기듯 허겁지겁 살아가는 인간들에 대항해 투쟁하면 되는 것이다.

곧 온몸이 호흡의 리듬을 따라갈 것이다. 피부는 차가워지고 물빛을 띠게 될 것이다. 피는 혈관 속을 느리게 흐르리라. 어떤 피는 거품과 주름으로 줄무늬가 진 짭짤한 피로 변할 것이고, 어떤 피는 밀물과 썰물이 부드럽게 잡아끄는 대로 사지를 오르내릴 것이다. 더이상 뇌에서는 사고 활동이 일어나지 않을 것이다. 생각들은 말미잘처럼 제자리를 맴돌며 한결같은 모습으로, 주위에 떠다니는 입자들을 언제까지고 소화시키고 있을 것이다. 그것은 결코 지칠 줄 모르는, 말도 욕망도 없는, 무엇인지 정확하

---

* 독이 든 타액으로 먹이를 무력하게 만들어 잡아먹는 쥐.

게 알 수는 없지만 언제나 같은 것을 의미하는 생각이리라. '빛과 어둠', 아니면 '노래하라 노래하라' 혹은 '신'이라는 생각일지도 몰랐다.

눈은 더이상 아무것도 보지 못할 것이고, 귀도 들리지 않을 것이고, 피부도 겨울의 추위나 여름의 태양을 느끼지 못할 것이고, 위도 배고픔을 느끼지 못할 것이다. 존재하는 것은 오직 자신의 내면, 바다가 움직이고 바람이 흘러가고 구름의 행렬이 지나가는 자신의 내면뿐일 것이다. 그렇게 제 의무에 충실한, 호흡하고 있는 내면. 온 육체는 숨을 쉴 것이다. 심장, 창자, 성기, 뇌수, 목구멍, 피부세포와 작은 뼛조각까지. 온 육체는 거대한 허파가 되어, 주변 풍경과 함께 쉬지 않고 부풀어올랐다가 숨을 내뱉으리라. 영생의 비밀은 바로 그것이었다. 숨을 쉰다는 것. 결코 멈추지 않고 숨을 쉰다는 것. 세상 만물과 더불어 바닷속에서, 바위 속에서, 구름의 후광 사이에서, 은하수가 흐르는 검은 허공 속에서 진실의 리듬에 따라 숨을 쉰다는 것.

바람은 꽤 시간이 흐른 후에야 그쳤다. 이제 하늘은 두터운 구름장에 뒤덮였다. 짙은 그늘이 도시의 윤곽 위에, 베송이 걸어가는 거리에 드리워졌다. 다시 고요가 찾아오고 군중이 보도 위를 걸어다녔다. 불 켜진 상점들 안에 진열해놓은 상품들이, 천이니

가구니 과자들이 보였다. 베송은 어느 가게 안을 들여다보기 위해 잠시 멈춰섰다. 플러시 천으로 만든 빨간 새 한 마리와 초록색 새 한 마리가 부리를 딱딱거리고 날개를 열심히 퍼덕이면서 오르내리고 있었다. 새들 뒤로 젊은 여자 한 사람이 소파에 앉아 있었다. 여인은 마스카라로 짙게 화장한 공허한 눈으로 밖을 바라보며 담배를 피우고 있었다.

발걸음을 돌려 어느 공원 앞을 지나가는데 나뭇잎이 흔들리는 소리가 들렸다. 한 줄기 바람이 불자 나뭇가지들이 휘었고, 다시 빗방울이 떨어지기 시작했다. 도시 위로 먹구름이 순식간에 부풀어올랐고 빗방울들이 후두둑거리며 지표면을 때리기 시작했다. 베송은 어느 집 현관 아래로 달려가 피신했다. 그리고 하늘에 고르게 뚫린 구멍에서 쏟아져내리는 굵고 뒤틀린 빗줄기를 하염없이 바라보았다.

곧 차도 옆 도랑이 넘치면서 낙엽과 종잇조각들을 실은 물살이 인도를 따라 흐르기 시작했다. 빗물받이 홈통에서 찔끔찔끔 나온 물이 관 한가운데로 떨어졌다. 도시 전체가 경사져 있어서 빗물이 시멘트와 아스팔트 바닥 위에서, 때로는 기왓장 위에서 가파르게 흘러내렸다. 마치 도시 아래쪽 어딘가에 있는 커다란 구멍을 향해 흘러가는 것 같았다. 물은 사방에서 흘러나왔다. 하늘에서 떨어지는 빗물이라기보다는 차라리 거기, 물질들 사이에 감금되어 있다가 어떤 마법 같은 명령을 받고 갑자기 솟아오르는 것 같았다. 물은 나뭇잎 사이에서, 벽지에서, 보도의 움푹 팬 곳에서, 지붕 처마에서, 심지어는 사람들 살갗에서도 분출되었다. 마치 땀처럼, 열병의 발작으로 팽창된 모공 하나하나에서 넘쳐흐르는 땀처럼, 물은 쉼없이 흐르고 미끄러지고 샘처럼 솟아오르고 한 방울 한 방울 이슬처럼 맺히기도 하면서, 유연하고 부드러운 자신의 온힘을 다해 단단한 돌과 투과할 수 없는 대기에 대항해 싸우고 있었다.

베송은 공원에 늘어선 나무들 위의 움직이지 않는 시커먼 하늘을 바라보았다. 공원 주변에 있는 집들의 지붕은 창백했고, 텔레비전 안테나들은 은색 페인트를 칠한 것처럼 기이한 빛으로 번득였다.

소음은 여전했다. 그러나 이제 그 소리는 단순하지 않았다. 쏟아지는 비가 그 소음을 후광처럼 감싸고 있었고, 그 소리들은 중얼거리는 빗소리 가운데 잠시잠깐 환히 빛났다가 곧 익사하듯 자취를 감추었다. 베송은 아스팔트의 딱딱한 껍질 아래의 젖은 땅 냄새를 맡았다. 높은 곳에서 오존을 싣고 불어오는 차가운 바람도 느껴졌다. 그는 성벽 같은 집들 너머에서 흐르는, 차츰차츰 불면서 강바닥 위로 토탄 더미들을 휩쓸어가고 있는 우윳빛 강물 소리에 귀를 기울였다. 입을 벌려 빗물을 맛보기도 했다.

그런데 그때 다음과 같은 일이 일어났다. 바로 그 순간, 잉크색 구름 한가운데서, 어떻게 그런 일이 일어났는지는 정확히 알수 없었지만 세 갈래의 하얀 금이 나타났다. 그것은 하늘의 가장높은 지점에서부터 지평선에 이르기까지 하늘의 절반을 온전히차지하고 있었다. 갑자기 검은 구름 장막 위에 백묵으로 그린 듯선명하게 모습을 드러낸 그것은 꼼짝도 하지 않았다. 살갗 위로도드라진 정맥처럼 보이는 그것은 소리없이 번득였고, 눈처럼순수한 액체로 잔뜩 부풀어올라 있어 마치 빛이 아닌 것처럼 보였다. 그것은 세 갈래 갈퀴를 땅으로 향한 채, 천공을 가르며 마치 나무뿌리처럼 거기 단단히 새겨져 있었다. 그 순간 그것보다더 중요한 것은 아무것도 없었다. 지평선과 창공, 도시, 그리고바다와 강들이 단숨에 텅 비더니, 수천 개의 조각으로 찢어지면서 밤에 뒤덮였다. 남아 있는 것은 아름다움과 평화로움으로 하얗게 빛나는 그 신적인 표지, 거대하고 소리없는 전기라는 존재뿐이었다. 세상 나머지 것들을 죄다 소멸시켜버린 저 움직이지않는 거대한 그림 속에서, 고난과 소요로 점철되어온 수세기의세월은 물에 잠기고, 폭력에 물들고, 행복에 젖게 될 것이다. 세상을 밝히며 사진을 찍는 그 한 줄기 번개, 그 단 하나의 균열 속에는 작열과 냉기가 뒤섞여 있었다.

영원히 지속될 것 같던 그 순간이 지나가자, 이윽고 소리가 들려왔다. 소리는 우르릉거리다 잠시 멈칫하더니, 베송 바로 위에서 폭발할 듯 지축을 뒤흔들었다. 비가 더 세차게 쏟아졌다. 비는 자애로운 밀물처럼 거리를 온통 물바다로 만들었다. 마치 불속에 서늘함을 불어넣기 위해, 혹은 냉기 속에 열기를 불어넣기 위해 문을 활짝 열어젖힌 것 같았다.

9장

프랑수아 베송, 도망가다─인디언들은 늑대를 죽일까?─식인귀─커다란 누
렁개가 죽어가는 것을 지켜보는 사람들─광견병─프랑수아 베송, 종이를 태
우다─도시의 깊은 계곡─건너뛴 식사─물 없는 물의 구珠

아홉째 날 프랑수아 베송은 마르트의 집을 떠나기로 작정했
다. 거기에는 다음과 같은 몇 가지 이유가 있었다.

(1) 여자가 마음에 들기 시작했다.

(2) 피곤했다.

(3) 다른 곳에서 무슨 일이 일어나고 있는지 궁금해졌다.

(4) 침대가 편안하지 않다.

(5) 여자에게서 입 냄새가 나고, 가끔 땀 냄새도 난다.

(6) 시간은 자꾸 흘러가고, 빨리 행동해야 한다.

아침에 그는 마르트가 장을 보러 외출한 틈을 타서 짐을 챙겼
다. 소년은 실내복 바람으로 주방 바닥에 앉아 장난감 자동차를
가지고 놀고 있었다. 얼마쯤 지나자 아이가 일어나더니 해수욕

가방에 면도기를 챙겨넣고 있는 베송에게 다가와 물었다.

"어디 가요?"

"밖에." 베송이 대답했다.

"뭐하려고요?"

"그냥."

"그냥?"

아이는 장난감 자동차 하나를 가져와 "부르르르르릉 부릉" 하고 엔진 소리를 내며 베송의 발 주위를 빙빙 돌기 시작했다.

베송은 해수욕 가방에 자신의 물건을 모두 챙겨넣었다. 아이가 다시 다가오더니 검은 눈동자로 그를 가만히 바라보았다.

"정말 어디 가요, 네?" 어린아이가 다시 물었다.

"밖에 나갈 거야." 베송이 대답했다.

"산책하려고요?"

"그래." 베송은 손목에 시계를 차고 머리를 손질했다.

그가 가방을 가지러 돌아왔을 때, 빨간 머리 소년은 장난감 자동차 두 개를 서로 충돌시키며 놀고 있었다.

"뭘 하니?" 베송이 물었다.

"이건 푀조예요." 어린애가 설명했다. "그리고 이건 시트로앵이고요. 이 차가 너무 빨리 달려서 푀조 운전사가 보지 못한 거예요. 이 차가 이렇게 여기까지 왔는데, 이제 어떤 일이 일어나

나 보세요."

작고 파란 자동차가 전속력으로 주방 바닥을 달려왔다. 맹렬한 속력을 보니 적어도 시속 3백 킬로미터는 될 것 같았다. 오른쪽에서 또다른 자동차가 나타났다. 진한 빨간색으로 칠한 그 차는 식탁다리를 돌아 파란 차의 앞길을 가로막았다. 두 자동차가 브레이크를 걸 시간도 없었다. 끔찍한 충돌이었다. 두 차는 주방의 비닐 바닥에 곤두박질치고는 다시 튀어올랐다가 바퀴를 허공으로 향한 채 뒤집히고 말았다. 만약 안에 사람이 타고 있었다면 그 자리에서 즉사했을 터였다. 곧 소방차 한 대가 주방 저 한구석에서 나타났다. 소방차는 사이렌을 요란하게 울리면서 존재하지 않는 길을 따라 지그재그로 속력을 다해 사고현장으로 달려왔다. 그리고 불이 나기 시작한 두 자동차 옆에 멈춰서서 진화작업을 시작했다. 이윽고 소방차는 부상자와 사망자를 싣고 사이렌 소리를 한층 요란하게 울리며 온 길을 되돌아갔다. 소방차가 사라지자 두 대의 견인차가 사고현장에 달려왔다. 견인차는 사고 차량 두 대를 밧줄로 범퍼에 연결해 끌고 주방을 가로질러 갔다.

떠나기 전 시간이 남자 베송은 의자에 앉아 담배에 불을 붙였다. 그리고 타고 있는 성냥을 아이가 불어서 끄게 했다.

"이름이 뭐랬지?" 베송이 물었다.

빨간 머리 소년은 대답하지 않았다.

"말해봐. 네 이름이 뭐랬지?" 베송이 다시 물었다.

"뤼카." 아이가 대답했다.

"성은?"

"……"

"여기서 사니?"

"네……"

"몇 살이지?"

"……"

"아직 네 나이도 몰라? 수는 셀 줄 알겠지, 응? 그렇지?"

아이는 앞뒤로 몸을 흔들기만 했다. 아이의 머리는 무거워 보였고, 이마는 높았고, 빨간 머리칼에 두 눈은 반짝이고 있었다. 아이는 입을 벌리고 있었는데, 앞니 두 개가 아랫입술 위로 드러나 있었다. 소년은 파란 실내복과 체크무늬 바지에 꽃무늬 슬리퍼를 신고 있었다. 베송은 아이 쪽으로 몸을 기울였다.

"자, 그럼 나하고 함께 숫자를 세어보기로 하자. 하나, 둘, 셋……"

"넷……"

"다섯, 여섯……"

"여덟…… 열하나…… 열넷……"

"아냐, 틀렸어! 여섯, 일곱, 여덟, 아홉…… 자, 계속해봐."

"응…… 열……"

"맞았어, 그거야."

"응…… 열넷……"

"아니, 열넷이 아냐. 아까도 그랬지."

"여섯……"

"아냐, 여섯이라니…… 열하나, 열둘, 열셋……"

"열넷……"

"그다음은?"

"몰라요." 아이가 말했다. 아이는 다시 장난감 자동차를 가지고 놀기 시작했다. 베송은 리놀륨 바닥을 기어다니는 아이를 바라보았다. 잠시 그는 아이를 데리고 가고 싶다는 생각을 했다. 그애에게 무언가 가르쳐줄 수도 있을 것이다. 무엇인지 딱히 알수는 없지만 아마도 진실로 유익한 무엇인가를 알려줄 수 있을지도 모른다. 상점 진열대에서 물건을 훔치는 법이나 빨리 수영하는 법 같은 것들. 하지만 그렇게 하면 얼마 지나지 않아 경찰에 체포될 테고 유괴범으로 피소될 것이다.

"뤼카, 왜 자동차에 타지 않는 거니?" 베송이 물었다.

아이는 고개를 들고 잠시 생각에 잠겼다.

"차가 너무 작으니까요." 아이가 대답했다. "안 그래요?"

그러더니 장난감을 얼굴 앞으로 들어올렸다.

"더 큰 차를 갖고 싶니?"

"트럭이요. 이따만큼 큰 트럭이요."

"그런 트럭을 몰고 어디로 가려고?"

"학교로 가죠. 그리고 엄마랑 운동장을 달릴 거예요."

베송은 담배를 바닥에 떨어뜨렸다.

"이다음에 네가 큰 다음에."

"네, 여덟 살이 되면요. 그런데 왜…… 왜 난 지금 여덟 살이
아니에요?"

"왜냐하면, 그건 네가 네 살이기 때문이지." 베송이 말했다.

"밤에 잘 때 난 여러가지 꿈을 꿔요." 아이가 말했다. "늑대
랑, 늑대가 많이 있는 숲이랑. 그리고 인디언 꿈도 꿔요."

"그래, 인디언들이 늑대를 잡니?"

"아뇨, 못 잡아요. 키 작은 인디언들이거든요. 하지만 내가,
내가 크면 막대기를 들고 늑대들을 모조리 죽여버릴 거예요. 늑
대들 눈에 막대기로 구멍을 낼 거예요. 그런데 꿈속에서 날 잡아
먹으려는 늑대가 한 마리 있어요. 난 그 늑대에게 이렇게 말해줬
어요. 야, 늑대야, 넌 날 잡아먹지 못해. 왜냐하면, 왜냐하면 내
가 널 죽일 거니까. 그랬더니 그놈이 화가 나서 내 목을 잡았어
요. 그래서 난 칼로 그놈 배를 갈라버렸어요. 배를 아래에서 위

까지 둘로 쫙 갈라버렸어요."

"그래서?"

"그랬더니 날 캄캄한 방에 가둬놓고 자물쇠로 문을 잠가버렸어요."

"캄캄하니까 안 무서웠어?"

"무서웠어요. 낮에 창문을 통해 밖으로 뛰어나왔어요."

"늑대인간을 본 적도 있니?"

"가끔 꿈에서 봐요. 커다란 막대기를 갖고 다니면서 여우들을 모조리 모아서 숲속을 돌아다녀요. 하지만 난 도망가요. 그놈은 날 잡지 못해요."

"어째서 못 잡는데?"

"그건요, 식인귀를 만났는데, 그 귀신이 날 나무에 올라가게 해줬거든요. 늑대인간은 나무에 오를 수 없었어요. 왜냐하면 그 귀신이 날 지켜주고 있었으니까요."

"그런데 식인귀가 널 잡아먹으려 하지는 않았니?"

"아뇨. 착한 식인귀였어요. 어린아이는 절대로 잡아먹지 않아요. 신사 같은 식인귀였어요."

"그래 그 식인귀, 어떻게 생겼어?"

"아주 커요. 다리는 검고, 손과 얼굴은 하얬어요."

"코는?"

"코도 하였어요."

"머리색은?"

"파란색…… 아니, 바다색이었어요."

"바다색이라고?"

"네."

"그럼 눈은?"

"노란색이요."

"그렇다면 그 귀신, 아주 예쁘겠구나?"

"네, 예뻐요. 근데요, 난 오랫동안 뛰어다녔어요."

"그 늑대인간은 어떻게 했어?"

"자꾸만 날 잡으려고 했어요. 그래서 큰 돌멩이 한 개를 주워 머리를 때려줬어요."

"그러다가 잡아먹히면 어떡하려고 그랬어?"

"그럼 그놈 배를 가르고 나올 거예요."

"그렇다면 네가 먹은 닭은 어째서 네 배를 가르고 나오지 못할까?"

"닭은 죽었잖아요."

"넌 죽지 않니?"

"그럼요."

"그럼 지금 그 늑대인간이 널 잡아먹는다면 네가 죽을까?"

"네, 하지만 지금은 내가 너무 작으니까 안 죽을 거예요. 안 죽으면 난 금방 어른이 될 거예요."

"그건 그렇고, 그럼 넌 왜 닭이 아닌데?"

"내가 만약 닭이라면 숲속에 가서 숨을 테니까요."

베송은 담배를 재떨이에 비벼껐다.

"학교에 미셸이라는 애가 있는데, 그애한테 이름이 파디라는 개가 있어요."

"그런데?"

"그 개가 밤이 되면 늑대가 된대요."

"그리고 넌 크면 무엇이 될래?"

"난 크면 군대에 들어갔어요. 그리고 두 번 죽었어요."

"다시 살아난 다음에는?"

"그다음에는 비행기를 타고 빨리 날아갔어요. 비행기는 보이지 않는 길을 따라 날아갔어요. 아주, 아주 높이요. 난 아래로 떨어질 뻔했어요. 그러고는 바다를 헤엄쳐서 섬까지 갔어요."

"그 섬 이름이 뭔데?"

"그건 나도 몰라요. 아마 이름이 없을 거예요."

"이름이 없을 거라고?"

"그다음에 나는 초콜릿을 너무 많이 먹었어요. 그래서 배가 아팠고 토했죠."

"너, 글 쓸 줄 아니?"

"네, 알아요. 읽을 줄도 알아요."

"뭘 읽을 줄 아니?"

"신문이요."

"신문에 무슨 이야기가 있는데?"

"동물 이야기들이요. 곰 이야기, 기린 이야기, 가젤 이야기, 낙타 이야기, 코끼리 이야기."

"오리너구리 이야기도?"

"네."

"화식조火食鳥 이야기도?"

"그것도요…… 그리고 호랑이, 사자, 표범……"

"병균들도 나오니?"

"네, 그리고 사자, 기린……"

"그리고 공룡, 메가테리움*, 미치류**……"

"네, 그리고 호랑이, 사자……"

베송은 그렇게 잠시 아이를 바라보았다. 그리고 그 부드러운 얼굴의 곡선과 뾰족한 두개골, 깊이라고는 없이 외부 사물들만을 비추는 검은 눈동자에 젖어들었다. 그는 그 육체에 진실로 속

---

* 고대에 살았던 대형 초식동물.
** 고생대 데본기와 중생대 트라이아스기에 번성하던 고대 양서류의 총칭.

해 있지 않으면서도 이미 한 인간의 신비로운 통일성을 이루는 아이의 자세와 움직임을 유심히 바라보았다. 마침내 그는 떠나기로 결심했다. 해수욕 가방을 집어들고 레인코트를 입은 후 그는 아이에게 말했다.

"자, 아저씨는 간다. 착한 아이가 되어라. 자동차 가지고 재미있게 놀고. 엄마가 돌아오면, 아저씨가 갔다고 이르고 또 언제 돌아올지는 아저씨도 모른다고 그러더라고 해. 알았지?"

"네." 아이가 대답했다.

베송은 문을 열고 층계를 내려갔다.

밖에 나오니 날이 거의 개어 있었다. 하늘은 아직도 흐렸지만 땅은 다 말라 있었고, 때때로 찬 바람이 거리에 불어왔다. 베송은 해수욕 가방을 들고 인파로 붐비는 대로를 피해 걸었다. 베송 자신은 인식하지 못했지만, 그는 강으로 향하고 있었다.

강둑에는 넝마주이들이 살고 있는 오두막집이 연달아 늘어서 있었다. 베송은 노점 앞에 걸음을 멈추고 샌드위치 한 개와 레모네이드 한 잔을 주문했다. 옆에서 군인 하나가 딱딱한 빵 두 조각에 커다랗고 둥근 소시지를 끼운 샌드위치를 씹고 있었다. 샌드위치와 레모네이드를 다 먹고 마시고 나자 베송은 돈을 내고 일어나서 강둑 난간으로 가 팔꿈치를 기대고 섰다. 저 밑으로 온통 진흙탕이 된 강물이 세차게 흘러가고 있었다. 무엇인가가 부패한 냄새가 풍겨왔다. 조금 위쪽, 강바닥에서 일꾼들이 자갈 더미 뒤 공사장에서 일하고 있었다. 기계와 불도저는 움직이지 않았고, 기초공사를 마친 교각 옆의 화로에서 연기가 피어오르고 있었다.

　베송은 공사장을 정면으로 볼 수 있는 곳까지 강둑을 따라 올라갔다. 그리고 거기 멈춰서서 공사장을 주의 깊게 바라보았다. 낡고 더러운 옷을 입은 열두어 명의 일꾼들이 양동이와 삽을 들고 자갈 더미 위를 오가고 있었다. 어떤 이들은 모래 더미에 구멍을 파고 있었고, 어떤 이들은 그들을 바라보며 담배를 피우고 있었다. 모든 것이 무질서했고 또 무용했다. 그런데도 베송은 그들처럼 삽 위로 몸을 굽힌 채 노동을 하고 싶었다. 아무것도 모르지만 아무 말도 질문도 하지 않고 언젠가 콘크리트 교각 안에서 끝날 그 신비로운 작업에 참여하고픈 욕망이 솟구쳤다. 얼마 후 거지 한 사람이 폐지로 가득 찬 부대를 끌면서 천천히 공사장을 가로질러갔다. 그에게 주의를 기울이는 사람은 아무도 없었다. 그는 불어오른 강 옆에 자라난 덤불 사이로 들어가더니 하수처리장으로 통하는 듯한 울타리 뒤로 사라졌다. 많은 사람들이 사는 각박한 도시 한가운데에 위치한 그곳은 기이하게 버림받은 세계였다. 밤이 내리면 쥐들과 집 잃은 개들이 어슬렁거리는 열대초원의 축소판 같은 곳이었다.

어딘가 끔찍한 구석이 있는 곳이었다. 고독과 비참, 노화 혹은 그 비슷한 것들을 의미하는 곳이었다. 진흙탕과 오물로 뒤덮인 그 차가운 물줄기를 마주한 채, 도시는 무겁게 버티고 서서 창문이 뚫린 건물 벽들을 통해 난폭한 위세를 떨치고 있었다. 난간에 몸을 기대고 있던 베송은 자신이 두 적敵이 마주보며 대치하고 있는 지점, 바로 그 경계에 서 있음을 깨달았다. 그는 힘들게 그곳을 벗어나 다시 시내 중심으로 발걸음을 돌렸다.

잠시 후 사거리를 건너던 프랑수아 베송은 사람들이 운집해 있는 곳을 발견했다. 그쪽으로 가보았지만 처음에는 이상한 낌새를 찾을 수 없었다. 보도에 몰려 있는 사람들은 모두 고개를 빼고 같은 곳을 바라보고 있었다. 그 장소에 이르러서야 베송은 비로소 무슨 일인지 이해했다. 커다란 누렁개 한 마리가 인도 가장자리 도랑에서 죽어가고 있었다. 머리는 움푹한 도랑에 누이고 땅바닥에 길게 드러누워 뻣뻣한 네 다리는 하늘을 향한 채, 개는 주둥이를 벌리고 힘들게 숨쉬고 있었다. 그 숨소리가 얼마나 거칠었는지, 목구멍을 긁어대는 것 같은 고통스러운 소리까지 들렸다. 개 앞 몇 미터 떨어진 곳에서 남자들과 여자들이 꼼짝 않고 서서 그 모습을 바라보고 있었다. 어떤 이들은 부끄럽다는 듯 저만큼 떨어져 어깨 너머로 곁눈질을 하거나, 주차된 자동차 뒤에 몸을 숨기고 지켜보기도 했다. 자동차를 몰고 가던 사람들은 속도를 늦추고 무슨 일인지 확인했다. 베송은 이 모든 것을 일별하고는 진저리를 치며 죽음이 전시된 그 장소를 가로질렀다.

이미 뻣뻣해진 누렁개의 네 다리는 보일 듯 말 듯 떨고 있었고, 늘어진 개의 형체는 이제 아스팔트 색과 거의 분간이 되지 않았다. 베송은 도랑의 진창에 잠긴 채 점점 더 밀도가 높아지는 공기를 들이마시려 애쓰는 개의 기다란 머리를 보았다. 윤기라고는 없는 털 위에 핏자국은 보이지 않았지만 그보다 훨씬 끔찍한 형상이 펼쳐져 있었다. 개의 물컹한 거죽은 어떤 뚜렷한 형체를 이루지 못해 반쯤 빈 포대처럼 보였다. 사람들은 그 앞에 미동도 않고 서서 아무 말도 없이 그저 바라보고만 있었다. 인도 가장자리에 다가가니 몸을 뒤집고 벌렁 드러누워 숨을 헐떡거리는 개의 모습이 점차 눈에 들어왔다. 흙탕물이 들어간 듯 흐릿한 두 눈은 허공을 바라보고 있었고, 꼬리는 허공에 매달린 듯 인도 위로 뻣뻣하게 올라와 있었다. 더이상 숨을 들이마실 수 없는 쩍 벌린 주둥이에서 새어나온 침과 먼지가 들끓는 힘없고 쉰 목소리가 사거리의 침묵을 뚫고 하늘로 솟아올랐다. 그 신음 소리는 길지 않았다. 단말마의 고통에 휩싸인 개의 육신은 여전히 헐떡거리고 있었다. 베송은 뒤도 돌아보지 않고 서둘러 그곳을 떠났다. 진실로 마음이 아팠던 것은 아니었다. 그러나 움직이는 사람들과 거리의 소음을 헤치고 걸어가는 동안, 사거리에서 외롭게 단말마의 숨을 내쉬던 그 커다란 누렁개의 기이하게 굳은 몸뚱이와, 개를 바라보고 있던 사람들의 얼굴이 뇌리에서 떠나지 않았다.

몇 초 동안 베송은 병과 죽음에 대한 어떤 비극적인 기억 같은 것을 느꼈다. 알 수 없는, 음험하고 도저히 피할 수 없는 무언가에 사로잡힌 것이다. 그의 생명의 감춰진 기원에서 비롯된 어떤 회한, 그를 타고 올라가고 근육과 신경이 낸 길을 달음박질치면서 그물망 같은 혈관을 따라 온몸으로 퍼지는, 차라리 불안이라 할 감정. 화르르 타오르고 방울방울 떨어지고 그의 세포 하나하나를 주의 깊고 악의에 찬 외눈으로 만드는 어떤 어렴풋한 고통, 어떤 경련. 경직과 증오로 가득 찬, 의식적으로 이루어지는 파괴이자, 어느 누구도 피할 길 없는 끔찍한 결말인 그것은 흑사병, 문둥병, 손발가락 절단증, 대비증, 흑열병, 혹은 광견병이었다.

"일반적으로 광견병은 그 병세가 빠르게 진행되며, 환자는 초기부터 극심한 정신적 혼란에 시달린다. 초기 증세로 극심한 불안과 우울증, 망상과 불면증을 들 수 있다. 곧이어 가려움증을 동반한 국부적 마비나 염증이 나타나면서 환부가 물컹하게 부어오른다. 환자가 식도 수축에서 비롯된 인후의 이상 감각을 호소하는 것을 첫 징후로 보기도 한다.

정신적 증세들은 단순 히스테리성일 수 있다. 많은 경우 광견병은 물리적 충격에 이어 발현된다. 환자가 느끼는 공포와 극심한 불안을 발병의 징후로 해석하기도 하지만, 일반적으로 체온 상승을 광견병의 가장 빈번한 초기 증세로 본다. 이러한 증세는 병이 본격적으로 진행되기 전까지 며칠 동안 지속되기도 하는데, 대개 이십사 시간에서 사십팔 시간을 넘기지 않는다. 광견병의 대표적 증세는 공수증이다. 공수증은 환자가 음식물을 섭취하려고 할 때마다 기도와 식도에 고통스러운 경련을 경험하는데서 비롯된다.

이 경련이 야기하는 통증의 강도는 인간이 느낄 수 있는 모든 고통을 능가하는 것으로 추정될 만큼 극단적이다. 액체의 냄새를 맡거나 액체를 보기만 해도, 심지어 액체가 흐르는 소리를 듣기만 해도 환자가 발작을 일으키는 것은 바로 그 때문이다. 환자는 소량의 물을 삼키기만 해도 인후와 후두부에 격렬한 경련을 일으키며 구토를 하게 된다. 외부자극에 대한 신경세포의 과민 반응이 이 병의 독특한 증세다. 바람조차 경련을 야기할 수 있다. 피부와 근육의 반사작용은 극도로 예민해지고, 호흡시 흉곽 근육에서 일어나는 경련은 기관을 절개해도 사라지지 않는다. 액체보다 고체를 섭취하는 것이 더 용이하다.

병의 초기 증세가 발현되면 병세는 급격히 악화된다. 많은 경우 병세가 완화되는 것 같은 기간이 오기도 하는데, 이때 병이 치유되고 있다고 오해하거나 광견병 진단이 오진이라고 의심하기도 한다. 이 기간에 환자는 전에 없이 정신이 맑아짐을 느끼고, 묻는 말에 똑똑히 대답한다. 그러나 곧 목소리는 알아들을 수 없게 되고, 이해하지 못할 말을 하게 된다. 흥분 상태가 어떤 국면에 이르게 되면 정신착란이 찾아온다. 평소에 폭력 성향을 전혀 보이지 않는 환자라 해도 손에 닿는 모든 것을 산산조각 낸다. 음경 강직을 동반하는 성적 흥분은 모든 환자에게 공통적으로 나타나는 증세다. 그리고 목소리가 쉬는데, 흔히 민간에서 말하는 '광견병 환자는 개처럼 짖는다'는 현상은 환자가 심한 경련을 일으킬 때 내는 이상한 소리를 말하는 것이다.

경련과 발작의 주기는 점점 짧아지고, 마침내 환자는 전신이 마비되어 결국 사망에 이르게 된다. 지구력의 한계에 이르기까지 혹사당한 근육들은 이완되고, 극단적인 공포와 고통으로 일그러져 있던 얼굴도 마침내 무표정해진다. 대체로 이때 과도한 양의 타액이 분비되는데, 환자는 이를 통제할 수 없다. 그리고 마침내, 호흡이 불규칙해지면서 약해지다 이윽고 멎게 된다. 사망 직전 체온은 상승하고, 일반적으로 소변에서 당분과 아세톤이 검출된다. 마비 상태에 빠지면서 환자의 동공은 팽창한다."

그후 베송은 다시 부모의 집으로 돌아왔다. 벨을 눌렀을 때,

그의 부모는 막 식사를 하려던 참이었다. 김이 모락모락 피어오르고 있는 접시를 앞에 두고 그들은 잠시 대화를 나눴다. 베송은 가져가야 할 물건들이 있다면서 방으로 올라갔다.

방은 그가 떠난 후로 가지런히 정돈되어 있었다. 침대는 붉은색 초록색의 자잘한 무늬가 있는 천으로 덮여 있었고, 방바닥은 깨끗하게 청소되어 있었고, 재떨이는 비워져 말끔히 씻겨 있었다.

베송은 책상 서랍을 방바닥에 내려놓고 그 안에 든 종이들을 한 장씩 태우기 시작했다. 종이 한 끝을 잡고 그 밑에 성냥불을 붙이고는 커다란 유리 재떨이에 떨어뜨렸다. 그는 오후 내내 그렇게 모든 것을 태워버렸다. 시, 연애 편지와 절교 편지, 전단지, 지리 수업과 라틴어 수업 원고, 대수학 문제, 나체 여인 데생, 사진, 예방접종 증명서, 수년 전부터 거기에 쌓여온, 삶의 이야기를 담은 그 모든 글씨들. 모든 종이들이 똑같은 모습으로 타지는 않았다. 순식간에 불길에 휩싸여 빠르게 열기를 내뿜는 종이가 있는가 하면, 성냥불 위에서 오랫동안 타닥타닥 자욱한 연기를 뿜으며 서서히 타들어가는 종이도 있었다. 불길이 하얀 종이를 따라 번지며 글씨를 녹였고, 볼펜으로 그린 그림을 뒤틀면서 꿈틀거리는 갈색 흔적들을 남겨놓았다. 그러나 곧 그 흔적들도 검고 매운 연기 속으로 서서히 사라졌다. 포르노 잡지에서 뜯어낸 종이들은 두툼하고 반들거렸는데, 불꽃은 여자들의 낭창한 육체 한복판에 이르면 까만 거품 같은 검댕을 두른, 물어뜯은 것 같은 자국을 남기며 자꾸 꺼져들어갔다. 불을 꺼뜨리지 않기 위해서는 향기가 나는 얇은 항공우편 편지지를 아래로 재빨리 던져넣어야 했다. 얇은 종잇장들은 순식간에 까맣게 타들어갔다. 그러나 금방이라도 부서져내릴 듯 화석화된 종이 위로 여전히 재 속에 새겨져 있는 뱀 같은 글씨들의 행렬이 보였다. 불꽃은 모든 것을 닥치는 대로, 아무 미련 없이 삼켜갔다. 불꽃은 종이의 얇은 막을 비틀고, 그 얼어붙은 표면을 액화시키고, 셀룰로이드를 공기중으로 기화시켰다. 작은 화로 위로 뜨거운 기둥이 피어올랐다. 이제 사고와 행위들은 허공으로 날아가는 덧없는 회색 입자들에 지나지 않았다.

재떨이가 가득 차면 베송은 재를 마룻바닥에 버려 재떨이를 비웠다. 그리고 끈기 있게 한 장씩 종이를 태우며 다시 재떨이를 불꽃으로 채웠다. 성냥을 절약하기 위해 그는 불꽃이 막 꺼지려는 때를 기다렸다가 흔들리는 불꽃 위로 새로운 먹잇감을 던져주었다.

곧 방 안이 탄내로 가득 차 목구멍이 아팠다. 타고 남은 재들이 천정으로 올라갔다가 다시 흔들리면서 내려와 베송의 머리와 손 그리고 옷 위에 달라붙었다. 그러나 베송은 창문을 열지 않았다. 방바닥에 놓인 재떨이 위로 몸을 숙인 채, 열에 들뜬 듯 종이 한 뭉치를 움켜쥐고는 노랗고 붉은 불꽃에 계속 먹이를 줄 뿐이었다. 재떨이 유리는 이제 주황색 접착제 같은 것으로 온통 뒤덮여 있었다. 그리고 바로 거기서 불이 타오르고 있었다. 불의 푸른 혓바닥이 재떨이 가장자리 위로 연기와 그을음을 남겼다.

배송의 얼굴과 손 위로 땀이 흐르기 시작했다. 불꽃은 위로 기어오르다가 떨어지고, 다시 위로 기어오르다가 떨어졌다. 눈앞에서 뜨겁게 끓어오르는 공기의 숨결이 느껴졌다. 연기가 목구멍을 자극하면서 목 안에 그을음을 남겼다. 때때로 뜨거운 불똥이 손가락에 튀기도 했지만, 그는 아무것도 느끼지 못했다. 배송은 계속 불에 양분을 제공하면서, 방 안의 모든 종이를 재와 고약한 냄새로 만들어버렸다. 아무것도 간직할 가치가 없었다. 아무것도 읽을 가치가 없었다. 광란하는 불꽃의 뒤틀림, 타들어가는 소리, 광채와 붉은 소용돌이, 푸르스름한 칼날, 열기와 빛, 그리고 바닥 위에서 춤추며 열광하는 굶주린 혓바닥이야말로 진정 그것들이 있어야 할 자리에 있었다. 이제 배송은 재떨이를 비우려고도 하지 않았다. 불붙은 종이들이 바닥 위로 굴러 다른 종이로 불길이 옮겨갔다. 배송은 방바닥에 남은 종이 뭉치를 전부 집어던졌다. 그러자 화염덩어리는 불의 왕관을 높이 치켜올리며 점점 커졌다. 연기가 자욱하게 일어나 끈끈하고 검은 나무줄기의 형상으로 천장을 향해 올라갔다. 어둡고 자욱한 안개 사이로 보이는 것은 붉은 혀를 낼름거리는 불의 춤뿐이었다. 베송은 원형을 이루며 타오르는 불 한가운데로 신문과 책 더미들을 던져버렸다. 소설, 사전, 여행서와 철학 개론서들이 생생하게 살아 있는 불의 입 속으로 사라졌고 그 속에서 곧 형체를 잃었다.

화재가 일어났을 때의 예의 귀를 멍멍하게 하는 소리에 놀라 베송의 부모가 달려왔을 때, 불길은 이미 침대와 벽지를 타고 기어오르고 있었다. 경악에 찬 비명 소리가 들려왔고 허둥거리는 발걸음이 방바닥을 울렸다. 베송은 해수욕 가방을 쥐고 뒤도 돌아보지 않고 나와버렸다. 공원 벤치에 앉아 한참을 쉰 후에야 그는 전신을 얼얼하게 했던 불의 열기에서 벗어날 수 있었다. 그는 담배 한 개비를 피워물었다.

저녁이 되자 프랑수아 베송은 도시의 계곡 같은 거리들을 떠돌아다녔다. 그는 남자들과 여자들이 둘씩 짝지어 인도를 걸어가거나 아이들이 무리를 지어 전쟁놀이를 하는 모습을 바라보았다. 모두 바빴다. 모두 밤이면 기어들어갈 따뜻하고 아늑한 보금자리가 있었다. 건물 속 작은 벌집 같은 방에서 젖가슴이 묵직한 여인들은 식사를 준비할 것이고, 불 켜진 주방에서는 파를 넣은 감자 수프와 튀김 냄새가 은은하게 흘러나올 것이다. 사람들은 마주쳐 지나가면서 미소를 지었고 때로는 인사도 주고받았다. 그들은 큰 소리로 떠들었지만 그 어느 것도 베송을 위한 것은 아니었다. 그는 침묵을 지키며 걸어갔다. 눈꺼풀 안 깊은 곳에 박힌 눈들이 그를 집요하게 바라보거나 슬그머니 시선을 피했다. 석공들과 일꾼들이 바에 선 채로 맥주를 마시면서 구석에서 떠들어대고 있는 텔레비전을 보고 있었다. 멀리서 희미한 종소리가 들려왔다. 유리 진열창에 하나씩 불이 들어오고, 네온사인이 같은 글자를 쉬지 않고 깜박여댔다. 어느 여행사 위에 걸린 간판 안에서 작은 전구들로 이루어진 글씨들이 차례로 불을 밝히며 길게 달음박질쳤다. 베송은 그 글씨들을 읽었다.

속보 ─ 텔아비브에서 비행기 추락 ─ 18명 사망 ─

빗물받이 홈통 아래 네온사인 글자 위에 앉은 비둘기들이 몸을 좌우로 흔들며 체온을 올리고 있었다. 조금 먼 곳에서 한 노인이 모자를 발 앞에 놓고 벽에 기댄 채 피리로 〈내 친구 피에로〉를 연주하고 있었다. 어느 진열창 뒤에는 갓난아이와 무릎을 꿇은 작은 계집아이들의 사진이 전시되어 있었다. 입은 미소를 짓고 있었고 눈은 왁스로 닦아놓은 것처럼 반질반질했다. 사람들은 도처에 표지를 남겨놓았다. 집 현관 위에, 창문 속에, 인도에,

하늘과 나무 속에, 개들의 등 위에, 녹슨 쇳조각 위에, 그들의 이름과 주소를 새겨놓았다. 어디를 가든지 그들에게서 벗어날 수 없었다. 장방형의 구멍이 뚫린, 수직으로 우뚝 선 산은 엿보는 시선들과 말하고 먹는 입, 가지런히 빗은 머리카락과 깨끗이 씻은 피부, 모직 옷과 나일론 옷을 입은 살덩이들로 가득 차 있었다. 어떤 풍경도 이와 같지는 않았다. 이토록 좁은 공간 위에 이렇게 많은 협로와 바위, 그리고 안으로 들어갈 수 없는 수많은 동굴들이 나 있는 곳은 없었다. 이 건물과 거리들보다 높은 산도 없었고, 또 이것들보다 험한 계곡도 없었다. 무시무시한 힘 하나가 이와 같은 요철을 빚어놓은 것이다. 흉측하고 비길 데 없이 난폭한 힘이 이 건물들을 세우고, 대지의 물을 빨아들이고, 둔덕을 평평하게 고르고, 바위들을 잘게 부수고, 모든 요소와 공간을 지휘하고 파내고 조작했고, 자신의 뜻에 따라 작은 시내들을 졸졸 흐르게 하고 있었다. 집들은 암석 가장 깊은 곳에 뿌리 박고 있었고, 이렇게 정복된 대지를 증오와 잔혹함으로 점령하고 있었다.

배송은 그에게 속하지 않는 그 거리를 겸허한 마음으로 걸어갔다. 둥근 어깨의 여인들, 머리를 짧게 깎은 아이들, 일터에서 돌아오는 남자들과 같은 정복자들의 육체가 지나가도록 길을 피해주었다. 길을 건너기 전에는 자동차들이 타이어를 굴려 먼저 지나가도록 기다리기도 했다. 베송은 사나운 움직임과 소리, 빛의 공격 아래서 머리를 숙이고 몸을 웅크렸다. 철탑 꼭대기에서, 거리에서, 바다 한가운데서 불빛이 깜박였다. 어둠에 박힌 못처럼 빨갛고 노란 점들이 나타났다가 지워지고 그다음에 나타나는 점들에 쫓기듯 사라졌다. 대지를 덮은 거대한 납 뚜껑 아래 갇혀, 그 뚜껑에 피부와 고막, 횡경막과 목덜미가 무겁게 짓눌리는 느낌이었다. 차가운 공기는 물과 같은 것이 되었고, 사람들은 자기 집 안에서만 움직이고 있었다. 얼마 지나지 않아 베송은 피로감에 사로잡혀 멈춰섰다. 이제 완전한 밤이었다. 저녁식사 시간이었다. 베송은 수중에 남은 얼마 안 되는 돈으로 셀프서비스 식당에서 식사를 하기로 했다.

베송은 차가운 눈길로 그를 감시하듯 바라보는 뚱뚱하고 못생긴 한 노파의 맞은편에 있는 소스로 얼룩진 검은 테이블에 자리를 잡았다. 그는 먹으려고 애썼다. 그의 접시 위에는 파슬리 가루를 뿌린 얇게 저민 토마토, 마요네즈를 뿌린 계란 하나, 닭다리 구이와 감자튀김, 물 한 잔, 요구르트, 설탕 세 봉지, 눅눅해진 빵 한 덩이, 나이프, 포크, 스푼, 커피 스푼이 놓여 있었다. '맛있게 드세요!', 혹은 그와 비슷한 말이 인쇄되어 있는 얇은 종이 냅킨도 있었다. 종이 끝에는 다음과 같이 씌어 있었다.

로얄 셀프서비스

* 80

* 120

* 550

* 80

* 15

* 20

⟫→865

　배송은 토마토를 삼키고 닭고기를 자르려고 해보았다. 그러
나 음식물은 그에게 적대적이었다. 음식은 자꾸 접시 위에서 미
끄러졌고, 씹히거나 삼켜지기를 완강하게 거부했다. 물조차 어
떤 장난꾸러기가 잔에 구멍을 뚫어놓은 듯 자꾸 턱으로 흘러내
렸다. 계란은 마요네즈 속에서 계속 미끄러졌고, 닭다리는 살아
꿈틀거리는 것 같았다. 모든 것이 메스꺼웠다. 제대로 익지 않은
시체, 죽은 나무뿌리나 흙 혹은 배설물 같았다. 배송은 씹으려고
노력했다. 말라비틀어진 고기 조각을, 유황 냄새를 풍기는 달걀
흰자를 삼켰다. 침을 흘리면서 음식과 씨름하느라 그의 옷과 손
이 더러워졌다. 처음에는 나이프를, 다음에는 스푼을 바닥에 떨
어뜨렸다. 먹는 것이 불가능했다. 무엇보다도, 마주 앉은 노파의

조롱하는 눈빛이 베송의 계속되는 실패를 차갑게 바라보고 있었다. 베송은 고체 음식을 포기하고 요구르트 쪽으로 몸을 수그렸다. 그러나 그것도 마찬가지였다. 작은 스푼을 입으로 가져가는 데는 성공했지만, 그 끈적거리는 액체가 살아 움직이기 시작한 것이다. 요구르트는 혀 밑으로 살그머니 빠져나가 목젖 뒤 식도에 부딪혔다 콧구멍 쪽으로 기어오르면서 자꾸 도망쳤다. 요구르트 통에 고개를 처박은 채, 소위 영양 섭취라는 일을 흉내내던 베송은 다시 어린아이로 돌아간 것처럼 느껴졌다. 그와 마주한 노파의 차가운 시선이, 그리고 식당 여기저기 흩어져 앉은 굳은 표정의 사람들이 마치 거울처럼 베송의 영상을 또렷하게 되비치고 있었다. 둥근 목화송이나 유령의 영상, 혹은 아직도 불투명한 점액질에 감싸인 태아의 영상이었다. 그는 인류라는 종족에 속해 있지 않았다.

그러니까, 이런 것이었다. 사람들은 마치 유산된 태아인 양 그를 배척하고 있었다. 그들은 베송에게서 그의 가장 내밀한 사고와 행위를 훔쳐냈고, 이제는 그를 육체에서 분리해 무無로 되돌려보내려 하고 있었다. 그를 둘러싸고 있는 그 빈정거리는 얼굴들과, 닭다리를 잘게 자르는 데 능숙한 저 살진 손들, 잘 씹는 법을 알고, 입 안에 침을 고이게 해 음식물을 끈적한 죽처럼 만들 줄 아는 저 날카로운 치아가 있는 입들, 모든 것을 선홍빛 피로,

맥동할 때마다 수백만 개의 미세한 바늘처럼 살갗 아래로 퍼져나가는 선홍빛 피로 변형시키고 싶어하는, 저 수없는 주름으로 가득한 육체들이 보내는 메시지는 바로 그것이었다.

이제 해야 할 일은 전력을 다해 투쟁하는 것이었다. 우선은, 조소와 경멸로 번득이는 이곳을 떠나 차가운 밤의 어둠 속으로 파고들어 도움을 청해야 했다. 안개비 아래, 가로등의 회색 불빛을 받으며 인적 없는 거리를 걸어야 했다. 공공 식수대에서 물을 마시고, 보이지 않는 하늘을 뚫어지게 쳐다보아야 했다. 그리고 담배 한 대를 피우고 공원 한구석 나무들이 울창한 곳에 있는 벤치에 드러누워 기다려야 했다. 그리고 잠들어야 했다. 상상 속 방 안에서 빛나고 있는 모든 불빛을 단번에 꺼야 했다. 필요하다면 얽힌 전깃줄 끝에 불똥처럼 매달린, 뜨겁게 달아오른 전구를 부숴뜨리기도 해야 했다. 그리고 희망으로 몸을 떨며, 이제껏 알려진 적이 없는 고독 속으로 빠져들어야 했다.

배송은 딱딱한 나무 벤치를 배고 누워 두 눈은 크게 뜬 채, 그의 위로 내려앉은 어두운 공간을 바라보았다. 월계수 가지들이 복잡한 구조를 펼친 채 온기 없는 공기중에 꼼짝 않고 있었다. 사방이 어두웠다. 몹시 어두웠다. 근처 거리의 소음도 잠시 숨을 죽인 듯했다. 어두운 그림자 같은 것이 그 소리를 감싸고 있었다. 벌레는 없었다. 거미도 보이지 않았다. 마치 온 세상이 대리석 무덤 속에 응결된 것 같았다. 암흑의 거대한 존재가 창문 없는 돔처럼 대지 위에 궁륭을 이루고 있었다. 암흑은 자신에 대항해 몸을 곧추세우고 있는, 인간이라고 하는 미소한 것들을 자신의 온 무게로 누르고 있었다. 그러나 암흑은 그것들을 으스러뜨리지 않았다. 오히려 그들을 이해하고, 바다보다도 어두운, 둥둥 떠 있는 거대한 지붕으로 그들을 덮는 식으로 애정을 표현하고 있는 듯했다. 암흑의 궁륭 또한 어떤 리듬을 갖고 있었다. 호흡의 리듬이나 혈액 순환의 리듬 같은 것이 아니었다. 부재不在에 침투해 공허감에 떨며 침묵 중에 왕복운동을 하는 무거운 흔들림이자, 오직 무한에서 들려온다고밖에 할 수 없는 장엄하고 영원한 노래였다. 그 암흑 속에 별들이, 행성들이, 태양들과 성운들이 있었다. 별들은 암흑의 드레스 깊은 곳에 몸을 숨긴 채, 암흑의 리듬에 맞춰 흔들리고 있었다. 섬세하고, 지극히 맑고, 그러나 난폭한 검은 궁륭은 그 모두를 품고 있었고, 제자리에서 둔중하게 맴돌고 있었다. 돌고 있었다. 돌고 있었다…… 물 없는 물의 구球, 그것은 얼어붙은 채 유연하게 움직이면서 앞으로 나아가는, 은빛 배를 한 수천 마리의 물고기들로 반짝거리면서 스스로에게 수렴되는 물 없는 물의 구였다. 기도요, 사고였고 생명이었다. 그것은 어둠 위에 내린 어둠, 언제까지나 활짝 열려 있으며 만개한 어둠의 장막, 죽음이란 새로운 전개이며 새로운 분

파를 형성하는 것뿐임을 고하는 느리게 펼쳐지는 우산, 끊임없이 은신처가 되어주고 얼음장 같은 소용돌이에서 행복과 불행의 실체를 추출해내는 둥글게 떠 있는 어둡고 매끄러운 구름, 인간 한 사람 한 사람이 그 깊은 뱃속, 모성적 어둠 속에서 편히 쉬도록 이끄는 구름이었다.

10장

프랑수아 베송, 굶주림과 갈증 그리고 외로움을 느끼다―빵 냄새―교회에서
무릎을 꿇고 있는 여인―프랑수아 베송, 자기 목덜미를 신에게 내밀다―고해
성사―파이프오르간―베송은 어떻게 거지의 일을 배우게 되었는가―죽고 싶
어하는 노파의 무서운 시선

열째 날 프랑수아 베송은 굶주림과 갈증 그리고 외로움을 느
꼈다. 온갖 소음과 움직임으로 들끓는 정신 없는 도시 한복판에
서, 그는 마치 공처럼 이리 던져지고 저리 밀쳐져 금방이라도 죽
을 것만 같았다. 그는 네 번이나 자동차에 치일 뻔했다. 그를 향
해 위태롭게 기울어져 있는 건물 벽은 바퀴벌레가 들끓는 하얀
가루더미가 되어 곧 무너져내릴 것처럼 보였다. 그는 몸을 피하
기 위해 구석진 곳에 쭈그리고 앉았다. 그러나 인도를 끊임없이
오가는 인간들의 다리가 그를 더욱 구석진 곳으로 몰아넣었다.
사방에서 오가는 다리들은 기둥이나 피스톤처럼 박자에 맞춰 땅
을 두드려대고, 위협과 장애물로 가득 찬 길을 노를 젓듯 나아갔
다. 구두 밑창 소리가 단단하고 평평한 땅 위에서 반향했다. 그

충격들로 인한 발작적인 소리가, 처음에는 짓이길 것을 찾는 구두굽의 둔중한 소리가, 다음에는 지면을 긁는 귀에 거슬리는 발소리가 들려왔다. 거리 끝에서 시작된 발소리는 점점 커져 마침내 무장 군인들의 행군 소리, 적진 점령에 성공한 정복자들의 의기양양한 발소리와도 같아졌다. 그 소리는 베송에게도 이르러 그를 은신처에서 내몰았고, 그의 배 위를 행군했고, 이윽고 그에게서 멀어지더니 침묵 속으로 사라졌다. 그것은 한층 더 위협적으로 느껴졌다. 발소리, 발소리뿐이었다. 왼쪽에서 오른쪽, 오른쪽에서 왼쪽, 그렇게 끊임없이 짓밟아대는 발소리뿐이었다.

자동차들 역시 거대한 야수들이 어슬렁거리듯 굴러가고 있었다. 만물에 인간의 손길이 닿아 있었고, 인간들의 길에 존재하는 것들은 불행했다. 끔찍한 무관심이 전세계에 퍼져 있었다. 그것은 사물에 침투한 일종의 냉기였다. 나무 안에, 자동차 바퀴 속에, 인도 위에 자리 잡은 냉기, 페인트 위에 덧발라지고, 시멘트에 섞이고, 안경테 속에 녹아들어 있고, 강철 들보에 박혀 있는 냉기였다.

접착제와 비 때문에 오그라들어 쭈글쭈글해진 사각 포스터 위에서 진홍빛 피부의 여인들이 잔인하고 가지런한 이를 드러내며 웃고 있었다. 수염처럼 짙은 속눈썹이 달린 커다란 두 눈은 다리에 털이 무성한 거대한 거미 같았다. 냉장고 옆에 서 있는 나체의 한 여인이 어둠에서 빠져나오고 있었다. 그녀의 팽팽한 육체는 마치 인류가 아닌 다른 종의 암컷이 변신한 것처럼 기이하게 음란했다.

우윳빛으로 빛나는 어느 진열창 속에 밀랍 마네킹들이 인간의 포즈를 취한 채 굳어 있었다. 베송은 그 뻣뻣한 육체를, 허벅지를 드러내며 포갠 양다리를, 가늘고 긴 손가락을, 풍만한 젖가슴을, 노란색, 적갈색, 까마귀색, 장미색 나일론 가발을 쓴 그 대머리들을 바라보았다. 그것들만이 유일하게 살아 있는 진짜 여자들인 것처럼, 불현듯 그 가짜 여인들과 함께 살고 싶은 충동이 일었다. 흰 자갈이 깔린 인공 해변 같은 진열창 안에 불타는 태양 조명을 받으며 드러눕고 싶었다. 거기 화분 속에서 꼼짝도 하지 않는 다육 식물 사이에서 오막살이 한 채를 짓고 살 수도 있을 것이다. 베로네즈 사에서 생산한 초록색 비닐 식탁보 같은 침묵이 지배하고 있는 더없이 다사롭고 고요한 그 조립식 우주에서, 생생한 빛깔들의 영롱한 광채에 몸을 맡기고 살 수 있을 것이다. 좀약과 벼락처럼 강렬한 향수 냄새가 짙게 풍기는 그 밀폐된 입방체 속에서 살 수 있을 것이다. 그는 마네킹 여자 하나를 고를 것이다. 황토색과 장밋빛이 뒤섞인 나체의 굴곡을 훤히 드러내 보이는 검은 드레스를 입고 금속 의자 위에 비스듬히 앉아 불 꺼진 담배를 피우는, 초록색 눈에 긴 금발머리를 한 여인을.

혹은 종이 잔디 한가운데 배를 깔고 조명에 따라 갈색 피부가 밀크초콜릿 빛깔로 빛나는 여자를. 아니면 붉은 머리칼에 짙은 속눈썹을 붙인 청회색 눈으로 밖을 바라보면서 걷다가 멈춰서서 상냥한 미소를 짓는 저 여자를. 그는 그녀들 모두를 사랑할 것이다. 저 생기발랄하고 우아하고 커다란 육체들을 오랫동안 쓰다듬을 것이다. 가발이 벗겨지지 않도록 조심하면서, 손이나 다리가 빠지지 않도록 주의하면서, 입고 있는 드레스를 둥근 어깨선을 따라 벗겨내릴 것이다. 그것이 바로 베송이 하고 싶은 일이었다.

바깥에서는, 납빛 하늘 아래에서는 쉴 수가 없었다. 사람들의 다리는 계속 보도 위를 걸어다녔고, 그들의 육체는 금속성으로 사납게 번득이면서 기묘한 빛을 뿜었다. 모두가 갑옷으로 무장하고 있었다. 손은 팔 끝에서 대롱거리며 번쩍였고, 두 눈의 흰자위는 눈처럼 새하얬고, 치아는 번득였고, 코는 붉게 빛났고, 머리카락은 기름기로 번들거렸고, 벨트에서는 작은 투창 같은 빛이 뿜어져나왔다. 마치 진짜로 태양이 땅으로 내려온 것 같았다. 혹은, 솜털 같은 구름 장막 뒤의 태양이 주석과 금으로 된 비를 물방울들과 섞으면서 갑작스레 녹아내린 것 같았다. 차가운 공기가 유리판처럼 내려앉았다.

정오 무렵 베송은 처음으로 허기의 고통을 느꼈다. 전날부터 먹은 것이라고는 없었다. 남아 있던 마지막 몇 푼은 담배 한 갑과 성냥을 사는 데 써버리고 말았다.

주위의 굳게 닫힌 창문들에서 음식 냄새가 흘러나왔다. 사람들이 식사를 하고 있었다. 아파트에서, 레스토랑에서, 음식이 가득 담긴 접시를 앞에 두고 식탁에 앉아, 김이 모락거리는 고깃덩어리와 감자, 샐러드와 시금치 퓌레*를 삼키고 있었다. 침과 섞인 음식물은 윤이 나는 둥근 덩어리가 되어 식도를 따라 완만하게 미끄러져 내려갔다. 피가 위장 주위로 몰려들었고, 턱이 규칙적으로 움직였다.

요란한 움직임으로 폭발하던 열두시 정각이 지나자 거리는 조금씩 한산해졌다. 생生은 냄비와 포크 소리로 가득 찬 주방으로 집중되었다. 이제 나른한 졸음 같은 것, 일종의 수면 상태가 한낮의 거리 위를 떠다니고 있었다. 짐승들조차 사라졌다. 그것들은 안마당에서 쓰레기통을 뒤지거나, 식탁 주위를 맴돌며 눈을 빛내고 주둥이를 벌렸다.

그들이 사라져버린 거리는 이제 약한 바람만 부는 잿빛 사막이었다. 거리는 끝이 없어 보였고, 인도는 황량했다. 보이지 않는 조수가 평평한 갯벌을 드러내고 저 멀리 물러간 것 같았다.

---

* 채소나 고기를 갈아서 채로 걸러 걸쭉하게 만든 음식.

모든 것이 자신의 은신처로 퇴각해 들어가 가연성의 열기를 음미하고 있었다. 정원의 검은 흙 속에 뿌리를 박고 꼿꼿이 서 있는 나무들도 식사중이었다. 나무들은 부식토의 가장 깊은 곳으로부터 생명의 부드러운 물질을 빨아들이고 소화시키고 있었다. 인산염이 뿌리 사이에서 천천히 용해되었고, 설탕처럼 달콤한 우윳빛 피가 가장 높은 나뭇가지까지 흘러 올라갔다.

배송은 무기력에 사로잡히는 것을 느꼈다. 그는 얼마 동안 그것에 저항하려고 했다. 사거리 한 모퉁이에 서서 꼼짝도 하지 않은 채, 자신이 지금 화려한 연회에 참석중이라고 상상하려고 애썼다. 그는 흰 식탁보를 깔고 그 위에 젤리처럼 엉긴 꿩 요리와 쑥을 넣은 닭 요리를 올려놓았다. 그리고 신선한 고기 위로 값비싼 포도주와, 공작새의 깃털처럼 번들거리다가 흘러내리는 걸쭉한 소스를 끼얹었다. 곧 그는 식탁을 치워버렸다. 별 효과가 없었다. 주변 거리와 보도는 여전히 인적이 없었다. 매끈한 거리 바닥 위에 어떤 슬픈 것이 씌어지더니 지워지지 않았다. 먼지 위에 손가락으로 쓴 것처럼, 진창 위에 그린 것처럼 **먹다**라는 글자가 나타났다. 잠시 후 사람들이 식사를 끝내고 고양이들이 쓰레기통 옆에서 잠들 무렵이면 이 불길한 기호는 사라질 것이다. 그러나 지금 그것은 거기에 있었다. 바깥을 돌아다녀서는 안 되는 시간이었다. 이 시간, 거리를 헤매는 사람은 반드시 그 마법 같은 글자와 만나게 되었고, 그러면 그들 위로, 영원히 버림받았음을 의미하는, 날개를 활짝 펼친 독수리의 그림자가 떠돌았다.

베송은 차도를 온통 파헤친 채 공사중인 어느 거리를 따라 걸었다. 아무도 없는 공사장에는 삽과 곡괭이들이 한데 쌓여 있었고, 노란색 기계 한 대가 휘발유 냄새를 풍기고 있었고, 불은 차갑게 식어가고 있었다.

자동차들은 보도에 바짝 붙어 나란히 주차되어 있었다. 인조가죽 시트 위에는 그 자리에 앉았던 사람들의 흔적이 여전히 남아 있었다. 어두운 밤 같았다. 유령조차 없었다.

어느 빵집 앞을 지나는데 따뜻한 브리오슈 냄새가 흘러나와 베송의 발걸음을 멈춰세웠다. 그 냄새는 베송이 들이마시는 공기와 함께 그의 몸속으로 들어가 엄청난 침과 위액의 파도를 일으켰다. 곧 뱃속에 들어간 냄새 때문에 그는 고통스러워졌다. 냄새는 몸속에서 부단히 움직이며 퍼져나갔고, 뻣뻣해지면서 십자모양이 되었다. 베송은 진열창으로 다가가 빵집 안을 들여다보았다. 빵은 바구니 속에 담겨 사람들의 시선 앞에 꿀 같은 피부를 뽐내고 있었다. 아직 따끈하고, 가운데가 통통하게 부풀어오르고, 상처와 물집으로 뒤덮인 껍질 위에 하얀 밀가루가 흩뿌려진 빵은 공기중으로 짙은 냄새의 장막을 은근하게 피워올리고 있었다. 바삭거리는 껍질 안에는 연하고 쫄깃하고 말랑말랑하고 미지근한 속살이 있고, 또 거기에는 수천 개의 작은 구멍이 나 있을 것이다. 모든 불빛과 화덕의 열기가 그 안에 생생하게 살아 있는 듯 황금색으로 빛나는 빵은 마치 과일처럼 빛나고 있었다. 딱딱하면서도 사르르 녹아들 정도로 부드럽고, 바삭하면서도 촉촉한 빵 껍질은 비단의 주름 같은 속살을 숨기고 있었고, 선망의 눈초리에 몸을 맡긴 채 세상 구석구석에 선의善意의 파동을 퍼뜨리고 있었다. 밀가루 반죽으로 빚은 육신, 그 순결한 물체는 사람들을 부드럽게 끌어당기며 사로잡았다. 마치 빵 냄새가 방향을 거꾸로 해 먹이를 소굴로 끌고 가듯, 베송은 점차 그 빵 안으로 흘러들어갔다. 머리를 앞으로 쭉 빼고 뜨거운 껍질 속으로 헤엄치듯 들어가 파묻히면서, 그는 자신에게 제공된 그 자양분을 한입 가득 삼켰다. 단단한 돌이 녹아들듯, 짙은 빵 냄새와 밀가루와 효모가 그의 사지로 스며드는 것이 느껴졌다. 이제 빵 냄새는 하늘을 가득 채우고 있었다. 도시의 거리들, 가옥들의 지붕, 구름, 아스팔트 도로, 자동차, 그 모든 것이 빵으로, 통통하게 부풀어오른 기름진 플뤼트 빵*으로, 거품처럼 떠다니는 부드러운 산으로, 빵의 속살로, 식탁 위에 놓인 묵직한 과일 바구니 옆에서 십자 모양의 금이 가며 쪼개지고 하늘 높은 곳에서 내려온 가

* 바게트보다 더 작고 가느다란 빵.

벼운 축복이 깃들게 하고 창백한 얼굴로 사랑에 빠진 듯 자신의 몸을 열어 그곳에 임하신 성령에게 자리를 내어주는 빵 껍질로 화했다.

베송은 가만히 빵을 바라보며 오래 생각에 잠겼다. 이제 굶주림도 갈증도 느껴지지 않았다. 그의 주위에서 조금씩 표지들이 사라져갔다. 사람들이 다시 집에서 나오기 시작했고, 자동차들은 요란한 소리를 내며 출발했다. 비둘기들이 보도 위에 내려앉더니 빙빙 돌며 작은 소리로 구구거렸다.

얼마 후 해가 지기 시작하자, 베송은 붉은 집들로 둘러싸인 커다란 광장에 들어섰다. 광장 가운데는 주차장이 있었고, 주변으로 헐벗은 플라타너스 나무들이 서 있었다. 베송은 차로를 가로질러 성당 쪽으로 향했다. 멋없이 높기만 한 건물이었다. 현관에는 대리석 기둥들이 떠받들고 있는 그리스식 주랑이 펼쳐져 있었다. 주랑 위에 다음과 같은 라틴어가 새겨져 있었다.

MARIA SINE LABE CONCEPTA ORA PRO NOBIS*

성당 뒤쪽으로 꼭대기에 괘종시계가 달린 네모난 시계탑이

---

* 원죄 없이 잉태하신 마리아님, 저희를 위하여 빌어주소서.

서 있었다. 하얀 문자판을 빙 둘러 로마 숫자들이 씌어 있었다. 작은 바늘은 IV를 향하고 있었고, 긴 바늘은 이제 막 VI을 지나려는 참이었다. 베송은 시선을 시계탑에 고정하고 잠시 기다렸다. 긴 바늘이 VI를 지나자 둔탁한 종소리가 탑에서 울려나와 지붕 위를 안개처럼 떠돌았다. 새 두 마리가 하늘로 날아오르더니 갈지자를 그리며 날기 시작했다. 베송은 오랫동안 광장 위로 울려퍼지는 종소리를 들었다. 가느다란 섬유 같은 청동의 음표들이 추억처럼 그의 뇌리로 흘러들어왔다.

잠시 후 그는 시계탑 꼭대기에 매달린, 달처럼 보이는 시계판에서 시선을 돌리고는 계단을 올라가 낡은 갈색 나무 문짝을 밀고 성당 안으로 들어갔다.

곧 그는 깊은 공간 안에 들어와 있음을 깨달았다. 천장이 동굴처럼 움푹 들어간, 거대하고 어두운 텅 빈 예배당에는 잿빛 공기와 함께 침묵이 군림하고 있었다. 투명한 구름 같은 것이 벽 사이를 따라 천천히 부유하다 갈래갈래 흩어지면서 니스 칠을 한 의자 위로 미끄러졌고, 유리창을 통해 들어온 햇빛을 가로질러 퍼져나갔다. 진한 향 냄새를 맡자 그는 순간적으로 고통스런 허기가 다시 되살아나는 건 아닐까 생각했다. 그러나 배고픔은 아니었다. 딱히 무엇이라고 이름 붙일 수 없는 그것은 차가운 벽 사이로 부딪히는 정체불명의 비탄이라는 감정, 땅속 깊은 곳까지 연달아 단조로운 조종을 길게 울리는 그것은 알 수도 말할 수도 없는 감정이었다. 그것은 발걸음을 옮길 때마다 소리를 내는 포석들이 불러일으키는 공포였고, 몇 톤이나 되는 돌덩어리로 이루어진 드높은 궁륭의 위압적인 무게감이었고, 어두컴컴하고 육중한 힘이었고, 그 장소가 불러일으키는 두려움이었다. 베송은 후들거리며 중앙통로를 따라 앞으로 걸어갔다. 양쪽에 늘어선 빈 신도석들이 어둠 속으로 사라져갔다. 나무둥치를 닮은 우뚝 선 거대한 기둥들은 궁륭의 가장 높은 곳에 이르면 진줏빛으로 아롱거리는 흰 나뭇잎 모양의 빛무리 속으로 사라졌다. 중앙통로의 끝, 베송이 마주 보고 있는 곳에 촛불을 환히 밝힌 제단이 보였다. 그가 앞으로 나아감에 따라 제단도 그를 향해 움직이고 있는 것처럼 느껴졌다.

베송은 예배당 중심을 향해 몇 발짝 더 옮겼다. 그리고 의자에 앉아 침묵에 귀를 기울였다. 거리의 소음은 돌로 지은 예배당 벽 안으로 들어오지 못했다. 그렇지만 완전한 침묵이라고도 할 수 없었다. 침묵이라기엔 너무 충만하고 너무 짙었다. 부유하는 향입자들 사이에서 희미한 진동이 도둑처럼 슬그머니 어둠 속으로 미끄러지며 속삭였다. 물이 떨어지는 것 같은 소음이 땅속을 울리면서 계속 들려왔다. 마치 베송이 들어오기 바로 몇 초 전, 어마어마하고 끔찍한 굉음이 일었던 것 같았다. 그리고 이제 남은 것은 광분한 파동의 기억들, 곤두박질하고 있는 마지막 떨림, 지진이 끝난 후의 대기 불안정이었다. 요란한 소음에 뒤이은 그 침묵은 여전히 낮은 소리로 웅얼거리면서, 어두운 구석에서 불경하고 외설스런 욕설을 내뱉고 있었다.

베송은 잠시 주위를 둘러보았다. 예배당 안으로 들어온 후 처음으로 그는 거기 사람들이 있음을 깨달았다. 늙은 여인들이 라디에이터가 있는 기둥 주변에 앉아서 알아들을 수 없는 기도문을 중얼거리고 있었다. 몇몇 노파들은 커다란 검은 스카프로 머리를 감싸 얼굴과 머리카락을 완전히 가린 채 장궤 받침 위에 무릎을 꿇은 채였다. 그들은 꼼짝도 하지 않았다. 검은 치마와 낡은 외투로 몸을 감싼 그들은 몸을 굽히고 머리는 바닥을 향하고 있었다. 옆 통로에서 노파 한두 명이 조심스러운 몸짓으로 성상 앞의 촛불을 밝혔다.

베송 가까이, 그가 있는 신도석 열에 한 여인이 반쯤 어둠에 잠긴 채 앉아 있었다. 베송은 주의 깊게 그녀를 바라보았다. 거의 하얗게 센 잿빛 머리칼을 보라색 스카프로 감싼 예순가량의 늙은 여인이었다. 여인은 보라색 치마를 입고 있었는데, 흔히 보는 보라색보다 훨씬 더 짙은 색이었다. 그녀는 굽은 등을 신도석 등받이에 기대고, 정맥류로 흉해진 두 다리는 바닥 위에 곧게 세우고, 두 손은 얌전히 아랫배 위에서 맞잡은 채 입술 한번 달싹이지 않고 정면만 똑바로 바라보고 있었다. 억센 코에 깊은 주름이 팬 그녀의 창백한 얼굴이 어렴풋이 보였다. 마스카라가 눈물과 함께 흘러내린 듯 두 뺨에 얼룩이 져 있었다. 갈색 다크서클이 광대뼈의 윤곽을 따라 늘어져 있었고, 눈꺼풀은 얻어맞은 것처럼 괴상하게 시퍼런 색이었다. 그렇게 꼼짝 않고 어슴푸레한 미광 속에 앉아 있는 그녀는 조금 투명하게도 보였다. 노파의 얼굴과 목, 손만이 창백한 얼룩처럼 보일 뿐이었다. 딱 한 번, 이마 위로 흐트러진 머리카락을 쓸어올릴 때 말고는 그녀는 미동조차 하지 않았다. 다른 어떤 것에도 주의를 기울이지 않고, 얼룩으로 더러워진 두 눈으로 마치 거울을 보듯 앞만 똑바로 바라보았다. 베송은 그녀의 시선을 좇으며 그녀가 무엇을 보고 있는지 알아내려고 했다. 그녀의 눈은 약간 위를 향하고 있었는데, 그 시선을 따라 일직선을 그으면 제단 꼭대기에 있는 두 장의 종려나무 잎사귀 모양을 한 금빛 장식물에 가 닿았다. 그 위로도 아래로도 아무것도 보이지 않았다. 십자가와 성화들은 그녀의 시선이 닿을 수 없는 먼 곳에 있었다. 성궤는 오른쪽에 있었기 때문에 그녀가 그것을 볼 수 없음은 확실했다. 그렇다면 왜 그녀는 종려나무 잎 두 장으로 된 장식품 조각을 무슨 황금 산이라도 되는 양 뚫어지게 바라보고 있는 것일까? 그 석고 조각 위에 무엇이 있기에?

한참 후 노파가 자리에서 일어났다. 그녀는 의자에서 핸드백을 집어들더니 신도석을 빠져나왔다. 그녀의 온화하고 슬픈 얼굴에는 아무 감정도 떠올라 있지 않았다. 지나가면서 그녀의 눈이 베송의 눈과 마주치자 그는 가슴이 빠르게 뛰는 것을 느꼈다. 갈색 다크서클이 드리워진 그녀의 두 눈은 세상 어느 것에도 시선을 주지 않은 채 미끄러지듯 그를 지나쳤다. 마치 백면 가운데 찍힌 두 개의 검은 물방울과도 같았다.

베송은 예배당 끝에서 빛나고 있는 구멍을 향해 몸을 돌렸다. 다시 두려움이 엄습했다. 그는 공기중의 사프란 향을 들이마셨다. 침묵이 웅얼거리는 소리가 들렸다. 그는 이제 방주 안에 있었다. 주위의 잔잔한 대양의 물결이 석재 선체 위로 넘실거리자 삐걱거리는 소리가 났다. 방주가 좌우로 흔들리며 요동치는 바람에 대리석 기둥들이 저울추처럼 움직였고 격자 무늬 천장도 오르락내리락했다. 샹들리에 촛대들도 크리스털 장식들을 찰랑거리며 좌우로 흔들렸고, 촛불의 작은 불꽃들도 너울거렸다. 베송의 심장과 양 가슴팍과 온 머릿속이 물결을 헤치며 전진하는 거대한 방주의 둔탁한 소리에 맞춰 고동치기 시작했다. 반들반들한 나무 벤치 아래 평평하고 넓은 바닥이 펼쳐져 있었다. 그 헐벗은 회색 바닥 위로 햇빛과 전등빛이 희미하게 반사되었다. 바닥의 표면은 차갑게 얼어붙은 호수 같았다. 가지런히 깐 포석들은 너무도 단단하고 평온해 보여서, 예배당 안 높은 곳으로 올라가 허공으로 몸을 날려 그 평평한 바닥에 열십자로 뻗어 피와 살과 뼈가 곤죽이 된 웅덩이로 녹아들고 싶다는 마음이 들었다.

고래 배 속에 갇힌 것 같기도 했다. 살아 있는 고래 안에서 산 채로 떠돌고 있는 느낌이었다. 움푹 팬 구멍과 여러 개의 관管들, 축축하고 굴곡진 벽과 주름들이 눈에 띄게 증식하고 있었다. 양옆에는 림프선 다발들이 매달려 있고, 장미빛 초록색 꽃장식들은 어둠과 담즙 속에 잠겨 있었다. 이제 곧 모두 소화되고 말 것이다. 불타는 듯한 소화액이 위벽 한가운데 뚫린 미세한 구멍들에서 뿜어져나와 솟구쳐오를 것이다. 그러면 텅 빈 위장 이 끝에서 저 끝까지 경련을 일으키는 광란의 춤이 시작될 것이다. 움직이고 있는 통로 저 끝에, 그를 빨아들여 통째로 집어삼키는 장소가 있었다. 그는 황금 속으로, 수정 구슬들이 부딪히는 소리 속으로 꿀꺽 삼켜질 것이고, 요란하게 치장한 그 흡반吸盤 속으로 순식간에 빨려들어가 허공 속으로 사라질 것이다.

사실은 이랬다. 성당이 당신을 맹렬히 집어삼키려고 하고 있었다. 도주한다는 것은 불가능했다. 울부짖는 것도, 맞서 싸우는 것도 모두 불가능했다. 차가운 돌들은 수백만 년의 무게로 짓누르고, 불멸의 황금은 미친 듯이 웃고 있었다. 당신은 갈퀴 같은 발톱이 달린 꽃잎이 서서히 닫히면 그 감춰진 입에서 유독한 향기가 뿜어져나오는 함정 같은 꽃에 갇힌 파리였다. 대리석, 호박, 루비, 향, 반암斑岩, 이 모든 것들이 올가미를 던지고 있었다.

천지가 모두 삼켜지고 있었다. 거리, 자동차, 카페, 하늘과 태양, 나무, 비둘기, 이 모든 것들 가운데 아무것도 남지 않았다. 갑자기 세상은 전쟁에 대비해 만든 콘크리트 반공호가, 커다란 종유석들이 주렁주렁 매달린 지하 대성당이 되었다.

어서 행동을 취해야 했다. 베송은 장궤 받침 위에 무릎을 꿇고 고개를 숙였다. 기도문을 외어보려고 했지만, 말이 입 밖으로 나오지 않았다. 천장과 바닥과 벽이 노호하며 무너져내리는 와중에, 그는 눈을 감고 신에게 목덜미를 내밀었다.

위험이 지나가자 그는 자리에서 일어섰다. 밤새도록 기차 여행을 한 사람처럼 깊은 피로가 몰려왔다. 그는 신자석에서 일어나 옆 통로로 걸어나왔다. 검은 옷을 입은 여인들은 여전히 침묵 중에 입술을 달싹이며 앉아 있었다. 세례를 주고 있는 세례 요한의 모습을 조각한 성상 옆에서 회색 형체 하나가 무릎을 꿇은 채 머리를 두 손으로 감싸고 있었다. 좀더 멀리, 여섯 개의 초가 타고 있는 촛대 맞은편에 서너 명의 여인이 앉아서 기다리고 있었다. 베송은 그녀들 사이에 자리를 잡고 차례를 기다렸다. 그는 가지 모양의 커다란 촛대에서 빛나고 있는 촛불들을 바라보았다. 어느 초나 촛농이 흘러내려 생긴 괴상한 혹을 달고 있었다.

촛대 위에 세워진 가느다란 초의 꼭대기에는, 나비 한 마리의 생명보다 덧없고 비극적인 작고 노란 혀가 작은 깃발처럼 심지에 달라붙어 열정적이고도 악착같이 타오르고 있었다.

다른 여인들이 와서 베송 옆의 빈자리에 앉았다. 불현듯 한 여인이 그에게로 몸을 돌리더니 속삭였다.

"이봐요, 당신 차례예요."

베송은 머뭇거리다 자리에서 일어나 나무로 만든 작고 검은 고해소를 향해 다가갔다. 그리고 보라색 벨벳 장막을 들추고 들어가 무릎을 꿇었다. 잠시 후 찰칵 하는 소리가 나더니, 철망 구멍이 희미하게 밝아졌다. 중얼거리는 말소리가 그의 귓전에 울렸다.

"기도하십시오."

베송은 칸막이 속에서 울리는 긴 중얼거림을 들었다. 기도가 끝나자 저편의 목소리가 말했다.

"아멘이라고 하십시오."

"아멘." 베송은 시키는 대로 했다.

"마지막 고해성사는 언제 받았습니까?"

베송은 잠시 생각했다.

"한…… 십육 년 전이었던 것 같습니다. 십오 년이나 십육 년 전쯤입니다."

짧은 침묵이 흘렀다.

"왜 그렇게 오랫동안 성사를 안 받으셨습니까?"

"저도 잘 모르겠습니다. 저는…… 저는 이제 신앙이 없어진 것 같습니다."

"형제여, 무슨 죄를 저질렀습니까?"

베송은 다시 머뭇거리다 대답했다.

"전부 다요."

"하나하나 말해보겠습니까?" 목소리는 끈기 있게 물었다.

"아주 길 텐데요."

"괜찮습니다." 목소리가 말했다. "바쁠 것 없습니다. 어떤 죄인가요?"

"거짓말을 했습니다." 베송이 말했다. "늘 거짓말을 했어요…… 도둑질도 했습니다. 신성모독을 저질렀어요. 나쁜 생각을 했습니다. 그리고…… 그리고 천박하게 행동했습니다…… 이기적이었고 탐욕스러웠고 질투를 했습니다. 제 주위의 사람들에게 나쁜 짓을 하고 즐거워했습니다. 주님이 계시다는 것과 그분이 선하시다는 것을 의심했습니다. 신앙에 관심이 없어졌습니다. 욕을 하고 다른 사람들을 이용했습니다…… 게을렀고 편안한 것만 찾았습니다. 남을 도와주기를 거절했습니다. 제 도움이 필요한 사람들을 도와주지 않았습니다…… 가난한 사람들을 조롱했습니다. 음란했습니다. 교만했습니다. 화를 잘 냈습니다. 어머니를 때리고 아버지를 미워했습니다. 살인할 생각을 한 적이 있고, 또 범죄 계획을 세운 적도 있습니다. 허영심을 부렸고 사악한 행동을 하고는 만족해했습니다. 남의 충고를 받아들이지 않았습니다…… 악마에게 빌었습니다. 정직하지 못했습니다. 약속을 지키지 않았습니다. 남의 재산을 써버렸습니다. 악을 원했습니다. 전쟁을 원했습니다. 방종했습니다. 부모님과 이웃을 공경하지 않았습니다. 짐승을 죽였습니다."

"그게 전부입니까?" 목소리가 말했다.

"아니, 아닙니다." 베송이 말했다. "되는대로 생활했습니다. 저 자신이 절망에 빠지도록 내버려두었습니다. 사랑을 거절했습니다. 비겁했습니다. 교회에 대한 모욕적인 언사를 했습니다. 그리고…… 그리고 자살할 생각을 했습니다. 남을 경멸했고, 이웃을 사랑한 적이 한 번도 없습니다. 잔인했습니다. 심술궂었습니다."

"그게 전부입니까?" 다시 목소리가 물었다.

베송은 잠시 생각했다.

"아닙니다. 그 외에도 많은 죄를 범했습니다." 그가 말했다.

"다른 어떤 죄를 지었죠?"

"참을성이 없었고, 성을 잘 냈고, 불성실했습니다. 맛있는 음식을 탐했습니다. 남의 불행을 보고 비웃었습니다. 한 번도 자비로웠던 적이 없습니다. 외설스러운 행동과 생각을 일삼았고, 저자신의 육체와 여자의 육체를 혹사했습니다. 비열한 짓을 했고, 깨끗한 것을 더럽혔습니다."

"또, 다른 죄는요?"

"신성모독적인 말을 자주 했습니다. 종종 신은 죽었다고 말했습니다."

"그게 전부입니까?"

"일할 때 사람들을 속였습니다. 시험을 치를 때도 공정하지 않았습니다. 부정했습니다. 일하기를 싫어했습니다. 남의 감정을 상하게 하는 것에 기쁨을 느꼈습니다. 돈을 탐했습니다. 권세를 누리고 싶어했습니다. 남을 중상하고 모욕했습니다. 죄를 좋아했습니다."

침묵이 몇 초 동안 칸막이 안에 자리잡았다. 베송은 고른 숨소리를 들었다. 그늘 속으로 시선을 던지고, 코를 스치는 회양목 냄새를 맡았다. 그는 다시 철망 구멍으로 몸을 기울이고 소곤거렸다.

"그리고 너무나 많이 알려고 했습니다. 저는…… 저는 진리를 잊어버렸습니다. 진리를 잊어버렸습니다."

"망각은 죄가 아닙니다." 목소리가 말했다.

"저는 게을러서 잊어버렸습니다. 잊고 나니까 마음이 편했습니다."

"그게 전부입니까?" 목소리가 물었다.

"성모님을 모독했습니다. 예수님도 다른 사람과 같은 한낱 인간에 불과하다고 말했습니다."

베송은 다시 잠시 말을 멈추고 생각했다.

"그리고 종교적인 의무를 다하지 않았습니다. 그것도 신을 모독하기 위해서 일부러 그랬습니다. 기도를 하지 않았습니다. 영생을 믿지 않았습니다."

"다른 것은 없습니까?"

"잘 모르겠습니다. 아직도 다른 것이 많이 있을 것입니다." 베송은 속삭이듯 말했다. "또 냉담했습니다. 그리고 말씀드린 저의 모든 죄를 한 번만 범한 게 아니라 백 번, 천 번, 할 수 있을 때면 언제나 저질렀습니다. 유혹을 느끼면 거기에 조금도 저항하지 않고 죄악에 몸을 내맡겼습니다. 그리고 제 양심을 조롱했습니다. 저는 신앙을 버렸습니다. 모든 것을 잊어버렸습니다. 죄까지도 잊어버린 것입니다. 비아냥거리기나 하고 냉담했습니다. 저는 이제 쾌락밖에 생각하지 않게 됐습니다. 육체적인 쾌락밖에는 아무것도."

"그렇게 해서 행복했습니까?" 목소리가 물었다.

수치심을 느끼며 베송은 들릴 듯 말 듯 대답했다.

"아니요……"

철망 저쪽에서 기침 소리가 났다. 베송은 곧 그 목소리가 노인의 목소리라는 것을 알아차렸다. 부드러움과 단호함을 지닌 그 목소리는 오랜 시간의 무게를 버티고 있었다. 그 목소리를 들어야 했다. 그 목소리를 존중해야 했다. 그것은 이미 죽음 속에 들어간 목소리였고, 그 중얼거림은 그늘과 쇠락의 그림자를 지고 있었다. 목소리의 주인공은 빈약한 체구에 어깨는 굽었을 것이고, 그의 맑은 회색 눈에는 과로로 물기가 어려 있을 것이다. 베송은 한순간만이라도 그 신부를 보고 싶었다. 오른쪽 눈을 철망에 붙이고 신부의 얼굴을 보려고 했다. 그러나 어둠 속에서 볼 수 있는 것이라고는 안개에 잠긴 듯 희미한 실루엣뿐이었다. 실루엣의 금테 안경이 차갑게 빛났다.

목소리는 마치 바람이 부는 것처럼 진동하면서 그의 귀에 도달했다.

"그와 같은 과오들을 범한 것을 후회합니까?" 목소리가 물었다.

"잘 모르겠습니다." 베송은 말했다.

"그런 과오들을 범한 것을 이젠 후회하십니까?" 목소리는 끈질기게 되물었다.

"간혹 그럴 때도 있습니다." 배송이 대답했다. "어떤 과오들에 대해서는."

"어떤 과오들에 대해서?"

"……교만했던 것에 대해서. 그리고 거짓말한 것과 신을 모독한 것에 대해서도요."

"내 말을 따라하십시오. 영원하신 하느님, 당신께서는 무한히 선하시고 자비로우시나이다."

배송은 머뭇거리면서 중얼거렸다.

"영원하신 하느님…… 당신께서는…… 무한히…… 선하시고…… 자비로우시나이다."

"이제 당신은 평화로운 마음을 얻게 될 것입니다." 목소리는 말했다.

배송은 단순한 그 한 마디에 감동을 받았다. 그가 말했다.

"신부님은 선한 분이로군요."

그러나 목소리는 화가 난 듯이 말했다

"아니, 아니요. 나는 선한 사람이 아닙니다. 절대로 그렇게 말해서는 안 돼요. 오직 하느님만이 선하시고 하느님만이 심판하십니다. 나는 형제님을 심판하거나 이해하기 위해 여기 이 자리에 있는 게 아닙니다. 그저 도와주기 위해서지요. 오직 형제님을 도와주기 위해서 말이오."

그는 잠시 말을 멈추었다 다시 조용한 목소리로 중얼거리듯
말했다.

"형제여, 이제 당신은 평화를 얻게 될 것입니다."

"무엇을 어떻게 해야 하나요?" 베송이 물었다.

"하느님께로 향하십시오." 목소리가 말했다. "하느님을 발견
해야 합니다. 하느님의 역사役事를 사랑하십시오. 하느님의 아름
다움은 도처에 편재합니다. 그것을 찬미하십시오. 그러면 마음
이 평화로워질 것입니다."

그는 다시 말을 멈추었다.

"하느님의 피조물들은 스스로 말합니다. 그것들은 생명이 영
원의 원리라는 것을 보여주지요. 죽음이란 외관의 변화에 지나
지 않습니다."

"짐승들은 어떻게 됩니까?" 베송이 말했다.

"하느님께서는 인간을 택하셨습니다." 목소리는 천천히 말했
다. "인간이 하느님을 선택한 것이 아니지요."

"저는 왜 신앙심을 가질 수가 없을까요?"

"형제님도 신앙심을 가지고 있어요." 목소리는 말했다. "그렇
지만 그것을 모르고 있을 뿐입니다."

베송은 생각을 가다듬었다. 그러나 그 목소리가 다시 울리며
침묵을 깨뜨렸다.

"겸손하십시오. 육신과 영혼 모두 겸손해야 합니다. 사소한 것들을 포기하고 교만을 버리십시오."

신부의 목소리는 가끔씩 숨이 차서 끊어졌다가 다시 무리지어 들려왔다. 배송은 신경절에 박히는 미세한 독침 같은 그의 말을 받아들였다.

"지성이 아무 소용도 없다는 걸 왜 모르십니까? 형제님은 사물과 존재들을 판단하고 그것을 이해했다고 믿고 있지요. 하지만 천만의 말씀입니다. 형제님은 그것들에 대해 아무것도 몰라요. 형제님이 그것들을 사랑하지 않기 때문입니다. 스스로를 낮추는 법을 배워야 합니다. 스스로를 의심해보아야 합니다. 오늘처럼 고해성사를 하러 찾아왔듯 말입니다. 형제님이 혼자가 아니라는 것을 알아야 합니다. 다른 사람들 역시 형제님과 똑같이 고통 받고 있습니다. 하느님께서도 그걸 알고 계시답니다. 형제님은 인생을 사는 법을 바꿔야 합니다. 자신을 포기하고 영원하신 하느님 앞에 경배해야 합니다. 어려운 일이지요. 그러나 마음의 평화란 바로 그런 대가를 통해 얻어지는 것입니다."

"어려운 일입니다." 배송은 대답했다.

"겸손하십시오, 겸손하십시오. 그리고 참회하십시오."

"만약 그래도 제가 믿을 수 없다면요?"

"그걸 어떻게 아십니까?" 목소리가 말했다. "자만하지 마시오. 하느님께서는 형제님을 버리지 않았으니까요."

"왜…… 왜 신은 자신의 모습을 드러내지 않습니까?"

"신은 존재합니다. 다만 형제님이 그분을 알아볼 줄 모르는 것이지요."

"하지만……"

"형제님은 하느님의 의지 속에서 자유로운 존재입니다. 형제님의 생은 형제님 것이지요. 그러나 하느님의 의지 안에서만 자유로울 수 있습니다."

"그렇다면 그것은 환영인가요?"

"아니요. 환영이 아닙니다. 진리입니다. 형제님 외부에는 어느 누구도 이해할 수 없는, 자기 자신의 몫인 계획이 있어요. 형제님은 원 안에 있지만 거기서 형제님은 자유롭습니다. 만약 형제님이 하느님의 뜻에 순종하고 거기에 자신을 내맡긴다면 형제님은 자유로워질 것입니다. 그렇지 않으면 형제님은 자기 자신의 노예로 남을 뿐이지요. 교만을 벗어버리십시오. 교만이야말로 악의 감옥입니다. 다시 겸손해지는 법을 배우도록 하십시오. 자신이 조물주의 피조물에 불과하다는 사실을 다시 깨달아야 합니다."

마침내 침묵이 흘렀고, 고해소 나무바닥이 삐걱대는 소리가 들렸다. 베송은 콧구멍이 막힌 듯 씩씩거리는 숨소리를 들었다.

이윽고 목소리는 다시 이어졌는데 이번에는 더욱 단호한 어조였다.

"이제 형제님의 죄를 사해주겠습니다. 내가 기도하는 동안 똑같이 반복해서 외십시오. 하느님, 무한히 선하시고 자애로우시며 죄를 싫어하는 분이시여, 제가 당신 뜻을 거스른 것을 가슴 깊이 참회하나이다."

목소리는 철망 저쪽 편에서 중얼거리기 시작했고, 베송은 홀로 고해소의 벽을 마주한 채 신부의 말을 속삭이듯 반복했다.

"하느님, 무한히 선하시고 자애로우시며 죄를 싫어하는 분이시여, 제가 당신 뜻을 거스른 것을 가슴 깊이 참회하나이다. 하느님, 무한히 선하시고 자애로우시며 죄를 싫어하는 분이시여, 제가 당신 뜻을 거스른 것을 가슴 깊이 참회하나이다. 하느님, 무한히 선하시고 자애로우시며 죄를 싫어하는 분이시여, 제가 당신 뜻을 거스른 것을 가슴 깊이 참회하나이다. 하느님, 무한히 선하시고 자애로우시며 죄를 싫어하는 분이시여, 제가 당신 뜻을 거스른 것을 가슴 깊이 참회하나이다. 하느님…… 무한히…… 선하시고…… 자애로우시며 죄를 싫어하는…… 당신 뜻을 거스른 것을…… 참회하나이다. 하느님…… 하느님…… 무한히…… 무한히…… 선하시고 자애로우시며…… 죄를…… 죄를…… 싫어하시는…… 하느님…… 무한히…… 무한

히······ 죄를······ 선하시고 자애로우시며······ 선하시고······
하느님······ 하느님······ 무한히······ 무한히······ 무한히······"

"이제 마음의 평화를 얻게 될 것입니다." 목소리가 말했다.

베송이 예배당 안을 걸어 입구에 이르렀을 때 갑자기 파이프
오르간 소리가 높이 솟아오르면서 대리석 벽 위로 미끄러지듯
울려퍼졌다. 베송은 높은 곳에서 울려퍼지는 수정 같은 소리에
귀를 기울이기 위해 잠시 멈춰섰다. 그 소리는 영혼의 가장 깊은
곳으로 흘러들어가 눈과 목구멍을 맑은 물로 가득 채웠다. 그 맑
은 물방울 하나하나는 움직임을 잃고 작디작은 다이아몬드처럼
단단하게 그 자리에 응결되었다. 이윽고 소리는 나지막해졌다.
여자의 노랫소리 같기도 했고 첼로를 켜는 소리 같기도 했고, 아
무 의미도 없이 쉬지 않고 교차하며 부단히 움직이는 말소리 같
기도 했다. 마침내 음악은 땅속 깊은 심연 밑바닥에 힘껏 부딪혀
부서졌고, 천둥 같은 그 반향음은 금방이라도 침묵으로 화할 것
같은 소리처럼 낮고 장중하게, 천천히 울려퍼졌다. 베송은 인간
청력의 임계점에서 귀가 아프게 울려대는 그 화음에 사로잡혔
고, 광폭하게 울려퍼지는 파이프오르간 소리에 이끌려 몸을 아
래로 숙이고는, 수치와 망각에서 비롯된 마법의 말을 마지막으
로 중얼거렸다.

"······ 하느님······ 무한히 선하시고······ 무한히 자애로우시

며…… 죄를 싫어하는 분이시여……"

이윽고 그는 가죽장식을 한 나무문을 밀고 거리로 나섰다.

프랑수아 베송은 속죄의 행위로 동냥을 하기로 결심했다. 그는 시가지를 배회하며 적당한 장소를 찾아보려고 했다. 몇 군데를 마음속에 담아두었지만, 어느 곳도 마음에 들지 않았다. 너무 메말라 먼지가 날리거나 비 때문에 너무 습했다. 너무 밝은가 하면 또 지나치게 어두웠다. 저쪽 인도는 너무 경사가 심해 편안히 앉아 있을 수 없었고, 이쪽 인도에는 자동차가 한 대 서 있었다. 또 저쪽은 파출소와 너무 가까웠고, 또 이쪽은 눈 한쪽이 움푹 꺼진 사람이 낡은 모자를 앞에 놓고 이미 자리를 잡고 있었다.

마침내 베송은 마음에 드는 구석자리를 발견했다. 넓은 인도가 있고, 근사한 상점과 호사스런 카페들이 늘어선 번화가였다. 멀리 차도 옆 둥근 철책 너머 헐벗은 마로니에들이 서 있었다. 자동차들이 오가고 있었고, 주차해놓은 차들도 있었다. 모든 것이 환한 빛을 발했고 반질반질 윤이 났다. 네온사인 불빛과 가로등 빛이 말끔하게 씻어놓기라도 한 것처럼 아스팔트 보도 위로 선명한 빛을 반사하고 있었다.

베송은 땅바닥에 앉아 벽에 등을 기댔다. 그리고 자기 옆에 해수욕 가방을 놓았다. 그런 후 사람들이 지나가는 것을 바라보았다. 곧 밤이 내렸다. 사람들의 모습은 어두웠지만, 영화관이나 술집에서 비치는 밝은 빛을 받으면 갑자기 환한 윤곽이 드러나기도 했다. 여인들은 하이힐을 신고 엉덩이를 흔들며 미끄러지듯 걸었다. 하얀 얼굴 위의 눈들은 음울하고 공허했다. 시선들은 잠시 베송에게 와 멈췄다가 무심하게 다른 곳을 향했다. 끊임없는 발소리가 땅을 울렸다. 마치 한 무리의 쥐가 집단으로 탈출하는 듯 위협적이고 터무니없게 들리는 소리였다. 베송은 양다리를 완전히 구부리고 잊으려고 애썼다. 그러나 불가능했다. 그 소리는 전류처럼 몸을 파고들었고, 그를 떨게 했다. 초벽질을 한 벽 속으로 녹아들어가 석고와 자갈 한가운데로 물러나 납작하게 짜부라져서, 황토색 페인트에 달라붙은 희미한 반점으로, 얇은 막으로 변해야 할 것만 같았다.

군중은 숨을 쉬고 있는 멍청한 물고기처럼 볼록한 배를 내밀고 헤엄치듯 걷고 있었다.

얼굴들
얼굴들
얼굴들

나약함과 잔인함, 시선을 가린 무거운 눈꺼풀, 안에 충치들이 자리잡은 두툼한 입술, 지저분한 땀으로 떡진 기름 낀 머리카락, 수지獸脂 냄새, 젖은 발에서 나는 냄새, 손톱 밑의 때, 다시 얼굴들, 퇴폐적인 얼굴들, 당신의 집 천창天窓에 달라붙어 있기 위해 지옥에서 온 듯한 살인자 같은 부푼 얼굴들. 잿빛 얼굴, 창백한 얼굴, 제자리걸음을 하는 얼굴들, 남자, 여자, 뚱뚱한 사람, 마른 사람, 아이, 젊은이, 늙은이, 대머리, 털보, 근시안, 절름발이, 남자인지 여자인지 모를 사람들, 오, 민달팽이 같은 인간들이여, 해파리 같은 인간들이여, 슬프고도 야만스러운 어릿광대들이여! 그들은 앞으로 나아간다! 희미한 모습으로! 그들은 질질 침을 흘리며 내 방 창문까지 구르듯이 온다! 그들의 뺨은 떨리고 있다. 어둠 속에서 갑자기 나타난 그들은 엄청난 무리를 이루어 거기 웅크리고 있다가 갑자기 깜짝 놀랄 정도로 펄쩍 뛰어오르고, 검은 누더기 조각처럼 몸을 넓게 펼쳐 내 영역을 빼앗기 위해 나는 듯이 유연하게 다가온다. 죽음 후에 시작되는 감미롭고 불길한 악몽처럼 공포가 엄습하고 사이렌이 큰 소리로 울어댄다. 젤리 같은 사람들이 줄지어 몰려와 내 방 유리창 앞에 멈춰 선다. 그들은 추파를 던지면서 끊임없이 나를 더럽힌다, 새파랗게 질린 얼굴을 한 채 냉혹한 시선과 웃음소리로 나를 더럽힌다. 내 몸은 요리하기 위해 내장을 몽땅 뺀 닭처럼 비워지고, 그 웃음과 시선들이 내 몸뚱어리 속으로 들어와 피를 뽑아낸다.

베송은 앞으로 몸을 약간 숙이고는 행인들의 실루엣을 향해
손을 뻗었다. 그리고 단조로운 목소리로 웅얼대기 시작했다.

"선생님, 사모님…… 한푼만 던져줍쇼…… 이틀째 아무것도
먹지 못했습니다…… 선생님, 사모님…… 제발 한 푼만……
이틀째 아무것도 먹지 못했습니다……"

그러자 정말 놀랍게도, 행인들로부터 여러 차례 형체들이 떨
어져나오더니 그의 손바닥에 동전 한 닢을 쥐여주었다. 베송은
돈을 손에 쥐고 매번 고맙다고 말했다. 그러나 그 형체들은 아무
대답도 없이 멀리 사라져버렸다.

곧 그는 그렇게 보도 한구석에 자기 자리를 갖게 되었다. 그를
중심으로, 공허가 지배하는 보이지 않는 원이 형성되었다. 남자
들 혹은 늙은 여자들은 그의 근처에 이르면 빙 돌아갔다. 그들은
발걸음을 돌려 사라지기 직전에 시선을 돌리고 호기심에 찬 눈
빛으로 그를 힐끗 훑어보았다. 조금씩 조금씩, 일 분 일 분 시간
이 지남에 따라, 베송은 자신의 새 직업을 익혀나갔다. 쉬운 일
이었지만 거기에도 요령이 필요했다. 양다리와 몸 아랫부분이
하나의 더러운 누더기 더미처럼 보이도록 벽 밑에 웅크리고 앉
아야 했다. 행인들이 다가올 때는 놀래지 않도록 조심해야 했고,
꼼짝 않고 가만히 앉아 있으면서도 술주정뱅이나 병자처럼 보이
지 않도록 신경써야 했다. 앞으로 다가오는 발걸음을 관찰하면

서 머리를 땅바닥을 향해 조아려야 했다. 사람들이 막 자기 앞을 지나갈 때가 되면 머리를 들고 조금은 흐린 눈빛으로, 증오나 욕망 따위는 전혀 품지 않은 눈빛으로 그들을 바라보아야 했다. 그리고 작심한 듯 그들을 향해 손을 내밀고 가능한 한 명확하게 "아무것도 못 먹었어요"라고 가느다랗게 웅얼거렸다. 그저 일으켜 세워달라고 도움을 청하듯, 그들이 나아가는 방향을 따라 손을 움직이는 것이다. 중요한 것은 아무것도 주지 않고 지나가는 사람들을 욕하지 않는 일이었다. 그런 경우에는 그저 낙담한 듯 천천히 팔을 떨어뜨려야 했다. 그러면 때때로 그냥 지나갔던 사람들 중 어떤 이들은 후회스러운 양 적선을 하기 위해 되돌아오기도 했다. 또 누구한테 구걸을 할지도 잘 골라야 했다. 여자들, 특히 남자의 팔을 끼고 영화관이나 식당에 가는 여자들이 안성맞춤이었다. 또 대개의 경우 어른들과 함께 가고 있는 어린애들도 좋은 고객이었다. 겁주지 않도록 조심하며 그 아이들을 똑바로 보지 말아야 했다. 어머니한테 밀려서 머뭇머뭇 다가온 아이들은 그의 손바닥에 황급히 돈을 던지고는 달려서 도망가버렸다. 그리고 좀 멀어졌다 싶으면 다시 몸을 돌리고 두려움과 호기심에 찬 눈으로, 혹은 뿌듯하다는 듯이 그를 바라보았다. 또 경찰이 오면 곧바로 자리를 뜰 수 있도록 항상 거리 양쪽을 살펴보아야 했다.

두 번인가 세 번쯤, 사람들이 그를 살펴보려고 멈춰선 일이 있었다. 첫번째 사람은 군청색 레인코트를 입고 머리를 짧게 깎은 쉰 살 전후의 남자였다. 그는 두 번 베송 앞을 오락가락하더니 보도에 멈춰서서 자동차들을 바라보는 척했다. 그러나 그의 시선은 베송을 향하고 있었고 수상한 빛으로 번득였다.

뒤이어 아주 늙은 노파 한 사람이 나타났다. 노파는 지팡이를 짚고 다리를 절며 한 발짝씩 천천히 거리를 올라왔다. 힘든 걸음걸이에, 퉁퉁 부은 얼굴은 앞으로 쑥 내민 채였다. 그녀의 가쁜 숨소리와 끙끙대는 신음 소리가 들렸다. 시커먼 보도 위를 질질 끌면서 걷는 노파의 두 다리가 보였다. 화강암 기둥 같은 두 다리는 불거진 정맥들로 우툴두툴했고, 궤양을 감싼 붕대에 꽁꽁 싸여 있었다. 그녀는 오른손에 끝을 고무로 감싼 지팡이를 쥐고 도로를 긁어댔다. 허리와 어깨를 잔뜩 웅크린 채 그녀는 앞으로 나아갔고, 그녀가 내딛는 발걸음은 지면을 묵직하게 누르며 고통의 흔적을 남겼다. 노파는 몸뚱이 주위로 흔들거리는 짐을 진 듯 천천히 발걸음을 들어올렸고, 숨을 헐떡이고 무진 애를 쓰며 기침했다. 눈빛은 무뚝뚝했고 눈꺼풀은 경련했고 입은 벌어져 있었다. 더러운 잿빛 머리칼이 걸음을 옮길 때마다 이마 양쪽으로 떨어졌다.

베송이 앉아 있는 곳에 이르자 노파는 멈춰서더니 아주 천천

히 고개를 돌리고 그를 이상한 눈초리로 바라보았다. 그러고는
알아들을 수 없는 말을 웅얼대기 시작했다.

"베…… 에…… 마나…… 베……"

마치 이 지상에서 어느 누구도 더이상 죽을 수는 없다고 말하
는 것 같았다. 그것은 그의 앞에 멈춰선 노파의 육신이 내뱉는
웅얼거림 안으로 던져진 영원한 저주, 거리의 침묵에 구멍을 내
고, 죽음을, 결국 휴식을 요구하는 치욕과 연민에 젖은 외침이었
다. 지방으로 만든 조각상이 베송 앞에 버티고 서 있었다. 그 살
진 얼굴의 입은 벌어져 있었고, 눈꺼풀은 쉬지 않고 경련했다.
그녀는 그렇게 주장하고 있었다. 불룩한 가슴, 모양이 변한 다
리, 늙어 쭈글쭈글해진 손과 거의 다 빠져버린 머리카락, 때가
꼬질꼬질한 곱사등을 한 노파는 움직이지도 말하지도 않으며 간
원하고 있었다. 병든 코뿔소처럼 그녀 자신의 전락轉落을 주변에
서 찾고 있었다. 독침을, 매복하고 있다가 단번에 그녀를 땅에
쓰러뜨려 숨통을 끊어버릴 어떤 강력한 적을, 자신을 부드럽게
질식시켜줄 누군가를 기다리고 있었다. 그러나 거기에는 아무것
도 없었다. 뾰족한 무기는 장막 뒤에 숨겨져 있었고, 공기는 쉬
지 않고 그녀의 허파로 들어가고 있었다. 그녀가 베송을 그렇게
무서운 눈으로 바라본 것은 단순히 그것 때문이었을까? 자기를
죽여달라고? 그런데 죽음이란 정말로 있는 것일까? 그것은 하

나의 전설, 그녀를 위해, 그녀에게 희망을 주기 위해 그녀가 끈기 있게 고통을 감내하고 불행을 받아들이도록 꾸며낸 가증스러운 전설이 아닐까? 한 번의 도끼질로 그녀를 내려찍을 수도 있으리라. 그러면 그녀는 땅 위로 거꾸러져 조금씩 피를 흘리리라. 차도 가장자리의 하수구에서 그녀의 사지를 토막내고 목을 베어버릴 수도 있으리라. 그래도 여전히 생명은 그녀에게 깃들어 있을 것이고, 영원한 휴식이 그녀의 육신을 찾아드는 일은 결코 없으리라.

베송은 죽음을 갈망하는 노파의 저주를 더이상 감당할 수가 없었다. 그는 자리에서 일어나 가방을 움켜쥐고 뒤도 돌아보지 않은 채 황급히 도망쳤다.

얼마 후 그는 빈민 무료 급식소로 밥을 먹으러 갔다. 형광등 한 개만이 희끄무레하게 비치고 있는 휑한 식당 안에는, 가난한 행색의 사람들이 초라한 카운터에 선 채로 음식을 먹고 있었다. 벽에 메뉴가 붙어 있었다.

수프
당근을 넣은 쇠고기 스튜
빵과 치즈
과일

베송은 낡은 양복을 입은 노인과 목덜미에 종기가 난 털보 노숙자 사이에 끼어 서둘리 식사를 마쳤다. 말하는 사람은 아무도 없었다. 접시 위에 코를 박은 채, 남자들과 여자들은 이가 빠진 턱을 바쁘게 움직였다. 새하얀 전등 빛이 홀 안의 깨끗한 함석과 플라스틱 표면을 하얗게 비추면서 인간 누더기들의 더러움과 찌든 때를 노골적으로 부각시켰다. 스튜 냄새와 양잿물 냄새가 섞인 괴상한 냄새가 차가운 공기중에, 치욕으로 가득 찬 그 휑한 식당의 침묵 속에 떠돌았다.

식사를 마치자 베송은 식당을 나와 담배 한 대를 피우면서 어두워진 밤거리를 걷기 시작했다. 마지막 담배였다. 이제부터는 거리에 떨어진 담배꽁초를 찾거나 맵고 달큰한 냄새를 풍기며 타는 신문지를 말아 피워야 했다.

그는 계단을 따라 강바닥으로 내려갔다. 그리고 밤새도록 불어닥칠 얼음장 같은 바람을 피해 잘 수 있는 구석진 곳을 찾아 잠시 교각 근처를 배회했다.

11장

강물은 도시 한가운데에 홈을 파며 흐른다─막노동판에서의 프랑수아 베송─
실렐코비바의 이야기─밤벌레들의 공격─프랑수아 베송, 어느 신원미상 남자
를 살해하다─시가지 광장 아래 어두운 지하도를 걷다

열한번째 날, 프랑수아 베송은 강바닥의 어느 후미진 곳에 자
리를 잡고 다리 공사장의 일꾼들을 바라보았다. 이미 교각이 강
물 한가운데 세워져 있었고, 그 위로 철제 구조물이 올라가 있었
다. 일꾼 한 사람이 온힘을 다해 망치로 구조물을 두드리고 있었
다. 녹회색 하늘 아래의 공사장에는 장대비와 안개비가 번갈아
가며 내리고 있었다. 공사장은 강 한가운데 파인 커다란 포탄 구
멍처럼 보였다. 거기서 얼마 떨어지지 않은 곳, 베송이 몸을 피
하고 있는 두번째 다리로부터 멀지 않은 곳에서 기계 하나가 강
물의 흐름에 맞서서 요란한 소리를 내며 거대한 자갈 무더기를
쏟아놓고 있었다. 여러 소음이 들려왔다. 그 소리들은 곰팡이 핀
하수구와 오래된 낙엽 더미에서 나는 냄새와 더불어 차가운 공

기중으로 멀리 퍼져나갔다. 강물이 노호하며 흐르는 소리, 자갈들이 맞부딪치는 소리, 망치 소리, 힘겹게 돌아가는 모터에서 나는 날카로운 소리, 그리고 욕설을 주고받는 일꾼들의 말소리.

강 양안의 제방 주위로 지붕들이 번쩍이는 거대한 검은 덩어리 같은 도시가 보였다. 호기심에 찬 몇몇 사람들이 강둑 난간에 늘어서서 둥근 공사장의 작업현장을 지켜보고 있었다.

저 멀리 강 하류에 세번째 다리가 보였다. 도시 아래를 가로지르는 다리였다. 가운데에 있는 어두운 세 개의 아치 아래로 급류가 흘렀다. 또다른 두 개의 아치 아래는 바싹 말라 있었다.

색깔 또한 다채로웠다. 그러나 색깔들은 너무 밑에 가라앉아 있어서 마치 지표면에 밀착된 듯 보여 차라리 보지 않는 게 나았다. 슬픔을 자아내는 지저분한 그 색깔들은 얼룩무늬를 그리며 서로 겹쳐 흐르고 있었다. 색깔들은 소리와 냄새들과 섞여 진흙탕 위로 나아가고 있었다. 당신 안으로 더 수월하게 들어가 당신을 속박하기 위해 물 위를 천천히 기어가고 허공에 흩어져 떠돌고 있었다. 보기 흉한 노란색. 오줌 같은, 혹은 시체의 피부 같은 노란색, 분홍색, 우윳빛 같은 흰색, 희끄무레한 회색과 푸르스름한 색 등이 그들만의 행로를 이어가고 있었다. 자갈들은 단단했고, 때로는 두 조각으로 쪼개져 있거나 조각조각 깨져 땅속에 흩어져 있었다. 교각의 천장은 온통 이끼로 뒤덮여 있었고, 상표조차 알 수 없는 녹슨 깡통들이 사방에 뒹굴고 있었다. 비는 모든 것에 침투해 사물의 심장부로 스며들어 수많은 구멍을 뚫어놓은 후, 그것들을 서서히 부식시켰다. 가벼우면서도 무거운 안개가 소리없이 땅에서 솟아올라 강 위 몇 미터 높이에서 흐르고 있는 것처럼 보였다. 사방 어느 곳에서나 폭포 소리가 들렸고, 벽의 구멍들에서는 끊임없이 물이 새어나오고 있었다. 양잿물이 섞인 더러운 물이 에나멜 도료를 바른 세면대 위에 팬 파란 홈을 따라 흐르다가 고인 모습 같았다. 수천 번 물에 씻겨 닳아버리고, 너무 오래되어 차라리 새것처럼 보이고, 기름기와 비누로 미끈거리는 그것은 끊임없이 거품을 일으키는 가루비누로 뒤범벅이 된 영원한 스펙터클이었다.

이제 우리는 거기에, 생의 분비물이 흐르는 홈 안에 살고 있었다. 물은 눈물, 땀 혹은 오줌이 되어 대지의 몸에서 한없이 흘러 나와 바다라고 하는 거대한 정화조를 향해 가고 있었다. 그것은 필연이었다. 다른 모든 것과 마찬가지로 진리의 순환 주기에 속하는 것이었다. 소금과 싸우고 있는 유기물들의 부글거리는 움직임, 얇은 회색 분홍색 막을 바람 속에 흩뿌리며 곧장 하늘로 올라가는 구름, 제각각 땅으로 다시 내려오는 수백만의 작은 물방울들, 이윽고 그것들을 기다리는 작디작은 입들을 가득 채워 배불리는 작은 물방울들. 그것은 어떤 리듬이기도 했다. 밤과 낮이 바뀌는 것과 비슷한 유의, 그러나 더 길고 끔찍하고 무질서한 리듬이었다. 왜냐하면 이 투수성이 있는 공 안으로 끊임없이 물이 들어가고 나오기 때문이었다. 진흙탕은 땀을 흘리고, 하수는 쏟아져나오고, 개천은 서로 합쳐지고, 산들은 물의 활동으로 마모되어 무너져내렸다. 그리고 여기, 삼각형으로 팬 커다란 홈 한가운데서는 강물이 쉼없이 흐르고 있었다. 강물은 하늘 위를 나는 비행기 소리 같은 콧소리를 내며 거침없이 흘러갔다. 자신의 원천이기도 한 저 거대한 못 속으로 흘러드는 물, 결코 멈추지 않을 물, 무색의 마술바퀴를 천천히 돌리는 물, 쉬지 않고 출산을 하는 웅크린 여인의 육체.

자유를 얻기 위해서는 수백 년에 걸쳐 가뭄이 계속되어야 할 것이다. 물이 흐르던 곳에 서서히 사막이 들어서야 할 것이다. 오아시스는 사라지고, 숲은 네이팜탄의 공격 아래 순식간에 불타버려야 할 것이다. 맹렬한 추위에 단단히 얼어붙은 산들만 남아, 어두운 밤 한가운데 수직으로 외롭게 서 있는 비수의 날처럼 차가운 빛을 발해야 할 것이다.

그러고 나면 비로소 그 눈부신 평화를, 고독을, 고요를 얻을 수 있을 것이다. 차갑고 뜨거운 공기 속에서 화석으로 굳어진 시체와 흡사한, 그 상태에 도달할 수 있을 것이다. 그때 모래는 더욱 작은 알갱이로 쪼개져 바위 등성이로 흘러내릴 것이고, 식물이라고 할 만한 것은 선인장과 알로에의 날카로운 가시들뿐일 것이다.

베송은 벽 밑에서 주운 담배꽁초를 하나 피워물었다. 그리고 낡은 종잇조각들이 잔뜩 널려 있는 가시덤불 뒤에 몸을 숨긴 채, 열심히 일하고 있는 일꾼들을 바라보았다. 일꾼들은 낡은 옷차림을 한 젊은이들로 대부분이 아랍인이었다. 시멘트 반죽을 이기고 있는 듯, 그들은 양동이와 삽을 들고 자갈 더미 위를 오르내리고 있었다. 모자 아래로 보이는 얼굴들은 거무튀튀했고, 수염과 먼지로 뒤덮여 있었다. 입가에는 주름이 깊이 패어 있었고, 눈은 움푹 들어 있었다. 거기서 조금 떨어진 곳에서 메리야스를 입은 불그레한 얼굴의 뚱보 사내가 거친 말투로 지시를 내리고 있었다.

베송은 잠시 망설였다. 이윽고 그는 해수욕 가방을 들고 공사장으로 향했다. 공사장에 이르자 일꾼들이 그를 힐끗 보았다. 뚱뚱한 사내가 그에게로 몸을 돌렸다.

"무슨 일이오?"

"제가 할 만한 일이 있을까요?" 베송이 물었다.

현장감독은 그를 잠시 훑어보았다.

"있지. 삽질할 수 있소?"

"네, 지금 당장이라도 시작할까요?"

뚱보 사내가 다가오더니 주머니에서 수첩을 하나 꺼냈다.

"잠깐만." 그가 말했다. "당신, 노동허가증 갖고 있어?"

"아니요." 배송이 대답했다.

"어느 나라 사람이야? 유고슬라비아? 독일 사람인가?"

"아니요."

"그럼 이탈리아 사람?"

"아니요, 프랑스인입니다."

사내는 피우던 담배를 땅에 버리더니 발로 밟아 껐다.

"아, 그래. 그럼 좋아. 이름이 뭐야?"

"배송이라고 합니다."

사내는 수첩에 연필로 이름을 써넣었다. 그러더니 차고 있던 금도금 손목시계를 내려다보고 시간을 수첩에 기입했다. 그런 후 그는 손가락으로 모래와 자갈 더미를 가리켰다.

"저기 기계 옆에 있는 삽을 하나 들고 모래 고르는 일부터 하도록 해. 당신은 열시 반부터 일을 시작한 거야. 자, 그럼 시작해."

강바닥 위에서 배송은 모래를 푸기 시작했다. 저항하는 모랫더미 속에 규칙적으로 삽을 찔러넣어 자동으로 돌아가는 체 같은 것 위에 들이부었다. 그 기계는 좁은 구멍으로는 모래를, 넓은 구멍으로는 자갈을 쏟아냈다. 일꾼들은 아무 말 없이 서로 눈길조차 주지 않고 등을 약간 굽힌 엉거주춤한 자세로 작은 수레를 밀거나, 자갈을 고르거나, 시멘트를 섞거나, 아니면 쏙쏙 소리를 내며 모래를 푸기도 하고, 발판 위로 기어오르기도 하고, 쇠파이프에 볼트를 끼워 조이기도 했다. 현장감독의 요란하고도 쉰 목소리가 끊임없이 외치고 있었다.

"어서 어서! 어서 어서!"

"어이, 이봐! 당신 자는 거야, 뭐야?"

"자! 더 빨리! 더 빨리!"

고기 조각 위로 몰려든 개미 떼처럼 쉬지 않고 북적이는 미세한 움직임이 강 한가운데를 지배하고 있었다. 그곳에는 의지도 희망도 절망도 존재하지 않았다. 모든 것은 명쾌하고 거의 투명하기까지 했으며, 측정 가능하고 끝이 있었다. 시간은 크로노미터 숫자판이었고, 공간은 측량사의 도구에 불과했다.

도시의 한가운데, 경쾌한 소음과 어렴풋한 움직임이 지배하는 그 쓸쓸한 곳에서 생은 잔혹했고 사람들은 냉혹함에 사로잡혀 있었다. 자갈 더미들이 손등을 스치고 살갗을 벗겨내고 발뒤축을 비틀었다. 망치 소리가 머리 뒤에서 쉴새없이 울려댔다. 악착스럽게, 마치 증오하듯 땅을 파야 했다. 땅에 파묻힌 바위 위로 곡괭이와 삽을 내리찍어 번득이는 불꽃을 뿜어내야 했다. 썩은 나뭇가지와 죽은 풀, 그리고 뒤엉킨 쓰레기 조각들을 짓밟아야 했다. 난타당하고 있는 땅 위에 시선을 붙박은 채, 잠깐 허리를 펴고 몸을 짓누르는 무기력함을 떨쳐버려야 했다. 부르르 떠는 레미콘의 입이 몇 킬로그램의 먹이를 삼키고 단단한 잇몸이 박힌 턱뼈로 그것들을 빠르게 짓씹는 동안에 먼지가 멀리 흩날리도록, 하늘 높은 곳까지 올라가도록, 바람에 흩어지도록 해야 했다. 땅과 사람들은 한 덩어리를 이루고 있었다. 진흙은 사람들의 팔에 무겁게 매달렸고, 연장으로 긁어내면 질척거리는 소리를 내며 떨어졌다. 진흙은 이제 역겨운 모양을 하고 있었고, 그 빛깔은 점점 더 옅어졌다. 물기를 머금은 진흙이 악의로 가득 찬 회색 모래 호수 모양으로 펼쳐져 있었다. 그것은 도발하고 있었다. 비웃고 있었다. 혹은 늙은 창녀를 연상시키는 주름살 속에서 울고 있었다. 그것은 생각을 가지고 있었다. 그것은 감정이 침투한 말과 기호로 뒤덮여 있었다. 남자, 여자, 어린이, 동물, 개와 개벼룩, 고양이, 새, 도살장으로 끌려가는 말, 우리에 갇힌 사자, 덫에 목덜미가 으스러진 생쥐, 끈끈이에 붙은 파리, 낡은 신발에 맞아 짓뭉개진 모기, 거미, 풍뎅이, 뜨거운 물에 데쳐진 새우, 벙어리같이 입을 벌리고 눈을 부릅뜬 채 죽어가고 있는 물고기, 세면대 안에서 익사한 불개미, 무수히 죽어간 뿔사슴과 들소, 거북이, 도도새와 키위새, 그 모두가 거기 모래와 자갈 속에 있다가 땅 위로 다시 부활했다. 그것들을, 간신히 나타난 그 환영들을 다시 죽이고 사지四肢를 절단하는 일은 결코 끝나는 법이 없었다. 팔과 허리를 움직여 곡괭이와 삽으로 그것들을 세상에서 떼어내 강철 아가리로 던져버리면, 기계는 모든 것을 가루로 만들어버렸다.

결국 물리쳐야 하는 것은 수평으로 놓인 지표면 위에 존재하는 잔인성이었다. 베송은 앞으로 몸을 숙인 채 산 하나를 쌓아올릴 것처럼 모랫더미를 팠다. 지표면을 송두리째 뒤엎어 도저히 넘을 수 없는 거대한 벽을 쌓고 싶었다. 삽은 저절로 작동하듯 움직였다. 옷 속에서 땀이 먼지와 뒤섞였다. 구멍이 깊어지는 소리가 그의 귀를 가득 채웠다. 문득 자신이 곧 지구 중심부에 도달할지도 모른다는 생각이 들었다. 미친 듯이 파놓은 구멍으로 용암이 솟구치더니 점점 부풀어올라 붉은 버섯 모양으로 공중으로 퍼져나간다. 뜨거운 용암 비가 도시와 주변 언덕 위로 천천히 떨어지다가 유리처럼 식어버릴 것이다. 그것과 함께 이 세상에서 떠나지 말았어야 할 거대한 침묵이 다시 돌아오면, 단숨에 죽임을 당했던 생명은 물질의 오연한 아름다움을 왜곡하기를 멈출 것이다. 진리의 불꽃이 터져나와 자유로이 물결치기 위해서는, 강 한구석에서 낡고 찌그러진 삽을 들고 일하는 인부 한 사람만 있으면 되는 것이다.

프랑수아 베송은 그날 하루 종일 일했다. 공사장 인부들의 명단은 다음과 같았다.

현장감독 : 캉델라.

기계 기사 : 미롤라크, 즈디아프, 두스키.

공기해머 담당 : 파넬리, 앙드레아, 부르트, 반 부브.

용접공 : 칼 슐츠.

일반 인부 : 압둘 카림, 마마두 바디아, 심페아누, 실렐코비바,
오시에크, 세도프, 미로슬라프 코체이브, 오베르
티, 마샹, 하다르, 귀네스, 베송, 모하메드 아마르,
오마르 켈리파, 사이드 라브리.

불도저 기사 : 디트리히(결근), 랑프랑시.

피로가 땅에서부터 올라오듯 팔 전체로 퍼져나갔다. 시간이
흐를수록 감옥 같은 공사현장 주변으로 먼지가 자욱해졌다. 자
갈 더미에서 일하는 사람들에게 전투의 승리자가 그들 자신이
아님은 자명했다. 열두시 반이 되자, 그들은 아무 말 없이 연장
을 내려놓고 점심을 먹기 위해 교각 아래 자리를 잡았다. 베송도
그들과 함께 빵 한 덩어리와 마늘 소시지 한 조각을 나눠먹었다.
그들이 돌려마시던 적포도주를 두어 모금 얻어마시기도 했다.
그런 후 더러운 손등으로 입을 닦고, 유고슬라비아 사람 실렐코
비바가 건넨 담배 한 대를 피워물었다. 그러는 동안 몇 마디 농
담도 하고, 강둑 위에 있는 선술집으로 식사를 하러 간 현장감독

에 대해 다른 사람들과 함께 불평을 늘어놓기도 했다. 바람이 일기 시작하자 누군가 화로에 불을 피우기 위해 자리에서 일어났다. 그는 석탄 조각 위에 휘발유를 조금 붓더니 성냥을 그었다. 다른 사람들은 불 주위에 둥그렇게 모여앉아 손을 녹이며 계속 담배를 피웠다.

옴이 오른 것 같은 검은 개 한 마리가 먹을 것을 찾아서 그들 주위를 어슬렁거렸다. 세도프와 마샹, 그리고 독일인 슐츠가 자갈을 주워 집어던졌지만 개는 몇 발짝 옆으로 뛰어 물러서기만 할 뿐 아주 가버리지는 않았다. 돌이 닿지 않을 정도의 거리에서 개는 네 발로 버티고 서서 노란 눈으로 사람들과 화로를 바라보았다.

배송 옆에 앉아 있는 실렐코비바가 오베르티에게 인생역정을 늘어놓기 시작했다. 그는 열여덟 살 때 고국을 떠나기로 결심하고, 친구 한 명과 노 젓는 보트로 아드리아 해를 건넜다. 그들은 크로아티아의 코르출라 섬을 출발해 이탈리아 해안에 이르기까지 꼬박 사흘 동안 바다 위에서 보냈다. 그후 오 년 동안 여기저기 떠돌아다니면서 닥치는 대로 일했지만, 돈 벌기는 쉽지 않았다. 그래서 그들은 도둑질을 하기로 작정했다. 어느 날 저녁, 그들이 로마 근처에 있는 한 별장을 털고 있는데 경찰이 출동했다. 실렐코비바는 정원에서 망을 보고 있다 무사히 도망쳤지만 친구

녀석은 그만 잡히고 말았다. 실롈코비바는 북쪽으로 올라가 산을 통해 국경을 넘었다. 그 친구가 어떻게 되었는지는 잘 모르겠다. 미카엘이라는 이름이었는데 자기보다는 나이가 많았다. 어쨌든 경찰은 자신을 아직도 찾고 있을 것 같다. 그래서 방법만 있다면 미국으로 날았으면 한다는 것이다. 미국에 간 다음에는……

이윽고 현장감독이 돌아와 다시 작업이 시작됐다. 오후도 오전처럼 그렇게 느리게 지나갔다. 베송은 마치 몇 년 전부터 거기에 있었던 것 같은 느낌이었다. 햇빛이 조금씩 기울었고 강물은 계속 흐르고 있었다.

여섯시가 되자 일이 끝났다. 인부들은 연장을 내려놓고 물가로 가 손을 씻었다. 어떤 사람들은 담배를 피우기도 하고, 몇 마디 말을 주고받으면서 작은 손거울을 보며 머리를 매만지기도 했다. 얼마 후 그들은 열을 지어 현장감독 앞으로 갔다. 현장감독은 그들 각자에게 지폐 몇 장과 동전 몇 닢을 주었다. 하늘은 우중충했고 도심의 불빛이 옅은 안개를 뚫고 강둑 주위를 비추고 있었다. 일꾼들은 곧 두셋씩 짝을 지어 도심 쪽으로 난 층계를 올라 멀어져갔다.

다시 무기력한 침묵이 공사장의 잔해 위에 내려앉았다. 하수구의 잔잔한 물소리와, 바다를 향해 콸콸 흘러가는 강물 소리가 다시 들려오기 시작했다. 공기는 차가웠고, 움푹 파인 구덩이 속에서 그림자는 커져갔다. 밤의 냄새, 죽은 초목과 썩은 땅에서 나는 그 냄새가 다시 움직이기 시작했다.

꽤 긴 시간이 지난 뒤 밤의 어둠이 강 위에 완전히 자리잡았을 때, 프랑수아 베송은 공사중인 다리 아래로 가 주저앉았다. 그는 자갈더미 위에 엉덩이를 붙이고 앉아 차가운 석조 기둥에 등을 기댔다. 그런 다음 암흑 속에서 무슨 일이 일어나고 있는지 살펴보기 위해 정면을 주시했다. 습기가 계곡 깊은 곳에서부터 내려왔다. 그러나 그것은 아무런 형태도 가지고 있지 않았고, 아무 소리도 나지 않았다. 불밝힌 비행선처럼 떠 있는 것처럼 보이는 도시의 아래는 어디나 검은 심연이었다. 강물은 흐르는 소리만 들릴 뿐 보이지 않았다. 움직이는 그 거대한 덩어리는 칠흑 같은 어둠 속에서 팽팽하게 당긴 활시위처럼 홀로 힘차게 나아가고 있었다. 마치 어둠이 드리워진 양쪽 강둑 사이에 난 에스컬레이터처럼 보였다. 자갈과 관목, 공사장 기계, 낡은 나무판자와 모랫더미들, 그 어떤 것도 보이지 않았다. 사물들은 어둠에 사로잡혀 몸을 숨기고 있었다. 베송은 그 모습을 머릿속에 그려보려고 했지만 그것들은 여전히 모호한 영상으로만 머물렀다. 유령 같은 형상들이 부풀어올랐다가 부드럽게 뒤틀렸고, 깊고 탁한 물을 가로지르며 흐느적거리듯 움직였다. 희끄무레한 손수건 같은 것들이 바람에 이리저리 흩날리다가, 어딘지 알 수 없는 곳으로 곧 사라져버렸다. 비틀린 실루엣들이 금방이라도 움켜쥘 수 있을 것처럼 가까운 동시에 현기증이 날 정도로 먼 곳에서 우뚝우뚝 나타나기도 했다.

배송의 팔다리가 피로로 떨려왔다. 그는 석조 기둥에 몸을 웅크려 기대고는 눈을 감고 오랫동안 가만히 고른 숨을 쉬었다. 아마 그러다가 잠이 든 것 같았다.

갑자기 배송은 발소리에 놀라 무기력 상태에서 깨어났다. 가시덤불 사이로 버스럭대는 무거운 소리가 또렷하게 들려왔다. 누군가 작은 자갈들을 밟고, 마른 잔가지들을 부러뜨리고, 젖은 나뭇가지를 휘어뜨리고, 모래를 스치면서 천천히 다가오고 있었다. 발소리가 잠시 멈추자 물이 떨어지는 먹먹한 소리가 다시 들려왔다. 이윽고 발걸음은 잠시 머뭇거리는 듯하다가, 발끝을 질질 끌어 짚더미가 바스락거리는 소리를 내며 다시 땅 위를 걷기 시작했다.

불안해진 배송은 몸을 곧추세우고 눈으로 어둠을 샅샅이 훑기 시작했다. 전후좌우 어디에도 보이는 것이라곤 없었다. 그 발소리가 어디서 들려오는지 도저히 알 수가 없었다. 때로는 숨소리가 들려오는 것이 아주 가까운 곳 같기도 했고, 때로는 아주 멀리서 들려오는 것이 발소리인지 강에서 나는 소리인지조차 구별할 수가 없었다. 베송은 귀를 기울이기 위해 숨을 죽였다. 하지만 아무 소리도 들리지 않았다. 침묵과 강물이 노호하는 소리만 짙은 것이, 저 위에서 캄캄한 밤을 뚫고 달려오는 기차가 길게 울리는 기적 소리 같았다.

그러나 곧 다른 소리들이 들리기 시작했다. 여린 짐승들이 아래턱으로 모래알들을 헤치며 몸을 끌고 가는 소리였다. 모래알들이 폭발하는 것처럼 사방에서 작은 폭발이 일었다. 자갈들이 원인 모를 산사태처럼 갑자기 무너져내렸다. 때때로 베송의 귀가까이에 쥐 한 마리가 꼼지락대는 것 같기도 했고, 거미가 부드럽게 바스락대는 것 같기도 했다. 박쥐들이 머리 바로 위에서 불타오르는 종잇조각처럼 날아다녔다. 날개가 달린 그 빛나는 검은 짐승들은 지상 바로 몇 미터 높이에서 활개치고 있었다. 벌레들은 땅속에서 소스라쳤고, 뱀들은 풀 속에서 똬리를 틀고 있었다. 앞에서는 전투대형을 지은 군인들 같은 온갖 기생충들이 꿈틀거렸다. 벼룩, 진드기, 이, 빈대들이 돌밭 위를 여기저기 뛰어다니고 있었다. 머리가 작은 그 벌레들은 눈은 멀었지만 피 냄새에 예민한 갈퀴 같은 주둥이를 내밀면서 솜털이 돋은 다리로 희생물의 살을 찾아 흡각과 흡관을 활짝 벌린 채 몰려왔다. 등에 죽음의 얼굴이 새겨진 거대한 나방 같은 흡혈 박쥐 한 마리가 털하나 없는 날개를 퍼덕여 커다란 원을 그리면서 위협과 공포로 가득 찬, 알아들을 수 없는 괴상하고 시끄러운 소리를 냈다.

긴장으로 몸이 뻣뻣해진 베송은 눈을 크게 뜨고 방어자세를 취했다. 벌써부터 몸에 벌레 다리 같은 것들이 닿는 게 느껴졌고, 얼굴 위로는 부채 바람보다 더 가볍고 엷은 막이 스쳐 지나가는 것이 느껴졌다. 벌레들은 향연의 장소를 찾아 털을 헤치며 베송의 다리로 올라왔다. 이마와 뺨, 심지어 옷 속으로도 그 점 같은 작은 벌레들이 달라붙어 몸서리가 쳐졌다. 그의 핏속에 벌레 알들이 퍼지고, 고약한 액체가 피부로 침투하면서 물집이 잡혔다. 싸워야만 했다. 베송은 손으로 얼굴과 머리를 문질렀다. 바지를 입은 다리와, 겨드랑이, 배, 목덜미를 긁어댔다. 그러나 아무 소용도 없었다. 긁으면 긁을수록, 보이지 않는 벌레들의 수는 더욱 많아졌다. 이제 모든 소리들이 모습을 드러냈다. 벌레들은 몸을 떨면서 달려들어 앞날개를 비비고 턱을 부르르 떨고 목쉰 숨결을 내뱉으면서 베송의 머리부터 발끝까지 뒤덮었다. 그것들은 찔러댔다. 간지럽혔다. 살을 쨌다. 핥았다. 희고 부드럽고 따뜻한 베송의 살갗에 독침을 찔러넣어, 밤의 희생물이 된 그의 신선한 피를 빨아먹었다.

이제 발소리는 한층 위협적이었다. 그 소리는 베송이 기대앉아 있는 교각 기둥 주변을, 그가 무겁게 짓누르고 앉아 있는 축축한 땅 주변을 맴돌고 있었다. 양발이 차례로 자갈을 거칠게 스치는 소리와, 연약한 나뭇가지가 뼈처럼 부러지는 소리가 어둠 속에서 선명하게 들려왔다. 그 짐승은 거기 기둥에 기대고 있는 인간의 존재를 알아챈 것처럼, 조금씩 포위망을 좁혀오며 천천히 발을 옮기고 있었다. 베송은 몇 미터 떨어진 곳에서 등을 굽힌 채 번득이는 눈길로 자신을 쏘아보며 걸음을 옮기는 그 검은 그림자를 상상해보려고 했다. 아마도 늑대, 어쩌면 귀를 꼿꼿이 세우고 콧구멍을 벌름거리는 맹수일지도 몰랐다. 주둥이에서는 침이 질질 흐르고, 목구멍에는 탐욕스럽게 그르렁거리는 소리가 숨막힐 듯 가득 차 있을 것이다. 그 유연한 그림자에는 잔인함이 깃들어 있었다. 벌어진 입술 사이로 칼날같이 단단하고 날카로운 치열이 드러나 있을 것이다. 발걸음은 계속 다가와 현기증이 날 만큼 베송의 주위를 빙빙 돌았다. 증오가 베송의 주변으로 원을 좁혀오고 있었다. 누군가 베송이 죽어야 한다고 결정해버린 것이다. 그의 심장이 빠르게 고동쳤고, 추위로 얼어붙은 전신에 식은땀이 흘러내렸다. 그는 계속 발소리에 귀를 기울였다. 잠시 다시 소리가 끊겼다. 위협은 한층 무시무시하게 느껴졌고, 베송은 날카로운 송곳니와 발톱으로 무장한 무언가가 구속복을 입고 자신을 덮치기만을 기다렸다. 그러나 아무 일도 일어나지 않았다. 위험은 암흑 속에서 희미해져갔다. 생이 수십 년 더 연장된 것이다. 범죄가 일어날 듯한 불길하고 고통스러운 예감은 먼 곳에 떠 있는 커다란 구름장처럼 누그러졌다. 베송은 자신이 살았다고 반쯤은 믿었다.

그러나 오산이었다. 갑자기 발소리가 자갈 위에서 다시 들려온 것이다. 그제야 베송은 소리의 주인공이 인간이라는 것을 알아챘다. 묵직하고 어설픈 걸음으로, 눈에 보이지 않는 그림자 하나가 강을 따라 두 다리를 비틀거리며 걸어왔다. 자갈을 밟는 소리가 교각의 둥근 천장에 울려 더욱 크게 들렸다. 거인 같은 그 사람은 그을음이 묻은 것처럼 시커먼 누더기를 입고 있었고, 자갈 더미와 구멍들 위로, 발길 닿는 대로 걷고 있었다. 그는 깡통에 부딪치기도 했고, 너무 낡아 썩은 상자를 부스러뜨리기도 했다. 썩은 나뭇가지들에 발이 걸려 거한이 비틀대자 낙엽 밟는 것 같은 소리가 났다. 진흙탕과 모래 위로 미끄러지기도 하고 진창에 발이 빠지기도 했다. 그렇게 그는 1미터 1미터 베송이 앉아 있는 교각 기둥을 향해 다가왔다. 전진하는 탱크처럼 다가오는 그는 얼굴을 앞으로 향하고 있었지만 앞을 보고 있진 않았고, 입을 벌린 채 힘겹게 숨을 쉬고 있었다. 그의 숨소리와 옷자락 스치는 소리까지 들려왔다. 더러운 발 냄새, 호주머니에 가득 차 있을 것 같은 식은 담배꽁초 냄새, 술 냄새, 땀 냄새가 섞인 역겹고 짙은 체취가 허공을 가득 채웠다. 검은 그림자는 어둠 속에서 얼룩처럼 미끄러지듯 바람에 머리카락을 흩날리면서 점점 더 가까이 다가오고 있었다. 연기로 더러워진 얼굴 위에서 두 눈이 흰 눈▦처럼 반짝였고, 비죽거리는 입술 사이로 드러난 치아가 번 득였다. 손을 앞으로 뻗고 있었지만 단도나 소총 같은, 가슴에 구멍을 내거나 목구멍에 찔러박을 만한 무기는 쥐고 있지 않았 다. 그는 계속 다가오고 있었다. 앞이나 뒤에서 다가오는 것이 아니었다. 보복하기로 작정한 희생자처럼 기이한 걸음으로, 사 방에서 다가오고 있었다. 캄캄한 바람을 헤치고 더듬더듬 은근 히 다가오는 거인의 앞으로 공포의 후광이 뿜어져나왔다. 평생 그를 잊을 수는 없을 터였다. 그는 범죄 따위는 꿈꿔본 적 없다 는 순결한 얼굴을 하고, 정체불명의 사람이 들고 있는 날카로운 창 앞에 기름 낀 복부와 얼굴의 연골을 숨김 없이 드러내면서, 울퉁불퉁한 땅 위로 두 다리를 질질 끌며 다가왔다. 그는 기운이 없어 보였고, 어스레한 그의 실루엣은 이름도 없었다. 그러나 그 는 다가오고 있었다. 자비도 없이, 배송을 향해 거의 무심한 듯 다가오고 있었다. 아무것도 없는 이 밤에, 세상으로부터 버림받 은 이곳에서, 그는 여전히 시도하고 있었다. 그는 원하고 있었 다. 자신의 비열한 계획을 완수하기 위해 소리내어 걸어오고 있 었다. 그는 충분히 응징받지 않은 것이었다. 채찍으로 맞고 족쇄 를 차고 그 익명의 얼굴에 침 세례를 받은들 아무 소용이 없었 다. 아무 소용도. 그는 사리를 이해하려고 들지 않았다. 그는 계속 양발을 앞으로 옮겨놓으면서 서서히 징벌을 향해 다가가고 있었다. 죄와 악이 아직 충분치 않았던 것이다. 한낮의 차가운 잿빛 사막도 그를 깨달음에 이르게 하진 못했다. 발은 물집으로 부풀어오르고 다리는 정맥류로 뒤덮였지만, 그에게 할당된 고통의 몫을 채우기에는 아직 충분하지 않았다. 그는 계속 나아갔다. 이제 그는 아주 가까운 곳까지 이르렀고, 베송은 사내의 고른 숨결이 얼굴까지 덮쳐오는 것을 느낄 수 있었다. 교각의 시커먼 심연 밑바닥에서 불쑥 솟아나온 사내는 과녁을 향해 팽팽하게 당겨진 차가운 활시위를 따라서, 레일 위를 굴러가는 불 꺼진 전차처럼 다가오고 있었다. 사내의 저벅대는 발소리가, 발 길이가 1미터는 되는 듯 점점 더 길게 울리는 그 발소리가 베송의 귀에 들려왔다. 땅과 자갈들이 덜그덕거리는 소리를 내며 이 초마다 베송의 머릿속에 경고음을 울려댔다. 크르르르, 크르르르······ 하늘도, 강의 수면도, 공사중인 다리도, 허공에 가볍게 매달려 있는 것처럼 보이는 불 밝힌 도시조차 모두 거대한 알바트로스의 날개처럼 검은 옷을 펄럭이는 사내의 그림자에 뒤덮인 것 같았다.

두 번, 베송은 소리쳤다.

"거기 누구요?"

"거기 누구요?"

그러나 그의 목소리는 쉬어 있었고, 메아리조차 일으키지 못했다.

그때 베송은 그 미지의 적에 대항하기 위해 교각 기둥에 등을 붙인 채 몸을 일으켰다. 그는 몇 분을 내리 기다렸는데, 어쩌면 몇 시간이었는지도 몰랐다. 심장이 아주 빨리 뛰었고, 빛을 내는 적충滴蟲이 들어간 것처럼 눈이 따가웠고, 팔다리는 액체로 녹아버린 듯 흐늘거렸다. 베송은 괴물이 눈앞에 나타나기를 노리고 있었다. 아마도 제일 먼저, 안개 장막에 싸인 창백한 얼굴이 물속에서 떠오르듯 나타날 것이다. 아니면 손톱이 지저분한 손가락 스무 개를 모두 활짝 펼친 손부터 나타날 수도 있다. 그는 낮은 목소리로 발걸음을 헤아리기 시작했다. 둘, 셋, 넷, 다섯, 여섯, 일곱, 여덟, 아홉, 열…… 열하나…… 열둘…… 열셋, 열넷, 열다섯, 열여섯…… 열일곱…… 열여덟…… 열아홉, 스물, 스물하나…… 스물둘…… 스물 셋…… 스물넷, 스물다섯, 스물여섯, 스물일곱…… 스물여덟, 스물아홉…… 서른, 서른하나…… 서른둘, 서른셋…… 서른넷…… 갑자기 어떤 차가운 손이 목덜미를 움켜쥐는 느낌이 들었다. 순간 그의 심장이 박동을 멈췄고, 긴 전율이 몸을 타고 흘렀다. 그는 손을 목 뒤로 돌려 그 손아귀에서 빠져나오려고 했다. 그러나 손에 잡힌 것은 허공뿐이었다. 그는 몸을 반쯤 돌려 뒤를 보았다. 아무것도 없었다.

뻗을 수 있는 데까지 팔을 멀리 뻗쳐보아도 마찬가지였다. 그러자 두려움이 딱딱하게 굳어 분노로 변했다. 그는 이제 발소리에 귀를 기울이지 않았다. 목구멍에서부터 분노를 삭이지 못한 웅얼거림이 내뱉어지듯 튀어나왔다.

"네놈을 잡고야 말 테다…… 너 거기 있지……난 알고 있어…… 알고 있다고…… 네놈을 잡고야 말겠어…… 꼭 잡을 거라고!"

배송은 온몸의 근육이 뻣뻣하게 굳어서는 금방이라도 덤벼들 듯 자세를 취했다. 땅에서 모가 난 커다란 돌멩이 하나를 움켜쥐었다. 바스락거리는 소리가 바로 거기 있었다. 가까이 다가오고 있었다. 3미터 앞…… 2미터 앞…… 갑자기, 수돗물이 관을 타고 꾸르륵 올라오는 것처럼 어떤 목소리 하나가 그의 귓속으로 느닷없이 들어와 웅얼대기 시작했다. 어떤 목소리, 숨소리, 아무 의미 없이 생명력으로 가득 찬 소름 끼치는 노랫소리 같은 것이, 은신처를 찾듯 배송의 머릿속으로 살그머니 기어들어왔다. 뭐라고 빠르게 지껄여대는 그 의미 없는 목소리는 사내의 몸과 동시에 달려들었다. 마치 텅 빈 방 안에 들어선 것 같은 느낌이었다. 누더기를 너풀대는 거대한 덩어리 하나가 배송을 송두리째 삼키기 위해 캄캄한 어둠 속에서 불쑥 솟아올라 그의 앞에 나타났다.

배송은 치미는 분노에 외마디 소리를 지르는 동시에 몸을 던지면서 힘껏 내리쳤다. 모난 돌을 거머쥔 그의 손이 어떤 물컹한 것, 어떤 탄력 있는 물체에 부딪혔다. 베송이 다시 한번 내려치자 검은 그림자는 천이 구겨지는 소리와 함께 가느다란 신음 소리를 내며 자갈 위로 서서히 무너져내렸다. 베송은 그 넘어진 그림자 위에 달려들어 돌로 연방 내리찍었다. 돌이 미끄러져 마침내 그의 손에서 빠져나가 땅에 구를 때까지, 그는 때리기를 멈추지 않았다. 그제야 베송은 몸을 일으키고 발밑을 내려다보았다. 거기 땅 위에 어떤 물체가 누워 있었다. 그러나 그것이 무엇인지는 아무도 말할 수 없었다. 강바닥 위에 불룩하게 솟아오른 둔덕 같았다. 낡디낡은 이불 같은 옷 아래로 아스팔트 역청처럼 검고 짙은 액체가 가늘게 몇 줄기 흘러내리면서 자갈들 사이로 스며들었다.

다시 침묵이 찾아왔다. 베송은 해수욕 가방을 집어들고 강물을 따라 걸었다. 이제는 잠을 청하고 싶은 마음이 들지 않았다. 잠시 그는 걸음을 멈추고, 강둑 위에 있는 집들의 창문에서 흘러나오는 불빛과 가로등의 파란 점 같은 불빛들을 바라보았다. 그러고는 시가지로 통하는 긴 지하도로 걸어들어갔다. 지하도의 둥근 천장에 울리는 사람들의 발소리와 사방으로 달려가는 자동차 소리가 들렸다. 지하도 바닥 위로 울리는 베송 자신의 발소리도 들렸다. 그는 암흑 한가운데 깊이 파묻혀 있는 죽은 냄새들을 들이마셨다. 그는 햇빛이라고는 들어오지 못하는 밀폐된 원기둥 속을 걸어 나아갔다. 고통에 찬 육신을 내맡기면서, 그는 광기라는 신랄한 대양 한가운데 남아 있는 한 조각 이성理性과 예지叡智인 양 앞으로 나아갔다.

얼마쯤 시간이 흘렀을까, 베송은 지하도 내부의 또다른 지하 통로로 들어갔다. 네댓 명의 뜨내기들이 거처를 틀고 있는 곳이 었는데, 그들은 낡은 드럼통에 불을 피워놓고 아무 말도 없이 무언가를 마시거나 잠을 자고 있었다. 베송은 기둥 뒤에 몸을 숨기고 그들을 힐끗 살펴보았다. 그런 후 저쪽으로 빙 돌아가, 물이 요란한 소리를 내며 흐르는 커다란 하수구를 따라 계속 걸었다. 십 분 후 그는 도시 저쪽 편, 바다가 정면에 펼쳐져 있는 곳으로 빠져나왔다.

12장

공중화장실에서—프랑수아 베송, 여행을 하다—걸으며 주위를 둘러보다—열기구에서 바라본 대지—영원의 숨결—홀로 하늘을 맴도는 새 한 마리—해변에서 두 아이가 나누는 대화 : 탑파와 촛대에 대한 질문—과거와 미래 사이에서—어떻게 프랑수아 베송은 태양을 바라보다 눈이 멀었는가

열두번째 날, 프랑수아 베송은 공중화장실에 가서 몸을 씻고 면도를 했다. 냄새가 지독하게 나는 커다랗고 싸늘한 곳이었다. 깨끗한 사면 벽과 천장, 바닥에는 모두 흰 타일이 깔려 있었다. 입구 왼쪽에 한 노파가 등받이 없는 의자에 앉아 신문을 읽고 있었다. 그 앞에는 테이블이 놓여 있었는데, 테이블 위에는 잔돈 몇 닢이 흩어져 있는 접시가 있었다. 화장실의 첫번째 벽에는 거울과 세면대가 나란히 붙어 있었다. 두번째 벽에는 아무것도 없었다. 그리고 세번째 벽에는 소변기들이, 네번째 벽에는 대변기 여섯 개가 설치되어 있었다. 그중 다섯 개는 '비어 있음'이란 표지가, 나머지 한 개에는 '사용중'이란 표지가 각각 문 앞에 걸려 있었다. 여러 사람들이 말없이 화장실 안에서 일을 보고 있었다.

사람들은 세면대에서 손을 씻거나, 거울 앞에서 머리를 빗거나, 휴지로 손을 닦았다. 혹은 벽을 바라보고 서서 칸막이에 반쯤 몸을 가린 채 하얀 도기 소변기에 바싹 붙어 소변을 보기도 했다. 두세 사람이 서로 힐끗 쳐다보기도 했지만, 그들을 제외하고는 아무도 다른 이들에게 눈길을 주지 않았다. 어떤 이들은 거울 앞에서 요란스레 코를 풀고 성큼성큼 걸어나가 노파가 앉아 있는 테이블 앞을 지나며 동전 한 닢을 접시에 던졌다. 돈은 짤랑 소리를 내며 접시 위로 떨어졌다.

　베송은 천천히 면도를 했다. 먼저, 벽의 콘센트에 플러그를 꽂자 면도기 모터가 윙윙거리는 소리를 내며 돌아가기 시작했다. 그는 면도기를 뺨에 대고 회전식 면도날에 수염이 싹싹 깎이는 소리를 들으며 느릿느릿 밀기 시작했다. 군데군데 수염이 억센 부분은 네다섯 번씩 밀어야 했는데, 그 바람에 털이 뽑히거나 여드름에 상처가 나서 얼굴을 찌푸리기도 했다. 그는 거울 속 자신의 여윈 얼굴을 바라보았다. 어두운 색의 두 눈이 전등 빛을 받아 반짝였다. 화장실 안으로는 햇빛이 잘 비치지 않았다. 흰 벽 위에서 전등 불빛이 물방울처럼 빛났다. 베송은 규칙적인 소리를 내며 돌아가는 둥근 전기면도기를 오른손에 들고 있었다. 그는 자신의 면도기를 좋아했다. 그것을 잃어버리거나 고장내고 싶지 않았다. 플라스틱으로 된 껍데기 안에서 기계는 전속력으

로 돌아가고 있었고, 작은 프로펠러 날개는 미지근하고 약한 바
람을 일으키면서 수염을 고르게 바짝 깎았다. 성능도 좋고 소음
도 없는 전기 기계였다. 그 기계는 몇 년이라도 지속될 것 같은
조용한 소리를 내며 손안에서, 뺨 위에서 부드럽게 진동했다. 그
것을 쥐고 있으면 마치 비행기를 타는 기분이 들었다. 단조로운
소리를 내는 네 개의 모터의 힘으로 공기를 가로지르는 무쇠 동
체 안에 앉아 지상의 바둑판무늬 풍경이 흘러가는 것을 내려다
보는 느낌이었다.

변기 물 내리는 소리가 들렸다. 베송은 세면대 위 거울을 통해
'사용중'이라는 표지가 걸린 화장실 문이 열리는 것을 훔쳐보았
다. 문을 열고 나온 사람은 몸집이 크고 억세게 생긴, 정수리가
약간 벗어진 사내였다. 그는 외투 단추를 끼우느라 잠시 서 있었
다. 불그레한 얼굴에 매부리코와 움푹한 두 눈이 우직하고 단호
한 성격을 드러냈다. 외투 단추를 다 끼우자, 그는 서류가방을
집어들고 가늘게 휘파람을 불면서 급히 나가버렸다. 접시에 떨
어지는 동전 소리가 그를 환송했다.

면도를 끝내자 베송은 붉은 천주머니에 면도기를 넣고 다시
주머니를 해수욕 가방에 챙겨넣었다. 그런 다음 찬물로 세수를
한 후 머리를 빗었다. 그리고 소독약 냄새가 나는 물을 두세 모
금 마셨다.

그는 요금을 내지 않고 화장실을 나가려고 했다. 그러나 테이블까지 왔을 때, 노파가 얼굴을 들고 신문 위로 그를 쳐다보는 바람에 접시 위에 동전 한 닢을 던져줄 수밖에 없었다.

밖으로 나오자 도시의 거리는 활력에 넘쳐 있었다. 하늘은 완연한 푸른색이었다. 베송은 다리 공사 현장감독이 준 돈을 세어보고는 잠시 바람 좀 쐬고 올 작정으로 시외버스 터미널 쪽으로 향했다. 집들이 한결같이 아스팔트 바닥에 버티고 서 있는, 이 지옥 같은 도시를 떠나기로 결심한 것이다. 이곳에서는 그가 아는 사람들, 부모님, 마르트와 빨강 머리 아이, 조제트, 바야르, 실렐코비바 같은 사람들과 마주칠 위험이 있었고, 살인 혐의로 경찰에게 체포될 수도 있었다. 터미널에 도착하니 버스 열두어 대가 인도 가장자리에 줄지어 서 있거나 주차를 하기 위해 천천히 움직이고 있었다. 녹슨 표지판 앞에서 승객들이 나란히 줄을 서서 기다리고 있었다. 여기저기 이상한 표지와 숫자들이 붙어 있었다.

9A 페시카르   라스 플라나스

108 파브롱   10   12

6   이졸라   로케스트롱

공항

베송은 서 있는 사람들을 헤치며 걸어갔다. 무릎 위에 바구니
를 놓은 노파들이 벤치에 앉아 있었고, 어린아이들은 소리를 지
르며 사방으로 뛰어다니고 있었다. 이따금 버스 문이 열리면, 사
람들은 서로 밀치면서 버스 안으로 몰려들어갔다. 지저분한 보
닛 안의 엔진에 시동이 걸리면 버스는 차체와 유리창에 진동을
일으키면서 천천히, 부르릉대며 앞으로 굴러갔다. 사람들은 차
지붕 위에 고리바구니를 실었다. 짙푸른 색 유니폼을 입은 사람
들이 얼룩무늬 모자를 뒤로 젖혀쓰고 인도변에서 담배를 피우거
나 소리 높여 말을 주고받고 있었다. 한 아랍인이 융단을 팔고
있었다. 갈색 콧수염을 기른 땅딸막한 남자 하나가 과자를 가득
담은 광주리를 이고 사람들 사이를 돌아다니며 흥얼거렸다.

이 과자를 만드는 사람도 나요, 이 과자를 파는 사람도 난데,
돈을 먹는 사람은 우리 마누라님일세……

신문 판매대에는 갖가지 신문들이 진열되어 있었다. 자동차
들은 경적을 울려대고, 휘발유는 증발해서 공기중으로 날아가
고, 신호등은 깜박였다. 이곳은 출발의 장소, 도시를 피해 떠나

는 장소였다. 세계 각지로 향하는 여러 길들이 이 먼지 날리는 장소에 집결해 있었다. 뜨겁게 달아올랐거나 진창이 된 수십 수백 킬로미터의 아스팔트 길이 인적 없는 벌판을 홀로 가로질러 뻗어 있었다. 이국의 도시를 향해, 올리브나무와 포도나무가 울창하게 자라는 미지의 공간을 향해 출발하는 것이다. 사람들은 붉은색이나 초록색으로 물든 광야를, 대초원을, 안개가 피어오르는 오아시스를, 산벼랑 사이에 낀 협곡을 지나갔다. 그들은 굶주림과 갈증을 향해, 신비와 두려움을 향해 가고 있었다. 울긋불긋한 옷차림을 한 그들은 트렁크를 끈으로 동여매놓고, 간단한 음식을 포도주와 함께 가방 안에 준비해두고 있었다. 베송은 무리지어 서 있는 사람들 사이를 정처없이 어슬렁댔다. 출발의 냄새가 그에게 스며들었다. 일종의 불안이, 혹은 어떤 희망 같은 것이 내부에서 부드럽게 솟구쳐오르는 것을 느낄 수 있었다.

베송은 마침내 행선지를 결정하고 사람들이 서 있는 줄 끝에 가 섰다. 몇 분 후, 버스가 도착했다. 버스 문이 삐걱거리며 열리자, 사람들이 올라타기 시작했다. 새하얗고 멋진 새 차였는데, 창에는 색유리가 끼워져 있었고 크롬 도금을 한 차체는 햇빛에 반짝였다. 시동이 걸려 있는 엔진은 리듬감 있게 부르릉거리고 있었다. 베송은 줄 뒷부분에 서 있던 사람들 사이에 끼여 차에 올라탄 뒤 고개를 숙이고 좌석 통로를 따라가며 빈 좌석을 찾았다. 버스 뒤쪽에서 빈자리를 발견하자 그는 제대로 살펴보지도 않고 거기 앉았다. 그러고는 해수욕 가방을 무릎 사이에 끼고 가만히 기다렸다. 그의 옆에는 한 젊은 여자가 앉아 있었는데, 유리창 가까이 몸을 기울이고 창 밖에 서 있는 약혼자에게 몸짓으로 뭔가를 이야기하고 있었다. 그녀는 유리창에 반원 모양의 입김이 서릴 정도로 창문에 바싹 붙어앉아 남자를 바라보고 있었고, 밖의 남자는 머리가 창문에 닿을 정도로 바싹 다가서 있었다. 여자가 손을 흔들었다. 한 번인가 두 번, 몸을 일으켜 창 틈에 입을 대고 "자주 편지해줘요!"라고 외치기도 했다. 심지어 조금 열려 있는 창문을 통해 팔을 바깥으로 뻗쳐 남자의 손을 잡으려고까지 했지만 손목만 긁혔다. 다시 제자리에 앉은 그녀는 왼손을 흔들면서 유리창을 통해 긁힌 상처를 밖으로 내보였다. 창문 밖의 남자는 일부러 태연한 척 담배를 피워물었다. 마른 체격의 사내였는데, 머리를 짧게 깎고 새로 맞춘 듯한 푸른 양복을 입고 있었다.

몇 초 후 버스가 출발했다. 버스는 사람들이 비켜서도록 경적을 울리며 천천히 터미널을 가로질러 굴러갔다. 승객들은 좌석 쿠션에 몸을 박고 앞좌석에 붙어 있는 쇠 손잡이를 잡았다. 차가 움직이자 엔진의 진동에 그들의 턱과 팔의 축 쳐진 살들까지 덜 덜 떨렸다. 버스는 차량들의 물결을 따라 시가지를 가로질러 나아갔다. 버스 앞쪽에 있는, 다른 좌석들보다 높은 의자에 앉은 운전사가 핸들을 돌리고 페달을 밟고 기어를 바꿨다. 엔진 소리는 그의 명령에 따라 마치 펠트 천으로 감싼 것처럼 둔중하게 울렸다. 엔진 소리가 잇달아 들리는 가운데 가끔씩 압축 공기가 재채기처럼 터져나오며 이상한 폭발음 같은 소리를 냈다. 사거리에 이르자 신호등이 노란색으로, 곧바로 빨간색으로 바뀌었다. 버스는 급 브레이크를 밟으며 멈췄고, 승객들의 머리는 앞으로 갑자기 기울었다. 이윽고 신호가 초록색으로 바뀌었고, 이번에는 머리가 모두 뒤로 기울었다. 버스의 움직임과 진동에 승객들이 이리저리 기우뚱거리는 모습은 다소 우스꽝스럽게 보였다. 좌석에 앉아 있는 승객들은 차 바퀴의 요동에 따라 물컹하게 움직이는 제물에 불과했다. 버스 바로 앞에서 누군가 뻔뻔하게 거리를 건너는 바람에 차가 급정거하자, 사람들의 몸은 마치 그 사내의 무분별한 횡단을 비난하듯 앞으로 쏠렸다. 사람들 사이에선 벌써 대화가 시작되었다. 털 코트로 따뜻하게 몸을 감싼 여인들은 비오는 날과 화창한 계절에 대해서, 또 자신들의 다리에 생긴 상처에 대해서 얘기했다. 남자들은 차창 밖으로 스쳐 지나가는 집들과 자동차들을 가리키며 뭐라고 얘기를 주고받았다. 한 군인이 옆에 앉아 있는 못생긴 처녀에게 말을 걸어보려고 애썼지만, 그녀는 아무 대답도 하지 않았다.

버스는 서서히 도시를 벗어났다. 이제 버스는 바람이 심하게 부는 바닷가를 따라 곧게 뻗은 도로로 접어들었다. 집들 사이로 풀밭이 나타나고 울창한 나무들이 모습을 드러냈다. 태양은 수평선 위에서 빛났고, 도로는 탄탄했다. 베송은 유리창을 통해 흘러가는 풍경을 바라보았다. 가까이에 있는 풍경은 빨리, 먼 곳의 풍경은 거의 움직임 없이 천천히 버스를 스쳐 지나갔다. 나무 울타리에 둘러싸인 공터가 보였는데, 공터 한가운데에 폐차 네댓 대가 버려져 있었다. 나즈막한 산과 언덕들, 발바리가 지키고 있는 낮은 별장들이 지나갔다. 각 층마다 빈 발코니가 있는 하얀 새 건물들이 지나갔다. 집시들의 유랑 마차, 텔레비전 안테나가 솟은 지붕, 전신주, 여자 속옷이 걸린 빨랫줄, 채소밭, 장미나무와 석남石南 덤불, 헛간, 버려진 녹슨 자전거, 정차되어 있는 트럭, 묘지, 파란색과 노란색으로 칠한 주유소들이 지나갔다. 커다란 벽돌담 위에 흰 페인트로

U.S. GO HOME

이라고 씌어 있었다. 식료품 가게. 모습을 분간할 수 없는 몇몇 사내가 막 걸어나오고 있는 카페. 덧창이 열려 있거나 닫혀 있는 별장들이 다시 나타났다. 도둑과 경찰 놀이를 하고 있는 어

린아이들. 뾰족한 종탑이 서 있는 교회. 시계탑의 고장난 시계는 자정을 가리키고 있었다. 해군 조선소. 정비 공장. 판자와 나뭇 가지들이 기이하게 뒤얽힌 도로 옆 울타리 안에서 시공 중인 주택들의 모습도 보였다. 오토바이에서 내려 교통법규 위반을 단속하고 있는 경찰 두 사람. 주위를 둘러보고 있는, 갑상선종으로 목이 부은 여인. 비행장. 이발관. 희미한 불빛이 흘러나오는, 커다란 붉은 글씨로 '라 푸르세트'라고 씌어진 간판이 내걸린 레스토랑. 무리지어 서 있는 야자수 다섯 그루. 다시 공터, 황무지, 깨진 유리조각 같은 규석珪石들이 반짝이는 공터. 그 모든 것이 끊임없이 움직이고 있었다. 그것들은 버스 유리창을 따라 선과 각을 뒤로 길게 늘어뜨리고 뒤얽히면서 도망치듯 수평으로 흘러 갔다. 움직이고 있는 집들과 나무들 너머로 저 멀리 둥그렇게 부풀어오른 푸른 언덕들이 부유하듯 흔들렸다. 도로 저 너머로는 바닷물이 원반처럼 빙글빙글 소용돌이치고 있었다. 그리고 저기, 앞쪽 어딘가에 있는 목적지가 서서히 또렷해지고 있었다. 산들이 우뚝우뚝 서 있고, 곶岬들이 바닷속으로 곧게 뻗어 있고, 하늘에는 오그라든 가벼운 구름들이 움직이지 않고 떠 있었다.

프랑수아 베송은 그렇게 흘러가는 풍경을 흥미롭게 바라보았다. 버스 창문을 통해 풍경이 황급히 지나가는 것을, 버스 좌석의 반들반들한 표면에 풍경이 기이하게 거꾸로 비치는 모습을 보았다. 버스는 투명한 공기를 가르며 어디에 부딪치지도 않고 앞을 향해 똑바로 내닫고 있었다. 사람들은 그 잔잔한 움직임 속에서 움직이지 않고도 앞으로 나아가고 있었다. 버스는 대지 위로 굴러가는 한 조각 작은 땅덩어리였다. 아무것도 정복하려 하지 않고 그저 요란한 타이어 소리를 내며 평평한 아스팔트 위를 부유하듯 미끄러지며, 그렇게 굴러가고 있었다. 사람들의 몸은 허공으로 쏠렸다가, 비탈길을 올랐다가, 급속도로 내려왔다가, 그러곤 다시 곧게 뻗은 길을 따라 쏜살같이 달렸다.

때때로 버스는 도로변 주택가에 정차하기도 했다. 그러면 몇몇이 자리에서 일어나 버스에서 내렸고, 새로운 승객들이 올라와 빈자리에 앉았다. 앉아 있는 사람들은 새로 온 사람들을 힐끗 훑어보고 낮은 소리로 두어 마디 주고받고는 곧 신경을 껐다. 매표원이 베송에게로 다가왔다.

"종점까지요." 베송은 지폐를 한 장 내밀며 말했다.

매표원은 거스름돈을 세어 베송에게 내주고, 들고 있는 검표기의 손잡이를 돌렸다. 작은 종잇조각이 찰칵 하는 소리와 함께 빠져나오자 매표원은 그것을 베송의 손 위에 놓았다.

"다음 분." 매표원은 이어 말했다.

"레 미모자까지요." 베송 옆 좌석에 앉은 여자가 말했다.

그리고 같은 동작이 되풀이됐다.

그 누르스름한 종잇조각 위에서 베송이 읽은 것은 다음과 같다.

108576329　A 노선

F　00　325

1012 3

감사합니다

베송은 차표를 레인코트 호주머니에 집어넣은 후, 버스 통로를 돌아다니는 매표원을 바라보았다. 마흔쯤 되어 보이는, 주름살이 깊게 파인 얼굴에 어깨가 둥그스름한 남자였다. 때때로 그가 몸을 굽혀 창밖을 바라보며 휘파람을 불었고, 그러면 운전사는 차를 세웠다. 다시 그가 휘파람을 불면 버스는 다시 힘겹게 출발했다.

베송은 버스 운전사나 차장이 그리 나쁜 직업은 아니겠다고 생각했다. 차장은 금속으로 된 길고 좁은 통로를 돌아다니다 차표 끝을 잘라내는 조그만 기계의 손잡이를 돌린다. 요금을 다 걷으면 운전사 옆 좌석에 앉아 끊임없이 흘러가는 회색 도로를 무심하게 바라본다. 운전사의 경우, 그는 일종의 색유리를 끼운 방 같은 곳에 앉아 운전을 한다. 달음박질치는 풍경을 좇으며 핸들을 돌린다. 정류소에서는 차를 멈추고 다시 출발한다. 기어를 넣는다. 1단, 2단, 3단, 4단, 3단, 다시 4단. 승객들을 괴롭히기 위해 급브레이크를 걸 수도 있다. 혹은 추월하는 차나 마구 길을 건너는 사람들을 향해 투덜거린다. "그래 안 그래? ……좀 보고 다니란 말이야! 신호등은 그냥 서 있는 줄 아나? 낯짝이 근질근질해? 바보 같으니라구, 빨리 꺼져버려! 저 새끼는 길을 건너려는 거야, 안 건너려는 거야? 염병할 새끼 같으니라고!" 등등. 경적도 울린다. 가슴이 벌렁거릴 정도로 요란하게. 그리고 어디를 가도 길에서 예쁜 아가씨들을 볼 수 있다. 지나가면서 그녀들을 향해 휘파람을 불 수도 있다. 정류소에서 치마를 추켜올리며 버스에 오르는 여자들, 갑작스럽게 밟은 브레이크 때문에 넘어질 뻔하는 여자들, 문 옆에 서서 웃으며 말을 걸어오는 여자들. 저녁이면 한잔 걸치러 간다. 그러고는 피로에 지쳐 잠자리에 든다. 밤새도록 그는 도로를 스쳐 지나가는 꿈을 꾼다. 길은 훤히 외우고 있다. 그러면 지치지 않고 계속 차를 몰 수 있다. 그렇게 매일이 금방금방 지나간다. 세상의 이 작은 지역이 그의 머릿속에 지도처럼 그려진다. 조심해야 할 곳, 사람이 많은 곳, 사람이 없는 곳, 모두 다 알게 된다. 분수, 이정표, 건물 모퉁이, 사거리, 다리, 건널목, 그 모든 것을 알게 된다. 그리하여 나름의 지표를 갖게 되고, 언제나 자신이 어디로 가는지 훤히 알게 되는 것이다. 언제나 무슨 일이, 언제나 똑같은 일이 일어나는, 수많은 사람들이 살고 있는 수십 킬로미터의 이 풍요로운 도로를 훤히 알게 되는 것이다.

버스는 계속 들판을 가로질러 달려갔다. 도로는 차들로 붐비고 있었다. 자동차들은 풍뎅이처럼 번쩍거리면서 가늘고 흰 연기를 뒤로 뿜으며 햇빛 속으로 달려갔다. 갖가지 형태와 색깔의 차들이 다 있었다. 둥글게 휜 흙받이가 있는 파스텔 톤의 기다란 차들. 뒷유리창이 배의 현창처럼 생긴, 동그랗고 앙증맞은 차들이 악착같이 따라붙고 있었다. 트럭들. 소형 트럭들. 새 차. 오래된 차, 멋있는 차. 크롬 차체에 페인트를 칠한 그 모든 차들 위로 빛이 미끄러지듯 반사되었다. 헤드라이트가 부서지고 보닛이 우그러지고 금속이 온통 부식되어 얼룩처럼 뒤덮인 흉물스러운 차. 지저분한 유리창 너머의 강철 차체 안에 있는 사람들은 좌석에 몸을 파묻고 있는 창백한 유령처럼 보였다. 온갖 종류의 차들이 거기 있었다. 장갑차처럼 숨 막히게 생긴 폴크스바겐. 바퀴위에 차체를 높이 얹은 시보레. 납작하게 주저앉은 파나르. 두더지처럼 생긴 시트로앵. 슬리퍼처럼 생긴 재규어. 좁다란 오스틴. 자그마한 르노. 여자들이 즐겨타는 알파로메오. 남자들이 선호하는 메르세데스 벤츠. 프리쥐니크 슈퍼마켓에서 파는 장난감처럼 보이는 심카, 슈코다, NSU, 베엠베, 란치아. 고철 덩어리 포드. 캐딜락 장의차. 이 모든 차들이 요란한 소리를 내며 손과 발과 머리로 이루어진 화물들을 싣고 똑바로 달려갔다. 숄을 걸친 여자들과 검은 선글라스를 낀 남자들, 아이들과 노파, 그리고 꾸벅꾸벅 조는 개들을 태우고 달리는 열차처럼 그것들은 모두 비슷비슷해 보였다. 생生이 고무 냄새를 풍기며 자동차 금속판 위에서 빛나고 있었다. 어느 날엔가 그 차들은 마침내 운행을 마치고 도시 외곽에 있는 넓은 고철 묘지로 보내질 것이다. 그리고 몇 번의 계절이 지나면 그 움직이지 않는 차체 위에는 녹이 슬 것이다.

이제 도로는 똑바로, 철로 오른편에서 바다를 따라 쭉 뻗어 있었다. 집들은 보이지 않았다. 들판이 언덕 밑까지 펼쳐져 있었고, 과수원과 자갈밭, 폐허와 선인장들이 모습을 드러냈다. 태양은 바다 위에 높이 떠 있었고, 잔잔한 파도가 일렁이는 바다는 푸른빛으로 번득였다.

베송은 이제 버스에서 내려야겠다고 생각했다. 벨을 눌렀다. 버스가 서자 그는 도로에 내려섰다. 버스는 다시 출발했고, 베송은 멀어져가는 버스를 바라보았다. 그러나 유리창이 뿌옜기 때문에 버스 안의 사람들은 제대로 보이지 않았다. 그는 도로를 따라 버스와 같은 방향으로 걸어가기 시작했다.

그는 그렇게 몇 킬로미터를 걸었다. 땅은 부드러웠고, 내딛는 발걸음 아래로 키 작은 풀들이 바스락거렸다. 수분은 완전히 증발했고 대지는 이미 열기로 갈라지기 시작했다. 여기저기 곤충들이 떼지어 날아다녔고, 메뚜기들이 울었다. 들판은 쓸쓸하기 그지없었다. 광활하게 펼쳐진 비탈진 풍경 한가운데, 오직 도로에서만 소음과 움직임의 흔적이 느껴졌다. 언덕 기슭에 자리잡은 집들은 우산 같은 소나무 숲에 둘러싸여 있었는데, 마치 폐가처럼 보였다. 그곳에서는 주위를 둘러보며 걷는 것 외에는 아무할 일이 없었다.

태양이 강하게 내리쬐고 있어 배송은 레인코트를 벗었다. 그는 레인코트를 팔에 걸치고 가다 귀찮아져서 도로변 어느 구석진 곳에 버렸다. 조금 더 가다가 해수욕 가방마저 버리기로 했지만, 나중에 필요해지면 다시 가져갈 생각으로 관목 덤불 뒤에 숨겨놓았다.

걷는 것에 싫증이 나자 그는 걸음을 멈추고 경계석에 엉덩이를 붙이고 앉아 지나가는 자동차들을 구경했다. 신기루처럼 피어오르는 흐릿한 먼 풍경에서부터 자동차들이 물 위로 떠오르듯 달려오는 것이 보였다. 자동차들은 배송 앞에서 질풍처럼 지나쳤고 더러 경적을 울리기도 했다. 얼마 후 자동차들은 지평선저쪽 끝에서 반짝 하며 사라졌다.

배송은 다시 걷기 시작했다. 얼마쯤 갔을까, 주유소가 나타났다. 주유소 건물 위 콘크리트 탑에 커다란 간판이 붙어 있었다.

아쥐르

탑 아래에는 성당처럼 아름다운, 새하얗게 칠한 주유소 건물이 있었다. 빨간색 파란색 별 모양이 그려진 게시판들이 바람을 맞으며 아슬아슬하게 매달려 있었다. 화분에는 제라늄이 심겨 있었고, 늑대처럼 사납게 생긴 개 한 마리가 주차장 입구에서 두 앞발 사이에 머리를 묻은 채 자고 있었다. 콘크리트 베란다 아래에 주유기 네 개가 과시하듯 우뚝 서 있었다. 붉고 푸르고 네모진 그 주유기들에는 계기판이 있었고, 고무호스는 구부러진 채 쓸모없이 널브러져 있었다. 남자도 여자도 어린아이도, 사람이라고는 아무도 없었다. 물로 씻어내린 시멘트 바닥 위에는 휘발유 냄새만이 고요하게 퍼져 있었고, 태양이 하얀 주유소 건물을 작열하는 흰빛으로 난타하고 있었다.

베송은 한 끝에서 반대편 끝까지 주유소를 가로질러 지나갔다. 주차장 옆을 지나갈 때, 개가 눈을 감은 채 귀를 쫑긋 세우더니 낮게 으르렁거렸다. 베송은 거기서 나와 다시 도로변으로 되돌아갔다.

거기서 몇 미터 더 가보니, 막힌 하수도 같은 작은 개천 옆에 사람들이 지나다닌 흔적이 있는 작은 길이 나왔다. 그는 그 오솔

길을 걷기 시작했다. 걷다가 비틀거리기도 하고, 가파른 언덕을 오르기도 하고, 가시덤불에 옷이 걸리기도 하고, 도마뱀들을 도 망치게도 하면서, 들판을 가로질러 그렇게 걸어갔다. 어디로 이 르는지 알 수 없는 길이었다. 가시덤불이 무성한 그 길은 또아리 를 튼 뱀처럼 구불구불했고, 둥그렇게 우회하기도 하고 때로는 다시 뒤로 되돌아나오도록 이어지기도 했다. 바다를 등지고 서 니 그의 앞으로 거친 언덕들의 등성이가 뻗어 있었다. 수목들 사 이로 포도밭, 올리브밭 그리고 테라스가 있는 집 몇 채가 듬성듬 성 보였다. 연기가 하늘로 올라가고 있었고, 무너진 담벼락 밑에 는 가축 떼가 우글거렸다. 그의 등 뒤에서 태양이 빛을 내뿜으며 중천을 향해 계속 기어올라가고 있었다. 양지와 음지의 경계는 면도날로 그은 듯 뚜렷했고, 도처에 가시나무가 자라고 있었다. 모피처럼 땅을 뒤덮고 있는 풀밭 아래로 곰팡내 나는 열기가 피 어올랐다. 땅에서 피어오르는 그 역한 냄새는 육중한 공기층처 럼 지면에 달라붙어 있었다. 베송은 저 먼 선사시대부터 거기 그 자리에 있었던 것 같은 자갈길을 천천히 걸어가다가 놀라운 사 실을 하나 발견했다. 사람을 한 명도 발견할 수 없었던 것이다. 풍경은 끝도 없이 드넓게 펼쳐져 있었고, 완벽하게 현존하고 있 었고, 자신의 모든 무게로 땅의 구조에 밀착되어 있었다. 그것은 울퉁불퉁한 지면 위에 녹아붙은, 그래서 이제는 떼어낼 수조차 없는 하나의 마스크를, 기이하고도 엷은 셀룰로이드 막을 이루고 있었다. 지금 그것은 또렷하게 보였다. 하늘 높이 떠 있는 열기구에서 내려다보는 것처럼 사방으로 펼쳐진, 고독과 야만의 풍경들. 도시와 네모난 집들, 거리, 기차역, 자동차들, 고속도로, 공항, 경기장, 그 모든 것들이 갑자기 사라졌다. 그것들은 불그스름한 줄무늬와 조그만 점과 움직이지 않는 작은 알맹이들을 그리는 몰랑한 피부 위에서 섞여버렸다. 그와 더불어 사람들도 모래 속에 삼켜지듯 사라졌다가 먼지가 되어버렸다. 이제 그들은 존재하지 않는 것이 아니라, 미립자로 변해 여느 미립자들과 다름없게 된 것이다. 나무, 버섯, 이끼, 지의地衣, 그리고 메뚜기, 지네, 악어, 소, 말, 코끼리까지, 그 모두가 진흙과 충적토 속에서 용해되듯 어떤 포악한 유령의 손아귀에 의해 땅에 붙박이듯 사로잡혔다. 작은 거미들은 회색 거미줄에 매달려 있었고, 뻣뻣한 털이 돋은 불그스레한 피부에 박힌 우스꽝스러운 기생충들은 그 치욕스러운 작은 입을 놀려 수백만 리터나 되는 피에서 두서너 방울만을 빨아먹고 있었다!

베송은 길가에 있는 커다란 돌 위에 앉았다. 이제 그는 주위를 둘러보지 않았다. 작은 곤충들이 햇빛을 받으며 춤추듯 날아다니고 있었다. 날개가 붕붕거리는 소리가 또렷하게 들렸고, 파르스름한 등은 환히 빛나는 게 보였다. 이따금씩 시원한 바람이 불어오기도 했지만, 여전히 공기는 뜨겁게 내리쬐는 뙤약볕 아래 훈훈한 기운을 머금고 있었다. 베송은 담배 한 대를 피우고 싶어졌다. 두 다리를 자갈 위에 쭉 뻗고, 가끔씩 땅 위에 담뱃재를 떨어뜨리면서 느긋하게 담배를 피울 수 있을 것이다. 다 피우고 나면 지금 앉아 있는 커다란 돌 옆의 땅바닥에 담배를 눌러 끌 것이다. 그러면 그가 이 길을 지나갔다는 표시가 보일 듯 말 듯한 검은 재의 작은 얼룩으로, 배가 터져 누르스름한 담뱃가루를 흩뿌리는 담배꽁초로 남을 것이었다.

풍경의 어느 곳이나 걸음을 멈춰볼 만했다. 가시덤불이나 진창 어느 한구석이나 오두막을 짓고 하룻밤을 지내볼 만한 곳이었다. 그곳에서라면 이 돌에서 저 돌로, 나무에서 샘으로, 폐허에서 백리향 덤불로 50미터씩 나아가면서 끝도 없는 긴 여행을 할 수 있을 것 같았다. 발걸음이 닿는 대로 언덕을 가로질러 사냥한 것을 먹고, 딸기나무나 소귀나무에서 열매를 따거나 땅에 떨어진 검은 올리브 열매를 주워 연명할 수도 있을 것이다. 그곳은 몇 센티미터 길이의 강과 뜨거운 사막과 가파른 산과 날카로운 풀숲으로 이루어진 광활한 대륙이었고, 다리와 더듬이와 주둥이가 비죽 솟은 날랜 괴수들이 어슬렁거리는 곳이었다. 확실히 지구는 끝이 없었다. 아직도 인간은 빠짐없이 지구를 탐험하고 개간하고 정복하지 못했다. 이곳의 모든 땅은 언제나 경계의

날을 날카롭게 세우고 전투태세를 취하고 있는 짐승들에게 보호
받고 있었다. 그 짐승들은 인간에게 오솔길과 큰길을 낼 수 있도
록 허락하고, 집을 짓고 도시를 세우도록 극히 일부분의 땅덩어
리를 양보해주었을 뿐이다. 그러나 나머지는 모두 그것들에게
속해 있었다. 그들에게서 그것을 빼앗으려고 해서는 안 된다. 만
약 그런다면 그들은 수백만, 수십억에 이르는 야만의 군대를 일
으켜 전쟁을 시작할 것이다. 그 무적의 군대가 밤낮으로 물결처
럼 밀려와 인간의 마을을 덮치고 갉아먹을 것이다. 지평선 이 끝
에서 저 끝까지 하늘을 온통 뒤덮으며 날아와, 그 작은 몸뚱어리
들로 햇빛을 가려버릴 것이다. 사람들은 불이나 살충제나 폭탄
을 사용해 스스로를 보호하려 하겠지만, 아무 소용도 없을 것이
다. 승자는 그들이 될 것이다. 도처에서 기어나와 시체들 위로
다니며 불길을 끌 것이고, 물 위를 떠다니면서 모조리 갉아먹고
뜯어먹어 결국 뼈까지 깨끗이 해치워버릴 것이다. 그들을 도발
하지 말아야 한다. 그들의 분노를 일깨우지 말아야 한다.

베송은 풀 위에 드러누워 하늘을 바라보았다. 뾰족하고 억센
풀잎들이 옷을 뚫고 살갗을 찔러댔다. 땅 여기저기 솟아나온 피
라미드처럼 생긴 돌들도 등을 찔렀다. 그렇게 땅바닥에 누워 있
자니 모든 소리가 아주 뚜렷하게 구별되었다. 생명이 내는 수많
은 기이한 소리들이 몸을 떨면서 질주하고 있었다. 작은 나무줄

기가 대지 위로 솟구치는 소리를 비롯해 각각의 소리가 정확하게 시작되는 것을 알 수 있었다. 곤충들이 바스락대는 소리, 햇빛을 받은 나무들이 탁탁 벌어지는 소리, 돌과 모래가 미끄러져 흘러내리는 소리, 부서지는 소리, 갈라지는 소리. 아무리 귀를 기울여보아도 도저히 셀 수 없는 그 수백, 수천만의 소리들. 존재는 바로 그 땅 위에 머물러 있었다. 그것은 안개, 끊임없이 움직이는 따뜻한 우윳빛 안개였다.

얼마 안 있어 베송은 잠든 사이 난쟁이들에게 밧줄로 꽁꽁 결박당한 거인처럼 풀밭 위에 사지를 쭉 뻗어버렸다. 몸이 줄어든 사람들이 거미줄로 그의 머리카락을 붙들어 땅에 박아놓은 말뚝에 잡아매었다. 옷은 땅에 꿰매어졌고, 손과 발도 보이지 않는 그물코로 된 덩굴식물 그물에 덮여버렸다. 그렇게 그는 풀로 변해버렸다. 그들은 기습적으로 그를 풀줄기와 덤불의 포로로 만든 것이다. 누워 있는 베송의 머리 위로 펼쳐져 있는 창백한 하늘은 헤아릴 수 없도록 넓어서 마치 존재하지 않는 것 같았다. 햇빛은 멀리, 태양 오른편에서 부유하듯 작열하고 있었다.

차츰 베송은 자신이 대지의 헐벗은 궁륭 위 커다란 받침대 위에 놓인, 이해할 수 없는 제사의 희생제물로 제공된 게 아닌가 하는 생각이 들었다. 저 아득한 하늘 가장 깊은 곳에서 언제 느닷없이 죽음의 위협이 나타날지 몰랐다. 그를 보호해줄 만한 것

은 아무것도 없었다. 그를 숨겨줄, 지붕 역할을 해줄 수 있는 것
도 없었다. 연약한 살덩이와 작은 잘못에도 쉽게 부러져버리는
뼈로 이루어진 인간들은 언제나 미지의 위험에 노출되어 있었
다. 언제고 별들이, 유성들이, 운석들이 연보랏빛 장벽을 넘어
지구 위로 떨어져 납작하게 부서지면서 직경 600킬로미터나 되
는 커다란 분화구 같은 구멍을 파놓을지 몰랐다. 태양들이 단번
에 폭발해버리는 저 현기증 나는 차가운 공간과 베송 사이에는
저 얇은 망사 같은 장막, 저 보잘것없는 야광 너울, 사람들을 가
려주지도 못하고 너무도 쉽게 찢어지는 저 얇은 막밖에 없었다.
차가운 전율이 혜성처럼 구름에서 내려와 배꼽을 통해 베송의
몸속으로 들어오는 것 같았다. 이 한낮, 타오르는 태양과 다소
불안하게 들려오는 여러 소리들과 흩날리는 꽃가루와 더불어,
영원의 숨결이 땅 위에 드러누운 인간의 내장 속으로 퍼져들어
갔다.

　얼마 후 흰 새 한 마리가 공중을 선회하기 시작했다. 베송은
무한히 트인 공간에서 작은 원을 그리며 날고 있는 새를 거의 눈
동자를 움직이지도 않고 바라보았다. 새는 날개를 파닥거리지도
않고 그저 활짝 편 채 바람에 흔들리면서 끊임없이 원을 그리며
돌기만 했는데, 너무 높이 있어서 거의 움직이지 않는 것처럼 보
였다. 새는 바로 베송의 머리 위에 있는 보이지 않는 축을 중심

으로 돌고 있었다. 새는 약간 몸을 기울였다가 다시 몸을 곧추세우면서 고요와 침묵 속에서 빙빙 돌며 같은 행로를 맴돌았다. 대기중에 구멍이 난 것일까, 아니면 몸의 균형을 잃은 걸까, 때때로 새는 몇 초 동안 유연하고 커다란 날개를 노 젓듯 퍼덕였다. 그러고는 아래로 내려가는 길이 없는 투명한 계단을 관통하듯 한 방향으로만 하늘을 빙빙 돌았다. 베송은 열심히 그 새를 바라보았다. 새는 영원히 날기를 멈추지 않을 것 같았다. 그가 누워 있는 네모난 풀밭에서는 새의 모양을 정확하게 분간할 수 없었다. 머리도, 발도, 깃털의 옅은 갈색 무늬도 알아볼 수 없었다. 그것은 갈매기, 아니면 새매, 매, 혹은 말똥가리였다. 아니면 근처 산에서 내려와 잔혹한 눈을 빛내며 사납게 채어갈 먹이를 찾는 독수리인지도 몰랐다. 그게 무엇인지 알기란 불가능했다. 새는 집요하고 맹렬하게 원을 그리고 있었다. 그러나 그 새를 보고 알 수 있는 것은 새의 몸통과 양쪽으로 쭉 뻗은 두 날개가 그리는 십자 형태뿐이었다. 십자 모양의 몸뚱이는 새가 맴돌고 있는 하늘 밑 대지에 그림자를 던지고 있었다. 그것은 하나의 기호였다. 하늘의 백색 심연 속에 잠긴 채 위엄과 증오로 경직되어 앞으로 나아가고 있는 하나의 생생한 기호였다. 새는 허공 속에서 움직이는 유일한 영상이었다. 새는 나머지 모두를 소유하고 있었다. 오른쪽으로 왼쪽으로, 아무리 멀리 바라보아도 그 새뿐이었다. 죽음과 흡사하게, 흰 눈 같은 꽃받침을 열었다 닫았다 하면서, 때로는 몸을 도사려 인간들과의 전투를 준비하면서, 그 새는 짙은 공기층에 매달린 듯 그렇게 머물러 있었다. 가벼운 몸체는 기쁨에 넘쳤고, 흰 깃털은 공기의 흐름에 떨렸고, 몸통에 햇빛이 투과하듯 비치면서 새는 흩날리는 유리 조각이나 안개처럼 반투명하게 보였다. 새는 날고 있었다. 그것은 날기를 멈추지 않을 것이다. 새는 기체라는 실체에 속한 것이어서, 이제 다시 땅에 내려올 수 없다는 것이 확실했다. 연속해서 원을 그리며 마침내 모든 힘을 소진하고 증발하듯 완전히 자취를 감출 때까지, 계속 허공을 맴돌아야 하는 것이다. 이제 새는 숨을 쉬지 않았다. 아마 더이상 살아 있지도 않을 것이었다. 어쩌면 영생으로 완전히 들어갔을지도 몰랐다. 하늘을 돌고 있을 뿐. 푸른 창공에서 빛을 발하고 있을 뿐. 날개를 활짝 편 채. 완전히 날개를 활짝 편 채. 새는 땅 위에 3미터나 되는 끔찍한 십자 모양 그림자를 던지고 있을 뿐이었다. 오롯이 혼자였다. 달리 어떻게 할 수도 없는 듯했다. 호흡 그 자체, 비상飛翔 그 자체가 되어 그 자리에서 이탈하지 못하고 있었다. 자신이 그리는 완벽한 원에 홀린 듯, 굶주림도 공포도 잊은 채, 영원히 세상의 균열을 등지고 떠나버린 것이다. 길 잃은 새. 소리를 잃은 새. 무한히 이어지는 지평선 속에 버림받은 채, 무엇에 이끌린 듯, 무엇에 이끌린 듯 그렇게 사라져버린.

새가 완전히 시야에서 사라졌을 때 베송은 자리에서 일어나 오솔길을 다시 내려갔다. 언덕 밑 바다는 안개에 덮여 있었다. 태양은 거의 중천에 이르렀고, 바람은 잠자고 있었다. 차갑던 공기는 차츰 따뜻해졌고, 젖어 있던 바위들도 구석구석 먼지를 드러내면서 천천히 말라갔다. 도로 위에서는 자동차들이 찢어질 듯한 굉음을 내며 전력으로 질주하고 있었다.

베송은 도로변 언덕을 따라 걸어갔다. 얼마쯤 가자 집들이 모여 있는 곳이 나타났다. 자동차들은 그곳을 지날 때면 붉은 신호에 걸려 속력을 늦추었다. 베송은 외딴 벤치에 앉아 있는 노인들을 보았다. 광장 한가운데 있는 분수의 물이 잔디 쪽으로 흩날리고 있었고, 비둘기 떼가 땅 위에서 구구거리고 있었다. 개들, 등에 상처가 난 고양이들, 그리고 참새들도 인도 위를 돌아다니고 있었다. 집들은 낡았고 보기 흉했다. 덧창은 닫혀 있었다. 이런 곳에서도 살 수 있으리라. 여기서 결혼을 하고 아이들을 낳아 앙드레라든가 미레유라든가 하는 이름을 지어줄 수도 있을 것이다. 일주일에 이틀 저녁쯤은 면사무소에서 영화도 상영하리라. 그러면 벽에는 〈라라미에서 온 사나이〉라든가 〈템스 강의 호텔〉 같은 영화 포스터가 붙을 것이다. 담배가게의 이름은 지유지, 마을 의사의 이름은 보나르일 것이고, 마을에서 가장 행실이 나쁜 여인은 '바람둥이 마리'라는 별명으로 불릴 것이다. 이따금 절도나 범죄사건이 일어나기도 할 것이다. 부면장의 사생아는 좀 덜떨어진 녀석일 것이다. 하지만 이 모든 것은 별로 중요하지 않았다.

베송은 그를 힐긋거리는 사람들 사이로 지나갔다. 그는 어느 바에서 걸음을 멈추고 카운터에서 레모네이드 한 잔을 주문했다. 그는 커피포트의 노란 플라스틱 표면과 크롬으로 된 부분을 가만히 바라보았다. 홀 한가운데서 돌아가고 있는 주크박스에서 허스키한 목소리의 여인이 코러스와 함께 부르는 감미로운 노래가 어렴풋이 흘러나왔다.

그녀는 가장 아름다운
그녀는 가장 아름다운
그녀는 가장 아름다운
여인이에요
사람들이
가장 아름답다고
가장 아름답다고 부르는
이자벨……

베송은 레모네이드를 마시고 돈을 지불했다. 그러고 나서 카운터에 잠시 팔꿈치를 올려놓고 거리를 관찰했다. 파리들이 식탁 위에 흘린 레모네이드 방울 주변에 몰려들어 음료수를 빨아먹고 있었다. 홀 저쪽에서 누군가 재채기를 두 번 하더니 코를 풀었다.

베송은 거의 아무도 만나지 못한 채 마을을 빠져나왔다.

1킬로미터쯤 더 갔을 때, 그는 건널목을 지나 바닷가로 향하는 길로 접어들었다. 여름철에는 아이스크림을, 겨울철에는 땅콩을 파는 간이 상점들의 문은 닫혀 있었다. '캠핑' '바다' '해발 제로' '라 피에스타 비치' 따위의 광고판들이 보였다. 베송은 잠시 멈춰서서 해변을 바라보았다. 해변은 지평선 양쪽으로 뻗은 곶岬에서 끝났다. 거대한 바다를 마주하고 있는 넓은 자갈밭은 텅 비어 있었고, 마치 부풀어오른 것처럼 보였다. 멀리 왼쪽으로 콘크리트 선창 부근에 낚시꾼들이 몰려 있었고, 오른쪽으로는 분뇨 처리장 같은 곳이 있었다. 베송은 그쪽으로 갔다. 강하게 풍기는 역한 바다 냄새를 맡으며 따뜻한 자갈밭 위를 비틀비틀 걸었다. 모든 것이 흰색이나 회색, 장밋빛으로 빛났다. 바다는 망막이 아플 정도로 시퍼런 색이었다. 바닷물에 군데군데 떠 있는 중유重油가 햇빛에 빛났고, 물가에는 바다에서 떠밀려온 해파리들이 반투명한 유리 조각처럼 붙어 있었다.

쓰레기 하치장 부근에 이르러 베송은 잠시 쉬려고 자갈 위에 앉았다. 무더웠다. 웃옷과 셔츠를 벗고 싶었다. 몸을 젖혀 팔꿈치에 기댄 채, 무기력하게 밀려와 부서지는 파도들을 가만히 바라보았다. 시간은 느리게 흘러갔다. 손목시계 유리판 안의 초침이 단속적으로 끊임없이 돌아갔다. 그것을 보다가 그만 역겨워진 베송은 시계를 풀어 납작한 돌 위에 놓고 뾰족한 돌로 마구 두드려 산산조각을 내버렸다. 그런 후 자갈 위에 흩어진 부서진 태엽과 유리 조각들을 들여다보았다.

이제 구름은 보이지 않았다. 쪽빛 하늘이 모두 삼켜버린 것이다. 하늘에는 1만 2천 미터 상공을 날아가던 제트기의 꽁무니에서 나온 길고 하얀 줄 외에는 아무것도 보이지 않았다. 그러나 그것마저 곧 사라지고 말았다. 새도 떠났고 인간들도 사라져버렸다. 남은 것이라고는 천공의 정점에 도달한 태양뿐이었고, 그 태양은 마치 돋보기를 들이댄 듯 대지와 바다를 빛과 열기로 난타하고 있었다. 베송은 타오르는 자갈밭 위에 드러누워 사막에 몸을 내맡겼다.

그가 사람의 소리를 마지막으로 들은 것은 어린아이 두 명이 그의 옆을 가까이 지나갈 때였다. 소년의 이름은 로베르였고 소녀의 이름은 블랑슈였다. 아이들은 천천히 다가왔고, 2미터마다 걸음을 멈추고 서로에게 말을 걸었다. 베송은 그들을 보기 위해 몸을 일으키지는 않고 아이들의 말소리를 듣기만 했다.

"블랑슈! 블랑슈! 이리 와봐." 로베르가 말했다.

"탕파*를 찾은 거야?" 블랑슈가 물었다.

"아니야, 이리 와서 봐."

"촛대잖아." 블랑슈가 말했다.

"예쁘지, 응?"

"그래, 괜찮은데. 너 촛대가 하나 더 늘었구나. 이제 몇 개야?"

"세 개." 로베르가 말했다.

"나는 촛대가 두 개, 탕파는 거의 열 개나 있어." 블랑슈가 말했다.

"그래. 그런데 그중 하나는 별로 안 좋은 거잖아. 줄무늬가 없으니까." 로베르가 말했다.

"아냐, 있어. 잘 안 보이지만 그래도 줄무늬가 있기는 있어."

"내가 갖고 있는 이 촛대에는 뭐라고 씌어 있어." 로베르가 말했다.

"뭐라고 씌어 있는데? 좀 보여줘."

"기다려봐. 파르주인가 파르가인가, 하여간 뭐 그런 거야."

"나 좀 보여줘." 블랑슈가 말했다.

"포르주야." 잠시 후에 블랑슈가 말했다. "거기 씌어 있는 건

---

* 고무나 금속으로 된 통 안에 뜨거운 물을 넣어 몸을 덥히는 기구.

포르주야."

"아니야. 오o처럼 보이는 건 아A야. 파르가야."

"너 그거 나 줄래?"

"이건 내가 쓰레기 더미에서 주운 거야."

"네가 그거 주면 내가 탕파 다섯 개 줄게."

"됐어. 탕파는 어디서나 찾을 수 있는걸."

"줄무늬 세 개 그려진 것도 싫어?"

"내 촛대가 갖고 싶으면 그것보다 더 나은 걸 줘야지."

"좋아. 그 촛대, 너나 가져. 촛대라면 나도 두 개나 있으니까."

"그래, 그래도 네 거엔 아무 글자도 안 씌어 있잖아."

"상관없어. 파르가라는 글자가 새겨진 게 뭐 대단한 거라도 되나? 어, 저기 좀 봐. 탕파가 또 있다."

"내가 뭐라고 했어. 탕파는 어디든 있다니까."

"그래, 하지만 이번에 그걸 찾은 건 네가 아니라 나야."

"탕파는 자갈이나 마찬가지야."

"촛대도 자갈과 다를 게 없어."

"아냐, 그렇지 않아. 촛대는 시멘트로 된 거야."

"시멘트나 돌이나 똑같은 거 아냐?"

"나는 촛대가 더 좋아. 적어도 그건 쓸모가 있거든…… 이리 와봐. 좀더 멀리 가보자."

두 아이의 말소리는 점점 작아지더니 마침내 완전히 사라졌다. 빛과 열기와 더불어 다시 침묵이 내려왔다. 베송은 조금씩 땀을 흘리기 시작했다.

이미 오래전에 그 순간이 찾아와야 했다. 베송은 수년 전부터, 아마도 수세기 전부터 그 순간을 기다려왔다. 그날, 비와 구름의 장막이 순식간에 찢어지고, 벌거벗은 하늘과 무섭게 번득이는 둥근 태양이 나타났다. 창과 도끼들을 꽂은 듯 비죽비죽하고 단단하게 군은 풍경의 아름다움과 고통은 이제 더이상 참을 수 없을 지경이 되었다. 햇빛은 머리부터 빠져들어가야 할 뜨겁고 빛나는 심연이 되었다. 도시와 도로, 시끄러운 비행장, 그린 듯한 들판, 가파른 산, 눈을 부릅뜨고 있거나 졸고 있는 짐승들, 아이들, 여인들, 모두가 그곳으로 향하고 있었다. 그것은 속죄를 위한 희생을 실현시키고자 신들이 선택한 순간이자 장소였다. 모든 것은 그날, 바로 그 시간, 회색 자갈이 깔린 그 해변 위, 바로 그 유일한 지점으로 귀착되도록 결정되어 있었던 것이다. 베송은 거기서 빠져나갈 수도, 뒤로 돌아갈 수도 없었다. 시간은 앞으로 나아가거나 뒤로 물러설 가능성 없이 그 사건 속에 박혀 있었다. 바로 지금 여기에. 그 일은 일어나야만 했다. 최초이자 최후의 매듭을 향해 스스로 올라가는 움직임처럼, 베송의 생은 '그것'을 향해 있었다. 베송은 그것을 알고 있었다. 그것을 회피

하기 위해 일순간 그는 지난 추억을 떠올려보려고 애썼다. 낡은
사진이 눈앞에 떠올랐다. 지금은 이름이 사라진 어느 마을에서
쇠난간에 몸을 기대고 있는 어린아이의 모습이었다. 혹은 얼굴
을 잔뜩 찌푸린 작은 대머리 인형을 오른 팔에 끼고 앉아 있는,
머리를 곱게 땋아내린 한 어머니의 실루엣이었다. 그의 감긴 눈
꺼풀 안, 그 핏빛 영사막에 기이한 상상의 산물들이 나타났다.
귀가 뾰족한 늑대들, 뒷발질을 하며 날뛰는 말들, 강철 안경을
쓴 괴물들. 그는 거미줄이 쳐진 벽장 속에 갇혀 반짝거리는 꽃무
늬 도자기 접시를 바라보며 저녁 무렵의 이상한 무기력감에 빠
져들어가고 있었다. 그러는 동안 의미 없는, 졸음이 묻은 말소리
가 솟아올랐다. 그는 오래된 꿈들이 쌓여 있는 방에, 사면 벽이
더할 수 없이 가까운 동시에 멀게 느껴지는, 무섭도록 끔찍한 그
밀폐된 방에 다시 돌아와 있었다.

　뒤이어 20층 건물보다 더 깊게, 아래로 아래로 미끄러지듯 빠
져들어가야 도달할 수 있는, 문어들이 사는 동굴이 있고 너울대
는 두툼한 해초 융단이 깔려 있는 바다의 심연이 나타났다. 그
검은 구멍은 점점 넓어지면서 활화산의 중심, 어두운 동굴, 불이
이글거리는 대성당의 심장부가 되었고, 그곳에는 사지가 절단되
고 부풀어오른 몸뚱어리가 뒹굴고 있었다.

분들이 흘러갔다. 시간들이 흘러갔다. 날들이, 해_年들이 흘러 갔다. 모든 것은 기계적이 되어 서로의 안으로 들어가고, 서로 끌어안고, 녹아들었다. 그리고 이제는 살아남았다는 그 무한한 불행 말고는 아무것도 남지 않았다. 그 무엇도, 그 어떤 그림도, 단단한 종이 위에 씌어진 그 어떤 말 한마디도 구원을 주지는 못 하리라. 날_日들은 날카로운 칼과 같다. 지도나 사전은 무서운 것 들이다. 그것들은 결코 완전한 법이 없기 때문이다. 거기에는 언 제나 빠진 것이, 부족한 것이 있다. 작은 짐승이 파닥거리며 풀 숲 사이로 사라졌다. 그 짐승의 그 어떤 흔적도, 냄새조차 남지 않았다. 여전히 모든 것은 출구 없는, 반들반들한 벽으로 둘러싸 인 구체 속에서 격렬히 반사하며 갇혀 있었다.

자갈에 등이 배기는 가운데 몸을 길게 뻗고 누운 베송은 미래 의 폭풍이 다가오는 것을 목도했다. 이렇게라면 앞으로 일어날 일도 잊어버릴 수 있을 것이다. 시간이, 여러 날이, 여러 해가 흘 러야 할 것이다. 그러다 어느 날 노년_{老年}이 치욕스러운 평화와 더불어 찾아오리라. 얼굴은 시들고 근육은 힘을 잃게 되리라. 하 지만 그런 건 중요하지 않다. 다른 것과 마찬가지로 죽음은 예기 치 않은 순간에 천장에서 혹은 하늘에서, 무언가가 떨어지듯 찾 아올 것이다. 어슬렁거리며 거리를 쏘다니는 사람들 가운데로 찾 아들 것이다. 악취를 풍기는 침대 속으로, 침이 흐른 베개 위로.

박살이 난 자동차 안으로. 죽음은 층계 한가운데로도 찾아들어, 둔한 육체가 발을 헛디뎌 두개골을 호리병박처럼 울리며 굴러떨어질 것이다. 40살, 55살. 68살. 77살, 79살, 81살, 84살, 92살, 100살, 101, 102, 103, 104, 105, 106. 이 숫자들 가운데 뭐가 좋을까? 그날은 언제일까? 1999년 8월 22일? 1983년 5월 4일? 아니면 2002년 12월 13일? 또 아니면 2014년 4월 1일? 그날은 언제일까? 그리고 몇 시쯤일까? 정오? 오후 두시? 저녁 아홉시 삼십분? 아니면, 아니면 악몽에 시달리고 맞이한 이른 새벽? 어느 부분부터 시작될까? 심장? 허리? 간? 폐? 아니면 척추? 하지만 그것들 모두는 중요하지 않다. 왜냐하면 그후로도, 물가로 몰려든 물소 떼처럼 빽빽이 밀집한 수많은 해年들이, 그리고 수많은 세기들이 긴 대리석 줄무늬를 그리며 한없이 흘러갈 것이기 때문이다. 시간은 바로 그곳과 그 순간에서부터 멀리 그 가지를 계속 뻗어갈 것이다. 그리고 그 가지들은 점점 커질 것이다. 언어는 변형되고, 예술은 스러지리라. 사상思想은 작은 보트처럼 슬그머니 흘러갈 것이고, 결코 아무 일도 일어나지 않을 것이다. 시작이 없었듯 끝도 없을 것이다. 그저 밤이 모든 사건 위에 자리잡고 어둠이 그것들을 가볍게 뒤덮을 것이다. 바깥쪽은 빠르지만 중심부는 움직이지 않는 둥근 원반이 돌아갈 것이다. 그러나 그 원반의 표면은 손으로 잡을 수가 없다. 그리고 영원은 거기 존재한다. 숨겨진 것이 아니라 도처에 편재遍在한 영원. 모든 것을 뒤덮고 있는 것이 아니라 내부에, 시간의 중심에서도 중심에 도사리고 있는 영원.

마침내 베송이 이 거대한 아름다움을 깨달았을 때, 모든 것이 무용하다는 것과 굴복해야 할 순간이 임박했다는 것을 이해했을 때, 패배를 깨닫고 자신의 운명이 선언되었음을 파악했을 때, 마침내 자기 안의 폭력성을 자신에게 겨냥했을 때, 그는 눈을 뜨고 태양을 똑바로 응시했다. 눈부신 햇빛이 두 눈동자 속으로 들어가자 참을 수 없이 고통스러워져 눈물이 나기 시작했다. 그는 잠시 고개를 옆으로 돌려 이 세상에서 자신을 기억해줄 존재가 있는지 찾아보았다. 해변의 자갈밭 위로 탐욕스럽게 시선을 뻗어 무엇이든, 말벌 한 마리나 길 잃은 개미 새끼 한 마리, 파리 한 마리라도 있는지 서둘러 찾아보았다. 그러나 아무것도 없었다. 대지와 자갈들, 그리고 그의 눈앞에서 움직이는 파르스름하고 거대한 구멍뿐이었다. 손이 달팽이같이 생긴 작은 자갈에 닿자 그는 그것을 움켜쥐었다. 그러고는 그 돌을 힘껏 거머쥔 채 다시 해변에 드러누워 태양을 향해 눈을 부릅뜨고는 다시는 눈을 감지 않았다.

빛이 그의 머릿속으로, 마치 이번이 처음이라는 듯 쏟아져들어왔다. 빛은 그의 머리를 불사르며 용암같이 뜨거운 혀로 그의 뇌를 가득 채워 그 속을 완전히 비워냈다. 하얗고 단조로운 소리가 조금씩 몸속으로 들어오면서 그를 지면에서 떼어놓았다. 지표면은 점점 더 아래로 가라앉으며 그의 무덤을 끝없이 파들어갔고, 공기는 양쪽으로 갈라졌다. 바로 이 순간, 지금이었다. 강렬한 의지로 무장한 채, 베송은 두 눈으로 태양에 맞서 싸우기 시작했다. 불과 물과 대지에 대항하여, 그는 그렇게 움직이지도 않고 싸웠다. 인간들과 짐승들에 대항하여. 돌과 공기에 대항하여, 행성들이 우글거리는 입 벌린 천공天空에 대항하여. 그 모든 것에 대항하여 그는 반기를 들었고, 고통과 증오 속에서 쉬지 않고 눈물을 흘리는 두 눈이라는 부드러운 방패를 그것들 앞에 내세웠다. 섬세한 홍채를 가진 공 두 개, 그 깊은 두 눈동자를 세상에 되돌려주었다. 그는 야만스러운 태양에게 자신의 어두운 망막의 비밀을 넘겨주었다. 화상의 흉터 속에서 보복의 기억이 영원히 퇴색하지 않도록. 이윽고 그의 입에서 나지막한 신음이 터져나왔다. 밤이 내리면 이유도 없이 울부짖는 원숭이들의 울음소리 같은, 슬프고 목쉰 비명이었다.

13장

열세째 날, 열네째 날, 열다섯째 날, 그리고 그 이후의 나날에
는 더이상 낮은 없고 영원히 불 꺼진 밤만이 존재했다. 이제 마
침내 그를 떨쳐내버린 그 도시에서, 사람들은 전기 라디에이터
로 따뜻하게 덥힌 집 안에서 여태 살아온 것과 똑같은 삶을 계속
이어가고 있었다. 예를 들면, 기름이 지글지글 끓고 있는 프라이
팬에 감자를 튀기고 있는 앙젤 바스망이라는 마흔두 살의 여인
이 바로 그랬다. 그녀는 붉은색과 갈색 꽃무늬 앞치마를 두르고
가스레인지 앞에 서 있었고, 소매를 걷어올린 팔 위로 뜨겁고 작
은 기름방울들이 지글거리며 튀어올랐다.

혹은 어느 별장 정원에서 해바라기를 하며 졸고 있는 미슈라
는 이름의 줄무늬 고양이가 그랬다. 벼룩들이 고양이의 빽빽한

털 사이에서 피를 빨 만한 곳을 찾아 요리조리 기어다니고 있었다. 혹은 어머니에게 임신 사실을 숨기려고 침대 시트에 붉은 흔적을 남기는 데 사용한 짐승의 허파를 신문지에 싸들고 있는 검은 커트 머리의 창백한 말라깽이 소녀가 그랬다.

투명한 유리창 위로, 청회색 하늘 위를 걸어가는 것처럼 보이는 작은 파리가 보였다. 파리는 솜털보다 가느다란 세 쌍의 다리를 움직여 1밀리미터씩 천천히 나아가고 있었다. 초록색 파리였다.

신문들은 변함없이 여러 가지 소식을 전하고 있었다. 재해나 시위 소식은 큰 활자로, 치정사건은 그보다 작은 활자로, 교통사고나 절도사건, 그리고 좀도둑들이 벌인 시시껄렁한 사건들은 촘촘한 활자로 보도되었다.

그늘진 구석에서는 거지들이 구걸을 하고 있었다. 창문턱에서는 노파들이 빵 조각을 떼어내 비둘기들에게 던져주고 있었고, 식당에서는 연인들이 슈크루트*를 먹고 있었다. 사방 어느 곳에서나 마늘 냄새가 풍겼고, 더러운 기름 자국과 녹슨 자국이 보였고, 막힌 수채에서 물이 찔끔찔끔 흘러내려가는 소리가 들려왔다. 사거리 앞 빨간 신호등에 정차한 자동차 운전자가 코를

---

* 절인 양배추를 소세지와 함께 먹는 요리.

후비며 파란불을 기다리고 있었다. 술꾼들은 병나발을 불고 뚱뚱한 여인네들은 초콜릿 아이스크림을 핥고 있었다.

어떤 이들은 어두운 방에서 문을 걸어잠근 채 소설책을 읽고 있었다. 다음과 같은 종류의 이야기들이었다.

"그녀의 부드럽고 불타는 듯한 살갗이 다시 내 입을 가득 채웠고 우리는 부드러운 모래 위를 뒹굴었다. 온몸의 근육이 쾌락으로 팽팽해졌다.

그녀를 애무하던 내 손이 그녀 수영복 후크에 이르렀을 때, 그녀는 몸을 비틀며 내게서 빠져나오려고 했다. 그러나 천조각이 미끄러져 떨어지면서 활짝 핀 꽃과 같은, 끔찍하게 관능적인 뜨거운 나체가 드러났다. 나는 내 가슴 위로 벌거벗은 그녀 가슴의 은밀하고 부드러운 온기를 맛볼 수 있었고, 둥그스름한 엉덩이와 어린아이와 같은 복부를, 내 다리와 뒤엉킨 그녀의 길고 가느다란 다리를 느낄 수 있었다. 오랫동안 태양에 달궈졌다가 바닷물로 신선해진 육체가 주는 드문 쾌락이 느껴졌다. 갑자기 그녀가 내 품에서 미끄러지듯 부드럽게 벗어나더니 도전적인 시선으로 한발 물러섰다. 햇빛과 바람 속에 선 반라의 모습이었다. 멀리서 작은 배가 삐걱거리는 소리가 들렸다. 수치심 따위는 잊어버린 듯 그녀는 매력적인 모습으로 벗겨진 수영복 상의 따위에는 아랑곳하지 않고 달려나갔다. 지평선에 다다른 태양이 갑자기 피처럼 붉게 달아올랐고 휘황찬란한 황혼빛을 발하며 바다와 해변을 덮어갔다…… 그녀는 머리를 풀어헤치고 다시 돌아왔다. 뾰족한 가슴과 둥근 배 위로 석류 같은 빛이 번득였다.

'다섯시 반이야!' 그녀가 화를 내며 말했다."

어떤 이들은 분홍색과 연보라색으로 얼룩덜룩한 그림을 그리고 있다. 또 어떤 사람들은 오후 내내 플루트를 연주하거나 재즈 음반을 듣고 있다. 위계질서가 곤충 사회를 지배하고 있다. 이제 도시에서는 모든 것이 아주 평평하고 네모꼴을 이루고 있다. 부득이한 경우에는 둥근 모양을 하고 있기도 하다. 술집 화장실 문에는 음담패설이나 외설스런 그림들이 칼로 새겨져 있다. 그러나 그 그림과 말들은 품위가 있고, 거의 고결하기까지 하다. 똑같이 생긴 두 개의 표지판 위에는 붉은 페인트로 다음과 같이 씌어 있다.

신사용   숙녀용

기차가 해변을 따라 천천히 이 도시에서 저 도시로 철로 위를 굴러간다. 스무 량 정도 되는 검은 객차들과 바람 속으로 연기를 뿜어대는 기관차로 이루어진 기차다. 기차는 온 땅을 뒤흔들듯 아주 묵직하고 단조로운 소리로 우우우우우우 울부짖으며 철로

위를 달린다. 터널 속으로 들어갔다 나오고, 커브를 돌고, 브레이크를 걸었다가 기적을 울리고, 경사면을 오르내리고, 경고 신호를 보내고, 건널목에서 종을 울린다. 바퀴들은 철로교차점에서 규칙적으로 튀어오르고 덜컹거리는 소리를 내며 리듬을 맞춘다. 열차의 크랭크는 쉬지 않고 움직이고 증기는 하늘로 흩어진다. 때때로 선로변경기 위를 지날 때면 바퀴 소리는 뒤엉키고 기차는 요란하게 칙칙폭폭, 삑삑 소리를 울려댄다. 객차 안, 낡은 천을 씌운 좌석에 사람들이 앉아 있다. 그들은 담배를 피우거나 이야기를 나누거나 무엇을 먹거나 마시거나 서로를 바라본다. 그러는 동안에도 창밖의 풍경은 쉴새없이 지나간다. 사람들의 대화는 별반 다를 게 없다.

"몇 시에 도착이죠?"

"잘 모르겠는데요…… 연착하지 않는다면 여덟시에는 도착할 텐데……"

"언제나 연착하는군요……"

"전 역에서 얼마나 지체했는지 아십니까?"

"탈선한 기차가 있었으니까요."

"그건 이유가 될 수 없습니다……"

"돈을 주고 표를 샀으면……"

"부인, 제가 한말씀 드리겠습니다. 제 아들녀석이 군대에서 돌아왔을 때 그 녀석이 몇 시에 집에 도착했는지 아십니까? 자정이었다고요! 자정!"

"제 올케도 마찬가지예요. 올케가 이탈리아에서 돌아올⋯⋯"

"또 우리집 애가 유행성 이하선염에 걸렸을 땐⋯⋯"

"도대체 무슨 소리를 하고 싶은 건가요? 무슨 소리냐고요⋯⋯"

어느 조용한 거리에서 한 어린 소년이 벽에 기댄 채 생애 첫 담배를 피우려 하고 있다. 소년은 붉고 흰 줄무늬가 있는, '윈스턴'이라는 글자가 씌어진 새 담뱃갑에서 담배 한 대를 꺼내 입에 문다. 성냥으로 담뱃불을 붙이고 씁쓸하면서도 약간 단 맛이 나는 담배 연기를 들이마시자 입에 침이 고인다.

비키니를 입은 두 젊은 여인이 소독약 냄새가 나는 수영장 가장자리를 거닐고 있다. 오른쪽 여인은 갈색머리에 키가 크고 자잘한 초록색 흰색 체크무늬 수영복을 입었다. 왼쪽 여인은 좀더 날씬했는데, 진줏빛 고둥 무늬가 있는 흰 비키니를 입었다. 두 여인은 모두 둥근 선글라스를 쓰고 있는데, 전기 조명같은 새하얀 햇빛이 그들 위로 떨어지고 있다.

도처에 문명이, 주차금지 표지판, 통행금지 표지판, 게시금지 표지판, 사유지 표지판 같은 문명의 기호들이 설치되어 있다.

시골 들판에 햄처럼 생긴 바위 하나가 꼼짝도 않고 있다. 플라타너스들이 감지할 수 없을 만큼 천천히 자란다. 아무것도 보지 않고 아무것도 듣지 않고 아무것도 느끼지 않고 흙더미를 조금씩 밀치고 솟아나와 손가락 같은 나뭇가지를 빛의 천장을 향해 곧추세우고 있다. 그런 식으로 되어가는 것이다.

관광객들을 실은 버스 한 대가 오랫동안 도시 곳곳을 돌아다닌다. 그런 다음 버스는 언덕을 가로지른다. 버스가 멈출 때마다 관광 가이드가 여러 언어로 설명을 하고, 그러면 승객들의 고개는 동시에 이쪽저쪽으로 돌아간다.

"Vous apercevez sur votre droite les ruines de 1'aqueduc construit par les Romains. Ouverture de 1'objectif : 1,5."

"You can see on your right hand side the ruins of the aqueduc built by the Romans. Lens opening : 1,5."

"Rechts Können sie die Ruinen der von den Römern gebauten Wasserleitung sehen. Offnung der Objektifs : 1,5."

"U ziet nu op uw recht de ruinen van de romeinse water-leidung. Opening van de lens : 1,5."

"U kan regts die ruiëne van die Waterleidung sien, wat deur die Romeins gebou was. Opening van die lens : 1,5."*

강바닥 한복판에 있는 공사장에서는 여전히 일꾼들이 일하고

---

* 여러분, 오른편으로 보이는 것은 로마인이 만든 수로(水路)입니다. 카메라 렌즈는 1,5로 노출하세요.

있었다. 한 달이나 두 달 후면 다리는 완공될 것이다. 베송이 신문을 산 그 눈먼 노인도 여전히 트랜지스터 라디오로 음악을 들으며 신문을 팔고 있었다. 관음증 환자는 여전히 매일 밤 언덕 숲속을 돌아다녔다. 석고같이 흰 얼굴을 한 여인도 매일 저녁 같은 시간에 성당 문턱을 넘어 들어가 신자석에 앉았다. 그리고 똑바로 앞을 향한 채, 닫힌 감실 위를 바라보고 있었다.

조제트는 새로 산 차를 몰고 주차할 곳을 찾아 헤매는 중이었다. 그리고 빨강 머리의 젊은 여인이 역시 빨강 머리를 한 작은 아이를 데리고 보도를 따라 걸어가는 모습도 보였다. 그러나 그들만 있는 것이 아니었다. 도시에는 수많은 다른 여인들이 있었다. 금발 머리, 갈색 머리, 밤색 머리, 염색했거나 염색이 바랜 머리, 회색 머리, 그리고 검은 머리의 여인들. 그녀들은 제각각 흩어져 자신의 영역으로 향하고 있었다. 그녀들은 몸에 달라붙는 초록색 파란색 원피스나 체크무늬 바지를 입고 있었다. 스타킹과 브래지어, 팬티와 나일론 속옷을 입고 있었다. 치통을 겪고 있기도 했다. 두통이나 대장균 때문에 고통받기도 했다. 변비에 걸리기도 하고 감기에 걸리기도 하고 걱정에 사로잡혀 있거나 즐거움에 어쩔 줄 몰라하기도 했다. 사랑에 빠지기도 하고 질투심에 사로잡히기도 했다. 모두 실재하는, 실재하는 여인들이었다.

낡은 아파트 안의 어느 집 식탁에서 한 남자가 신문을 읽으며 담배를 피우고 있었다. 그리고 한 여자가 양말을 깁고 있고 있었다. 피로에 짓눌린 그녀의 살진 얼굴 위로 빛과 그림자가 바람처럼 미끄러지듯 차례로 스쳐 지나가고 있었다. 그녀는 듬직한 어머니의 모습으로 배를 벌렸다 다시 닫았다 하면서, 스스로는 인식하지도 못한 채 당당하면서도 겸손하게 군림하고 있었다. 그녀 안에는 아무것도 없었다. 그런데도 마치 석상처럼, 오래되어 윤이 나는 네모난 돌덩어리처럼 변함없이 앉아 있는 그녀 안에서 물과 불이 나오고 있었다. 그녀의 몸속 창자 주름 사이에는 과거와 미래를 품은 텅 빈 씨앗들이 자리잡고 있었다. 나무가, 초록의 나무가 그녀의 배에서 쑥쑥 꾸준히 밀고 올라왔다. 하지만 그녀는 그것을 알아채지 못하고 있었다.

그 모든 것은 그녀를 위해서, 아니 그녀에게 맞서기 위해 창조된 것들이었다. 피와 뼈, 손톱과 발톱, 머리카락, 이 모든 것들은 그녀에게 속해 있었다. 사람들이 그녀를 능욕하고, 땅 위에 넘어뜨려 죽이려 해도 결국 그녀는 승리할 것이다. 그녀는 물기 어린 무거운 두 눈으로 당신을 바라볼 것이고, 미워하는 마음도 없이 쉬지 않고 당신을 낳을 것이다. 설사 패배하더라도 그녀의 얼굴은 여전히 승자의 표정을 지을 것이고, 그녀의 육신은 정복자의 힘이 넘칠 것이다.

그날 밤 술 취한 남자 세 명이 바bar 앞에서 싸운 것도 그녀 때문이었다. 그들은 서투른 주먹질로 치고받다가 땅 위에 뒹굴기까지 했는데, 그 와중에 한 사람이 신발을 잃어버렸다. 그러자 다른 두 사람은 싸움을 멈추고 보도에 무릎을 꿇고 신발을 찾아 신발이 벗겨진 사람에게 조심스럽게 신겨주었다. 퐁텐블로의 그 사디스트가 몇 명의 희생자를 낸 것도 그녀 때문이었고, 자동차 몇 대가 고속도로 옆에 있는 밭으로 굴러떨어져 산산조각이 난 것도 그녀 때문이었다.

수세기 전부터 여인들은 고통과 희열 속에 아이를 낳아왔다. 셀린은 마르그리트를 낳았고, 마르그리트는 잔을 낳았고, 잔은 엘레오노르를 낳았고, 엘레오노르는 테레즈를 낳았고, 테레즈는 외제니를 낳았고, 외제니는 세실을 낳았고, 세실은 알리스를 낳았고, 알리스는 카트린을 낳았고, 카트린은 로르를 낳았고, 로르는 시몬을 낳았고, 시몬은 폴린을 낳았고, 폴린은 쥘리를 낳았고, 쥘리는 이베트를 낳았고, 이베트는 모니크를 낳았고, 모니크는 가브리엘을 낳았고, 가브리엘은 클로디아를 낳았고, 클로디아는 조이아를 낳았다.

목소리 하나가 녹음기에서 흘러나와 텅 빈 방 안의 어둠 속에 솟아올랐다. 그 목소리는 불빛이 어른거리는 노란 벽을, 붉은 이

불이 깔린 침대를, 커튼 없는 창문을, 빈 재떨이를, 카펫 밑에 잠들어 있는 나방들을, 눈이 먼 듯 방 안에 뒹굴고 있는 누더기 더미를 포함해 제자리에 놓여 있는 모든 사물들을 상대로 이야기하고 있었다. 목소리는 말했다.

"녹음 테이프 뒷면에서 이야기할게. 나는 네가 그걸 알아주었으면—아니, 그런 건 이제 중요하지 않아. 정말로. 하지만 내가 열흘 전에 네게 한 이야기는 모두 거짓이라고 털어놓고 싶었어. 그래, 그건 거짓말이었어. 난 항상 네게 거짓말만 늘어놓았던 거야. 하지만 나는 내가 거짓말을 하고 있다는 것을 알지 못했어. 그래서—그래서 바로 그랬기 때문에 네게 그렇게 말했던 거야. 그후에야 난 그게 모두 거짓이라는 걸 알아차렸지. 하지만 테이프를 다시 들으면서 깨달은 건 아니야. 나에 관해서나 폴에 관해서 내가 한 말을 다시 들을 용기가 조금도 없었으니까. 다시 들었다면 그걸 네게 절대로 보낼 순 없었을 거야. 난 나중에 내가 녹음기에 대고 한 말을 떠올리면서 그게 사실은 거짓이라는 걸 알아차렸어. 네게 그 모든 이야기를 하면서 나는 이야기를 꾸며낸 거야. 터무니없는 이야기를 지어낸 거지. 거짓말을 늘어놓았던 거야. 내가 네게 한 모든 말은 물론 전부 사실이야. 하지만 그걸 네게 말한다는 것 자체가 거짓이었던 거야. 어리석은 짓이지,

나는—나는 사람들에게, 그저 내가 생각하는 것을 다른 사람들에게 간단하게 말할 수 있다고, 이야기로 설명할 수 있다고 믿었던 거야. 바로 그래서 내가 거짓말을 했다는 거야. 나는 마이크를 쥐고 쉬지 않고 네게 떠들어댔지. 녹음 테이프가 도는 것을 바라보면서 말이야. 그런데 그건 그저 아무 의미 없는 수다에 불과했어. 하나의 알리바이에 불과한 것이었어. 나 자신에게 그리고 타인들에게 진실을 감추기 위한 알리바이. 내가 타자기로 소설을 쓸 때처럼 말이야. 달팽이 알베르 이야기를 할 때나 트롤리버스에 집착하는 노파 이야기를 할 때와 똑같은 경우지.

이제 난 알게 되었어. 그건 뭔가를 감추기 위해서라는 것을, 거짓으로 포장하기 위해서라는 것을— 아무것도 말하지 않는다는 건 끔찍한 일이야, 프랑수아. 조금도 거짓 없이 이야기한다는 것이지, 그건. 내가 과연 그렇게 할 수 있을지 모르겠어. 하지만 끝까지 가볼래. 비록 쉬운 일은 아니겠지만. 어쨌든 네가 이걸 다 듣고 나면 내가 말한 모든 것을 네가 지워줬으면 해. 아무것도 간직하지 마. 아무것도. 내가 녹음한 모든 것을 침묵으로 바꿔줘. 이해하겠어, 프랑수아? 이젠 너도 알겠지만 나한테는 모든 걸 에피소드로 만들어버리려는 경향이 있어. 예를 든다거나 이야기를 지어내거나 하면서 내 안의 진실을 끌어내려고 하지. 내가 네게 해야 할 말은 이것 하나뿐인데…… 이걸— 어떻게

442

설명해야 할지 모르겠어. 사실은 참 단순한 건데, 횡설수설하거나 이야기를— 장황하게 꾸미지 않고 그저 단순하게 얘기하기란 정말 쉬운 일이 아니거든.

나를 도와줄 수 있는 건 내가 곧 죽을 거라는 사실이야. 정말로. 이제 몇 초밖에 남지 않았어. 이제 시간이 별로 없어. 엄마가 갖고 있던 장밋빛 알약을 모두 삼켜버렸어. 아직도 잔을 손에 쥐고 있어. 알약들을 내려가게 하기 위해 물을 1리터나 마셔야 했거든. 벌써부터 구역질이 나. 머리가 빙글빙글 도는 것 같고. 이제 서둘러야 해. 지난번에 이야기하지 않은 것을 네게 죄다 말해주고 싶어. 그런데 어디서부터 시작해야 할지 모르겠어. 몇 분 후면 모든 것이 끝날 거야. 난 죽을 테니까. 다만 그게 너무 고통스럽지 않았으면 좋겠어. 어쨌든 이젠 내 이야기가 농담이 아니라는 건 확실해. 난 이제 진실 속에 있는 거야. 완전한 진실 속에. 이제 아무것도 아닌 것을 위해 쓸데없는 이야기를 늘어놓지는 않을 테니까. 내가 한 행동이 비겁한 짓이라는 걸 잘 알고 있어. 하지만 프랑수아, 난 이제 외로움을 더 견딜 수가 없어. 외롭다는 건 끔찍한 일이야. 그리고 스스로를 기만하지 않는 일도…… 이제까지 언어는 나를 속여왔어. 하지만 이젠 모두 끝났어. 몇 분 후면 다 끝날 거야. 내가 지금 하는 말들, 이 모든 것들, 이 쉬지 않는 지껄임들, 이건 모두 이제까지 다른 사람들이 가르쳐준 것을 내 것이라고 착각하고 있는 것들이지. 그리고 자기는 외롭지 않다고 느끼는 거! 바로 그거야. 어떤 것이 고유한 나 자신의 것인지 구별할 수 없는 것 말이야! 이게 자신이 원하는 것이라고 생각하고 행동해봤자 아무 소용 없어! 농담을 하거나 타인에게는 관심 없다고 해보아도 다 쓸데없는 일이야, 우린 언제나 속임수에 갇혀 살 수밖에 없거든! 언제나 우리를 기만하는 누군가가 있어. 세상에 사람들이 얼마나 많니! 온 세상이 너를 기만하고 있는 거야! 수많은 사물과 수많은 말들이 너를 고통스럽게 하고, 헛된 희망을 품게 만들어서 너를 더욱 비참하게 만들어. 게다가 감정이란 것은 또 어떻고! 감정이란 정말이지 무분별해! 사진소설에서 나오는 사랑이라는 것, 우정이라는 것, 증오, 질투, 원망, 동정, 용서나 신념, 자만심 같은 이 한도 끝도 없는 감정이란 것들! 각자가 자신의 감정을 품고 거기에 물을 주고 거기에 귀를 기울이고 그러다가 위기가 와서 폭발하고 또 다른 감정이 그 뒤를 잇고…… 하기야 여러 가지가 필요하지, 사람은 짐승이 아니니까. 하지만 이건 죄다 우스꽝스러운 일일 뿐이야. 궁극적으로 말하자면 난 생을 이렇게 끝내는 게 별로 유감스럽지 않아. 물론 이 세상에는 내가 사랑하는 것들도 있지. 그걸 생각하면 이렇게 생을 마감하는 게 조금 아쉽기도 해. 하지만 나머지 것들을 생각해보면! 그런 것들을 위해서 세상에 태어나고 질병과 싸우며 성장하고 아득바득 학교에 다녀야 할 필요는 없었어. 소위 말하는 아름다운 감정들을 느끼기 위해서 말이야. 젊은 시절의 사랑? 좋지. 하지만 거기에도 여러 문제가 있지 않아? 자신의 사랑을 이루기 위해서 투쟁해야 하지…… 젊은 연인들은 결혼하고 싶어하는데 부모들은 원하지 않는 등, 위기가 찾아오게 되어 있지. 이런저런 갈등들 말이야. 게다가 사랑에는 질투라는 감정이 뒤따르기 마련이야. 정말 모든 게 복잡하기 짝이 없어. 문명 역시 문제를 더 심각하게 하는 데 일조하지. 그렇지 않니! 그리고 그런 모든 일을 겪고 나서 결혼을 하는 거야. 그러고 나면 아이들이 태어나지. 아이들…… 그러면 교육 문제에 대해 생각하지 않을 수 없어. 제 아들은 야뇨증이 있어요, 의사 선생님. 어떻게 해야 하죠? 혹은, 세 살 반 먹은 제 딸아이는 변덕스럽고 누가 명령하는 것을 받아들이지 못해요. 아이의 심리 상태를 압박하거나 정신적인 충격을 주고 싶지는 않아요. 제가 어떻게 해야 하나요? 그래, 중년의 유혹, 폐경, 시어머니 노릇처럼 나이가 들어감에 따라 나름대로 문제도 생기지. 그러다 늙는 거야. 노인이 되면 현명해지지. 널리 알려진 사실이야. 백발이 되어서야 분별력을 되찾고 과거를 되씹으며 더이상 고약한 짓거리는 하지 않아. 참 우스운 일이야, 진짜 우스운 일이야……

프랑수아, 내게 이 세상은 너무 시끄러운 곳이야. 한 번에 너무 여러 일을 헤치워야 하지. 나는 그게 참을 수가 없었어. 거기서 벗어나서 관조해보려고도 했지. 그러나 가능하지 않아. 사람들이 너를 내버려두지 않는 거야. 아무리 숨어봤자 쓸데없어. 언제나 친구들, 가족들, 너를 찾아다니는 사람들이 있단 말이야. 그들이 너를 찾아와서 옷소매를 잡아당겨. 시끄럽게 토론을 벌이기도 하지. 그들에게는 생각이 참 많아. 그리고 언제나 선의에 차 있지. 그들은 거리에서, 카페에서, 신문 사진 속에서 환하게 웃고 있어. 솔직히 말해서— 그들을 보면 감동을 받을 때도 있어. 그들은 좋은 사람들이야. 그들은— 아무 생각도 하지 않고 내 인생 안으로 들어오는데, 그렇게 되면 나는 어딘가 불편해져. 혼란에 빠지는 거야. 그 모든 것에 저항하기 위해서, 그 속에 함몰되지 않기 위해서는 내 모든 의지를 동원해야 해. 바로 그게 폴과 함께 있을 때 일어난 일이야. 그런 식으로 폴은 나를 기만한 거야. 내가 너한테 하고 싶은 이야기도 바로 그거

몸 상태가 점점 더 이상해지는군. 구역질이 나— 토할 것 같아. 바보 같이, 왜 쉽사리 죽을 수 없는 걸까! 난 아무 힘 들이지 않고 그냥 가만히 나 자신을 지워버리고 싶을 뿐인데. 귀에 권총을 대고 쏘아버리는 편이 더 나았을 거야. 하지만 권총이 없었어. 이— 이 알약만 먹고는 죽지 않을지도 모르겠다 싶네. 원래대로라면 진작 잠이 들었어야 하는데 지금 조금도 졸리지가 않고 가

슴이 미식거리기만 해. 프랑수아, 너도 우리 엄마가 젊었을 때 자살하려고 했다는 얘기, 기억나지. 물에 몸을 던졌는데 누군가가 구해주었다지. 엄마는 왜 그런 일을 저질렀는지 스스로도 이해할 수 없다고 했는데, 실연 때문이 아니라는 건 확실해. 엄마 엄지에 염증이 생겨서 항생제를 먹었는데, 그것 때문에 일시적으로 우울증에 빠졌나봐. 자살하는 건 순간의 광기 때문이라고 말하는 사람들이 있어. 하지만 프랑수아, 내가 단언하건대 나는 미치지 않았어. 너는 현재 내 정신이 얼마나 또렷한지 짐작조차 못할 거야. 나는 내가 무슨 짓을 하는지 잘 인식하고 있어. 아주 미세한 세부사항까지도 똑똑히 파악하고 있어. 이건— 이건 마치 내 육신이 사는 게 지겹다고, 사는 게 피곤하다고 선언하는 것과 같아. 그래서 이젠 잠자리에 들고 싶다는 거야. 우리가 살아가는 곳은 사막이야. 여기에서 나를 붙드는 것은 아무것도 없어, 프랑수아. 아무것도. 이렇게 황량하다니, 정말 이상해. 정말 상상 이상이야. 우리는 저마다 자신만의 거품방울 속에 들어앉아 귀머거리를 향해 소리를 지르고 있는 거야. 그러면 그 비명 소리가 마치 총알처럼, —처럼 우리에게 되돌아오는 거지. 이건 참 말하기 힘든 건데, 프랑수아, 신은 존재하는 게 틀림없어…… 여기까지 이르렀는데 어떻게 되돌아갈 수 있겠니? 사막을 —로 변화시킬 수는 없는 거야. 그건 착각에 불과해. 그리고 스스로를 기만하는 일도 언제까지 계속할 순 없거든. 정말 아무것도 즐겁지 않아. 내가 알약을 삼킨 건 정말 잘한 일이었어. 어쨌든 난 이렇게 끝날 수밖에 없거든. 어쩌면 굶어죽을 수도 있었겠지. 나는 아무것도 믿을 수가 없어. 게다가 내 몸 역시 아무것도 믿지 않아. 그러니까……　　　해가 지는 건지 아니면 알약 때문인지 잘 모르겠는데, 눈앞이 흐려지는 것 같아. 손발이 차갑기도 하고. 이제 구역질은 나지 않아. 그런데 배가 뒤틀리는 것처럼 아파. 아야! 내가 무슨 말을 하고 있었더라? 맞아, 그게— 결국 그런 거야. 나는 이제 쉬게 될 거야…… 그러면 더는 아무 고통도 느낄 수 없을 거야. 결국 나에게 필요했던 것은 일종의 불구 상태가 아니었나 싶어. 그랬더라면 인생에 매달렸겠지. 소아마비 때문에 한쪽 다리가 오그라들었다든가, 안짱다리라든가 아니면 곱사등이였다면 그럴 수 있었을 거야. 멀리서만 봐도 금방 불쾌감이 드는 그런 존재 말이야. 예전에 한쪽 다리가 다른 쪽 다리보다 짧은 소녀를 알고 지낸 적이 있어. 그 소녀는 매일 우리 집 아래로 지나다녔지…… 그애는 다리를 절면서 걸었어…… 하지만 그애의 표정에는 어딘가 자랑스러워하는 빛이 어려 있었지. 이해하겠어? 나도 그애 같았으면 좋았을 텐데. 그랬더라면 그애 같은 힘과 용기를 가졌을 것 같아…… 고통스러워하는 지금에야 그걸 알게 되다니…… 아, 아파. 바로 그거야— 내가 불구자였으면 차라리 나았을 거야. 장님! 내가 장님이었으면 좋았을 텐데. 이미 다 때늦은 이야기이지만, 네게 이 사실을 알려주고 싶어. 그랬더라면 그게 나를 구원했을지도 모르지. 나약함 속에서…… 흰 지팡이를 짚고…… 아무것도 보지 못하면서…… 내가 나타나면 사람들은 나를 위해 자리를 비켜주는 거야. 그랬다면 아무런 할 말도 할 일도 없었겠지. 오직 투쟁하는 것밖엔. 두툼한 검정 플라스틱 안경을 쓰고…… 손가락으로 사물을 느끼고…… 차가운 색이 무엇이고 따뜻한 색이 무엇인지…… 소리로 사물을 파악할 것이고…… 어둠을 느낄 수도 있었을 것이고…… 아무것도 보지 못하면서도……　　　장님! 그래, 짐꾸러미가 던져지듯 그렇게 몸을 움직이고…… 더듬거리면서……　　　무기를 들고…… 불구자의 무기를 들고…… 하지만 이제는 너무 늦었어……　　　난 이미 장밋빛 알약을 삼켰으니까……　　　프랑수아, 잠들 것 같아. 느껴져…… 이제 시작되는 거야…… 몸을 뒤척여야 해. 이제 밤이 되었어.　　　기분이 좋아, 아주 좋아…… 하지만 아직도 할 말이 있는데…… 맞아— 내가 네게 하려던 말은…… 이게 어떻게 진행되는지 네가 알았으면 해서 잔을 손에 쥐고 있어…… 버틸 수 있을 때까지는 잔을 들고 있을 거야…… 그러면 때가— 때가 되었을 때, 내가 정말 잠들어버리면 잔이 떨어질 거고…… 그게 떨어지면

너도 알게 되겠지…… 모든 게 끝났다는 것을…… 아……

아! 아파! 방금 경련이 일었어. 계속 아파, 아야! 정말 아
프다…… 어쨌든 이 고백이야말로 내가 쓸 수 있는 최고의 작품
이 될 거야. 난 확신해! 비록 그게 아주 멋지게 끝나지는 못하겠
지만……

내가 이제까지 써온 온갖 헛소리를 무마해주고도 남을 거
야……   참 이상해, 죽음이라는 게 이런 거라면 이, 이따
위 철학 같은 소리를 지껄일 필요는 없었을 텐데…… 프랑수아,
너도 잘 알고 있지, 내가 곧 죽을 거라고 믿고 있었던 거…… 난
열세 살이었어…… 지금과 비슷했어…… 난— 난 바닥에 떨어
졌지…… 내 머리 속에서 피라는 피는 죄다 빠져나가는 것 같았
어…… 완전히 피가 빠져나가면…… 나는 미끄러지고…… 미
끄러지고…… 끔찍해 …… 사람들이 나를 둘러싸더니……

마치…… 홍수가 난 것 같아…… 노아가 죽음의 물을 바라보
는 거야 …… 그는   를 이해하지 못해. 대지가 웅성거
리는 소리로 들끓어오르고…… 그리고 하늘…… 빛이 너무 투
명해서 특히— 특히 저녁때면…… 여기서도…… 창문에서 빛
이 보여……   투명   어느 날…… 녹아버리고……
거기……   아름다울 거야……   내 생각에는

토한 것 같은데　　뭔가가 느껴져……　　보기에 좋은 꼴
은 아닐 거야……　　보기에……　　아야……
잔이 미끄러져……　　조심해……"

　유리잔 부서지는 소리가 단 한 번 건조하게 울려퍼졌고, 침묵
이 내려앉았다. 이윽고 침묵은 녹음기의 전기를 띤 파동에 의해
변형되어 그 자리에서 굳어지더니 마룻바닥에 펼쳐졌고, 소금
결정처럼 뾰죽뾰죽 곤두선 날카로운 발톱 같은 작은 조각들로
화해 미동도 않은 채 어둠 속에서 전력을 다해 빛을 발하기 시작
했다.

지금은 밤의 장벽 저편이다. 이제 죽음이 임박한 듯하다. 만물을 얇은 재의 장막으로 뒤덮을 더럽고 축축한 죽음이. 이 장소들은 오직 하나의 이름만 갖고 있는 것일까? 이곳들은 오직 지상에만 존재하는 것일까? 가파른 지면 위에는 모퉁이 하나, 긁힌 자국 하나 모자라지 않다. 병원의 정면부와 병사兵舍의 벽들, 스파다 사 건물의 벽들이 무거워지고 있었다. 점점 죄어오는 이 바이스 속에서 자신들의 조건과 운명을 망각하듯, 남자들과 여자들은 살아가기를 그만두었다. 좀더 먼 곳에서 부정否定의 기하학은 더욱 뚜렷해지고 있다. 하얀 다리橋들이 도로 위로 날아다니고, 아스팔트가 깔린 광장에는 인적이 없다. 벽들의 아랫부분에는 낙서가 되어 있다. 몸을 기울이고 들여다보아야 간신히 눈에 띌 만큼 작은 글씨로 씌어진 그 낙서들은 거기서도 사람들이 살았고 서로 사랑했음을 증명하고 있다. 글자들은 뾰족한 손톱이나 칼, 혹은 모가 난 돌 같은 것으로 긁어 쓴 것처럼 아주 가늘다. 바닷가를 따라 역시 텅 빈 비행장들이 평평하게 펼쳐져 있다. 이 모든 황량한 공간 위에, 떠도는 고독과 졸음 한가운데, 비 오는 날이나 맑은 날이나, 전등 불빛과 햇빛의 반사광 아래 자동차들은 오가고, 서로 엇갈리고, 곤충의 궤적을 그리면서 땅 위에서 삐걱거리고 미끄러지고 붕붕거리다가 보이지도 않는 먼 곳을 향해, 한 남자가 감시하고 있는 다른 영역을 향해 흘러간다.

모든 것이 뒤섞이고 깊어진다. 졸음과 마비 상태는 날카롭고 모가 난 일련의 틀을 소유하고 있고, 바로 그것이 그 자체의 현실을 만들어간다.

이제 심연이 가까워진 듯하다. 노란 페인트로 벽을 칠한 방에서 담배 타는 냄새가 난다. 고독은 불가분의 탄탄한 몸체를 웅크린다. 고독은 사람들의 팔과 가슴을 졸라매고, 창자와 성기를 축 처지게 했다. 사람들은 화를 내다가 굳어버린 것 같은 동작을 취하고 있는, 말하지도 듣지도 못하는 육중한 주철 조각상이 되었다. 폭풍은 계속되고 있었고, 함석판 같은 하늘에 금이 가듯 번갯불이 서서히 뻗어나갔다. 관 속에 앉아 있는 프랑수아 베송은 이제 아무것도 아니다. 침대 가에 기댄 채 구석에 웅크리고 앉아 있는 그는 더이상 존재하지 않는다. 이제 그에게는 이름도, 얼굴도 없다. 그라는 존재가 정지된 것이다. 그는 이제 기억으로도 남지 못한다. 그 어떤 사물이나 가구, 형태도 그 자체로밖에 존재하지 않기 때문이다. 그것들은 진실이라는 시멘트에 붙박여, 있는 그대로의 모습으로만 존재한다. 그것들 중 아무것도 액체와 비슷하지 않고, 되는대로 움직이지 않고, 행복과 쾌락의 감정이 실린 물결이 되어 흐르지 않는다. 삶을 살았다는 그 무한한 즐거움이 우연히도 그에게는 거부되었다. 그가 창문 밖에 훤히 모습을 드러낸 하늘을 마주하고도 스스로를 유폐시켰기 때문이다. 시간 자체가 방 안으로 들어와 그 방의 모든 세부를 지워지지 않는 캐리커처로 그려놓았기 때문이다.

그가 가지지 못한 삶과 아름다움이 있다는 사실은 점점 더 자세하게 드러났고, 그것은 점진적으로 커지는 고통이 되었다. 무더운 여름날, 나는 산속의 거대한 고원 위에 뿌리를 내렸다. 바위들이 사방에서 나를 둘러싸고 있다. 움직일 수가 없다. 나는 그 무엇으로부터도 벗어날 수가 없다. 모든 것이 나를 전신주처럼 땅에 못박았고, 야수 같은 폭풍우의 먹이로 나를 바치고 있다. 이 바위는 죽었다. 눈사태로 무너져내린 흙더미도 죽었다. 저 메마른 가시덤불도, 움푹 들어간 이 계곡의 시냇물도 죽었지만, 그것들은 나를 꽉 쥐고 놓아주지 않는다. 내가 할 수 있는 일이라고는 저 위에 흘러가는 구름을 바라보며 시간을, 자갈을 헤아리는 것뿐이다. 높이 치솟은 바위 절벽 위로 거센 물살이 깎아지를 듯한 길을 파놓았다. 파리들이 윙윙대며 눈꺼풀 위에 달라붙는다. 희귀한 붉은 곤충들은 제 몸이 무거운 듯 힘겹게 날고 있다. 움직여보라고 부추기는 것 같은 저 탁 트인 공간을 보면서도 나는 아무것도 할 수가 없다. 여전히 나는 저 아래에 있는 인간들의 포로이고, 그래서 이 고원은 조금씩 다시 콘크리트와 철근으로 뒤덮인 땅덩어리로, 내가 속한 그 진부한 세상으로 변해간다. 비계*들. 위치 표시등과 교통 신호등들. 새벽 두시의 인도의 노면들. 청소부들이 물 뿌리는 호스를 들고 이 거리 저 거리를 오가며 비질 하는 소리가 커진다. 그렇다, 먼지로 환원된 나는 이제 완전히 포로가 된 것이다. 나는 도망갈 수가 없다. 땅 위에는 위험이 만연해 있다. 하수구들을 통해, 지하실을 따라 그 위험이 둔탁하게 진동하는 것이 느껴진다. 그것은 위험이다. 그것은 우리와 아주 가까운 지옥, 너무 가까워서 지하실에 난 환기창을 통해서도 들어갈 수 있는 지옥이다. 그것은 풀을 먹여 빳빳해지고 하얗게 표백된 기억, 눈을 뜰 때 머릿속에 떠오르는 기억이라는 지옥이다. 지난 날의 삶, 모눈 공책에 씌어진 고요, 미묘

---

* 높은 곳에서 작업을 할 수 있도록 임시로 설치한 가설물.

함, 이기주의, 그리고 행복. 그러나 오늘날 그것들은 황갈색 얼룩에 뒤덮여 알아볼 수 없게 되었다. 하강하는 지층 사이에 묻힌 선수상船首像처럼 그 자리에 단단히 고정된 것 같다. 그것은 가공의 상승이자 움직이지 못하면서도 움직인 것처럼 느껴지는 거짓이다. 그리고 어느 날 잇따른 망상을 응시하고 나면 세계가 변해 있음을 발견하는 것이다. 변모한 것은 당신이 아니라 세계다. 물질들의 층을, 곧 소멸해버릴 기이한 연기들을 정렬시켜놓은 것은 세계다. 당신은 부서지고 썩어 해골로 변했지만, 결코 움직인 적이 없이 여전히 같은 장소에 머물러 있다. 당신은 언제나 똑같다, 3층 오른쪽에 위치한 자기 방에 앉아서 침대 다리에 등을 기대고 닫힌 덧창 사이로 살인자들에게 시선을 고정시킨 채, 여름에는 땀을 흘리고 겨울에는 추위로 떠는 베송처럼 말이다. 그렇다, 당신은 그 괴물, 눈이 튀어나온 그 꼭두각시, 빛으로 얼룩진 그 회색 얼굴, 그 꼭 다문 입, 카리에스*에 걸려 잇몸 속에서 흔들리는 치아, 바로 프랑수아 베송이다. 상상조차 못한 어떤 것, 예를 들면 마호가니 책상의 무게라든가, 성냥불을 너무 오래 들고 있어서 입은 화상이라든가, 휘발유 냄새라든가 사포의 꺼칠한 먼지 같은 촉감 같은 것이 덧붙여진, 당신은 베송 + X이다.

---

* 만성 골염으로 뼈가 썩는 질환.

456

당신을 둘러싸고 있는 지옥 같은 환경으로부터 벗어날 수 없었던 것처럼, 사방에서 죄어드는 그 수많은 얼굴들의 고문으로부터 벗어날 수 없었던 것처럼, 당신은 당신이 존재한다는 그 사실로부터도 벗어날 수 없을 것이다. 당신의 이름은 나무 문 위에 씌어질 것이다. 베송. 당신의 날日은 수첩의 아래쪽에 씌어질 것이다. 1963년 3월 22일. 노랗게 바래고 곰팡이가 슨 육체를 한 당신의 쪼그라든 생은 최후의 몰락을 향해 파멸할 것이고, 이 모든 것은 알려지고 전해질 것이다. 그 규모는 천재지변에 육박할 것이다. 당신은 산 채로 당신 자신의 힘에 의해 잡아먹힐 것이다. 당신의 에너지는 당신 자신을 파괴하느라 소진될 것이다. 당신은 베송이다. 당신은 살아 있다. 어느 날엔가 당신은 한 무더기의 해골로, 사냥된 고깃덩어리로, 그리고 무덤 속에서 역겨운 모습으로 끈적거리는 벌레가 될 것이다. 어느 날 당신은 해변의 백사장에서처럼 등을 바닥에 대고 누울 것이고, 그러면 땅은 더이상 당신의 무게를 이기지 못하고 서서히 갈라지면서 무덤에서 풍기는 악취로 가득한 공기 쿠션으로 변할 것이다. 두꺼운 검은 대리석 벽이 아직은 당신을 그날과 격리시키고 있음에도, 똑딱똑딱 흘러가는 매초의 시간은 당신을 보호해주는 그 방어물을 점점 침색해들어가고 있다. 지금, 태양의 시간, 그 명징한 시간이 다시 돌아오기를 기다리며 부드러운 비가 부슬부슬 내리고 있다. 비는 만물을 적신다. 빗방울은 사거리에서 몇 미터 떨어진 곳에 서 있는 내 얼굴 위로 소리없이 미끄러진다. 비는 내 눈을 적시고, 셔츠를 묵직하게 만든다. 이 평화롭고 조화로운 분위기에서 또다른 형태의 지옥이 태어난다. 아늑함과 평온은 나를 짓씹어대는 회한이다. 빗물이 동굴들 속으로 졸졸 흘러들어가고, 나는 이 빗물이 나를 한 조각 두 조각 앗아간다는 것을 알고 있다. 빗물은 내게서 비밀들을 앗아간다.

나는 알고 있다, 안개와 폐허의 장벽 뒤편에 낙원이 감추어져 있다는 것을. 그러나 우리는 그 낙원을 잃어버릴 수밖에 없었고, 그것을 되찾을 방법은 없다. 조화와 아름다움이란 바로 이런 것이다. 이전에 모든 것은 논리적이었고 이미 결정되어 있었고 신속히 진행되었다. 그것은 내가 인식하지 못한 채 품고 있던, 모든 것을 하나로 이어주는 신비의 시간이다. 그것은 믿음도 열정도 아니었다. 그것은 미묘하고도 어렴풋한 즐거움, 밀폐된 상자 속에 갇힌 어둠의 완벽한 미덕, 정신과 행동의 단단한 결합, 혹은 식탁 주위에 모여 앉은 가족 같은 것이었다. 그 모든 것은 두 눈의 날카로움에 의해, 망막에 전해지는 통증과 신경세포의 기능 과다에 의해 회복이 불가능할 정도로 파괴되었다.

풍경들이 하얗다 못해 눈부시게 작열하기 시작했다. 선들은 면도칼처럼 날카롭게 변했고, 색깔들은 접착제처럼 달라붙었다.

소리들은 시끌벅적한 소음이 됐고, 비단 휘장은 순식간에 딱딱
해져서 그 위에 떨어지면 13층 높이에서 떨어진 것처럼 살이 찢
기고 사방으로 튈 것 같은 거대하고 단단한 바위가 되었다.

언어가 다시 광란의 발레를 추기 시작했다. 단어들은 서로 얽
히고, 덧붙여지고, 분할되었다. 그것들은 불꽃놀이처럼 쉼 없이
밤의 장막을 수놓았다. 아무런 동기도 의미도 없이 그것들은 똑
같은 영상을 그리면서 계속 이어지고 반복되었다. 이 남자의 정
신 상태는 어느 순간 끝났다고 생각하지만 점점 더 빠르게 이어
지는 허사虛辭와 전치사, 부사들로 쉬지 않고 계속 씌어지고 읽
히는 어떤 긴 문장과 닮은꼴이다. 어떤 보이지 않는 손이 상상
속의 벽에 그 문장을 단어 하나하나, 동사 하나하나 새겨넣는다.
문장은 한 글자 한 글자 덧붙여지면서 새로운 뉘앙스가 첨가되
고, 음절 하나하나에 거의 느껴지지 않을 정도로 톤이 변해가며,
늘어나고 나뉘고 변해간다. 마치 방 안의 물건들을 살그머니 옮
기거나, 오렌지색 표면을 가려 붉은색과 파란색을 띤 물질들의
도드라진 부분을 빛나게 하거나, 방 벽 아랫부분을 따라 환한 반
사광과 어두운 그림자로 이루어진 기이한 물건들을 쌓아놓음으
로써 방 안의 색채를 훼손시키는 것과도 같다. 문장은 계속 이어
졌고, 십분의 일 초가 부족해서 정신이 그 의미를 파악할 수 없
게 된 바로 그 순간에 이를 때까지 어마어마하게 길어지다가 마

침내 수천 개의 조각으로 폭발하며 무無의 심연으로, 광기와 밤 속으로, 소리가 울려퍼지는 거친 소용돌이 속으로 곤두박질쳤다.

그러나 베송, 모든 불행의 근원인 베송 I 는 살아 있다. 외로웠던 지난날, 그는 군중에 사로잡혀 인파에 이끌리고 휩쓸려 다녔다. 저녁 무렵 공장 출구나 영화관 앞 거리를 걸을 때 그는 신원 미상의 익명의 존재였다. 코듀로이 바지 주머니에 두 손을 찔러넣고 팔꿈치가 해진 윗옷을 입고 거리를 다니면 그의 몸 위로 희미하면서도 강렬한 네온 빛이 비쳤고, 시커먼 구멍 같은 하늘의 가장 깊은 곳에서 빗방울들이 근사하게 떨어지면서 그의 얼굴과 손, 그리고 손목시계의 유리를 두드렸다. 빗물은 그의 스웨이드 구두코를 더럽혔고, 보이지 않게 그의 눈앞에 지그재그로 떨어지고 있었다. 그리고 그때 그는, 그렇다, 그는 그 도시 한가운데 깊이 파묻혀 있었고, 진정으로 그 세기에, 그 해에, 그 날에, 그리고 그 시간에 속해 있었다. 그는 언제까지고 재생이 가능했다. 그는 라르티그라든가, 브누아, 슐츠, 리비에르 같은 이름을 가진 사람으로 다시 살 수 있었다. 자동차들이 조용히 도로를 질주하며 그를 스쳐 지나갔다. 버스 한 대가 불빛을 받으며 정류장의 쇠말뚝 앞에 정차한 채 부릉 붕 붕 부르릉 붕 붕 삼 박자로 엔진 소리를 울리며 사람들을 기다리고 있었다. 갈색 누더기를 걸친 사내가 진열창에 닿을 듯이 비틀비틀 걸어가고 있었다. 건물 문 귀퉁이에서는 어떤 형체들이 숨 죽여 몸을 섞고 있었고, 고함 소리, 목쉰 고함 소리, 아마도 땅에서 솟아오른 듯한 인간들의 목쉰 고함 소리가 들려오고 있었다. 그 소리는 휘발유와 아스팔트 냄새와 어우러져 폭발하듯이 흩어지다가 점점 더 높아졌고, 유황 냄새가 퍼지더니 이 모든 것은 혼합과 죽음, 거기에 더해 부활에 대해서까지 이야기하며 힘과 취기, 혼돈 속으로 흘러들었다.

"그래서! 그래서 어쨌다는 건데!"

"미안합니다……"

"앙리는 간다."

"조심해, 아니면 피 좀 보게 될 거야."

"내가 뭐라고 그랬어(얼굴에 난 칼자국)."

"추첨……"

남자들은 안경을 쓰고 있다. 급작스런 식욕 때문에 입술과 뺨이 잔뜩 부풀어오른 얼굴은 흉측하게 늘어져 있다. 그들은 고통스러운 듯 뻣뻣하고 어색하게 걷고 있다. 이 황혼녘, 남자들의 무리는 한 번도 보지 못한 구조를 이루며 모여든다. 왼쪽으로, 왼쪽으로, 다시 왼쪽으로, 왼쪽으로. 오른쪽으로. 왼쪽으로. 오른쪽으로, 오른쪽으로. 오른쪽으로. 오른쪽으로 왼쪽으로 오른쪽으로. 소리들이 파리 떼처럼 허공으로 날아오른다. 그리고 곧 자비심이라고는 없는 두 턱뼈 사이에 사로잡혀 기체 표면에 새겨진다. 그것은 그 소리들이 떠나온 물건들에 대한 절개된 기억들이다. 집 지붕들 위로 인간의 삶을 지켜보는, 혼란스럽고 신화적인 영상들이 거꾸로 그려진다. 위험한 동물우화집, 아무런 의도 없이 선으로 연결돼 있는 공간 속의 불길한 지점들, 탐욕스러운 빨판, 뾰족한 발톱들, 파상풍에 갉아먹힌 척추, 세포가 다 죽어 속이 텅 빈 이빨들, 갈라지고 쪼글쪼글해진 입술, 주름에서 피가 베어나오는 배, 그리고 눈目, 눈들. 형형하게 빛나는 거대한 눈들은 교수대의 파편적인 영상들로 가득 차 있다. 안구 근육은 뻣뻣하게 굳어 있고, 눈빛은 음울하고, 눈물샘에서는 쉬지 않고 흐르는 물 같은, 비 같은 눈물이 흘러나오고 있었다. 건물의 평평한 지붕 위로 졸졸 흐르고 허공에 줄무늬를 그려넣는 물, 인간들의 하나뿐인 생을 해체시키고 멀지 않은 어느 날 잠에서 깨어났을 때 벌거벗은 그들을 단지 안에 쑤셔박고 그들이 지옥의 서약에 영원한 충성을 맹세했음을 증명하는 철십자가처럼 끔찍한 전율과, 홍수가 지나가고 밀려오는 가증스럽기 짝이 없는 혐오와 고통과 **공포**를 증언하는 불길하고 치명적인 물 같은 눈물이었다.

462

침묵에 휩싸인 시가지에서 가로등들은 여전히 윙윙거리며 빛을 발하고 있다. 이제 밤이 가까웠다. 시멘트 다리의 평평한 바닥 위에서 저 사람은 재떨이 속에 던져진 팽이처럼 머뭇거리며 빙빙 돌고 있다. 그의 몸은 무한한 가속도가 붙어 점점 더 빨리 회전했고, 분노는 금속들이 반사하는 빛 가운데 못박힌 채 축 위에서 진동하고, 유리를 뚫고, 우중충한 대기에 섞여든다. 미풍이 지면을 스치듯 불어오자 먼지 알갱이들이 미처 땅에 닿을 새도 없이 공중으로 흩뿌려진다. 대지에 박힌 칼날처럼 단단하고 차가운 노랫소리가 들려온다. 가사는 거의 알아들을 수 없다. 그것은 한낱 비명 소리에 불과하다. 회색 회오리바람 속에 못박힌 그 노랫말은 비명처럼 울려퍼지고, 무력함과 증오 속에서 현기증이 나도록 이어지다가 끊어지기를 반복한다. 눈부신 빛과 검은 번개가 불규칙하게 여러 차례 번쩍이면서 먼지가 내려앉은 나뭇가지를 드러낸다.

나는 이제 신을 믿지 않소
나는 이제 신을 믿지 않소
나는 이제 신을 믿지 않소
나는 이제 신을 믿지 않소

그 거대한 손 밑에서 몸을 굽혀 대지를 껴안으면서, 베송은 천천히 기어가고 있다. 팽이는 유리 표면에 못박힌 듯 계속 돌고 있다. 베송 주위에, 돌아가는 팽이 주위에, 그런 상황이라면 있게 마련인 안경을 낀 구경꾼들이 있다. 발소리가 가까이 다가왔다가 멀어지더니 다시 돌아온다. 이제 얼굴들은 보이지 않는다. 오른편에 불쑥 튀어나와 있는 저 커다란 카페는 무엇인가? 더이상 책들은 존재하지 않는다. 모든 빛의 총합이 거기에 있었다. 피 같은 붉은빛부터 푸른색, 군청색, 검정색, 그리고 흰색, 더없이 아름다워 끔찍하기까지 한 눈॥의 흰색까지, 그 불분명한 빛의 스펙트럼에 모든 것이 동시에 포함되어 있음이 틀림없었다. 흑인 일꾼 하나가 대들보를 메고 거리를 성큼성큼 걸어간다. 어깨 위의 대들보가 위아래로 흔들린다. 불현듯 유리창의 개수가 헤아려진다. 유리창은 854개, 854개다. 성냥개비 끝에서 불꽃이 떨고 있다. 조심해야 한다, 세상이 미친 듯이 날뛴다, 조심해야 한다, 나는 죽을 것이다. 자명종이 울린다. 아니, 내가 잠자고 있는 동안 어떤 숨은 손이 태엽을 감아 내 낡고 주름진 베개 밑에 넣어둔 태엽장치 장난감들인지도 모른다. 이빨에 물어뜯긴 자국이 있고, 노란 침 자국이 있는 내 베개 밑에. 베송은 돌지 않으면서 그 자리에서 빙빙 돌고 있다. 베송은 오늘,

홀로 남겨져 있다. 그의 얼굴은 대칭을 이룬 모양으로 여위었고, 두 뺨은 눈구멍 가장자리까지 움푹 패여 있다. 빗물에 젖은 머리카락은 쉬는 듯 축 늘어져 있었고, 그 위에서 비바람이 제멋대로 흩날리고 있다. 그는 포기하고 만 것이다. 두 사건 이후 의지의 장벽은 무너지고 말았다. 그는 폭발을 원했지만, 이제 폭발은 그를 제외하고 이루어지고 있다. 집들이 기괴한 소리를 내며 보도 위로 무너져내린다. 바닷가의 텅 빈 바위 동굴에서나 날 법한 소리였다. 시계추 같은 기세로 높아진 파도가 부풀어올랐다가 깎이고, 다시 스스로의 몸에 잔물결을 새기며 굳센 바위가 되었다가 이윽고 심연에서 단단하고 유리 같은 물결로 변모해 솟구치고, 역류에 의해 빨려들어가듯 물러나면서 긴 마룻줄 같은 물결과 거품을 남기고 삼각형으로 파인 심해를 향해 달음질쳐들어가는, 그런 바위 동굴에서 날 법한 소리였다.

갑자기 하나의 달이 나타난 것처럼, 하늘이라는 방 안에 갇힌 기생별이 나타난 것처럼, 철과 광물질의 위력으로 가득 차 창백한 빛으로 환히 빛나는 구체 같은 아주 둥근 행성이 나타난 것처럼 결빙 상태는 헐벗은 태양을 반사하고 있었고, 바다의 움직임은 땅의 사물들에 전파되고 있었다. 도시의 이 지점, 배송 주위의 2제곱킬로미터의 공간에서 끊임없이 파도가 치고 있다. 자력의 견인력이 중력을 뒤흔든다. 부피는 늘어나고 사물들에겐 피부가 생겨난다. 성벽들이 쌓이고 성층成層들이 한 층 한 층 드러난다. 사람들은 서로 뒤섞이고, 되밀려오는 파도가 그들을 삼켰다가 내뱉고 다시 삼킨다. 안개 속에서 팔다리가 아우성치듯 허우적거린다. 목소리들은 서로 교차하고 나지막하게 떠돈다. 그것들은 귓구멍에 따뜻하고 속이 빈 공 하나를, 고막에서 몇 밀리미터쯤 떨어진 곳에 고동치는 물방울 하나를 남겨놓는다. 점점 더 무거워지는 머리 속으로, 삐걱거리는 목뼈 위에서 위태롭게 균형을 유지하면서 아마도 마지막 참담한 절멸의 순간을, 단말마의 반짝이는 불똥이 튀는 순간을 준비하고 있을 그 머리 속으로 2제곱킬로미터의 도시가 들어왔다. 머리 속에 들어온 도시의 풍경은 똑바로 보이지 않는, 거울에 비친 상처럼 비스듬한 영상이었다. 심연이 뇌 속에 끝이 보이지 않는 깊은 우물을 파내려가며 요동친다. 그의 두개골 전체를 점령한 심연과 그의 발밑에서 입을 벌리고 있는 심연 사이를 이어주는 길은 없다. 차츰차츰 사물들이 땅에서 벗어나 하나씩 그의 몸속으로 들어온다. 고통에 찬 비명을 지르고 소리없이 성대를 벌려놓는다. 그는 아가미를 벌름대는 물고기처럼 들어오는 대로 게걸스럽게 삼키고, 아귀아귀 먹어댄다. 집들은 커다랗게 베어문 눅눅해진 빵조각처럼 천천히 그의 몸속을 꿰뚫고 들어온다. 복선으로 뻗은 흉측한 철로가 그의 입을 향해 선회해오고, 도로들은 그를 향해 불끈불끈 일어선다. 이윽고 갖가지 색깔들의 물결이다. 오렌지색 오렌지색. 보라색. 회색. 초록색 초록색 초록색 초록색 초록색. 회색. 분홍색. 분홍색. 검정색. 분홍색. 에메랄드색 에메랄드색. 검정색 검정색 검정색 검정색 검정색 검정색 검정색. 누르스름한 색. 기관차들, 기름이 한 방울 두 방울 스며나오는 들끓는 기계들. 아직도 소리가 울리는 철근 콘크리트 블록들, 밀폐된 엘리베이터가 오르내리는 엘리베이터 통로들. 회색, 회색, 회색. 검정색 분홍색, 초록색 파란색 검정색 흰색 흰색. 솜털 같은 미세한 먼지로 뒤덮인 방바닥. 불붙은 담배들, 불 꺼진 담배들. 일제히 울리는 종소리, 취한의 욕설, 텔레비전 수상기의 웅웅거리는 소리. 석양을 바라보려는 새들이 내려앉은 경사진 지붕들. 나사못이 몇 개 빠진 동부 송전탑. 감전사. 위험, 출입금지. 가스에 중독된 것 같은 발걸음으로 살그머니 작은 오두막 안으로 들어간다. 이미 두 손은 차갑고, 피부도 기이한 까만색으로 변해 있다. 붉은 코일에 감긴 푸른 철사들이 윙윙대는 집 한가운데로 더듬더듬 다가간다. 이윽고 환기를 시키기 위해 문을 활짝 열어젖힌 것처럼 은밀한 마찰음과 함께 눈앞이 아찔하게 환해진다.

그러고는 광분한 인파가 똑바로 선 그를 쓰러뜨린다. 그것은 태어난 적도 없고, 영원히 죽지도 않을 회오리바람이다. 새카만 개미 떼가 갈가리 뜯긴 커다란 메뚜기 시체를 조심조심 옮기고 있다.

다음번이라는 것은 없다. 오직 한 번만이, 무심하고 거대한, 하루 낮과 밤이 뒤섞인 그날만이 있을 따름이었다. 여전히 하늘에서 비가 내려 빗물이 도시의 계단들 위로 폭포처럼 쏟아지고, 소음과 공포는 절정에 달했던 그때. 말하자면 글자들은 서로 엇갈리고, 사고들은 치환되고, 요소들은 언제든지 대체할 수 있게 되었다. 이제 메시지는 누구에게도 전달되지 않았다. 낯선 암호들이 떠들썩한 소란 속에 모습을 드러냈고, 어느 누구의 것이라고도 주장할 수 없는 외침들이 들려왔다.

"그리스도"

"구원"

"올라"

"르 가"

사람들은 흰 접착식 봉투에 편지를 넣어 보냈다. 봉투 오른쪽 귀퉁이에는 우표가 붙어 있었는데, 작은 톱니 모양으로 잘린 그 네모꼴 안에는 여자의 두상이나 닭, 혹은 섬세하게 그린 풍경이 담겨 있었다. 편지에는 수많은 메시지가 가지가지로 적혀 있었고, 거기에 담긴 힘은 그 편지들이 쓰레기통에 처박히거나 책상 서랍 속에 방치된 채 뒹굴면서 증오에 몸을 맡기고 있었다. 사람들의 은밀하고 덧없는 이야기들이 적힌, 알려지지 않은 성서의 페이지들은 다음과 같았다.

친애하는 장에게,

편지 고마워. 보험 건은 정리했지만, 벌금 때문에 4파운드 10센트 10실링을 더 지불해야 했다. 더 고약한 건, 존 제임스에게 오토바이를 빌려주었는데 녀석이 안나를 태우고 달리다 걸렸다는 거야. 그래서 골치 아픈 문제들은 아직 해결되지 않았고, 그 망할 놈의 오토바이 때문에 돈이 많이 들게 생겼다.

오토바이 값으로는 20파운드를 낼게. 그게 네가 원하는 금액이었으면 좋겠다. 리비에게 전해주었으니 곧 돈을 받게 될 거야.

기타에 대해 말하자면, 프랑스와 에릭에게 줬어. 그들은 그걸 파리로 가지고 갔고. 너도 그들이 누구인지 알아야 할 것 같다. 어쨌든 그들은 기타를 친구 집에 두었고, 리비가 그 친구들의 주소를 네 동생에게 주었으니 지금쯤이면 네 동생이 찾아갔을 거야. 그럼 조만간에 한번 보자.

니크

당신은 아직 젊고, 공부하고, 즐기고, 살고 싶습니다……
그러나

— 오직 인명을 살상하기 위해 전세계적으로 연간 구舊 프
랑으로 60조 프랑이 소비된다는 것을 아십니까?

— 1억 명의 사람들과 학자들의 70%가 전쟁 양산을 위해
일하고 있다는 것을 아십니까?

— 언제든지 일 인당 60톤의 티엔티로 전세계가 불바다가
될 수 있다는 것을 아십니까?

— 핵전쟁이 발발하면 단 몇 분 안에 3억 명이 죽을 수 있다
는 것을 아십니까?

3억의 죽음,

이것이 당신의 미래입니다.

그러나 이것은 피할 수 없는 숙명이 아닙니다. 당신은 이것
을 예방할 수 있고 또 그렇게 해야 합니다. 물론 당신은 전쟁
에 반대하겠지만, 그것만으로는 충분하지 않습니다. 그 의견

을 분명하게 **표명해야** 합니다. 그렇게 하는 것이 소용없고 당신과 별 상관이 없는 문제라고 생각한다면······

아니, 그것은 소용없는 행동이 아닙니다. 그것은 당신의 삶과 커다란 관계가 있습니다.

왜냐하면 당신에게는 살 권리가 있기 때문입니다.

당신 혼자만 그렇게 주장한다면 아무도 당신의 말에 주의를 기울이지 않을 것입니다. 그러나 당신은 혼자가 아닙니다.

제시 제임스, 『절망의 블루스』

다른 말들, 아직 감춰져 있는 더 굉장한 말들이 있다. 저 나무탁자 위에 이 말들을 칼로 새겨놓은 것은 어떤 이의 손일까? 어른일까, 소년일까? 사실 그것들은 조금도 대단할 것이 못 됐다. 그 손과 칼이 이 카페에 말들을 새겨놓은 이래로 술병, 술잔, 찻잔, 다른 손, 다른 말들이 그 위로 끊임없이 비오듯 쏟아져내렸다. 그것은 끊임없이 가해지는 구타이자, 사건들에 의해 그 본질 속에 처박혀버리고 시간을 마비시켜 기다란 송곳처럼 고정시키는 침묵의 판결이다. 그러나 그 말들은 언제까지나 행복과 고통의 메시지를 품고 있다. 그 말들은 신神이 사랑한 민족이 행운의 늪과 전쟁터를 가로질러 마침내 엑소더스에 이르는 이야기를 흐르지 않는 시간 속에서 영원히 들려주고 있었다.

드럼

몰로토프

롤리팝

새우

엘리트

열쇠

발

세쿠 투레

시계꽃

부르봉

꿀벌

너무나 선명해서 4층 창문에서도 보일 것 같은 이 청사진 속. 집들은 입방체 형태를 멀리까지 반사하고 있다. 분홍색 페인트가 그 벽들을 부드럽게 덮으며 지붕을 향해 머리카락처럼 가늘게 풀어져 올라간다. 하늘은 그 모든 기호를, 초인적 생의 흔적을 자신의 중심부에 품고 있다. 그 넓은 잿빛 판 위에 지상의 모든 것들이 동심원을 그리고 매듭을 이루고 있다. 검은 균열들이, 자동차 차체의 진회색 빛이 지 위에서 거의 감지하지 못할 만큼 미세하게, 지치지도 않고 움직이고 있다. 인간들이 사는 도시에서 이 모든 외침 소리와 동작과 단조로운 소음들이 하늘을 향해 올라가더니 구름 사이로 모여든다. 20세기의 인식. 신속함이 수많은 사물들을 엄습한다. 신속함은 거의 과학적이기까지 한 환영 속에서 더욱 두드러진다. 예컨대 함석판, 어린아이들 혹은 여자들의 살, 또는 여전히 구성 성분이 밝혀지지 않은 어두운 빛깔의 금속들. 겉보기에만 단단하고 독립적인 것은 아니다. 물질의 가장 깊은 곳까지 샅샅이 파고들어야 한다. 고통 속에서, 흥분과 두근거림 속에서 수백만 개의 분자들을 파헤쳐야 하는 것이다. 그리고 더 깊은 곳, 구름과 증기 한가운데서 시선은 숫자가 되어야 하고, 침투해들어가야 한다. 분자들이 분리되고, 물질들은 해체된다. 수학적 정밀성마저 마비되는 그 부정확한 지점에 이르기까지, 모든 육신이 폐지되고 공허만이 지배하는 그 불안과 절망의 한계점인 x에 이르기까지.

풍경이 갑자기 광활하게 넓어지는 동시에 한없이 좁아졌다. 꼭대기가 존재하지 않고 아랫부분은 점점 더 넓어져 한눈에 들어오지 않는, 원추 모양의 풍경이었다. 일관성이 완전히 사라져버린 것은 아니었다. 그렇다, 존재의 무언가가, 어렴풋하고 희미한 어떤 빛이, 마치 알파벳 글자 하나처럼 움직이지 않는 무언가가 자신의 현존으로 빛을 발하는 저 무無 속에 아직 남아 있었다. 그러나 어떤 하나의 질서가 파괴된 후였다. 가속 때문이었을까? 어떤 전기충격이 외부 공간을 향해 분자들을 분해해 소량의 에너지를 앗아가면서 그것들을 위험한 흐름 속에 흩뜨려놓는다. 감마선이었다. 그러나 이 분해 현상에는 한계가 있다. 숫자 형태의 시선이 도달할 수 있는 범위 내에서 사물은 여전히 존재하고 있다. 성운처럼, 이론적이기는 하지만 확실한 존재로서. 잠재적 에너지들은 지정된 자리를 가지고 있다. 이제 그것들은 유성처럼 무한한 밤을 홀로 떠돌며 빛을 발하고 있다. 그것들은 말들이다. 그것들은 표지다. 그것들은 어떤 형식에 따라 흑판 위에 기록되고, 바로 거기에서 진실과 풍요로움이 솟아오른다. 아스팔트 보도에 섞인 단단한 돌들이나, 에나멜이 발산하는 빛들, 바다의 수면, 플라타너스들, 살아 있는 피부 표면들은 모두 그 심장부까지 파괴되어버렸음에도 여전히 그대로 살아 있다. 세계는 한없이 해체되었다가 또 무한히 재생되는 것이다. 모든 것이 절정에 이른 숫자와 문자 안에 존재하고 있다. 크시Xi 영Zéro-반反 크시 영. 그리고 굳은 확신으로부터 일종의 저주받은 희망이, 밀려오는 태풍 같은 희망이 역류처럼 솟아오른다. 그것은 이 에너지의 세기世紀가 보여주는 의지意志다. 테이블과 의자들이 조금씩 형체를 갖춰간다. 그것들은 맹목적인 손가락 아래에서 서서히 존재의 꼴을 갖춘다. 방 안 네 벽 사이에서 스스로 조립되어간다. 미립자들이 한데 모이고, 목재에서 다리가 돋아나고, 빛깔들은 소리처럼 진동한다. 붉은색, 붉은색. 검은색, 붉은색. 황토색, 붉은색. 흰색, 흰색, 붉은색. 붉은색, 검은색, 붉은색. 물질들이 다시 결합하기 시작한다. 쇠시리의 돌림띠와 못들이 느슨하게 결합한다. 방바닥에는 다시 보랏빛 타일들이 깔린다. 먼지가 틈을 메우고, 시간이 분을 바른다. 일 초. 먼지. 일 초. 먼지. 일 초. 먼지. 일 초. 먼지. 집들이 한 채씩 한 채씩 차례대로, 견고하고 오래 견딜 형태로 나타나기 시작한다. 피부는 느껴지지 않을 만큼 미세하게 경련하고, 혈관은 혈액의 규칙적인 흐름으로 팽창하기 시작한다. 여기에 여자 한 명. 저기에 남자 한 명. 또 저기에 어린아이 한 명. 개 한 마리. 날개 달린 개미 한 마리. 여기 또 여자 한 명. 바퀴벌레 한 마리가 부엌 한구석, 악취를 내뿜는 오물로 가득 찬 두 개의 쓰레기통 옆에서 슬리퍼에 밟혀 찍 으스러진다. 해변 가까이, 나무 한 그루가 묘사할 수 없는 모습으로 벽에 달라붙은 채 흐릿한 빛 속에서 질식한 듯 늘어져 있다. 빗물이 늘어진 나뭇가지 위로 천천히 흘러내리고, 터진 하수구에서 흘러나온 물이 나무 밑둥치를 물어뜯는다.

연옥으로 떠나기 위해, 흑과 백의 나라로 떠나기 위해 이제 모든 것은 준비되었다. 도시 전체가 물질과 고체로 빛나고 있다. 이십 초 후에, 아니 아마도 그전에 위기는 다시 찾아올 것이다. 그리고 모든 것이 전과 같이 다시 시작될 것이다. 사물들은 제 몸뚱이를 삼키려는 탐욕스러운 뱀들처럼 자신들 속으로 들어갈 것이다. 삶은 약간 거칠고 누렇게 바랜 아무 종이 위에나 되는대로, 아무의 도움도 받지 않고 스스로 그려질 것이다. 손으로 긴 이야기를 써나감에 따라 글씨가 종이의 여백을 조금씩 갉아먹어가듯, 그 그림은 점점 더 복잡해지고 더 커질 것이다. 볼펜의 펜촉이 아주 빠른 속도로 앞으로 나아간다. 그 끝에서 나오는 가느다란 파란 선은 간간이 끊어지며 왼쪽에서 오른쪽으로, 그다음엔 약간의 여백을 남기고 한 줄 내려와서 다시 왼쪽에서 오른쪽으로, 또 그다음엔 또다른 여백을 남기고 한 줄 내려와서 왼쪽에서 오른쪽으로 나아간다. 종이가 글자로 빽빽해지자 볼펜 끝은 계속 빈 공간을 찾는다. 그리고 행간과 가장자리에서 여백을 찾아내고는 그곳을 채우고 또 채워넣는다. 이제 글자들은 종이 전체를 뒤덮고 있다. 그래도 펜촉은 조금도 지치지 않고 여전히 여백을 찾아다닌다. 그것은 이미 씌어진 글자들 위로 다시 지나가며 종이를 가득 채우더니, 곧 머리카락이, 얼마 후엔 덥수룩한 고수머리가, 또 얼마 후에는 커다란 푸른색 구름이 만들어진다.

여전히 쓸 말은 남아 있다. 아직도 써내려가야 할 수많은 부사副詞들이 있다. 티T 자들의 가로 획이 종이의 이 끝에서 저 끝까지 일직선을 긋는다. 글자들이 여러 차례 겹쳐져 씌어지는 바람에 종이에 구멍이 난다. 맨 위에서 12센티미터 떨어진 곳에 0000가 우연히 연속적으로 씌어지더니 지긋지긋한 둥근 고리들을 늘어뜨린다. 그렇지만 여전히 말들은 씌어진다. 그러다가 갑자기, 짙은 푸른색 잉크가 몇 밀리그램 소모되고 나자, 몇 시간 동안 그 작업을 하고 나자, 볼펜 세 자루를 다 쓰고 나자, 마치 백만 마리의 거미가 지나간 것처럼, 갈고리 모양을 한 밤이 종이 위로 내린 것처럼 여백은 한 군데밖에 남지 않게 된다. 종이 아래쪽 왼쪽 모퉁이에 필기체로 되는대로 휘갈긴 엘l 자의 둥근 고리 안에 작은 별 모양의 여백이 보존되어 있다. 이제는 보이지 않는 단어, 아마도 일리아드Iliade나 불행Malheur, 혹은 릴리풋Liliput* 같은 단어들을 이루는 철자 엘일 것이다. 지금 손은 종이 위에서 땀으로 미끄러워진 볼펜을 꼭 쥐고, 엘의 삐친 부분을 마무리하고 있다. 그 동작이 침묵과 공포 속에서 완료되는 동안, 어둡고 고요하고 장엄한 어떤 것이, 이를테면 아주 깊은 밤 같은 것이 종이 위로 퍼져간다. 마침내 그 단색화를 불완전하게 만들고 있

---

*『걸리버 여행기』에 나오는 소인국.

던 최후의 여백도 사라진 듯했고, 이제는 숙인 이마 아래 피로로 불타는 두 눈 앞에는 글씨로 뒤덮인 그 거대한 종이밖에 없다. 그 종이 위에서는 모든 말과 글자가 한데 녹아들어 무無의 완벽한 작품, 해독이 불가능한 아름다운 단색의 시詩를 이루고 있다.

창밖으로 올려다보니 계단통의 난간 살 사이에 머리가 끼어 있다. 영화관 로비 거울들 사이에서 길을 잃은 것일까, 아니면 더 간단하게는 재떨이로 쓰는 잼병 속에 짓이겨진 걸까. 담배는 피부가 찢어져 몸뚱이가 터진 채 잼병 유리벽에 붙어 있다. 짓밟힌 잉걸불 머리는 여전히 타오르며 일산화탄소를 내뿜으면서 죽음으로 향하고 있다. 나뭇조각이 탁탁 소리를 내며 타들어가고, 잿더미에서 피어오르는 역한 냄새, 차게 식은 담뱃재에서 나는 그 지독한 냄새는 계단을 지나 천장을 향해 똑바로 치솟는다. 베송은 온 도시와 모든 집들, 그리고 거리 곳곳에 내려앉았다. 마치 존재하지도 않는 상상의 램프 주위를 뱅뱅 도는 한 마리 파리, 평평하고 꺼칠꺼칠한 표면 위를 이리저리 돌아다니며 대변과 세균들로 글을 쓰고 있는 파리와도 같았다.

여기 보이는 이 하얀 집들과 광장, 고요하고 움직임 없는 거리들은 그가 알을 스는 장소들이다. 이곳은 그의 영역이다. 그는 여기서 먹이를 잡고, 잠을 자고, 살아간다. 적당한 시기가 오면 새끼를 낳을지도 모른다. 그의 앞에서, 주위에서, 자동차들이 서로 스쳐 지나가고 앞뒤로 움직이고 지나갔다 되돌아온다. 쉬지 않고 웅웅거리는 엔진 소리는 귀에 거슬리는 노랫소리다. 크랭크암과 피스톤이 고동치는 소리, 보닛 철판이 떠는 소리, 환풍기가 돌아가는 조용한 소리, 이 모든 세부적인 소리들은 미세한 솜털을 이루어 덜컹덜컹 소리를 내고 아름답고 새롭고 강력하고 규칙적이고 따뜻한 그 기계의 존재를 끊임없이 유지해주고 있다. 전신주에서 바라본 풍경. 혹은 이 편이 더 마음에 든다면, 길 위에 다리처럼 웅크린 구부정한 몸을 보자. 기둥 모양의 팔다리가 떠받치고 있는 몸통은 튼튼하고, 그의 등 위로 인간이라는 것들이 우글우글 지나간다. 당신을 사로잡는 이 갑작스러운 즐거움, 밝은 금속들과 투명한 기름을 향한 이 미친 욕망, 이 둥그런 굴곡에 대한 감각, 당신이 뒤집어쓴, 당신을 사물로 화하게 해주는 매끄럽고 색깔 있는 피부, 이 행복, 말로 표현조차 할 수 없는 이 희망, 그렇다, 거기 방열기의 그릴과 앞유리창의 고무 접합부 사이에 철판을 둘렀다는 환희가 존재한다. 36엔진마력, 분사구들, 강철 실린더헤드 아래에서 불똥들이 차바퀴의 반사광처럼 섬광을 번쩍이며 폭발한다. 오펠 올림피아. 포드 V8. 단단한 방안 사면 벽이 이 인간 모터를 가두고 있다. 창문을 통해 빗소리가 들려오는 동안, 밤사이 천장에서 내려온 곤충 한 마리가 테이블 주위를 빙빙 날아다닌다. 1제곱밀리미터 크기의, 검은 몸통에 날개가 달린 작은 파리다. 어떤 보이지 않는 평면이 파리의 비행을 지탱하고 있다. 마치 지평선이 투명하고 단단한 특수 유리판을 갑자기 흔들어 그 외로운 벌레 한 마리가 존재했다는 표시만을 간직하려는 것 같다. 방 안 공기의 주름들이 점점 두꺼워진다. 공기 덩어리가 침대와 벽 아래, 문 그리고 열린 창문들에 부딪히면서 한 귀퉁이에서 다른 귀퉁이로 이동한다. 이 파동운동은 점점 더 뚜렷해지고 정밀해진다. 파리는 두 개의 산소 층 사이에 꽉 끼어 몸이 으스러진 채 책상 위에 질식해 누워 있다. 가는 다리들이 마지막으로 버둥거리고, 반쯤 뽑힌 한쪽 날개 끝이 배에서 솟아나온 끈적끈적한 물질에 달라붙어 있다. 그런데 방 안 공기가 갑자기 물로 변하더니, 앞뒤로 출렁이는 파동운동이 이 새로운 육신을 가로지르며 땋은 머리채와 꿈틀거리는 매듭 같은 물결을 일으키는 것이다. 이제 수족관처럼 변한 방 안에서 물건들은 공중에 떠다니며 연기를 뿜거나 거품 다발을 길게 남긴다. 지진이 일어난 것 같은 우르르 하는 이상한 소리가, 육중한 탈것이 나아가는 소리가 들려온다. 트랜지스터 라디오와 올리브유를 가득 담은 통, 혹은 냉장고를 잔뜩 실은 채 그렇게 방 벽을 기어올라가는 스파다 사의 트럭들이다. 이 물질은 어떤 것도 동요시킬 수 없는 규칙적인 움직임으로 점점 더 격렬하게 흔들거린다. 온힘을 다해 머릿속에서 여러가지 것들을 떼어놓는다. 여자들의 육체—엉덩이, 배, 그리고 젖가슴들이라는 방해물들이다. 아마도 어떤 얼굴, 부드러운 인상의 얼굴, 섬세한 윤곽에 비잔틴풍의 옆모습을 한 젊은 여신의 얼굴도 거기 포함되리라. 콧날과 더불어 묘하게 각을 이루는, 기이하게 마음을 건드리는 깊고 슬퍼 보이는 두 눈. 고개를 숙인 채 살며시 치켜뜨는, 얼어붙은 조각상의 시선 같은 이 두 눈, 부드럽게 얼굴 근육을 비틀면서 불행과 향수로 가득 찬 흰자위를 드러내는 두 눈. 턱 위에서 꼭 다물고 있는 작은 입술, 푸른 천에 감싸여 있는 거의 투명하다 싶을 정도로 창백한 가냘픈 육체. 그녀 가까이, 한 남자가 소파에 누워 팔을 내밀며 명령한다.

오르시노, 일리리아의 공작.
공작—"기브 미 섬 뮤직(음악을 들려다오)."

그러나 이 눈은 존재하지 않는다. 손도, 기타도, 작은 배가 지나가는 안개 낀 풍경도 없다. 아까 그 흔들리는 움직임은 여전히 뇌 아주 깊숙한 곳에서 종양들을 떼어내고 있다. 이를테면 나긋나긋하고 발랄한 목소리, 사전을 읽으면서 보내는 오후, 가죽 소파에 깔린 부드러운 푸른 레이스 천 위에 앉아 케이크를 바라보고 삼종기도를 알리는 종소리를 듣던 기억 따위를 떼어내는 것이다. 소음은 마법 같은 침묵에 자리를 내주며 점차 사그라든다. 이제 유리 종소리도 들리지 않는다. 전화박스는 아랫부분이 진동할 뿐 아무런 소리도 나지 않는다. 공기중을 떠다니는, 미세한 균열 같은 한 올의 머리카락은 우리로 하여금 저 바깥을 떠올리게 한다. 시간이 얼마 흐른 후 약간의 고통이 지나가자 천장과 바닥, 그리고 사면 벽이 생겨난다. 닫힌 문과 열린 창 두 개. 그것들은 평행선을 그리며, 그렇게 텅 빈 채 언제까지고 남아 있다.

그 엄청난 하루 낮과 하룻밤 새 궁극의 총합체가, 마비된 감각이, 투사된 마비 상태가 마지막으로 그 모습을 드러냈다. 이른바 증오라고 하는 것이다.

바깥의 건물 발치, 아케이드 그늘에 몸을 감춘 베송은 두 눈으로 주변의 풍경을 집어삼킬 듯 응시하며 서 있다. 두 손을 호주머니에 쑤셔넣고 오른쪽 어깨를 기둥에 기대고 있는 그는 목덜미 주위가 설명할 수 없는 통증으로 갑자기 뻣뻣해지는 것을 느낀다. 해가 떠오르거나 지고 있다. 하지만 보기에는 매한가지다. 버스들이 소란스레 오가고, 보도를 따라 길게 정차해 있다. 부릅뜨고 있는 그의 두 눈 앞에 때때로 엔진의 단속적인 움직임에 따라 덜덜 떨리는 초록색 금속판이 끼어들기도 한다. 가스 냄새 같은 것이 가까이서 떠돌고 있다. 그 냄새는 허공에 떠돌고 있지만, 수직으로 비상하는 비행기처럼 하늘을 향해 곧바로 솟구치는 바람 속으로 흩어지지는 못한다.

여자들이 뾰족한 구두 굽으로 아스팔트 도로에 작은 구멍을 수없이 뚫어놓는다.

버스 정류장 푯말에 걸린 바구니 속에서 반쯤 먹다 만 밀감이 시큼한 냄새를 풍기고 있다. 자두에 대한 기억들이 각막을 스치며 가볍게 할퀴어 눈물 한 방울이 떨어진다. 초벌을 칠한 벽에 살갗을 긁힌 것 같은 순간적인 고통과 함께 기쁨 같은 감정도 살짝 느껴진다. 마치 재떨이 가장자리에 놓여 아직 타고 있는 담배 끝에 손을 덴 것처럼 따끔한 느낌이다. 모든 것이, 정말이지 모든 것이, 아무것도 빠진 것 없이 다 있다. 이 순간 모든 것이 그의 얼굴 앞에 한데 모여 다시 모습을 드러냈다. 모자란 것이라고는 아무것도 없는 완벽한 풍경이 두 개의 기둥 사이에 펼쳐져 있다.

그림은 완성되었다. 아직 왼쪽 아랫부분 근처에서 몇 개의 움직임이 포착되었지만, 그것은 철로를 따라 미끄러지는 색깔들의 선들, 검거나 회색이거나 초록색인 금속 덩어리들, 그리고 산책 중인 사람들의 그림자에 지나지 않는다. 돌연 바람이 일어 사방에 자욱하던 안개를 쫓아버린 것 같다. 전력을 띤 입방체들로 이루어진 물질의 힘이 천천히 대기와 공간을 침투하는 것 같기도 하다. 24번 도면 위, 공중 화장실 뒤로 헐벗은 나무들과 항구가 내려다보이는 철 울타리가 보인다. 주철, 어디를 보아도 주철로 만들어진 것들뿐이다. 풍경은 완전히 드러난 채 미광 속에 잠겨 있다. 가로등들은 방금 켜졌다. 아니, 미구에 꺼질지도 모르겠 다. 동서남북에 따라 반짝이는 푸르스름한 별의 미광을 보면 금 방 알 수 있는 사실이다. 북쪽을 가리키는 화살표, 서쪽을 가리 키는 화살표, 남쪽을 가리키는 화살표, 동쪽을 가리키는 화살표. 각각의 사물이 벼락을 맞고 있다. 먼저 차도를 보면, 소리들이 마치 급정거의 흔적처럼 노면에 새겨져 있다. 그것은 어디서 왔 는지조차 알 수 없는, 창문에서 솟아나온 작열하는 태양으로부 터 비롯된 무더위일까? 아니면 얼음이 푸른 빛을 반사하고 창백 한 회오리바람이 불어오고 차가운 안개가 서려 있는 극지의 추 위일까? 혹은 타오르는 불을 냉기 속에 집어넣어 만든 기이한 결과물, 그 둘의 혼합물일지도 모른다. 그 두 가지는 전투태세를 이루어 한데 어울려 서로 비틀고 침투하고 짓찢고 파괴한다. 마 치 어떤 거대한 손, 아무런 육체에도 연결되어 있지 않은 손, 신 의 손이 아니라 관절이 근육에 의해 이어진 노동자의 억센 손이 얼음과 불꽃을 움켜쥐고 서로 결합시키고 있는 것 같다. 그 손 주변에서 물과 불이라는 두 육체는 서로 반목하면서, 손바닥 밖 으로 자욱한 연기와 수증기를 내뿜으며 분출되고 있다.

이윽고 소용돌이들은 모두 제각기 땅 속으로, 액체 형태의 지구 중심부를 향해, 각자의 처소로 되돌아간다. 그러나 거대한 손이 그것들을 움켜쥐고 있는 그곳에는, 엄청난 고통으로 쪼그라든 채 나선형으로 꼬인 무색의 창백한 두 줄의 유리만이 남아 있을 따름이다.

이제 모든 현상은 상태가 되었다. 건물들에 둘러싸인 넓은 광장 한가운데를 공허가 난타했다. 성당 계단을 향해 달려가는 남자, 버스에서 내리는 남자, 부두 위를 날아가는 헬리콥터, 아케이드 밑에서 한 발로 뛰며 노는 아이, 저기 자동차 바퀴 사이에서, 여기 쓰레기바구니를 향해, 저기 예순다섯 살 노파 주변에서 보이지 않는 행로를 따라 움직이는 파리 떼, 미국산 자동차 한대의 주행, 올즈모빌일 것이 분명한 그 차는 자신의 베이지색 차체에 가득 비친 네댓 개의 영상의 모습으로 그 광장에 정차되어 있다. 더이상 지나가거나 움직이는 것은 없다. 여느 때라면 하늘을 가득 채우고 있던 것들, 이전에는 쉼없이 우글대면서 위로 튀어오르거나 땅 위로 천천히 떨어져내리던 그 수많은 검은색, 회색, 흰색, 푸른색, 붉은색, 초록색 점들도 모두 침묵한다.

하늘은 여전히 드넓지만, 점묘법으로 그려진 윤곽들은 죽어버렸다. 신문에 인쇄된 사진 같은 그물만 남아 무한대로 확장되어 전체의 풍경을 덮어씌웠다. 고정된 점들이 응결되고 점점 검

은색을 띠더니 증식한다. 그것은 비둘기다. 점들의 간격이 벌어
지더니 보이지 않게 된다. 그것은 어느 소녀의 오른 뺨에 반사된
햇빛이다. 눈구멍이 패여 눈이 생기고 콧날은 뚜렷해지고 입은
단호한 의지를 띤다. 끊임없이 쏟아지는 이 사나운 점들의 빗속
에서 사물들과 사람들은 생기를 잃고 고요해진다. 조금씩 조금
씩 그들은 빛깔을 잃어버리기 시작한다. 탈피脫皮는 아주 간단하
게 이루어진다. 그리고 희박한 막 아래로 한결 뚜렷하고 새로운
모서리들이, 뼈대와 날카로운 능선이 나타난다. 플라타너스는
극도로 줄어들어 새카만 뼈다귀가 되었다. 현대식 건물은 잘게
부서지더니 구름처럼 푸른 하늘 가운데를 떠다닌다. 사람들의
얼굴은 하얗고 기묘한 동물처럼 변해버렸다. 날짐승의 부리처럼
입이 튀어나오고 눈구멍이 텅 빈 동물 같다. 발행연도가 1683년
인 『성 요한 기사단의 프란시스코 드 케베도 비예가스 예하가
본 환영』이라는 낯선 제목의 낡고 좀이 슨 책에는 다음과 같은
글이 씌어 있다.

　　당신들은 죽음을 모르고 있다. 그러나 당신들 자신이 곧 당
　신들의 죽음이다. 당신들이 당신으로 존재하는 한, 죽음은 당
　신들 각각의 얼굴을 가지고 있고, 당신들은 곧 당신 자신의 죽
　음이다. 당신들의 두개골이 죽음이며 당신들의 얼굴이 죽음

이다. 당신들이 죽는다라고 부르는 것, 그것은 살기를 끝마쳤다는 것이며, 당신들이 사는 것이라고 부르는 것, 그것은 죽기 시작한다는 의미다. 따라서 당신들이 사는 것이라고 부르는 것은 곧 삶 속에서 죽어간다는 뜻이다. 유골, 그것은 죽음이 당신들로부터 남겨놓은 것, 묘지 속에 남는 것이다. 만약 이 말을 이해했다면 당신들은 매일같이 자기 안에서 죽음의 거울을 들여다보게 될 것이다. 당신들의 집은 죽음으로 가득 차 있고 살아 있는 자만큼이나 죽은 자들로 가득하다는 것을 보게 되리라. 당신은 죽음의 소리를 듣지 못하지만 매 순간 죽음과 함께하고 있다. 당신은 죽음이 유골이자 시체라고, 당신에게 죽음은 존재하지 않는다고, 죽음이란 낫을 들고 있는 해골에 불과하다고 생각하는가? 그러나 그런 생각은 커다란 오류다. 당신은 이미 그것을 상상하기도 전에 유골이자 시체이다.

그리고 더 먼 곳, 만물이 정지된 그 광장 저 너머에 움직이지 않는 도시가 있다. 바다와 산들 사이에 펼쳐진, 마치 커다란 웅덩이처럼 어두운 곳. 수많은 굴곡을 그리는 타박상을 입은 살갗, 섬세하게 짜인 보라색 이불, 그것이 눈에 보이는 그 도시의 겉모습이다. 그 위로 어둠이 소리없이 흘러내린다. 마치 주형鑄型을 채우듯이. 이것은 죽음의 사진이다. 그리고 그 도시 위로, 아래로, 비극적인 황혼이 소리없는 노랫소리를 길게 울리며, 지평선을 따라 자줏빛 붕대를, 새빨갛게 빛나는 장식 색테이프를, 피가 밴 붕대를, 총격을 받아 누더기가 된 깃발을, 엄청난 양의 빛과 오렌지색 분노를, 주홍빛 분화구에서 터져나오는 폭탄을 펼쳐 보인다. 하늘 높은 곳에서 이어지는 이 장엄한 비상은 열정과 고문과 전쟁의 마지막 발산물들이 망명할 은신처이다. 보라. 이제 모든 것이 열정적인 고요 속에 부동의 자세를 취하고 있다.

태양이 물러가면서, 혹은 가로등이 꺼지면서 대지는 점점 어두워진다. 점점 고요해지고 잠잠해지는 대지가 황혼의 광대한 빛 아래 길게 누워 있다. 섬광들로 불타는 바다 위, 닻을 내린 배들에서 뿜어져나오는 회오리바람 같은 시커먼 연기가 황혼이 발하는 강렬한 붉은빛과 금빛에 뒤섞인다. 빛깔들은 너무도 가늘고 길게 퍼져 있어서 존재하지 않는 것처럼 보인다. 마치 냄새나 음악으로 변모해버린 것 같다. 기름과 버터가 뒤섞인, 보통의 노르스름한 바닐라 브리오슈 빵 냄새가 희미하게 풍겨온다. 불현듯 시큼한 건포도 냄새가 그 무미한, 너무도 무미한 냄새를 연필처럼 날카롭게 꿰뚫는다.

나무 위를 후려치는 백색 벼락을 맞고 갈가리 찢긴 이 사내처럼. 구조대가 비를 맞으며 산을 내려온다. 들것에 온통 새카매진 시신을 조심스레 운반해 그의 아내에게 데려가고 있는 것이다.

그를 보면 그녀는 미쳐버리고 말 것이다. 그는 길게 뻗은 검 같은 빛을 타고 올라가고, 고통과 환희의 광휘 속으로 미끄러져 들어가고, 사납게 날뛰는 군중 사이에서 사라지고, 이제 그들과 함께 파묻힌다. 높은 곳을 향해, 세상에서 가장 높은 곳을 향해. 발가벗겨진 채 화산 분화구에 던져지고, 모든 것이 더이상 아무런 의미를 가지지 못하는 암청색 들판으로 휩쓸려간다. 그는 빛이된다. 정화된 것이다.

혹은, 여전히 어렴풋이 울리는 소리들, 바다 위에서 솟구치는 불명료한 소리들, 유연한 청록색의 리듬. 그리고 이윽고 몇백 미터 떨어진 곳에서, 몇 킬로미터 떨어진 곳에서, 너무 먼 거리라 다른 소리들보다 늦게 도달하는 것처럼 들리는 경보 사이렌이 전쟁이 발발했음을 알린다. 울어대는 고양이처럼, 거대하고 칙칙한 함석 지붕 위에서 홀로 우는 고양이처럼.

지은이 **J. M. G. 르 클레지오**
'현대 프랑스 문단의 살아 있는 신화' '살아 있는 가장 위대한 프랑스 작가'로 일컬어지는
작가. 1963년 스물셋의 나이에 첫 작품 『조서』로 프랑스의 권위 있는 문학상인 르노도상을
수상하며 화려하게 데뷔했다. 1980년 『사막』으로 아카데미 프랑세즈가 수여하는 폴 모랑
문학대상을 수상했고, 2008년 노벨 문학상 수상자로 선정되었다.

옮긴이 **신미경**
연세대학교 불어불문학과를 졸업한 후 프랑스 파리3대학에서 문학박사 학위를 받았다.
저서로 『프랑스 문화사회학』이 있고, 『신화』 『마법의 숙제』 『디아볼루스 인 무지카』 『사회
학의 문제들』 등을 우리말로 옮겼다.

문학동네 세계문학
홍수

1판 1쇄 2011년 7월 1일 | 1판 2쇄 2016년 1월 22일

지은이 J. M. G. 르 클레지오 | 옮긴이 신미경 | 펴낸이 염현숙
책임편집 김지연 | 편집 허주미 | 독자 모니터 전혜진
디자인 박진범 김선미 이원경 | 저작권 한문숙 박혜연 김지영
마케팅 정민호 이미진 정진아 전효선 | 홍보 김희숙 김상만 한수진 이천희
제작 강신은 김동욱 임현식 | 제작처 (주)상지사P&B

펴낸곳 (주)문학동네
출판등록 1993년 10월 22일 제406-2003-000045호
주소 10881 경기도 파주시 회동길 210
전자우편 editor@munhak.com | 대표전화 031) 955-8888 | 팩스 031) 955-8855
문의전화 031) 955-1927(마케팅) 031) 955-2659(편집)
문학동네카페 http://cafe.naver.com/mhdn

ISBN 978-89-546-1499-3 03860

www.munhak.com